En 2018, Harlequin fête ses 40 ans !

Chère lectrice,

Comme vous le savez peut-être, 2018 est une année très importante pour les éditions Harlequin qui célèbrent leur quarantième anniversaire. Quarante années placées sous le signe de l'amour, de l'évasion et du rêve… Mais surtout quarante années extraordinaires passées à vos côtés ! Azur, Blanche, Passions, Black Rose, Les Historiques, Victoria mais aussi HQN, &H et bien d'autres encore : autant de collections que vous avez vues naître, grandir et évoluer, avec un seul objectif pour toutes – vous offrir chaque mois le meilleur de la romance. Alors merci à vous, chère lectrice, pour votre fidélité. Merci de vivre cette formidable aventure avec nous. Les plus belles histoires d'amour sont éternelles, et la nôtre ne fait que commencer…

40 ANS

Alliés face à l'inconnu

Identité cachée

HEATHER GRAHAM

Alliés face à l'inconnu

Traduction française de
ISABEL ROVAREY

BLACK ROSE

HARLEQUIN

Collection : BLACK ROSE

Titre original :
SHADOWS IN THE NIGHT

HARPERCOLLINS FRANCE
83-85, boulevard Vincent-Auriol, 75646 PARIS CEDEX 13
Service Lectrices — Tél. : 01 45 82 47 47

www.harlequin.fr

ISBN 978-2-2803-8977-8 — ISSN 1950-2753

Prologue

La momie
Un an plus tôt

— Monsieur !

L'apostrophe avait été formulée d'une voix douce, empreinte de respect.

Le Dr Henry Tomlinson, égyptologue de renom, se retourna. L'un de ses étudiants, une jeune femme, venait juste de se faufiler par la porte de la tente et souriait, attendant que le professeur lui prête attention.

Henry n'avait plus réellement dispensé de cours depuis cinq ans, mais il aimait toujours autant enseigner — et être au contact des étudiants. Il avait pris sa retraite pour pouvoir passer le plus clair de son temps sur le terrain et avait récemment été recruté par Alchemy, une entreprise commanditaire anglo-américaine, pour prendre la direction de ces fouilles. Alchemy, société spécialisée dans les hautes technologies, comptait désormais au nombre des entreprises du classement Fortune 500. Chaque année, ils parrainaient un événement archéologique de portée exceptionnelle qui était suivi d'une grande exposition. Les derniers en date avaient été centrés sur la rivière Amazone, la Chine centrale — et maintenant l'Égypte ancienne. Les ressources d'Alchemy étaient phénoménales et Henry n'en revenait toujours pas de la chance qu'il avait eue. Mais, quelle que soit l'importance des moyens financiers mis à sa disposition, ce qui l'enthousiasmait surtout, c'était l'idée de se retrouver face à un groupe d'étudiants.

Celle qui l'avait interpellé s'appelait Harley Frasier. Tout juste vingt-six ans, grande, belle, blonde comme les blés, avec un visage à la beauté classique et d'immenses yeux verts auxquels rien ne semblait pouvoir échapper. Elle était sérieuse, brillante et capable de mettre instantanément le doigt sur le point crucial d'une information. Elle était également douée d'un vrai sens de l'humour et du rire le plus délicieux qu'il ait jamais entendu.

Des cinq étudiants diplômés chacun dans un domaine spécialisé, elle était sans aucun doute sa préférée. Henry, qui avait l'âge d'être son grand-père, se voyait un peu comme son mentor — idée qui le réjouissait. Il n'avait pas d'enfants. Il n'avait même jamais été marié. Oh ! ce n'avait pas été un choix délibéré, mais il y avait toujours eu tant à faire… Il n'avait jamais trouvé le temps de fonder une famille. Mais, s'il avait eu la chance d'être père, il aurait été heureux et fier d'avoir Harley pour petite-fille. Elle aussi semblait se sentir proche de lui.

Ce qui était étrange dans le lien particulier qui s'était tissé entre eux était que, du groupe de cinq qu'il supervisait, elle était la seule à ne pas se destiner à l'égyptologie, ni même à l'archéologie ou à l'histoire. Si elle était ici, c'était d'abord pour sa connaissance du terrain et l'amour qu'elle portait à cette terre et, ensuite, parce qu'elle étudiait la psychologie criminelle et la science médico-légale.

Henry avait été très surpris lorsque l'université

du Maryland, où elle avait étudié, avait pris contact avec lui. C'était sans conteste la meilleure faculté en matière de criminologie et elle proposait également des cours d'initiation et de spécialisation en égyptologie et archéologie. Ses professeurs lui avaient expliqué l'intérêt pour lui d'adjoindre à son expédition une étudiante comme Harley. Il recherchait depuis près d'une décennie le tombeau d'Amenmose ; au fil des années, les indices s'étaient accumulés quant à son emplacement et les campagnes de fouilles successives qu'il avait conduites l'avaient logiquement amené à mettre au jour d'autres tombeaux et trésors archéologiques, cela sous l'œil bienveillant du gouvernement égyptien. Ces découvertes lui avaient permis de poursuivre ses excavations, mais son but était bel et bien de trouver le tombeau d'Amenmose.

Beaucoup d'autres égyptologues s'y étaient essayés avant lui — en vain. Certains étaient morts, ou avaient disparu, lors de ces campagnes de fouilles.

Les faits historiques donnaient à penser qu'Amenmose avait été assassiné. Le rôle de Harley, en tant qu'étudiante en criminologie, serait donc, à la découverte de la sépulture, de chercher des indices permettant d'identifier ceux qui l'avaient enterré dans le plus grand secret.

Non qu'Amenmose n'ait pas mérité le sort qui lui avait été fait, de l'avis de Henry. Il n'avait été qu'un vil usurpateur et n'avait pas hésité à tromper ses subordonnés pour se hisser sur l'échelle sociale. L'hypothèse était même avancée qu'il avait tenté d'éliminer les dignitaires de plus haut rang que lui.

— Je pense que nous avons effectué tout le travail manuel que nous pouvions faire pour aujourd'hui. Il est temps de lever le pied. Nous allons dîner dans cette petite ville. Voulez-vous vous joindre à nous ? Vous devriez. Ça vous ferait du bien. À moins que vous ne préfériez que nous vous rapportions quelque chose ? lui demanda Harley.

— La prochaine fois, Harley, promit-il. Il y a tant de choses qui ont été mises au jour ! Je ne toucherai à rien tant que les mesures de préservation n'auront pas été prises, mais je tiens à regarder tout ça de plus près.

Au cours de la semaine, ils avaient enfin trouvé la tombe d'Amenmose. Et, bien sûr, depuis lors, Henry Tomlinson voguait sur un petit nuage. Après dix longues années de recherches, son rêve était devenu réalité — le point d'orgue d'une vie consacrée à sa passion.

Harley rit doucement.

— Je comprends. Vous y êtes arrivé, docteur Tomlinson.

— Oui… J'y suis arrivé.

La découverte du tombeau d'Amenmose était l'événement le plus important de ces dernières années en matière d'égyptologie, et en être à l'origine était extraordinairement satisfaisant et gratifiant. Et, même après cette journée épuisante — et bien qu'il apprécie la compagnie des jeunes gens qui travaillaient à son côté —, il était beaucoup trop fasciné par sa trouvaille pour quitter le champ de fouilles. Il y avait une douzaine de sarcophages à examiner, parmi lesquels, vraisemblablement, celui d'Amenmose. Le groupe n'envisageait pas de les ouvrir avant leur transfert au musée, au Caire. Mais rien ne l'empêchait d'étudier les vases canopes qu'ils avaient extraits du caveau. Quantité d'autres objets étaient ainsi soigneusement entreposés dans la tente de stockage. Seigneur, il y avait tant à observer, tant à décrire ! Il y avait également ces sarcophages brisés, qui avaient sans doute été tout aussi méticuleusement assemblés que les autres, intacts, mais s'étaient trouvés dans la zone où un effondrement partiel de terrain s'était produit. Plusieurs d'entre eux avaient été éventrés, laissant apparaître les momies qu'ils abritaient. Henry Tomlinson était impatient de voir ce qu'il pouvait tirer de leur observation avant qu'ils ne soient emballés en vue du transport jusqu'au Caire ; là-bas, les possibilités de conservation étaient beaucoup plus sophistiquées et les momies pourraient être passées aux rayons X et leur ADN, analysé.

Oh ! C'était tellement phénoménal...

Amenmose avait été prêtre à l'époque où un autre prêtre, Aÿ, jouait le rôle de régent de l'Égypte, à la place du célèbre jeune roi, Toutankhamon. À ce titre, Aÿ avait joui d'un immense pouvoir. Il en avait usé pour devenir lui-même pharaon — à la mort de Toutankhamon à l'âge de dix-neuf ans.

Amenmose, d'après certains textes de l'Antiquité, avait tenté de s'approprier une partie de ce pouvoir. Et il disposait de ses propres séides dans l'entourage du pharaon, ce qui faisait de lui un homme dangereux. Pour cette raison, il avait craint pour son immortalité — et sa femme avait jalousement gardé le secret des modalités de ses funérailles, que seuls les membres de sa famille connaissaient. Bien entendu, la légende voulait que nombre de ses partisans les plus loyaux — plutôt que de révéler le secret si bien défendu — se soient portés volontaires pour mourir avec lui, enfermés vivants dans une tombe pour l'éternité.

— Docteur Tomlinson, vous avez travaillé si dur. Et... Waouh ! Vous avez brillamment réussi ! Il faut fêter ça. Venez avec nous. Comment puis-je vous convaincre ?

Elle avait toujours ce merveilleux sourire, comme si c'était elle la plus expérimentée, la plus sage.

— Rien ne va disparaître, poursuivit-elle. Nous allons juste nous détendre un moment, boire et manger, et ensuite nous reviendrons. Le site est sous bonne garde. Et puis, vous méritez bien une petite célébration avec nous, non ? Enfin, quoi, pendant des années, vous avez effectué des recherches, réfléchi, imaginé, sondé l'esprit des Égyptiens de l'Antiquité, et votre travail vient d'être couronné de succès. C'est votre moment de gloire, docteur Tomlinson ! Comme Carter avec son Toutankhamon. Vous ne semblez pas vous en rendre compte.

— Oh ! non, non, protesta modestement Henry en secouant la tête. J'avoue que votre proposition est bien tentante, mais je ne peux pas partir maintenant. C'est impossible. Une autre fois, c'est promis. Harley… Regardez ces merveilles ! Je me sens comme le personnage du dessin animé, vous savez ? La sirène, quand elle chante *Tous ces secrets que j'ai gardés* !

Harley éclata de rire.

— Non ? Vous avez vu *La Petite Sirène* ?

Il la contempla, un peu chagriné.

— Quoi ? Oh ! je comprends. Vous ne m'imaginez pas devant un film pour enfants.

Il rit, lui aussi.

— Vous oubliez que j'ai une nièce et qu'elle et son mari ont des enfants. Quoi qu'il en soit…

Il se mit à marcher tout en parlant.

— Harley, la découverte de tous ces trésors… C'est tellement extraordinaire ! Et ce cercueil brisé, avec son occupant à l'intérieur… On dirait presque qu'il a été enveloppé de bandelettes et enterré vivant, criant encore…

— Je ne pense pas qu'une personne puisse être embaumée et en réchapper vivante, souligna Harley, amusée. À part dans un récit de fiction. Vous et moi, nous savons comment se déroulait le processus d'embaumement et les facteurs qui peuvent expliquer l'aspect de cette momie. Les momies encore vivantes, c'est pour les films de série B. Et, d'ailleurs, à bien y réfléchir, la découverte d'une momie d'aspect étrange est une raison de plus de nous accompagner.

— Ah, et pourquoi ?

Harley ne répondit pas. La porte de toile venait de se soulever de nouveau ; la tête de Jensen Morrow, l'un des autres étudiants, apparut dans l'entrebâillement. De toute évidence, il avait entendu la question.

— Oh ! mais c'est tout simple ! répliqua-t-il. Parce que vous ne devriez pas rester seul ici avec tous ces vieux trucs qui fichent la frousse alors que vous avez une bande de jeunes sympas qui réclament votre présence à cor et à cri.

Ils éclatèrent tous de rire. Jensen était un beau jeune homme brun qui adorait les études qu'il avait choisies, et le Dr Tomlinson l'appréciait également beaucoup. Il aimait bien faire la fête, mais il aimait plus encore travailler. Il était issu d'un milieu aisé ; son père était un inventeur qui avait mis au point un produit de nettoyage révolutionnaire. Mais Jensen ne le faisait jamais sentir. Il n'était ni prétentieux ni condescendant, comme certains enfants de riches.

— Ah, c'est vraiment tentant, répéta Henry. Mais je vais rester ici.

Jensen arqua les sourcils et regarda Harley.

— OK. Eh bien, ma belle, nous voilà seuls tous

les deux à partir en goguette, il me semble ? Le bon docteur déclare forfait. Belinda Gray n'est pas non plus de la partie puisqu'elle attend une communication vidéo avec son fiancé militaire, en mission en Irak. Roger Eastman a accepté d'aider l'un des techniciens à surfer sur Internet pour tenter d'en savoir un peu plus — c'est bien regrettable, mais il semblerait qu'une insurrection couve dans les parages ? Quant à Joe Rosello, il paraît qu'il veut jeter un coup d'œil au matériel d'excavation. Les treuils, les palans… Avec l'aide de notre jolie traductrice égyptienne, bien sûr.

— Les treuils, mon œil ! riposta en riant Harley. C'est surtout Satima qui le retient ici. C'est vrai qu'elle est jolie. Et je suis bien contente qu'elle se soit présentée à la dernière minute quand le traducteur qui était prévu s'est désisté pour cause de maladie. Connaissant Joe, j'imagine qu'il l'est plus encore que moi !

Elle regarda Henry.

— On est tous surexcités, donc on ne rentrera pas tard. On vous rapportera quelque chose à manger et on verra si vous êtes d'humeur plus sociable à notre retour, d'accord ? Si vous êtes *absolument sûr* de ne pas vouloir nous accompagner, ce beau, quoique un tantinet ridicule, jeune homme et moi ?

Henry partit d'un petit rire.

— Harley, vous êtes adorable. Mais vous savez que je ne viendrai pas.

— Oui, admit-elle.

Elle fit la grimace — ce qui se résuma à un exquis plissement de nez.

— Mais nous sommes vos dévoués étudiants et nous ne pouvons pas faire moins que tout tenter pour vous arracher à votre travail. Je vous rapporterai quelque chose de bon, c'est promis.

— Ne vous inquiétez pas pour moi, les jeunes. Allez-y, amusez-vous.

— Désolée, mais si nous ne nous inquiétions pas pour vous, je ne suis pas sûre que vous vous nourririez. Je parie que vous allez rester debout toute la nuit… et que vous ne vous rendrez même pas compte que vous n'avez pas dormi, rétorqua Harley.

Des deux mains, il leur fit signe de partir.

— Allez, oust, filez ! Profitez de votre jeunesse, amusez-vous et ne devenez pas de vieux grincheux monomaniaques comme moi. Jensen, allez, emmenez-la !

— Oui, chef, répondit l'intéressé.

Mais Harley s'attarda encore un instant.

— Vous n'êtes ni grincheux ni vieux, protesta-t-elle. Un peu monomaniaque, peut-être. Mais bref… On sera de retour vers 21 heures. Avec quelque chose de délicieux à déguster.

— Merveilleux ! À tout à l'heure.

Et, enfin, Harley et Jensen s'en allèrent.

Le Dr Henry Tomlinson reporta son attention sur la Momie Inconnue n° 1 pendant un long moment. De nombreux rois et pharaons, et même de hauts fonctionnaires estimés mais de moindre rang, comme Amenmose, étaient enterrés avec, dans leur tombe, des inconnus — des serviteurs dont ils auraient besoin dans leur prochaine vie.

Le couvercle du cercueil avait été presque totalement arraché. Cet après-midi, deux des étudiants s'étaient escrimés à dégager la momie de la gangue de terre et de gravats qui l'emprisonnait. Mais Henry avait l'impression de contempler les restes d'une momie sortie tout droit d'un film d'horreur ; cela semblait être un homme qui avait été empaqueté, la bouche ouverte en un cri d'effroi, hurlant en silence pour l'éternité.

Jamais les momies n'étaient ainsi enveloppées, vivantes. Sauf, bien sûr, si…

Si cet homme avait été victime d'un meurtre !

Cette momie non identifiée pouvait-elle être Amenmose lui-même ? se demanda-t-il avec une excitation grandissante.

Vaste et passionnante question. Mais sauter à des conclusions hâtives n'était pas scientifique. Les rayons X leur fourniraient une image interne — qui leur indiquerait probablement si les contorsions faciales étaient dues à un incident survenu durant la phase de dessiccation ou s'il avait été enveloppé vivant !

Non, ce ne pouvait pas être Amenmose, décida Henry. D'après les écrits anciens et toutes les informations dont il disposait, Amenmose était bel et bien mort quand il avait été enterré.

De plus, ils avaient découvert un cercueil dans une chambre intérieure soigneusement dissimulée tout au fond du tombeau — là encore, exactement comme les textes le mentionnaient. Cela probablement pour éviter qu'elle ne soit profanée par les nombreux ennemis d'Amenmose. Cette momie, trouvée dans l'antichambre, ne pouvait donc pas être Amenmose — ou alors ils n'avaient rien compris !

— Désolé, mon vieux. Dieu seul sait ce qui t'est arrivé, dit Henry à la momie.

— Bonsoir !

La porte de toile de la tente s'ouvrit de nouveau. Henry se retourna et vit entrer le directeur général d'Alchemy, Ned Richter.

Il souriait. Rien d'étonnant à cela. Ils venaient tous de vivre une journée fantastique.

— Salut, répondit Henry.

Il aimait bien Richter. Ce dernier, bien que n'étant pas lui-même égyptologue, était attentif, studieux et toujours prêt à prêter main-forte pour les tâches manuelles.

Henry ne pouvait pas en dire autant de sa femme, Vivian. Elle était égyptologue, elle aussi — du moins se considérait-elle comme telle, corrigea-t-il mentalement. Certes, elle était diplômée de Brown, mais elle était d'un pénible ! Sans compter que ses raisonnements étaient confus, dénués de logique. C'était une assez jolie femme, avec des cheveux bruns coupés court et des yeux sombres ; elle affirmait avoir du sang égyptien dans les veines par l'ascendance maternelle de la famille de son père.

Elle aimait se mettre en avant et donner l'impression de savoir de quoi elle parlait.

Ce qui était rarement le cas.

— Je passais juste vous voir, annonça Richter.

Henry entendit la voix de Vivian chuchoter derrière lui.

— Dis-lui de venir boire un verre avec nous.

— Salut, Viv ! releva à dessein Henry. Je vais rester là ce soir. Travailler encore un peu. Deux des jeunes doivent me rapporter de quoi manger… Mais je suis impatient d'être à demain pour que nous puissions comparer nos notes, ajouta-t-il d'un ton plus affable.

Il entendit Vivian murmurer :

— Tu ne peux pas l'obliger à venir ?

— Non. Il est responsable de la mission… jusqu'au transfert au Caire par Alchemy et le gouvernement égyptien… Comme tu le sais, répliqua Richter d'un ton maussade.

— À demain matin ! lança plaisamment Henry.

Ouf ! Mais à peine avait-il tourné le dos que la porte s'ouvrait de nouveau.

Cette fois, c'était Arlo Hampton, l'égyptologue qui avait été recruté spécialement par Alchemy pour veiller au grain et garder un œil sur leur investissement.

Arlo était jeune — grand, raide, sec comme un coucou. Il préférait ses lunettes à verres épais aux lentilles de contact. Heureusement pour lui que la mode était au style intello binoclard un peu coincé, car il en était un, incontestablement. Mais un intello binoclard plutôt sympa et ouvert. Il adorait la discipline qu'il avait choisie et pourtant, contrairement à certains autres, il n'était nullement imbu de sa personne ni certain de tout savoir.

— Ah ! Je savais bien que je vous trouverais ici, fidèle au poste, seul avec tous ces trésors ! s'exclama gaiement Arlo.

Henry décela un soupçon de culpabilité dans le ton de sa voix.

— Je venais juste m'assurer que vous alliez bien, ajouta-t-il.

— En pleine forme. Bien sûr, si vous voulez vous joindre à moi…

— Je suis vanné, Henry. J'ai… quoi ? Trente ans de moins que vous, à quelque chose près ? Je ne sais pas comment vous faites ! Je vais avaler un sandwich avec les étudiants quand Harley et Jensen seront de retour et, ensuite, je me mettrai directement au lit. Si vous n'y voyez pas d'inconvénient. Je devrais faire comme vous, continuer à travailler… Oh ! au fait, je viens juste de voir l'ami de Belinda sur Skype. Ça a l'air d'être quelqu'un de bien. Donc, Belinda, Roger et Joe vaquent à leurs affaires de leur côté et, ensuite, on se retrouve tous pour…

— Oui, Harley et Jensen sont passés me voir, l'interrompit Henry. Ils me rapportent à manger. Ne vous en faites pas, Arlo. Reposez-vous et passez une bonne nuit.

— Oui, merci. C'est bizarre, tout de même… J'ai l'impression que quelque chose ne va pas ce soir. Est-ce que c'est moi qui suis parano ?

— Oui. Allez, Arlo, filez ! Vous avez travaillé dur toute la journée. Ce n'est pas parce que je suis un vieux rabat-joie obnubilé par ses fouilles que vous devez faire comme moi.

Arlo sourit et leva les mains.

— OK, je m'en vais !

Et, enfin, il tourna les talons.

Tout à sa joie d'être enfin seul, Henry se mit à siffloter l'air de *La Petite Sirène* et revint vers la Momie Inconnue n° 1.

— Curieux, murmura-t-il en secouant la tête, perplexe, tandis qu'il l'étudiait. Qui est-ce ? Et pourquoi est-il dans cet état ?

Il finit par hausser les épaules. Il avait trouvé des corps *naturellement* momifiés sur d'autres sites de fouilles — des serviteurs qui avaient monté la garde auprès de leur maître après ses funérailles et étaient morts d'une lente asphyxie une fois les tombes scellées.

Henry retourna à son bureau afin de dicter ses notes en vue de l'exposition qui, un jour prochain, se tiendrait autour de ce projet.

— Les premiers Égyptiens enterraient leurs morts dans de petites fosses creusées dans le désert. L'action conjointe du sable et de la chaleur momifiait naturellement les défunts. Plus tard, pour empêcher que des animaux ne déterrent les corps, ils en sont venus à construire des cercueils — lesquels protégeaient effectivement les corps, mais ne permettaient pas le processus de momification. Les Égyptiens ont alors appris l'art de l'embaumement. Ils ont rapidement découvert qu'il leur fallait retirer les parties « humides » du corps pour ce faire, c'est-à-dire les poumons, le cerveau, le foie, les viscères. Ces derniers étaient conservés dans des vases canopes et placés sous bonne garde, comme les corps, afin que les défunts soient protégés et prêts pour leur entrée dans l'au-delà. Le processus comportait une phase de dessiccation de soixante-dix jours grâce au natron, une solution de soude naturelle. Bien sûr, le corps n'était pas seulement déshydraté, mais également oint d'huiles, de résines et de parfums au cours des différentes étapes, qui s'accompagnaient de rites religieux.

Henry s'interrompit. Il lui semblait avoir entendu un bruit, quelque part, dans la tente de stockage. C'était curieux. Les gardes locaux et le personnel de sécurité d'Alchemy avaient bien assez vu leurs découvertes. Les Égyptiens déterraient des momies depuis toujours et les Américains et les Britanniques eux-mêmes étaient plus lassés qu'intrigués par la mise au jour de ces trésors archéologiques. La plupart d'entre eux avaient travaillé un peu partout dans le monde. En un mot, ils étaient blasés et beaucoup plus intéressés par la rémunération que par la mission en elle-même.

Il fit le tour de la tente. Rien. Tout était en place. Les caisses, les boîtes, les momies, les trésors.

Il secoua la tête, s'en voulant de s'être dérangé pour rien. C'était une chance incroyable que de disposer de ce moment de solitude et de tranquillité dans la tente. C'était lui qui avait fait les recherches et les calculs ; lui qui avait décroché le parrainage qui avait rendu cette expédition possible. Ses articles avaient suscité un large intérêt. Oui, cette découverte, c'était la sienne.

Mais le Dr Arlo Hampton voudrait lui aussi passer du temps ici, à étudier ces momies et ces objets. Ainsi que Yolanda Akeem, la déléguée du Conseil Suprême des Antiquités. Et puis Ned Richter, bien sûr… et sa femme. Henry aurait parié que Richter se moquait bien d'examiner les momies et autres découvertes. Il était là pour veiller aux intérêts d'Alchemy et, de l'avis de Henry, pour donner l'impression que l'entreprise était incroyablement magnanime vis-à-vis du gouvernement égyptien. Car, après tout, si Alchemy finançait des fouilles archéologiques, c'était d'abord pour les avantages fiscaux et la publicité qu'elle en retirait.

Tout était donc pour le mieux puisque cette campagne s'était conclue par un succès retentissant. Et c'était maintenant *son* heure. Son moment de solitude avec tous ses trésors !

Il revint s'installer à sa table de travail. Il tendait la main vers l'enregistreur lorsqu'il crut capter un mouvement du coin de l'œil.

Il se releva et se retourna, balayant la tente du regard.

Rien.

Henry se rassit et reprit son enregistrement.

— L'Égypte ancienne…

Si ! Cette fois, il en était sûr. Il y avait quelque chose derrière lui !

Il esquissa un geste pour se retourner.

Et il n'eut que le temps de voir une forme entortillée dans du tissu — des bandelettes de lin, identiques à celles qui avaient servi à envelopper les défunts de l'Antiquité.

Des doigts encerclèrent son cou et se mirent à lui enserrer la gorge avec une force digne d'un étau d'acier.

Il se débattit, lutta pour se dégager, se tortilla, chercha à se lever. Mais il n'y parvint pas. La douleur était terrible. Le monde commença à sombrer dans l'obscurité autour de lui. Tout ce qu'il put penser fut…

La momie !

La momie s'était levée pour le tuer !

Non, c'était impossible. Impossible !

Il était scientifique. Doué d'une pensée rationnelle, cartésienne.

Il était scientifique…

Et, tandis que les derniers électrons explosaient dans l'abîme stygien où s'enfonçait son esprit mourant, il ne put s'empêcher de songer…

Il était scientifique. Égyptologue.

Et il était en train de se faire assassiner par une momie égyptienne.

Ça n'avait pas de sens. Ce n'était pas possible.

1

Un an plus tard
Le nouveau musée des Antiquités
New York City, New York

Le clair de lune qui traversait la verrière dans la partie du musée où se dressait la reproduction du temple offrait un spectacle saisissant. Son éclat opalescent scintillait sur le marbre et donnait au « Nil » qui coulait le long du temple l'aspect d'un ruban de cristal argenté. L'éclairage, dans le secteur, était tamisé, dispensé par des luminaires ressemblant à d'antiques flambeaux fixés à intervalles réguliers tout le long des murs.

Même pour Harley qui avait participé à l'expédition dans le Sahara, l'exposition, au nouveau musée des Antiquités, était véritablement impressionnante. En en préparant la scénographie, les organisateurs avaient beaucoup emprunté à un autre célèbre musée de New York City, pour le plus grand bénéfice des trésors égyptiens présentés. Un soudain courant d'air climatisé l'effleura et un frisson la parcourut.

— La vue de ces momies vous émeut, n'est-ce pas ?

— Pardon ? dit Harley en se retournant vivement.

Les mots avaient été formulés sur le ton de la plaisanterie par une voix masculine, agréable et profonde.

Une voix qui éveillait un étrange et lointain souvenir… Quelque chose qui devait être tapi tout au fond des replis de sa mémoire parce qu'elle n'arrivait pas tout à fait à le situer.

Si la voix lui avait paru curieusement familière, l'homme lui était étranger. En cette soirée inaugurale, elle aurait dû connaître la quasi-totalité des invités. Mais elle n'avait jamais vu cet homme et — par habitude, ainsi que le lui avait enseigné l'exercice de sa discipline, la criminologie — elle étudiait quiconque lui était inconnu dans une situation telle que l'événement de ce soir.

Une grande célébration. C'était la soirée d'ouverture de l'exposition itinérante qui, à terme, retournerait en Égypte, terre d'origine de ces précieux objets. Mais, ce soir, c'était la toute première fois qu'un public d'invités triés sur le volet pouvait les admirer ! L'exposition, légitimement intitulée en l'honneur de Henry « La collection Henry Tomlinson de culture et d'art égyptiens », ne serait accessible au plus grand nombre que le lendemain matin.

Ce vernissage serait également l'occasion de rendre un vibrant hommage à celui sans qui cette somptueuse exposition n'aurait jamais vu le jour.

Seule ombre au tableau : Henry n'était plus là, pensa-t-elle tristement. Comme les trésors qui étaient exposés, il faisait désormais partie de l'histoire.

Or elle pressentait que cet homme dont la belle voix grave lui évoquait quelque chose avait un rapport avec Henry.

Pourtant, elle était sûre et certaine de ne l'avoir jamais vu.

Elle s'en serait souvenue…

Il était grand — plus d'un mètre quatre-vingt-cinq,

songea-t-elle. Ayant récemment suivi des cours d'identification pour apprendre aux criminologues à rechercher les détails qui leur permettraient d'affiner leurs descriptions, elle nota également que non seulement il mesurait à peu de chose près un mètre quatre-vingt-huit, mais encore qu'il était en excellente condition physique. Il avait une belle musculature. Sans doute fréquentait-il régulièrement une salle de sport, non pour se forger des abdominaux et des biceps impressionnants, mais pour entretenir la complexe machine humaine qui était son outil le plus important.

Comment pouvait-elle être tellement sûre de ses déductions ? se demanda-t-elle. C'était pourtant le cas.

Il portait un costume classique, pas l'ombre d'un bijou. Il était rasé de près et ses cheveux sombres étaient coupés court.

Un garde du corps ?

Dans la lueur pâle du clair de lune, elle ne parvenait pas à discerner la couleur de ses yeux, mais quelque chose lui disait qu'ils étaient clairs en dépit du brun foncé de ses cheveux.

Entre trente-trois et trente-six ans, estima-t-elle. Des vêtements d'une banalité étudiée : costume bleu marine, chemise bleu marine, cravate rayée bleu et noir. Des lunettes de soleil perchées sur sa tête.

Il s'approcha d'elle. Elle avait le sentiment qu'il l'avait examinée avec autant d'attention qu'elle venait de le détailler.

Non, décidément, elle ne l'avait jamais vu, mais elle avait déjà *entendu* sa voix.

— Désolé, je ne voulais pas vous déranger. Vous n'avez pas peur des momies, n'est-ce pas ? demanda-t-il encore, l'air interrogateur.

— Non, pas du tout. Oh ! enfin… Pour être très

exacte, je pourrais avoir peur de certaines bactéries que l'on peut trouver dans ces tombes anciennes… Mais, pour ce qui est des momies elles-mêmes, non. Mon père était policier — un très bon policier. Il m'a appris à me méfier des vivants, pas des morts.

— Un homme avisé, déclara-t-il.

Il avança d'un pas et tendit la main.

— Micah. Micah Fox.

Elle lui serra la main.

— Harley Frasier. Enchantée. Et, excusez-moi, mais… Qui êtes-vous ? Est-ce que nous nous connaissons ?

Il sourit.

— Oui et non. Je suis un ancien étudiant du Dr Tomlinson. J'étais à Brown lorsqu'il y enseignait. Il y a environ douze ans de cela, j'ai eu la chance de participer à l'une de ses expéditions. À l'époque, il cherchait le tombeau d'une princesse de la Ve dynastie, sous l'Ancien Empire.

Il s'interrompit, souriant toujours, et haussa les épaules.

— Et il l'a trouvé. Il est présenté dans l'une des salles d'exposition, non loin d'ici, près du temple.

Il se tut, scrutant son expression, puis s'enquit :

— Ça vous surprend ?

— Non, non, protesta Harley. C'est juste que vous n'avez pas l'air d'un égyptologue. Désolée… Non pas que les égyptologues aient une allure particulière, mais…

— Oh ! ne vous excusez pas, je ne suis pas égyptologue, répondit-il. Je voulais dire : cela vous surprend-il qu'il ait trouvé sa princesse ? En fait, ça n'a rien d'étonnant, bien sûr : Henry était le meilleur. Mais, bien que je me sois d'abord intéressé à l'archéologie, j'ai pris une autre direction par la suite. Je travaille aujourd'hui pour le gouvernement.

— Oh ! FBI ? demanda Harley.

Il hocha la tête.

— De vagues réminiscences me reviennent, dit-elle. Je veux dire… Je connais votre voix, et pourtant je ne vous ai jamais rencontré.

— Oui, c'est exact. Peut-être devrais-je commencer par le début. Je vous ai appelée après ce qui est arrivé au Dr Tomlinson… vous étiez alors à Rome. Votre groupe se déplaçait de pays en pays et moi, j'essayais de comprendre ce qui s'était passé. Je suis le monsieur Fox à qui vous avez parlé. L'agent spécial M. Fox, mais je dois avouer que je travaillais à titre personnel. Je n'étais pas missionné par le Bureau. Et je vous dois des excuses parce que j'en sais beaucoup sur vous, ce qu'il n'était pas opportun d'évoquer à l'époque. Vous êtes la cousine germaine de Craig Frasier et Craig et moi avons fait équipe, même si nous dépendons aujourd'hui de bureaux différents. Naturellement, vous avez rencontré un certain nombre d'hommes et de femmes du bureau de New York. Craig m'a dit que vous aviez terminé vos études et que vous étiez en train de décider quelle voie vous alliez choisir avec tous vos diplômes… rejoindre la police de New York, rester dans l'agence privée qui vous emploie aujourd'hui ou intégrer une agence fédérale. Mais, ce soir, vous êtes ici pour la même raison que moi : pour rendre hommage à notre ancien professeur. Vous avez été officieusement égyptologue pendant un été à son côté. Et, comme je viens de le mentionner, vous avez reconnu ma voix parce que nous nous sommes parlé par téléphone. Je travaille à la division criminelle du

FBI. Actuellement, je suis affecté à Washington DC. J'ai pris un congé pour venir ici.

— Je vois, dit-elle, même si, en réalité, elle ne voyait pas grand-chose, abasourdie qu'elle était par ce qu'il venait de lui révéler.

Mais Fox… Oui, c'était bien le nom de l'homme avec qui elle s'était entretenue au sujet de Henry voilà ce qui lui semblait être une éternité.

Aujourd'hui, cette période lui semblait bien nébuleuse — peut-être parce qu'elle se *refusait* à y penser ? Mais, en écoutant les propos de son interlocuteur, elle ne put s'empêcher de remonter le fil du temps et de se projeter en arrière… À ce soir où ils étaient rentrés au campement avec un bon repas pour leur professeur, riant et plaisantant, et où ils l'avaient trouvé gisant sur le sol, à côté du sarcophage brisé et de la « momie hurlante ». Étranglé par sa propre ceinture, les yeux exorbités, la gorge bleuie, contusionnée, une longueur de lin ancien encore enroulée autour du cou.

Cela avait immédiatement provoqué un tollé général. La sécurité était convaincue que personne de l'extérieur n'avait pu approcher des tentes de l'expédition — ils avaient maintenu un cordon de sécurité autour du périmètre de travail, dans lequel étaient plantées les tentes du personnel. La police égyptienne était intervenue, prête à participer à l'enquête.

Puis l'enfer s'était déchaîné. Le bruit leur était parvenu qu'un jeune groupe militant se faisant appeler l'Ancienne Garde, très hostile à l'expédition, allait passer à l'action de façon imminente. Peut-être dans l'intention de voler les objets mis au jour, pour financer leur cause. Le scénario était plausible et assez courant… Toute l'équipe avait dû plier bagage dans l'urgence. Des forces dépêchées par le gouvernement arrivaient sur les lieux, mais personne ne voulait que des scientifiques étrangers se retrouvent pris dans des tirs croisés.

La sécurité d'Alchemy, conjointement avec la police égyptienne, avait fait de son mieux pour préserver le maximum de l'expédition et pour protéger le corps de Henry Tomlinson afin que la lumière puisse être faite sur les circonstances de sa mort.

Beaucoup de choses avaient été perdues. Mais au moins personne d'autre n'avait-il été tué. L'enquête, conduite dans la précipitation par la police égyptienne et la sécurité d'Alchemy, avait conclu que le Dr Tomlinson, pris d'une crise de démence, s'était donné la mort. D'après leur rapport, il s'était figuré qu'une momie était revenue à la vie dans l'intention de l'assassiner... On avait craint qu'une bactérie inconnue n'ait causé son accès de folie passagère, et tout ce qui appartenait à l'expédition avait été minutieusement inspecté par une équipe scientifique qui avait pris des mesures de sécurité draconiennes.

Harley s'était farouchement opposée à ce verdict. Étant étudiante en criminologie, elle savait ce qu'il convenait d'effectuer pour mener une enquête criminelle ; or tout n'avait pas été fait — loin, très loin de là. La scène de crime n'avait pas été analysée comme elle aurait dû l'être.

Combien d'exemples existait-il d'hommes s'étant suicidés ainsi, avec leur propre ceinture ? Elle, en tout cas, n'en connaissait aucun. Et elle étudiait la criminologie !

Ses amis l'avaient d'abord soutenue. Puis, un par un, ils s'étaient tous persuadés que le pauvre professeur — bouleversé par l'enthousiasme que lui avait procuré sa découverte — avait perdu la tête. Personne ne parvenait à imaginer le motif pour lequel on aurait voulu le tuer. Henry Tomlinson avait été aimé et respecté de tous.

Les forces de police qui avaient pris l'affaire en main étaient incompétentes, d'après Harley. Les autorités, tant égyptiennes qu'américaines, avaient bâclé le travail.

Quant au personnel d'Alchemy…

Ils tenaient à la thèse du suicide. Ils ne voulaient pas entendre parler de meurtre. Ils avaient donc accepté les conclusions sans broncher.

Ils s'étaient déclarés immensément tristes, soulignant qu'avec le recul ils se rendaient compte que beaucoup d'erreurs avaient été commises.

Selon eux, l'équipe aurait dû se ménager davantage, être plus prudente !

Henry aurait dû être plus prudent !

L'enthousiasme du professeur pour le projet, avaient-ils osé laisser entendre, les avait tous conduits à faire l'impasse sur certaines règles de sécurité qui auraient pu éviter sa mort.

Belle façon de soutenir celui qu'ils avaient choisi comme directeur des fouilles ! songea Harley, dégoûtée.

Mais qu'est-ce qui lui arrivait ? se dit-elle. Ils auraient tous pu être tués par un groupe d'excités insurgés dont on ne savait même pas exactement contre quoi ils livraient bataille. C'était un miracle qu'ils s'en soient tous sortis vivants.

Enfin, *presque* tous, puisque ce pauvre Henry s'était suicidé, du moins aux dires des autorités et d'Alchemy, qui persistait à marteler qu'ils n'avaient jamais compris ce qui s'était passé, sur le plan biologique. Ils n'avaient pas reçu l'autorisation du gouvernement égyptien de retourner sur le site.

Et cette nuit-là…

On les avait d'abord conduits au Caire, puis, presque aussitôt — sur ordre des autorités égyptiennes et du département d'État américain —, on leur avait trouvé des places sur un vol pour Rome. De là, ils avaient été rapatriés à New York.

Mais, en y repensant, Harley se souvint que c'était pendant qu'elle était dans ce petit hôtel italien, près de la place d'Espagne, qu'elle avait reçu l'appel de cet homme. Fox. Il lui avait demandé de lui relater tout ce qu'elle savait. Et elle s'était exécutée, sans rien omettre, précisant qu'elle ne croyait pas un mot de l'explication officielle.

Il était impossible que Henry Tomlinson se soit suicidé.

L'agent spécial Fox avait paru accepter sa version des faits, mais, apparemment, il était dans l'impasse, lui aussi.

Comme elle, il avait été forcé d'admettre que personne ne le croirait.

Et voilà que, ce soir, tout à coup, pour la première fois depuis un an, tout lui revenait de cette affreuse tragédie.

Il s'agissait, en cette occasion spéciale, d'honorer la mémoire du Dr Henry Tomlinson. Au fil de la soirée, chacun secouerait tristement la tête, rappellerait combien l'éminent professeur manquait à l'égyptologie, dirait une nouvelle fois combien il était tragique qu'il ait ainsi perdu la tête à cause d'une science qu'il avait passionnément aimée et à laquelle il avait voué sa vie.

— Mademoiselle Frasier ?

Elle cligna des yeux et regarda l'homme qui se tenait devant elle, se demandant combien de temps elle s'était abîmée dans ses pensées.

D'une certaine façon, elle le connaissait. Simplement, ils ne s'étaient jamais rencontrés en chair et en os puisqu'on les avait tous évacués précipitamment avant son arrivée.

— Pardonnez-moi, dit-elle doucement.

Il secoua la tête.

— Ce n'est rien. Je sais que ce drame vous a bouleversée et que vous avez essayé de faire entendre votre voix, de réfuter la thèse du suicide. Camper sur votre position alors que tout le monde soutenait le contraire n'a pas dû être facile, déclara Micah Fox.

Non. Et ça ne l'était pas davantage aujourd'hui.

— Oh ! mais, voyons, vous ne savez pas ? se récria-t-elle, une ironie acerbe dans la voix. Henry a été pris d'un coup de folie ! La faute à des bactéries nichées dans les bandelettes. La curiosité scientifique l'a poussé à examiner les momies alors que les précautions de rigueur n'étaient pas encore prises. *C'est déjà tellement tragique — ne rends pas les choses pires en cherchant la petite bête.*

Son intonation était dure et sarcastique, elle en avait conscience.

Ils étaient seuls dans le secteur du temple — du moins était-ce ce qu'il lui avait semblé. Elle jeta néanmoins un coup d'œil autour d'elle et répéta :

— Pardonnez-moi, je m'emporte. Mais je reste convaincue qu'il a été assassiné. Ils ont effectivement trouvé des traces d'une bactérie, mais pas en quantité suffisante pour provoquer un tel effet. Henry a été tué, c'est une certitude. Et je n'ai rien pu faire pour le prouver.

Micah hocha la tête. Elle aimait bien son visage. Une mâchoire solide, un peu anguleuse. Des yeux, elle en voyait la couleur maintenant, qui étaient effectivement bleus — bleu ciel — et auxquels rien ne semblait échapper.

— N'oubliez pas que j'ai été son étudiant, moi aussi, et que je suis maintenant agent du FBI. Si, moi, je n'ai rien pu faire, comment l'auriez-vous pu ?

Il marqua une pause.

— J'ai encore quelques explications à vous fournir. Si j'en sais tant sur vous, c'est par le biais de Craig, bien sûr, mais également par Henry lui-même. Nous avions gardé le contact. De temps en temps, il me racontait ce qu'il faisait. J'étais entré dans les forces de l'ordre, mais j'aimais toujours l'égyptologie. Henry pensait énormément de bien de vous.

Il secoua la tête.

— Je n'imagine que trop bien ce qu'a dû être cette terrible soirée. J'espère que vous avez surmonté le choc désormais. Enfin, vous savez ce qu'on dit… Il n'y a qu'avec le temps…

— Oui, je sais.

— Avec le temps, tout guérit… à condition de ne nourrir aucun soupçon sur le passé.

— Ce qui n'est pas mon cas, concéda-t-elle sombrement. Ni le vôtre, apparemment.

— Non, en effet. Quoi qu'il en soit, j'aimerais que vous me reparliez de la dernière fois que vous l'avez vu. Si ça ne vous ennuie pas, bien sûr.

— Ce soir, c'est impossible. Ce n'est ni le lieu ni le moment.

— Je sais. À une autre occasion.

Harley hocha la tête.

— Entendu. Volontiers. Encore que je ne voie pas ce que je puisse vous apprendre que je ne vous ai déjà dit.

— C'est vous qui l'avez trouvé.

— C'est vrai.

— Je voudrais simplement que nous repassions les faits ensemble. Je sais que c'est pénible pour vous, mais…

— Cette enquête n'a été qu'une mascarade ! Vous connaissez la conclusion du médecin légiste : un suicide !

— Un médecin légiste égyptien qui souhaitait se débarrasser de cette affaire le plus rapidement possible, alors qu'une bande d'insurgés s'apprêtait à attaquer l'expédition.

C'était vrai, mais…

— La société, Alchemy, a fait venir sur place un autre médecin légiste. Il est tombé d'accord avec son collègue égyptien.

— Je suis sûr que tout a dû se traiter en deux minutes, au Caire ou à Rome. Et, une fois leurs conclusions établies, ils ont dû injecter un conservateur dans la dépouille de Henry et l'emballer dans une boîte. Donc, tout ce qui aurait pu constituer une preuve a été compromis. Peut-être que je me trompe complètement. Que *nous* nous trompons. Mais j'avoue que je me sentirais l'esprit plus tranquille si nous pouvions avoir une conversation.

— Oui, bien sûr, répondit-elle.

Comment ça, « bien sûr » ? Elle n'avait aucune envie de se remémorer cette horrible soirée.

Mais, d'un autre côté, elle avait enfin trouvé quelqu'un qui partageait son avis et croyait comme elle à une vérité que tout le monde avait, de bonne foi ou non, niée.

Ils se regardèrent, un peu embarrassés.

— Eh bien, ça a été un plaisir de vous rencontrer en personne. Je vais rejoindre la salle de réception, déclara Micah. Encore désolé de vous avoir interrompue. Vous aviez souhaité vous isoler un moment… Et, au fait, je connais très bien votre cousin, Craig. On a travaillé ensemble sur une affaire, à Washington, il y a quelques années. C'est vraiment un chic type.

— Oui, absolument, conclut Harley.

Elle sentit qu'il attendait autre chose. Peut-être qu'elle lui dise où et quand ils pourraient se revoir ? Mais il n'en prit pas plus qu'elle l'initiative car ils n'étaient plus seuls.

Jensen Morrow s'avançait vers le temple. Apparemment, il avait vu Harley, mais pas Micah dissimulé dans l'ombre de l'obélisque sculpté.

— Je savais que je te trouverais ici ! lança-t-il en s'approchant pour l'embrasser avec effusion.

Il avait rédigé sa thèse, obtenu son diplôme et commencé à travailler ici comme curateur adjoint en mettant en avant son doctorat en égyptologie. Il l'avait épaulée tout au long de cette épreuve, la soutenant dans ses soupçons, sa colère, ses demandes insistantes et ses dénégations — et, finalement, dans la défaite, lorsqu'elle s'était rendue à l'évidence et avait compris que rien ne serait entrepris.

Mais Jensen avait abandonné la partie comme les autres, elle en était sûre. Le mensonge avait été martelé tant de fois qu'il avait fini par devenir la vérité.

Harley lui donna l'accolade en retour ; elle aimait toujours bien Jensen. Dès leur rencontre, ils s'étaient liés d'amitié. Une amitié qui aurait pu évoluer vers autre chose ; il était drôle, plein d'énergie, attentionné, sans parler du fait qu'il était grand, avec un physique de beau brun ténébreux. Mais la mort de Henry Tomlinson avait tout changé.

Même si elle ne voyait pas très souvent les amis

qu'elle s'était faits en Égypte, chacun ayant suivi sa route et étant absorbé par son travail, ils étaient tous restés en contact. Ils étaient même étrangement proches. Sans doute en raison des expériences fortes qu'ils avaient partagées — les fouilles, l'exaltation de la découverte, la mort de Henry et l'évacuation forcée du désert dans la panique en pleine nuit. Tout cela avait créé un puissant lien affectif entre eux.

Mais cette proximité était entachée par la perte de l'homme qu'ils avaient tous vénéré. Entachée, aussi, par la façon dont ils avaient fui la nuit même de sa mort sous la menace de la terreur.

Elle s'était plongée à corps perdu dans ses études, avait terminé sa thèse, puis s'était mise à travailler à temps partiel pour une prestigieuse agence d'investigation en ville afin de pouvoir poursuivre ses cours en attendant de décider de la carrière qu'elle entendait embrasser. Pour l'instant, ce statu quo lui convenait. Mais elle allait bientôt devoir faire un choix. Et pourtant, même si elle complétait son cursus en vue de sa future carrière, elle ne pouvait se défaire du sentiment qu'elle retardait l'échéance. Un emploi temporaire — avec des horaires flexibles… C'était tout ce qu'elle se sentait capable d'accepter pour le moment.

— Ils ne vont pas tarder à commencer, déclara Jensen en s'écartant d'elle pour la regarder.

Ce fut seulement alors qu'il s'avisa de la présence d'une tierce personne.

Contrit, il tendit la main à Mica Fox.

— Oh… Désolé. Je ne vous avais pas vu. Jensen Morrow.

— Micah Fox. Et, en réalité, nous nous sommes déjà parlé… par téléphone il y a un an à propos de la mort de Henry.

— Oh ! c'était vous ? répliqua Jensen. Waouh ! J'espère que je n'ai pas été trop évasif, ou impoli ? Si c'est le cas, mes plus plates excuses. C'est simplement que… Il faut avoir été présent ce soir-là pour savoir comment les choses se sont passées… Nous avons trouvé Henry ou, plutôt, Harley l'a trouvé. Et, à partir de là, tout s'est enchaîné si vite, dans une telle confusion… Quand le médecin légiste est arrivé sur les lieux, la police et la sécurité s'activaient déjà pour nous évacuer, brandissant la menace d'insurgés qui n'étaient qu'à quelques kilomètres de là et clamant qu'il fallait quitter le campement séance tenante. Harley et moi étions anéantis, incrédules, mais… Enfin, voilà, conclut-il, penaud.

— Vous n'auriez rien pu faire de plus, déclara Micah.

— Vous êtes du FBI, n'est-ce pas ? Évidemment, si vous, vous n'avez rien pu faire, Harley et moi, qui n'avions aucune légitimité judiciaire, ne pouvions guère faire plus que formuler nos doutes et nos interrogations. Ce dont nous ne nous sommes pas privés. Ce qui me chiffonne, c'est que, si une bactérie l'a infecté, elle aurait dû contaminer quelqu'un d'autre. Nous n'étions pas dans un espace clos, confiné. Quoi qu'il en soit, aviez-vous été chargé de l'enquête… officiellement ? Le FBI est-il habilité à exercer en Égypte ?

— Le FBI peut travailler n'importe où, en fonction des nécessités, répondit Micah. Mais… si je suis intervenu, c'est à titre personnel, à cause de Henry.

— L'agent spécial Fox a eu Henry pour professeur il y a longtemps, s'empressa de préciser Harley.

— Ah, murmura Jensen, qui parut se satisfaire de cette explication. Je suppose que vous l'adoriez, vous aussi ?

— Oui. Un brillant scientifique. Mort dans d'horribles circonstances.

Jensen jeta un coup d'œil à Harley.

— Je pense que nous sommes les derniers à l'avoir vu vivant. Harley avait tenté de le convaincre de se joindre à nous. Mais vous le connaissiez… Elle a eu beau faire, il n'a pas cédé. Il tenait à poursuivre son travail.

— Oui, j'imagine, dit Micah avant de s'éclaircir la gorge. Ah… Je crois qu'ils sont prêts à commencer.

— Allons-y.

Harley glissa ses doigts dans la main de Jensen et ils s'éloignèrent, saluant Micah d'un signe de tête.

C'était absurde, mais elle avait peur, tout à coup, qu'une trop grande proximité s'installe entre elle et cet homme. Non seulement il émanait de lui une grande force, mais encore il était pour elle comme une source de chaleur dans ce monde qui lui était devenu froid et hostile. Et puis il avait trop d'assurance, il était trop séduisant.

Rattrapée par le chagrin, la tristesse et la colère, elle aurait pu facilement céder à l'émotion par une soirée comme celle-ci. Avec un homme comme celui-ci.

Dans son dos, elle sentit le regard de Micah posé sur eux.

Et elle se demanda ce qu'il pensait.

Harley Frasier était certainement une belle jeune femme, songea Micah en la regardant s'éloigner, main dans la main, avec Jensen Morrow.

Il l'avait étudiée de loin pendant un bon moment avant de l'aborder. De toute évidence, elle était très attachée à Henry. Et il savait à quel point son ancien professeur l'avait appréciée, elle.

D'après Craig, elle avait des parents merveilleux, un frère aînés et des grands-parents toujours en vie ; bref, elle était bien entourée. Ses parents à lui avaient péri dans un accident alors qu'il était encore enfant ; c'était sa tante qui l'avait élevé. Tante Jane… Une femme pleine de compassion et de talent, à laquelle il vouait un amour sans bornes, mais elle était sa seule famille. Il n'avait ni frères ni sœurs, pas de cousins — personne d'autre nulle part, pour autant qu'il sache. Il avait beau venir d'une vieille famille de Virginie, au fil des temps, celle-ci s'était réduite jusqu'à ne plus compter que lui et Jane.

Son père avait appartenu au FBI, lui aussi. Les gens s'étaient inquiétés des dangers liés à sa profession, mais personne, évidemment, ne se serait imaginé qu'il mourrait jeune dans l'écroulement d'un pont.

Henry Tomlinson l'avait traité comme un fils. Il lui avait fait partager son enthousiasme pour l'égyptologie. Henry avait une famille qu'il adorait. Il n'était pas marié, mais il était très proche de sa nièce et de son neveu par alliance et littéralement gâteux devant leurs enfants.

Un jour, il avait envoyé à Micah des photos d'un vase canope d'un style inhabituel en même temps que des clichés de ses petits-neveux posant devant l'objectif avec leur nouvel animal de compagnie. Typique de Henry !

Micah suivit pensivement des yeux les deux jeunes gens, se demandant s'il ne se lançait pas dans une vaine entreprise. La vérité concernant la mort de Henry serait-elle jamais découverte ? Henry avait été tué, ce qui était déjà terrible en soi, mais cela s'était produit une nuit où le gouvernement égyptien, redoutant une explosion de violence, et le département d'État s'étaient employés à éloigner le plus vite possible tout le personnel du site et à le renvoyer dans la foulée à l'étranger. Le groupe qui avait planifié cet attentat se faisait appeler l'Ancienne Garde.

Apparemment, ils ne croyaient pas aux promesses d'Alchemy selon lesquelles les trésors mis au jour seraient prêtés aux États-Unis et à d'autres pays avant d'être restitués à l'Égypte, dont ils resteraient propriété. Mais peut-être n'était-ce qu'un prétexte ? Peut-être l'Ancienne Garde, comme la plupart des mouvements extrémistes, ne cherchait-elle qu'à faire elle-même main basse sur le butin afin de financer son combat — quel qu'il soit ?

Toujours est-il qu'ils avaient soit battu en retraite, soit été rapidement mis en déroute lorsqu'ils avaient rencontré une résistance armée.

Micah s'était rendu au Caire pour enquêter officieusement sur la mort de Henry, puis à Rome, où les membres de l'expédition avaient brièvement séjourné. Mais, à son arrivée en Italie, ils s'étaient déjà envolés pour les États-Unis. Ayant toujours un jour de retard sur leurs déplacements, il avait dû se contenter des échanges téléphoniques qu'il avait eus avec certains d'entre eux. Et, lorsqu'il était lui-même rentré en Amérique, trop de temps s'était écoulé.

Henry avait été incinéré, ainsi qu'il en avait exprimé le souhait auprès de sa nièce pour le cas où il lui arriverait quelque chose. Et il était donc trop tard pour requérir une expertise.

Mais, évidemment, Henry n'avait pas imaginé une seconde qu'il pourrait un jour être assassiné.

Et, d'ailleurs, pourquoi tuer un éminent professeur comme lui ? Jamais il n'avait cherché à s'approprier la moindre antiquité déterrée. Son unique but, c'était de faire découvrir au monde entier les trésors de culture de l'Égypte ancienne.

Ce soir… Eh bien, ma foi, ce soir, Micah devait ouvrir l'œil. Il allait pouvoir observer tous ceux qui avaient côtoyé de près Henry pendant ses derniers jours.

C'était la salle d'exposition principale du musée qui avait été choisie pour la tenue du grand gala privé d'inauguration. Le monument majeur de la vaste salle était une réplique massive d'un temple mésopotamien qui trônait en son centre, sous une imposante rotonde vitrée. Le musée était magnifique etsitué à quelques centaines de mètres seulement de son grand cousin, le Metropolitan. Nombre de concepts qui avaient fonctionné dans ce dernier avaient d'ailleurs été réutilisés ici. La plupart des bureaux, par exemple, aménagés au sous-sol, étaient invisibles des visiteurs. Le musée était consacré au monde ancien. Il se divisait en sections qui couvraient l'époque des premiers humains jusqu'aux riches civilisations antiques de la Grèce, de l'Égypte, de la Perse, de la Mésopotamie et autres.

L'exposition qui allait ouvrir ses portes au public le lendemain constituait un ajout admirable aux collections permanentes. Les expositions temporaires n'étaient par définition destinées à ne durer qu'un temps, mais cette salle d'exposition continuerait à attirer les foules à cause du travail de Henry et d'autres archéologues et scientifiques. Mais, pour l'instant, c'était Henry et lui seul qui était à l'honneur.

La salle était remplie d'hommes et de femmes qui bavardaient, en couple ou par petits attroupements, tandis que les serveurs et serveuses en uniforme noir et blanc se faufilaient entre les groupes, un plateau à la main, proposant amuse-bouches et flûtes de champagne.

Beaucoup de ceux qui avaient été invités étaient ici parce qu'ils étaient des mécènes du musée. Il y avait aussi un certain nombre de politiciens, dont le maire de la ville.

Aucun de ces invités-là n'intéressait Micah.

Il balaya la foule du regard, notant les personnes qui avaient retenu son attention.

Arlo Hampton, jeune, aimable, ambitieux. Grand et mince, mais l'air emprunté et juvénile dans son costume, il parlait avec un dignitaire égyptien. Ned Richter et sa femme, Vivian. Lui de constitution robuste, elle, plutôt menue, souriants tous les deux, se tenant proches l'un de l'autre, discutant avec le maire. Et là-bas, entre un metteur en scène de Broadway d'un certain âge et sa dernière conquête, Belinda Gray, venue sans son fiancé qui servait toujours sous les drapeaux. Il avisa ensuite Roger Eastman, sec et mince, le nez chaussé d'épaisses lunettes, évoquant d'une voix forte, à grand renfort de gestes, une innovation technique permettant d'améliorer la sécurité des objets d'art historiques de grande valeur. À l'autre bout de la salle, au milieu d'une cour de jeunes employées du musée, se trouvait Joe Rosello. Doué d'une personnalité apparemment charismatique et débordant d'énergie, il avait une carrure d'athlète, la tête couronnée de cheveux noirs bouclés et un sourire éblouissant de blancheur.

Micah s'était renseigné sur tous ceux qui avaient participé aux dernières étapes des fouilles et avaient eu accès à la tente de stockage. Pour les travailleurs d'origine égyptienne, ce n'avait pas été une mince affaire. Comme ils n'étaient ni archéologues ni experts en conservation, ils n'avaient pas été autorisés à pénétrer dans le centre névralgique du camp, où se dressait la tente de stockage. Mais il s'était efforcé d'être aussi exhaustif que possible. Cependant, son instinct lui criait que le coupable n'était pas à chercher parmi les Égyptiens, mais bien parmi ceux qui étaient censés admirer et honorer Henry.

Pourquoi ? se demanda-t-il de nouveau. Pourquoi diable avait-on tué Henry ? S'il parvenait à trouver la réponse à cette question…

— Micah ?

Il se retourna. Il ne s'était pas attendu à connaître tant de gens ce soir. Son nom avait été prononcé d'une voix douce par l'une des rares personnes qu'il connaissait bien.

Simone Bixby. La nièce de Henry Tomlinson.

À trente-six ans, avec ses cheveux blond clair, Simone avait l'air d'une éternelle adolescente. Elle était petite et mince, avec de grands yeux. Elle était accompagnée de son mari, Jerry, banquier, mince et doté d'yeux immenses, lui aussi.

Micah les salua chaleureusement tous les deux.

— Merci d'être venu. Et merci aussi de l'intérêt que vous portez à mon oncle, déclara Simone. C'est tellement difficile, encore aujourd'hui, d'accepter leurs conclusions.

— Oui, je comprends, admit Micah.

— Mais, ce soir, ajouta gaiement Jerry. Nous sommes là pour rendre hommage à son travail.

— Oui. Et quel travail ! renchérit Micah. Comment vont les enfants ?

— Ils grandissent, répondit Simone. Ils ont dix, huit et cinq ans, maintenant.

Il hocha la tête.

— J'ai vu des photos. Ils sont adorables.

— Merci. Ce n'est pas moi qui vais vous dire le contraire, répliqua en riant Simone. Ils aimaient tellement l'oncle Henry, eux aussi…

— Il nous manque à tous.

— Oh… Voilà Arlo Hampton, annonça Jerry. Micah, pouvons-nous parler tout à l'heure ? Simone, il faut qu'on sache ce qu'il veut qu'on fasse quand ce sera son tour de prendre la parole.

— Vous nous excusez ? ajouta Simone.

— Bien sûr.

Ils s'éloignèrent et il reprit son examen des personnes présentes.

Bingo, toute la bande est là, au grand complet. Les étudiants. Le personnel administratif. Les égyptologues. Les hauts fonctionnaires de la ville. Le personnel du musée. Et…

Une femme à la peau sombre et aux cheveux de jais avait approché Simone et son mari. Arlo se tenait à côté d'eux.

Yolanda Akeem. Ils s'étaient rencontrés brièvement — très brièvement — au Caire. C'était la déléguée du Conseil Suprême des Antiquités égyptien. Bien évidemment, elle était là, elle aussi.

Elle le vit qui l'observait. Elle leva son verre d'un geste élégant dans sa direction pour le saluer.

Elle lui avait transmis les informations dont elle disposait, au Caire, c'est-à-dire pas grand-chose. Une restitution verbale du rapport d'autopsie plus que succincte et un cours sur les dangers du Moyen-Orient. Il ne l'avait écoutée que d'une oreille distraite. Le corps de Henry avait déjà été enlevé et les membres de l'équipe, expédiés à Rome.

Ce soir, donc, tout ce petit monde était réuni ici.

Et il y avait Harley Frasier, bien sûr. Le sourire aux lèvres, elle était en train de parler avec Gordon Vincent, le directeur général du musée. Même de loin, son sourire était forcé, il le voyait. À son côté, Jensen souriait et bavardait, lui aussi, plus amène et charmant que jamais. Comme s'il cherchait à se montrer sous son meilleur jour, songea Micah.

Ce qui, à première vue, ne semblait pas nécessaire puisqu'il était déjà engagé par le musée.

Ce n'était pas le cas de Harley. Elle travaillait pour Fillmore Investigations, une grosse société de sécurité et d'investigation qui avait une clientèle civile, mais était réputée pour son étroite collaboration avec la police de New York et avec d'autres forces de l'ordre, d'État ou fédérales. Le fondateur de la société, Edward Fillmore, avait survécu de justesse à un enlèvement contre rançon, étant enfant. Il avait créé cette entreprise avec pour objectif de faire coopérer toutes les agences de sécurité, qu'elles soient publiques ou privées, dans l'intérêt des victimes. Étant donné que c'était un point de vue similaire qui avait poussé Micah à intégrer le FBI, l'homme lui était a priori sympathique, même s'il ne le connaissait pas. Micah se réjouit que Harley Frasier ait choisi une société aussi sérieuse. Bien sûr, cela ne le regardait pas, mais…

Il avait éprouvé quelque chose… d'indéfinissable pour elle en entendant sa voix au téléphone, un an plus tôt.

Et maintenant qu'il l'avait vue…

Bref, n'importe qui l'aurait jugée attirante et séduisante.

Lui, en tout cas, avait été charmé et impressionné. Pour ne pas dire plus.

Même s'il la connaissait à peine.

Il s'obligea à détourner les yeux et à observer de façon objective les autres personnes présentes dans la salle.

Il se plaçait un peu en retrait pour contempler la foule à son aise lorsqu'il s'avisa qu'un ami était arrivé.

— Je dois avouer que je pensais bien te trouver ici, déclara Craig Frasier.

Micah sourit sans tourner la tête.

— Et je ne suis pas plus surpris que toi que tu sois là aussi.

— Je ne veux pas que tu t'attires des ennuis, murmura Craig.

— Mais je ne suis là que pour rendre hommage à la mémoire d'un vieil ami, protesta Micah.

— À d'autres ! répliqua Craig avec un sourire en coin, étudiant la foule rassemblée dans la grande salle. Mais je me demande ce que tu espères découvrir après tout ce temps.

Micah se tourna enfin vers Craig avec un demi-sourire un peu désenchanté.

— C'est juste. Disons que ce serait bien que quelqu'un se sente subitement pris d'un accès de culpabilité et reconnaisse avoir perdu l'esprit — à cause des bactéries contenues dans les bandelettes, bien sûr — et tué Henry.

— Ne rêve pas ; ça n'arrivera pas.

— Je sais.

— Alors ?

— Ne t'inquiète pas. Je ne vais pas harceler ta cousine.

— Je ne m'inquiète pas. Je pense que vous pourriez être utiles l'un à l'autre si vous pouviez avoir une vraie discussion. Peut-être trouveriez-vous un angle d'attaque, même si c'est bien tard. Tout s'est enchaîné avec une telle précipitation après la mort de Henry. Et dans un climat de tension politique… Le département d'État qui s'en mêle, toutes ces salades. Ça sent le scandale qu'on veut étouffer. Oui, ce serait bien que vous ayez une conversation.

— On dirait que la version officielle de l'affaire ne te satisfait pas non plus, déclara posément Micah.

— C'est le cas. Je pense qu'il y a eu manipulation.

— Pas par le gouvernement, dit Micah.

— Par qui, alors ?

Micah regarda son ami.

— Alchemy ?

Craig n'eut pas le loisir de répondre.

Arlo Hampton approchait du micro sur une petite estrade placée au centre de la salle.

— Mesdames et messieurs, amis du musée, de la science et de l'exploration archéologique… Amis de la ville de New York !

Il fallut un moment pour que l'auditoire cesse de parler et concentre son attention sur l'orateur. Quelqu'un tapota sa flûte de champagne avec sa fourchette. Et le silence se fit.

— Nous sommes heureux de vous accueillir ici ce soir, pour inaugurer cette magnifique exposition. Si nous sommes tous ici rassemblés ce soir pour admirer ces merveilles, c'est grâce au génie d'un homme… un scientifique brillant, généreux, un homme dont le nom figurera désormais sur les murs de notre musée : le Dr Henry Tomlinson. Il était aimé et respecté de tous ceux qui le connaissaient. C'était un érudit, mais également quelqu'un de très humain, tout dévoué à sa famille et à ses amis. Égyptologue émérite…

Un murmure parcourut soudain l'assistance et Arlo Hampton se tut. Tout le monde se retourna.

Quelqu'un avait surgi des marches menant au sous-sol et s'avançait en titubant parmi les invités.

Quelqu'un qui était déguisé en momie et qui fendait la foule d'un pas chancelant, comme sorti tout droit d'un mauvais film d'horreur.

S'agissait-il d'une performance ?

Manifestement non, puisque Arlo Hampton grommelait un rapide « Veuillez m'excuser » et quittait précipitamment l'estrade pour venir à la rencontre de la « momie » qui, maintenant, s'approchait de lui.

— Qu'est-ce que c'est que ce cirque ? l'entendirent marmonner Micah et Craig comme il passait à proximité d'eux. Richter, c'est vous ? Espèce d'idiot ! C'est vous ?

Ce n'était pas Richter, Micah en eut immédiatement la certitude. Richter était trop charpenté pour être la personne qui se dissimulait sous ce travestissement.

En tout cas, pas *Ned* Richter.

Le téléphone à la main, Micah s'élança vers la « momie ». Il composa le 911 tout en ordonnant à voix haute :

— Enlevez-lui ces bandelettes ! Vite !

La momie s'écroula.

Micah n'eut que le temps de rattraper le corps enveloppé de lin avant qu'il ne touche le sol.

Aussi rapidement qu'il le put, il déroula les bandes de tissu.

Le son d'une sirène lui parvint.

Puis Vivian Richter le regarda, frissonna et ferma les yeux.

Les bandelettes avaient été imbibées de poison, Micah en était certain.

2

Le chaos régnait maintenant dans la salle.

Choquée et horrifiée, Harley contemplait la scène.

Vivian avait été enveloppée de couches et de couches de bandes de lin étroitement serrées. Les bandelettes extérieures étaient abîmées, déchirées ; elles provenaient sans aucun doute d'une momie de l'Antiquité. Les couches inférieures étaient composées de lin contemporain, comme celui qu'utilisait le musée pour ses reconstitutions.

Vivian pleurait et cherchait son souffle, gémissant des paroles incohérentes. Une femme médecin était agenouillée auprès d'elle. Elle avait pris les choses en main et, le téléphone collé à l'oreille, elle informait en temps réel les secouristes qui étaient en route de l'état de sa patiente.

L'agent spécial Fox avait déjà pris soin de faire bloquer toutes les issues. Personne ne devait sortir de la salle.

Harley se félicita que Craig soit là — avec Kieran, bien sûr, sa… fiancée. Elle ne savait pas exactement ce qu'ils étaient officiellement l'un pour l'autre, mais une chose était certaine : ils étaient ensemble pour la vie. Kieran, prenant son rôle de presque cousine aînée très au sérieux, se tenait auprès d'elle, prête à la réconforter. Mais Harley n'avait pas besoin de tant de sollicitude. Elle était criminologue, après tout. Calme et stoïque, elle regarda Micah et Craig poser des questions, rassurer les gens.

— Elle va mourir ! Elle va mourir ! cria Simone Bixby, la nièce de Henry.

Micah Fox s'approcha aussitôt, mit une main réconfortante sur son épaule et la fit asseoir.

La sécurité du musée était arrivée, la police de New York et la police d'État également.

Les invités, que Micah et Craig avaient sans délai groupés par catégories en fonction de leur rapport avec le musée, échangeaient à voix basse, l'air horrifié. Il y avait les employés du musée ; les invités spéciaux. Les membres de l'expédition se tenaient dans un coin. Harley se trouvait donc avec Belinda Gray, Joe Rosello, Roger Eastman et Jensen Morrow — ainsi qu'avec l'égyptologue d'Alchemy, Arlo Hampton.

Ned Richter était penché au-dessus de sa femme.

Tout cela lui parut durer une éternité, mais il ne se passa en réalité que quelques minutes avant que le hurlement des sirènes ne s'arrête et que les urgentistes n'entrent en trombe dans la salle.

Entre-temps, Arlo Hampton avait été transféré dans le groupe de personnes étroitement associées à l'exposition.

Tous ceux qui avaient de près ou de loin participé aux préparatifs de la soirée formaient un groupe distinct.

Les policiers et les techniciens du laboratoire scientifique s'éparpillèrent dans le musée, certains allant examiner la partie consacrée à Amenmose, d'autres investissant les bureaux et les locaux où s'était préparée l'exposition.

— Dommage que la soirée ait été interrompue

alors qu'elle venait à peine de commencer, déclara Joe Rosello, l'air profondément déçu. Tout ce vin, ce champagne et cette nourriture gaspillés…

— Joe ! s'exclama Belinda d'un ton réprobateur. Qu'est-ce qui te prend ?

— Oh ! ça va. Nous savons tous que Vivian Richter est une comédienne.

— Mais, là, elle risque de mourir, argua doucement Roger.

— Elle ne mourra pas… Vous verrez, insista Joe.

— Il paraît qu'elle aurait été empoisonnée, continua Roger. Par quelque chose qui se trouvait sur les bandelettes.

— Elle va être très, très malade, ajouta Jensen. Ces vieilles bandelettes déchirées dans lesquelles elle était entortillée… Dieu seul sait d'où elles viennent. Et de quelle saleté elles peuvent être porteuses…

— Une saleté qui pourrait très bien avoir été versée intentionnellement dessus, indiqua Roger. Pour l'empoisonner.

Un long silence accueillit sa remarque.

— Et la tuer… comme Henry Tomlinson, déclara Belinda, formulant tout haut ce que chacun pensait tout bas.

De nouveau, tous se turent.

— Super, conclut posément Harley. Mais, au moins, peut-être que, maintenant, d'autres que moi seront prêts à se battre pour savoir ce qui est arrivé à Henry.

En fait, elle s'était déjà découvert un allié ce soir. En la personne de cet agent spécial à la voix caressante. L'ami de Craig. Micah Fox.

— D'accord, d'accord, concéda Belinda. C'est vrai que, sur le moment, je n'ai pas cherché à en savoir plus. Mais deux médecins légistes affirmaient que c'était une bactérie qui avait perturbé l'équilibre mental de Henry et l'avait conduit à se tuer, alors…

De nouveau, personne ne souffla mot pendant quelques instants.

— Que pouvions-nous faire ? reprit Belinda d'un ton plaintif. Nous n'avions aucun pouvoir. Les insurgés menaçaient le camp et tout le monde voulait nous évacuer.

— Pour autant, aucun de nous n'a réellement cru à la thèse du suicide, rappela finalement Jensen.

— Mais nous avons tous laissé faire, conclut Roger d'un ton chagriné. À l'exception de Harley… que nous n'avons pas écoutée.

Il soupira.

— Mais, sérieusement, quelle était notre marge de manœuvre ? Il y avait ce groupe de rebelles prêt à s'en prendre à nous. Je suis désolé, mais je suis forcé de reconnaître que je n'avais pas envie de me faire trucider. Sur le moment, je ne me suis pas soucié de savoir si on recueillait correctement les indices matériels ; je ne pensais qu'à une chose : fuir et sauver ma vie ! Et, au bout du compte, nous avons tous fini par adhérer à la thèse…

De ses index et majeurs repliés, il dessina dans l'espace des guillemets virtuels.

— Officielle. C'était plus simple et…

— Mademoiselle Frasier !

Harley se retourna. C'était McGrady, l'enquêteur en civil qui avait apparemment été chargé de l'enquête. Il était mince et son expression était dure, fermée. Son partenaire, plus corpulent, avait un visage poupin, enfantin presque, et il arborait un sourire bienveillant. Lui s'appelait Rydell.

On la conduisit dans l'un des bureaux du musée,

où la police avait établi son quartier général. Du coin de l'œil, elle vit son cousin Craig et l'énigmatique Micah Fox entrer à leur tour dans la pièce. Ce bon vieux Craig… Toujours présent lorsqu'elle avait des problèmes. Fugitivement, elle se demanda ce qui se serait passé si elle avait parlé à son ami Fox quand il l'avait approchée, en début de soirée, près du temple.

Le drame aurait-il pu être évité ?

Ils restèrent debout, en retrait, derrière elle.

McGrady prit place derrière le bureau et l'interrogea d'un ton sévère :

— Mademoiselle Frasier, quel est exactement votre lien avec le musée, l'expédition… et la personne qui a été intoxiquée ?

— Je faisais partie de l'expédition. Pour ce qui est de Vivian, je n'ai aucun lien particulier avec elle. Elle est mariée à Ned Richter, le directeur général d'Alchemy, l'entreprise qui a financé la campagne de fouilles et qui est donc le principal sponsor de cette exposition. Nous vivions tous dans une relative promiscuité dans le Sahara, par la force des choses.

— Donc, vous la connaissiez bien ?

— Non. Nous étions simplement… collègues.

— Mais vous aimez les momies, n'est-ce pas ? Tout ce qui touche à l'Égypte ancienne ? insista McGrady.

— Oui, bien sûr. C'est une culture fascinante.

— Et ce pourrait être une bonne blague à faire à quelqu'un que de l'enrouler dans du lin empoisonné… Comme une momie ?

— *Quoi ?* s'écria Harley.

McGrady se pencha en avant, agitant un crayon dans sa direction.

— C'est vous qui avez découvert Henry Tomlinson… mort. Je me trompe ?

Ces sous-entendus… C'en était trop.

Elle entendit une exclamation sourde derrière elle. Craig ou Micah Fox ? Elle n'aurait su le dire.

Mais peu importait. Elle était capable de se défendre et c'était exactement ce qu'elle allait faire. Elle s'inclina en avant.

— Oui, c'est moi. C'était mon ami et mon mentor. Quand je l'ai trouvé mort, j'ai alerté les autorités, j'ai fait part de mes doutes… J'ai remué ciel et terre, croyez-moi ! Mais personne, vous m'entendez ?, *personne* n'a paru s'en soucier. On nous a rétorqué que des insurgés faisaient subitement peser une menace imminente sur nous, que mettre les vivants en sécurité était plus urgent que d'enquêter sur la mort du professeur Tomlinson. OK, cela, je pouvais le comprendre. Du point de vue des autorités, c'était la décision logique à prendre. Mais ensuite ? Il n'y a eu qu'une autopsie bâclée avant que le corps ne soit rapidement rapatrié aux États-Unis, où sa nièce, effondrée, l'a aussitôt fait incinérer. Et maintenant, vous venez me poser des questions sur Henry ? et sur Vivian Richter ? Comme si c'était moi la coupable ? Vous ne manquez pas d'air ! J'étais ici ce soir pour rendre hommage à la mémoire de Henry. Je n'avais jamais vu l'exposition avant ce soir. Je n'ai eu aucune relation avec Alchemy depuis notre retour. Alors, je vous invite à vous tourner vers ceux qui ont des liens avec ce musée et ont participé à la préparation de cette exposition.

McGrady en resta sans voix pendant un moment.

Dans la pièce, on aurait entendu une mouche voler.

Puis il sembla à Harley discerner un « bravo » étouffé.

McGrady s'éclaircit la gorge.

— Désolé de vous avoir froissée, mademoiselle Frasier. Mais l'état de Vivian Richter est très préoccupant. Nous pourrions nous retrouver avec un meurtre sur les bras, donc…

— Vous avez *déjà* un meurtre sur les bras ! Le Dr Tomlinson a été assassiné. Il ne nous reste plus qu'à prier pour que Vivian s'en sorte vivante, mais le fait est qu'un tueur est à l'œuvre. Vous avez d'autres questions ? conclut Harley.

— Avez-vous vu Vivian au cours de la soirée ?

— Non.

— Mais vous êtes arrivée en avance, non ?

— Seulement de quelques minutes. Je me suis rendue du côté du temple.

— Dont l'accès est interdit jusqu'à l'ouverture officielle de l'exposition, demain.

— J'ai été autorisée à y pénétrer parce que j'étais membre de l'expédition.

— Et vous étiez donc près de l'endroit où s'effectuaient les préparatifs de l'exposition ?

— Oui.

— Où devait se trouver Vivian.

— Peut-être.

— Mais vous ne l'avez pas vue. Qui avez-vous vu ?

— Seulement Jensen Morrow. Il travaille ici ; il s'occupe de l'exposition. J'ai vu Jensen. Oh ! et aussi l'agent spécial Fox, dit-elle en se retournant brièvement vers lui.

Craig et lui se tenaient derrière elle, comme deux sentinelles de l'Égypte ancienne veillant sur elle. Pour un peu, ils lui auraient presque tiré un sourire. *Presque*. Elle n'arrivait pas à en croire ses oreilles : ce policier venait lui chercher des noises alors qu'elle avait fait des pieds et des mains pour secouer les autorités à la mort de Henry et que personne n'avait voulu l'écouter !

— Agent spécial Fox ? interrogea McGrady.

— Je suis arrivé juste après Mlle Frasier. On m'a indiqué qu'elle était allée du côté du temple. Je voulais lui parler à propos de la mort de Henry Tomlinson. Donc, je l'ai rejointe aussitôt. Nous étions en train de discuter quand son collègue d'expédition, Jensen Morrow, est arrivé. Exactement comme elle vous l'a dit.

McGrady se leva.

— Bien. Mademoiselle Frasier, vous pouvez partir.

Harley se redressa, elle aussi, et lui jeta un regard noir.

— Vous m'en voyez ravie. Mais peut-être auriez-vous l'obligeance, avant, de me dire comment va Vivian ? Même si nous n'étions pas proches, nous avons travaillé ensemble.

McGrady soupira.

— Elle tient le coup. Les médecins s'efforcent de combattre l'effet du poison.

— De quel produit s'agissait-il ?

— L'enquête est en cours. Même si je disposais de cette information, je ne pourrais pas vous la communiquer.

— Je vois. Merci.

Harley sortit, la tête haute, Craig et Micah sur ses talons. Il lui sembla entendre McGrady grommeler : « C'est ça… Et emmenez vos agents fédéraux avec vous ! »

— D'habitude, nous avons d'excellents rapports professionnels avec la police de New York, crut bon de préciser Craig.

— Peut-être qu'il est furieux parce qu'il ne sait

pas dans quoi il met les pieds. En l'état actuel des choses, il est impossible de savoir ce qui s'est passé, déclara Micah.

Harley fit volte-face.

— Vous plaisantez ? Vous et moi savons très bien que Henry a été tué. Et quand Vivian Richter fait irruption, en pleine inauguration de l'exposition, entortillée comme une momie dans des bandelettes imbibées de poison, vous en concluez qu'on ne sait pas ce qui s'est passé ? On le sait très bien : quelqu'un a essayé de la tuer !

Craig la saisit par les épaules.

— Harley, stop ! Micah est de ton côté. Calme-toi.

Elle rougit, gênée. Ils étaient dans le couloir, juste de l'autre côté de la porte. Rydell, le gentil flic, celui qui avait le visage poupin, sortit pour aller chercher Jensen Morrow. Comme ces flics étaient stupides ! Jensen et elle étaient ensemble ce soir-là, loin du camp, quand Henry avait été tué. Ils ne semblaient pas assez futés pour voir que les tenants et les aboutissants de cette affaire étaient plus complexes qu'il n'y paraissait. Et si leurs yeux ne se dessillaient pas très vite, ils auraient peut-être bien un nouveau mort sur les bras très bientôt.

Mais Craig avait raison. Elle n'avait aucun motif de se défouler sur Micah Fox.

Pourquoi donc se montrait-elle si agressive ?

Il essayait de l'aider. Il était…

Il était… une promesse qu'elle avait peur d'accepter. Il proclamait vouloir faire éclater la vérité, lui aussi, et il semblait avoir les cartes en main pour y parvenir. Mais c'était trop beau pour être vrai et elle n'osait pas se laisser aller à dépendre d'un homme comme lui. La notion même d'allié lui paraissait encore…

tellement étrangère ! Un policier fédéral qui était de son côté… Incroyable. Après tout ce temps, c'était inespéré.

— Désolée, murmura-t-elle.

À peine avait-elle fini de parler que Kieran Finnegan s'approcha prestement d'elle.

— J'ai une voiture. Viens, je te raccompagne chez toi.

— Mais…

— Vous ne pouvez rien faire de plus ici ce soir, Harley, déclara Micah.

— Si j'ai bonne mémoire, c'est vous qui êtes venu me trouver.

— En effet. Mais il n'y a rien de plus que vous puissiez faire ici ce soir, répéta-t-il sans s'émouvoir.

Harley se raidit.

— Allons-y, insista doucement Kieran en lui passant un bras autour des épaules.

Harley salua donc Craig et Micah et elles s'éloignèrent.

— Micah a raison, ajouta Kieran. Personne ne sera autorisé à approcher des antiquités, des salles d'exposition, ni des bureaux… Espérons que Vivian en réchappe ; elle pourra peut-être se souvenir d'un détail important. Mais pour l'instant…

— McGrady est de la police de New York. Il ne communiquera aucune info à Craig ni à l'agent Fox.

Kieran l'entraîna en direction d'une berline claire, dans laquelle attendait un chauffeur. Du FBI, probablement, se dit Harley.

— Crois-moi, ces infos, ils les obtiendront, assena Kieran avec assurance. Craig ira voir son superviseur. Son superviseur appellera le chef de la police, ou le maire, mais, d'une façon ou d'une autre, ils sauront ce qu'ils ont besoin de savoir.

Harley monta à l'arrière de la voiture, notant au passage que Kieran s'installait à son côté et se penchait en avant pour indiquer leur destination au chauffeur. Tout à coup très lasse, elle renversa la tête contre le dossier du siège. Elle ferma les yeux puis les rouvrit et roula la tête sur le côté pour regarder Kieran. Elle aimait bien l'amie de son cousin. Vraiment. Elle ne savait pas pourquoi ils n'étaient ni fiancés ni mariés, mais…

Kieran, bien sûr, n'ignorait rien de ce qui s'était passé au cours de cette expédition dans le Sahara. Craig l'avait mise au courant. Étant donné la nature de sa profession — elle était psychologue et collaborait régulièrement avec la police sur des affaires criminelles —, il en fallait beaucoup pour la surprendre ou la déstabiliser. De plus, elle avait rencontré Craig à un moment critique, alors que toutes les forces de l'ordre étaient sur les dents en raison d'une importante vague de vols de diamants commis par un gang qui sévissait en ville.

— Dis-moi… Que penses-tu de toute cette affaire ? s'enquit Harley. C'est à la psychologue que je parle. Selon toi, qui a tué Henry Tomlinson ? Ou plutôt, qui a pu se travestir en momie pour le tuer, puis déguiser Vivian en momie et tenter de la tuer, elle aussi ?

— Il n'y a peut-être pas de rapport entre les deux, répondit Kieran.

— Oh ! je t'en prie ! Ne me dis pas que Henry n'a pas été assassiné ! Ne me dis pas que je m'accroche à cette thèse parce que je refuse de croire qu'il soit devenu fou et ait attenté à ses jours !

— Non, ce n'est pas ce que je dis. Mais je ne connais aucun des membres de l'expédition, toi mise à part. C'est déjà difficile de porter un jugement quand on a pu parler avec une personne et lui poser des questions…

— Oui, oui, bien sûr. Pardonne-moi.

— Cela étant…

— Oui ?

Kieran sourit et haussa les épaules.

— Ton niveau d'études est tout aussi élevé que le mien, sinon supérieur.

— Ah, mais pas dans le même domaine. En matière de psychologie, j'ai besoin de tes lumières.

— Notamment en matière d'émotions humaines. Comme la jalousie.

— La jalousie ? Tu veux dire… que ce pourrait être quelqu'un qui enviait la position et la renommée de Henry ?

— C'est possible. Certains tuent parce qu'ils ont l'esprit dérangé… des sociopathes, des psychopathes. Ensuite, il y a bien sûr les mobiles habituels : l'amour, la cupidité, la haine… La jalousie. Si tu es convaincue que les deux cas sont liés, pense à tous ceux qui sont concernés. Les autres invités de ce soir n'étaient pas dans le désert, avec vous, donc ils ne comptent pas. Il n'y a que toi qui connaisses la dynamique des interactions entre les membres de cette expédition.

— Je n'arrive pas à imaginer quiconque voulant tuer Henry.

— Ce n'est pas que tu n'y *arrives* pas. C'est que tu ne le *veux* pas, indiqua Kieran.

La voiture avait atteint Rector Street où se situait le vieil appartement qui, légalement, appartenait à l'oncle de Harley. Celui-ci n'y vivant plus, il avait généreusement proposé à Harley d'y habiter le temps qu'elle termine ses études et arrête définitivement son choix quant à son orientation professionnelle.

Kieran se pencha pour l'embrasser.

— Rentre vite, mets-toi au lit et dors, suggéra-t-elle. Tu y verras plus clair demain.

Harley l'embrassa affectueusement sur la joue.

— Merci. Et merci de m'avoir ramenée. Mais... je reprends tout à tête reposée dès demain matin.

Kieran sourit.

— Je n'en attendais pas moins de toi, dit-elle en se renfonçant sur son siège tandis que le chauffeur fermait la portière.

Il inclina poliment la tête à l'adresse de Harley et attendit qu'elle ait déverrouillé la porte de son immeuble.

Harley poussa le battant et salua de la main le concierge de nuit chargé de la surveillance de l'ancien immeuble de vingt étages rénové, puis monta dans le vieil ascenseur jusqu'au dixième étage. La machinerie soupira et grinça et elle se demanda si M. Otis en personne avait été témoin de son installation. Quoi qu'il en soit, l'ascenseur fonctionna parfaitement et elle rejoignit bientôt son étage et le spacieux appartement qu'elle avait la chance incroyable d'occuper en plein New York. Le bâtiment avait autrefois abrité une fabrique de textile et des entrepôts. Elle jouissait d'une surface de près de cent mètres carrés, avec vue sur la ville et, cerise sur le gâteau, sur Grace Church. Harley avait conscience de la chance qui était la sienne et elle prit mentalement note de songer à envoyer un nouveau mot de remerciement à oncle Theo. Un comptoir séparait la cuisine du grand séjour-salon et une cage d'escalier incurvée, ornée d'une balustrade en fer forgé, menait à l'espace ouvert qui était sa chambre. Elle savait par sa mère que l'appartement avait autrefois été la garçonnière d'oncle Theo. Mais, parvenu à l'âge de soixante-cinq ans, il avait rencontré Helen, l'amour de sa vie, et coulait désormais des jours heureux en voyageant de par le monde tout au long de l'année, goûtant tour à tour les plaisirs de Naples, de la Grèce ou de la Floride. Helen, sa dulcinée, un perdreau de l'année de cinquante-cinq ans, était ravie que Harley garde la maison afin qu'ils puissent avoir un point de chute lorsqu'ils venaient en ville voir des amis.

Harley s'avança devant la large baie vitrée qui donnait sur la ville et contempla Grace Church. L'église elle-même avait été édifiée plus de deux cents ans plus tôt, mais le bâtiment actuel remontait aux années 1840, avec des ailes qui lui avaient été adjointes au fil des décennies. Gothique, magnifique, c'était le genre de monument historique que Henry avait adoré.

Elle se demanda si Vivian Richter avait survécu. Elle songea à appeler l'hôpital, mais se ravisa en pensant qu'on ne lui dirait probablement rien, étant donné qu'elle n'était pas de la famille.

Rentrer chez elle… Se coucher… Dormir.

Elle pouvait toujours essayer.

Gravissant l'escalier jusqu'à sa chambre, elle passa rapidement une chemise de nuit en coton et se glissa sous les couvertures. Elle se rendit alors compte qu'elle n'avait pas tiré les rideaux.

Elle contempla la façade de Grace Church.

Oui, Henry aurait adoré la vue de son appartement.

Que devait penser Simone, la nièce de Henry, ce soir ?

Et Micah Fox ? Comment s'était-il arrangé pour se libérer afin d'assister à cette cérémonie ? Et découvrirait-il quelque chose ?

Elle chercha le sommeil, mais son esprit revenait sans arrêt à ces heures terribles qu'elle avait vécues dans le Sahara. Avoir fait partie de cette expédition était un tel privilège… Elle se souvint de l'excitation générale lorsqu'ils avaient trouvé la tombe. Satima Mahmoud — la jolie interprète égyptienne qui avait tourné la tête de Joe Rosello — avait été la première à pousser un cri de victoire lorsque les ouvriers avaient dégagé l'entrée.

Bien sûr, Henry Tomlinson avait immédiatement été appelé. Il était là lorsqu'ils avaient descellé l'ouverture du tombeau. Ils avaient tous ri et plaisanté à propos de la malédiction qui guettait les découvreurs de tombes et des mauvais films que le sujet avait inspirés.

Oui, des égyptologues étaient morts au cours d'autres expéditions — comme s'ils avaient réellement été frappés par le mauvais œil. L'histoire de Toutankhamon en était un exemple et, pourtant, il y avait toujours eu une explication scientifique à tout ce qui était arrivé.

Presque tout, en tout cas.

Quant à leur découverte, elle n'avait pas été frappée par le mauvais sort, elle. En tout cas, aucun écrit n'y faisait allusion.

Seulement, Henry était mort. Et Henry avait ouvert une sépulture scellée pour l'éternité.

Il ne s'agissait pas de la malédiction de la momie. Non, quelqu'un avait délibérément tué Henry. Et ce quelqu'un s'en était tiré impunément parce que le département d'État américain et le gouvernement égyptien avaient craint pour la vie des membres de l'expédition à cause de ces insurgés. Cela avait pu paraître raisonnable sur le moment.

Mais maintenant…

Curieusement, pour une raison qui lui échappait, les rêves déplaisants qui peuplaient son sommeil agité n'étaient pas pleins de momies, de tombes, de sarcophages et de vases canopes. Aucun objet funéraire, aucun sceptre d'or, pas de bijou ni de trésor.

Non… Ce qu'elle voyait, c'était du sable. Des étendues de sable qui s'étiraient à perte de vue. Le Sahara. Puis le sable s'agglomérait, se rassemblait en une masse compacte, s'élevait au-dessus du sol et se mettait à tourbillonner dans les airs.

Quelqu'un arrivait…

Elle se crispa parce que des bruits étranges venaient se mêler au vortex de sable. Leur groupe était en péril. Il risquait de tomber dans un piège tendu par des ennemis — la région était instable, secouée par des troubles politiques. Bon sang… Évidemment ! Ils étaient au Moyen-Orient !

Mais elle se retrouva en train de marcher dans le sable, en direction de ce qui approchait d'elle.

Elle discerna une silhouette.

Le tueur ?

Elle continua à avancer. Derrière l'homme régnait le chaos. Le sable soulevé de terre tourbillonnait, telle une énorme nuée menaçante, une tornade de grains de poussière mortels.

Puis elle le vit.

C'était Micah Fox.

Elle s'éveilla en sursaut.

Et elle se demanda s'il allait être le soutien qu'elle avait tant espéré, sa planche de salut…

Ou bien s'il allait incarner un danger plus grand encore — pour son cœur. Un danger dont elle ne prenait pas la mesure.

3

Micah fit de son mieux pour rester calme et totalement maître de lui. C'était l'un des enseignements qu'il avait conquis de haute lutte lors de sa formation.

C'était l'aube, le lendemain de l'événement, et il avait été convoqué par le directeur Richard Egan. Seul.

Egan était le supérieur direct de Craig à la division criminelle. L'homme était coriace, lui avait confié Craig, mais dans le bon sens du terme. Il avait le don de savoir toujours choisir le bon agent pour la bonne mission.

Il se battait bec et ongles lorsqu'il estimait qu'une affaire relevait de la compétence du Bureau. En revanche, il n'hésitait pas à passer la main quand il jugeait que l'intervention de son agence n'avait pas lieu d'être et interférait avec l'action des autorités locales.

Ils étaient souvent appelés pour participer à une force d'intervention conjointe, mais ça ne semblait pas devoir être le cas dans cette affaire. Bon sang, il n'y aurait peut-être même pas *un seul* agent du FBI affecté à cette enquête ! Pour l'instant, les choses se présentaient ainsi : ils avaient un meurtre supposé qui s'était produit à des milliers de kilomètres, un an plus tôt, et une possible tentative de meurtre commise lors de l'inauguration d'une exposition dans un musée new-yorkais. On ne pouvait pas encore écarter l'hypothèse d'une mauvaise plaisanterie ou d'un rituel bizarre.

Plusieurs journaux du matin — ceux qui étaient encore disponibles en version papier — étaient étalés sur le bureau d'Egan. En gros titre, à la une du premier quotidien qui lui tomba sous les yeux, il lut : « Une momie ressuscite à New York ! » Toutes les autres étaient du même tonneau.

Egan jeta un coup d'œil aux journaux et secoua la tête, ennuyé, songea Micah, non pas tant par ces titres racoleurs que par la promptitude des lecteurs à gober de telles sottises.

— Vous voyez ça ? Tous les esprits vont s'échauffer. Dieu merci, cette femme n'est pas morte. Mais, avec cette rumeur de momie revenant à la vie, la pression va être forte. La presse tient un sujet qui excite les imaginations, elle va en faire des tonnes. Donc, soyons clairs, assena Egan. Est-ce que vous avez des jours de congé à prendre ?

— Oui, monsieur. D'ailleurs, je suis actuellement en congé.

— Oui. Vous en aviez pris un pour vous rendre en Égypte, également.

— Oui, monsieur.

Il hésita.

— C'était il y a un an. J'ai pris plusieurs semaines à l'époque. J'avais entendu dire que Henry Tomlinson, qui est un vieil ami, était mort dans des circonstances étranges. J'ai voulu me rendre sur le site, mais, à mon arrivée, le champ de fouilles était désert ; tout avait été évacué. J'ai essayé de pister son corps, mais… je suis arrivé trop tard. Il avait déjà été rapatrié. Mais je suppose que vous savez tout cela.

Il hésita encore.

— J'ai tendance à travailler beaucoup, monsieur. Comme je vous l'ai dit. Je ne tombe jamais malade et je prends rarement des vacances, c'est pourquoi j'ai accumulé tous ces congés. C'est ce qui explique que je ne sois pas en service actuellement.

— Et, pendant vos congés, vous travaillez encore, je vois.

— Si je me suis déplacé en Égypte l'an dernier pour tenter d'y voir plus clair dans la mort de Henry Tomlinson, c'était à titre personnel. Nos agents du Caire ont essayé de m'aider, mais ils se sont heurtés à un mur, eux aussi. Nombre d'officiels égyptiens m'ont traité comme si j'étais un imbécile ou que je cherchais à leur mettre des bâtons dans les roues. D'après eux, ils mettaient tout en œuvre pour garder nos compatriotes en vie alors que, moi, je faisais des vagues à propos d'un mort. Il était trop tard pour qu'ils puissent faire quelque chose, bien sûr. J'ai persisté autant que je l'ai pu, mais on avait informé la nièce de Henry que son oncle bien-aimé était mort dans un horrible accident et, pour respecter ses dernières volontés, elle l'avait fait incinérer. On ne peut pas autopsier un tas de cendres.

— Nos agents du Moyen-Orient auraient agi exactement comme vous, lui assura Egan.

— Oui, monsieur.

— Mais ?

— Mais je connaissais personnellement Henry Tomlinson, répéta-t-il. C'était quelqu'un de bien. Un homme éminemment respectable et qui méritait qu'une enquête soit menée dans les formes pour élucider les circonstances de sa mort… ce qui n'a pas été le cas.

Egan garda le silence pendant quelques instants.

Puis il dit :

— Et vous vous êtes comme par hasard trouvé au musée au moment où une femme, enroulée dans de supposées vieilles bandes de lin trempées dans de la nicotine, est venue s'écrouler au milieu de l'assistance, en pleine inauguration.

— Oh ? C'était donc de la nicotine. Non, je n'étais pas là par hasard, monsieur. Comme je vous l'ai dit, je connaissais le professeur Tomlinson. C'est quelqu'un qui m'était très cher. J'étais présent pour lui rendre hommage.

— Mais Craig Frasier avait une raison plus précisc d'être présent… puisque sa cousine Harley faisait partie de l'expédition.

Micah haussa les épaules, mais continua à regarder Egan droit dans les yeux.

— Vous êtes un bon agent, Micah, reprit Egan au bout d'un moment. J'ai vu vos états de service et je connais votre superviseur.

Il marqua une pause, puis secoua la tête.

— J'ai entendu dire que le flic chargé de l'enquête est un vrai crétin, dit-il en souriant.

Surpris, Micah arqua les sourcils.

Egan se mit à rire.

— Son équipier, Rydell, m'a appelé. Il tenait à présenter ses excuses pour l'attitude de son collègue. McGrady espérait, je suppose, voir l'affaire se transformer en meurtre et il comptait bien être chargé de l'enquête criminelle. Il ne voulait pas se la faire souffler par le FBI.

— Je vois.

— Mais ne vous inquiétez pas. Non seulement nous sommes sur le coup, mais de plus c'est nous qui prenons les rênes.

— Vraiment ?

Il avait décidé de rester calme de bout en bout, donc il prit soin de ne pas manifester sa surprise et sa joie.

Egan se renfonça dans son fauteuil, l'examinant avec attention.

— L'affaire a commencé au Moyen-Orient. Elle dépasse de loin le seul cadre de la ville de New York.

Le pouls de Micah s'accéléra, mais il demeura de marbre extérieurement.

— C'est une excellente nouvelle, monsieur. Et…

— Oui, j'ai parlé avec le bureau de Washington, dont vous dépendez. Craig et vous pouvez vous charger de cette enquête. Mike… vous connaissez Mike, n'est-ce pas, le partenaire de Craig ? Il a besoin de vacances et, puisque vous êtes ici et que vous pouvez faire équipe avec Craig, je vais les lui accorder. Vous ne serez donc que tous les deux sur cette affaire. Il vous faudra collaborer avec la police et les autres agences susceptibles d'être également impliquées, bien sûr. Le département d'État et les ambassades s'en mêleront aussi, j'imagine. Quoi qu'il en soit, notre victime d'hier a repris connaissance voilà une demi-heure. J'ai demandé expressément que Craig et vous soyez les premiers à lui parler. Vous n'êtes plus en congé, c'est officiel. Je vous suggère donc de vous mettre en route sans plus tarder.

— Oui, monsieur. Absolument. Merci.

— Et coincez ce salaud, ajouta Egan.

Micah hocha la tête, se leva et se dirigea vers la porte.

— Hé ! lança Egan, l'arrêtant net.

— Monsieur ? s'enquit Micah, revenant sur ses pas.

— Je n'ai pas su exactement ce qui s'était passé en Égypte. Comment s'est soldée cette histoire d'insurrection ?

— Elle est retombée comme un soufflé, d'après ce que j'ai compris, répondit Micah. Étouffée dans l'œuf avant même d'avoir commencé. L'armée avait paraît-il réprimé la rébellion — un bien grand mot pour ce qui n'était guère plus qu'une protestation estudiantine, apparemment. Malheureusement, il est vrai que la situation n'est pas stable au Moyen-Orient, pour diverses raisons. Bref, quand je suis arrivé sur place, tout était fini, le danger, écarté, mais les membres de l'expédition étaient déjà dans un avion à destination de Rome et le campement, évacué. Il n'y avait plus rien. Tout avait été nettoyé.

— Et les insurgés ?

— Il y a eu quelques arrestations. La plupart d'entre eux ont pris la fuite quand l'armée est intervenue.

— Rétrospectivement, les mesures prises semblent excessives, mais mieux vaut parfois pécher par excès de prudence, déclara Egan.

— Bien sûr, admit Micah.

Mais, comme il quittait le bureau d'Egan, une question qu'il ne s'était encore jamais posée se présenta à son esprit. Se pouvait-il que l'insurrection ait été orchestrée afin d'éviter qu'une enquête approfondie sur la mort de Henry ne soit menée ?

Peut-être était-ce pousser le bouchon un peu loin. Peut-être qu'il devenait parano.

Peut-être voyait-il un complot qui n'existait que dans son imagination surchauffée ?

Et pourtant…

S'il y avait bel et bien eu conspiration ?

— Qu'en dis-tu ? demanda Jensen à Harley.

Elle était de retour au musée, dans l'exposition consacrée à Amenmose ; elle n'avait pas pu résister.

Jensen l'avait appelée à la rescousse, disant que, Vivian étant hospitalisée, il aurait bien eu besoin d'un coup de main, et elle avait accepté.

— Ils ont décalé l'ouverture d'une journée, lui avait-il appris au téléphone, tôt, ce matin. Heureusement… Mais puisque tu es ici et que tu as une mémoire visuelle aussi fidèle que l'objectif d'une caméra, tu pourras m'aider à tout boucler dans les temps… Finaliser ce qui n'est pas encore tout à fait au point, vérifier les détails, la paperasse, ce genre de choses.

Elle lui avait assuré qu'il pouvait compter sur elle.

Jensen lui avait dit ne pas avoir quitté le musée, la veille. Ses traits, pourtant, n'accusaient même pas la fatigue. Mais il était de ces personnes qui pouvaient aligner des journées et des nuits de travail sans relâche, puis dormir vingt-quatre heures d'affilée, faire la fête une nuit entière, et recommencer à travailler d'arrache-pied. Jensen pouvait se montrer véritablement infatigable.

— Cette exposition est absolument unique, dit-elle posément. Comme Henry.

Ils se tenaient dans le secteur du temple, au même endroit où elle s'était trouvée la veille quand Micah Fox l'avait abordée. Mais ce n'était pas l'œuvre monumentale entourée d'une promenade de verre et de béton et de la « rivière » qu'elle contemplait. En fait, elle regardait au-delà, le couloir qui menait au temple.

Il s'agissait d'un large corridor qui desservait six petites salles d'exposition. Le temple donnait vers l'est, en direction du soleil levant, puisqu'il était dédié au dieu du soleil, Rê. Il se dressait, sobre, exempt de statues, seulement ouvert aux premiers rayons du soleil qui filtraient par la verrière.

— Le premier temple connu dédié à Rê, murmura-t-elle, souriante.

Jensen hocha la tête.

— Oui. Et les infos sur Rê, sur Toutankhamon, Aÿ et Amenmose figurent sur le cartel qu'on a placé à côté de la momie d'Amenmose.

Celle-ci était exposée, seule, dans une petite salle, à part.

— Les fabuleux objets d'art funéraire que nous avons découverts sont en grande partie présentés dans des vitrines, disposées le long des couloirs, poursuivit Jensen.

— Ce qui est surprenant, tu ne trouves pas ? lança Harley, songeuse.

— Que veux-tu dire ? Qu'il est surprenant que nous ayons pu récupérer tout ça alors que nous nous sommes enfuis, la queue entre les jambes ?

— Non, puisque nous n'avions pas de solution, c'était la seule chose à faire, répliqua Harley. En revanche, je parlais de l'hypothèse historique selon laquelle Amenmose a été tué. Par quelqu'un qui était aux ordres de Aÿ, qui savait qu'Amenmose voulait prendre sa place auprès du jeune roi, Toutankhamon. Notre découverte a apporté la preuve qu'il avait bien été assassiné, après que nous sommes rentrés aux États-Unis et que le corps a pu être identifié grâce aux tests ADN.

— Étranglé, précisa Jensen.

— Comme Henry, murmura Harley.

— Oui, mais nous ne sommes sûrs de rien, s'agissant de Henry.

— Moi, si.

Jensen haussa les épaules.

— En tout cas, pour ce qui est d'Amenmose, les

rayons X ont clairement fait apparaître une fracture de l'os hyoïde.

— Mais nous ne savons pas *qui* l'a frappé.

— Je suis prêt à parier que c'est Aÿ lui-même.

— Oh ! de nos jours, dans une salle d'audience, Aÿ serait sûrement déclaré coupable. Il serait coupable d'avoir *fomenté* un complot en vue d'assassiner son rival. L'idée venait de lui, ça, j'en suis sûre. Mais nous n'en savons pas plus. Amenmose a été momifié dans les règles de l'art et placé dans un cercueil intérieur, puis dans plusieurs sarcophages afin de reposer pour l'éternité dans sa tombe. Alors, qui l'a tué ? Et qui a réussi à récupérer le corps pour l'enterrer en aussi grande pompe ?

— Hé, tu sais que c'est moi, l'égyptologue, ici ? la taquina Jensen.

— Oui. Et, moi, je suis criminologue. Il faut qu'on découvre qui a fait le coup et pourquoi, répliqua-t-elle avec légèreté.

— Je crois que nous pouvons être tranquilles : qui qu'il soit, le meurtrier est lui-même passé de vie à trépas depuis belle lurette, déclara Jensen avec un large sourire.

— Le meurtrier d'Amenmose, oui.

— Ah ! Mais pas celui de Henry, c'est ça ?

Elle hocha la tête.

— Ton cousin et cet autre type, Micah, sont du FBI. Ils vont creuser jusqu'à ce qu'ils trouvent la vérité. Ils ne sont pas près de laisser tomber, surtout maintenant, après ce qui vient d'arriver à Vivian, déclara-t-il avec assurance. Au fait, tu sais quoi ? Tous les billets d'entrée à l'exposition se sont vendus comme des petits pains. L'ouverture a été repoussée de vingt-quatre heures, bien sûr, mais c'est un énorme succès. Demain, l'expo se tiendra à guichets fermés ! Ce n'est pas que les chiffres des préventes n'aient pas été bons, mais maintenant que nous avons des momies qui se baladent dans le musée… On fait un tabac !

— J'ai vu le journal télévisé et lu quelques journaux. Oui, c'est un excellent sujet pour exciter les esprits avides de sensationnel. À ceci près qu'il n'y a jamais eu de momie arpentant les couloirs du musée. C'était Vivian. Au fait, sais-tu comment elle va ?

— Elle a repris connaissance et elle fait déjà marcher à la baguette le personnel de l'hôpital, c'est le signe qu'elle va mieux.

— Dieu merci. Mais qu'a-t-elle dit ?

— Rien. Elle ne se souvient de rien. Elle va passer entre les mains de psychiatres et autres psychologues, on verra ce qu'il en sort. Mais, pour le moment, on n'en sait pas plus.

— Elle s'en est tirée, c'est le principal.

— Bien sûr, renchérit Jensen.

Puis il demanda :

— Qu'est-ce que tu fais, ce soir ?

— Ce que je fais ? répéta Harley, prise de court par le brusque changement de sujet.

Une étrange tension s'empara d'elle. Elle avait failli sortir avec lui en Égypte, un an plus tôt. Failli. Oh ! rien ne l'avait rebutée, chez Jensen. Il avait tout pour plaire : il était beau, intelligent, drôle et…

Bref, elle l'aimait beaucoup.

Mais elle redoutait tout à coup que cette invitation ne prenne la tournure d'un rendez-vous galant. Il n'y aurait rien eu de mal à cela, bien sûr. Ils avaient plaisanté, flirté, s'étaient peu à peu rapprochés. Mais, aujourd'hui, elle préférait garder ses distances, sans d'ailleurs trop savoir pourquoi. Ce devait être le contrecoup de tout ce qui était arrivé… De tout ce qui *arrivait*.

Elle ne voulait pas avoir à lui opposer un refus. Elle tenait à conserver son amitié. Peut-être même à garder une porte ouverte sur l'éventualité d'une relation future.

— Euh, je… je ne sais pas trop, bredouilla-t-elle. Je suis venue ici ce matin parce que tu disais avoir besoin de moi.

— Oui, mais là, ce n'est pas professionnel.

— Oh… Eh bien…

Jensen se mit à rire doucement.

— Ne t'en fais pas. Je ne te mets pas la pression… pas encore. On avait simplement dans l'idée d'essayer de réunir tout le groupe de l'expédition. Ceux qui ont été les derniers à côtoyer Henry, ajouta-t-il.

— Oh ! D'accord. Eh bien, tu sais que l'amie de mon cousin est propriétaire d'un établissement et…

— Ah, mais oui ! Le Finnegan's à Broadway. Excellente idée. On avait prévu de se retrouver quelque part, à mi-chemin entre les domiciles des uns et des autres, mais une fois qu'on est dans le métro, quelle importance ? Nous avons discuté, Belinda, Joe, Roger et moi. Et nous nous sommes dit que nous nous devions d'organiser notre petit événement privé, entre nous. Tu peux nous réserver une table dans un coin tranquille, au Finnegan's ?

— Tout le monde peut réserver, mais…

— Mais on prêtera plus d'attention si la demande vient de toi.

— C'est un pub, tu sais. Ce qui est synonyme d'hospitalité. Ils s'efforcent d'être prévenants envers toute leur clientèle.

— Mais ils le seront davantage avec toi.

Elle capitula.

— OK. Je m'occuperai de la réservation.

— Super. Donc, tu te joins à nous ?

— Bien sûr. Vous avez eu une très bonne idée.

Son esprit changea de direction et se concentra sur le musée. Il restait encore un peu de temps à la police pour poursuivre leurs investigations et examiner les objets de la collection Henry Tomlinson, mais, demain, une fois les lieux ouverts au public, tout serait terminé. S'ils passaient à côté de preuves aujourd'hui, elles seraient perdues à jamais.

— Je t'adore ! s'exclama Jensen en l'attrapant par les épaules et en plantant un rapide baiser sur ses lèvres. Je suis vraiment content que tu sois de la partie ! J'avais peur que tu refuses.

— Non, non, je viendrai, lui assura Harley. Bon… Je croyais que tu avais besoin de mon aide ici ?

— Oui… Fais un tour de l'exposition. Certains des travaux présentés ici sont de toi, comme les légendes explicatives que tu rédigeais alors même que nous n'avions pas encore localisé la tombe. Pour quelqu'un qui se destinait à la criminologie, tu étais vraiment une bonne égyptologue.

— Hé, tu oublies que beaucoup de gens, aujourd'hui, ont plusieurs cordes à leur arc. Et je te rappelle que l'égyptologie était ma matière secondaire.

— C'est bien pour ça que j'ai fait appel à toi. Donc, je voudrais que tu jettes un coup d'œil global, pour t'assurer qu'aucune erreur stupide ne s'est glissée nulle part.

— OK. Mais je ne suis pas la personne la plus qualifiée pour effectuer une telle vérification.

— Penses-tu ! Tu aurais *dû* choisir l'égyptologie comme discipline principale. J'ai bien vu à quel point tu étais douée quand on creusait un peu certains sujets ardus. Tu savais qui pensait quoi, tu connaissais tout de la controverse au sujet des dieux, tout ! Et tu portais un réel intérêt à notre travail. Tu voulais simplement en faire plus concernant les empreintes digitales, l'ADN et la partie « enquête ». Mais cette exposition est autant ton bébé que le nôtre. Allez, vas-y… Fais le tour. Tu vas adorer !

Il la salua de la main et commença à s'éloigner en direction du temple, puis, apparemment, se ravisa et fit demi-tour pour s'en aller dans le sens opposé. Le temple ne menait nulle part, sauf, bien sûr, pour les employés du musée. Il y avait derrière un couloir de service qui menait à l'escalier et à une partie des bureaux du musée.

— Où vas-tu ? lança-t-elle.

— Nettoyer… Après le passage de la police, répondit-il.

— Nettoyer quoi ?

Il ne l'entendit pas ou fit mine de ne pas l'avoir entendue. Mais une chose était sûre : il n'allait pas dans son bureau.

Elle consulta sa montre.

Ainsi donc, c'était tout ce qu'il voulait ? Qu'elle jette un coup d'œil aux objets exposés ? Il avait dit avoir besoin d'aide en raison de l'absence de Vivian, mais, en fin de compte, il ne lui demandait pas grand-chose.

Après tout, peu importait. Elle avait l'exposition entière pour elle toute seule. Une occasion comme celle-ci ne se représenterait pas.

Elle n'était plus partie prenante de tout cela ; elle était l'invitée de Jensen uniquement parce que, un an plus tôt, elle avait fait partie de l'expédition. Elle ne vouait pas à l'égyptologie la dévotion qui avait guidé certains des autres membres de l'équipe, mais il était vrai qu'elle aimait l'histoire de l'Égypte ancienne.

Non, elle n'aurait probablement pas d'autre occasion de se promener seule dans l'exposition.

L'espace d'un moment, elle demeura immobile, puis un sourire étira lentement ses lèvres. Elle se dirigea vers la droite et entra dans l'une des salles où le contexte social et politique du temps d'Amenmose était expliqué. Elle avait accompli une bonne partie du travail de recherche et réuni la documentation qui avait servi de base à la rédaction des commentaires de l'exposition.

En entrant dans la première salle, elle regarda autour d'elle. Divers ustensiles de la vie quotidienne étaient présentés dans des vitrines ; bien sûr, il y avait aussi de merveilleux colliers et bijoux, mais Harley avait toujours été plus intéressée par les jarres, récipients et autres objets usuels qui témoignaient de la vie de tous les jours en ces temps anciens.

Le clou de l'exposition, sculpté avec une extraordinaire finesse, était une statue du dieu Rê, représenté avec une tête de faucon, surmontée du disque du soleil.

Elle lut à voix haute :

— Rê, ancien dieu égyptien du soleil. Son culte atteignit son apogée sous l'Ancien Empire, à l'époque de la Ve dynastie, entre le XXVe et le XXIVe siècle avant Jésus-Christ. Il serait rejoint par la suite par d'autres divinités, à différentes périodes. Les grands changements intervenus sous Toutankhamon, après le règne de son père, Akhenaton, et sa propre accession au trône, portèrent essentiellement sur le retour à l'ancienne religion et aux valeurs traditionnelles. Sous le règne d'Akhenaton, les anciens dieux avaient été délaissés, méprisés ; de nombreuses statues et monuments érigés à leur gloire, démolis. La dévotion d'Akhenaton pour sa religion — celle de la divinité Aton, le disque de Rê, qu'il voulait voir vénérée entre toutes — avait affaibli l'armée égyptienne, induisant dans ses rangs une passivité qui fut considérée comme une trahison par certains alliés du royaume. Toutankhamon, entendant réparer le mal qu'avait, de son point de vue, fait son père, décida de restaurer le culte de tous les dieux traditionnels, y compris Amôn, Mut et les autres divinités qui constituaient la hiérarchie des déités de l'ancienne puissance égyptienne. Amon-Rê, ainsi qu'était souvent désigné Rê, et les autres allaient voir leur suprématie rétablie. Aux yeux de Toutankhamon, son père ne lui avait légué en héritage que la destruction des anciennes croyances. Il entendait, lui, construire un monde meilleur. À cet effet, il se tourna, non pas vers le prêtre Aÿ, qui exerçait le pouvoir suprême au titre de régent du roi-enfant, mais vers le prêtre Amenmose.

Ses paroles résonnèrent dans la salle vide.

— Pas mal du tout, déclara-t-elle avec satisfaction.

Un autre sarcophage, enterré avec Amenmose, était présenté dans la dernière vitrine. C'était celui d'une servante, une jolie femme, à en juger par le dessin qui avait été peint sur le sarcophage.

— Qu'en dis-tu ? demanda-t-elle en contemplant l'image de la femme morte depuis des millénaires. Le Nouvel Empire, le Moyen Empire, l'Ancien Empire, les périodes intermédiaires… il est facile de s'y perdre. Et je ne parle pas des dynasties ! Mais je crois que la présentation d'ensemble fonctionne bien… et je n'y suis pas étrangère. C'est compréhensible et simple, sans être simpliste. Bien sûr, de mon point de vue, le jeune roi Toutankhamon a probablement été assassiné, lui aussi. Mais nous n'en saurons jamais rien parce que Howard Carter, le découvreur de sa tombe, l'a mise au jour il y a beaucoup trop longtemps.

Elle lut le cartel, au-dessous du sarcophage. La jeune femme s'était appelée Ser. Elle n'avait pas été tuée pour accompagner son maître dans sa dernière demeure, mais avait succombé d'une fièvre, avant que lui-même ne décède. Son sarcophage avait été placé dans cette tombe ultérieurement pour qu'elle repose auprès de l'homme qu'elle avait si loyalement servi.

À côté d'elle se trouvait un autre serviteur, Namhi. Comme Amenmose, Namhi avait été étranglé. Aucune explication le concernant ne figurait sur ses bandelettes ou dans la tombe. Compte tenu de tout ce qu'elle avait pu lire sur le sujet, Harley soupçonnait Namhi soit d'avoir été un instrument de meurtre, soit d'avoir appartenu au culte d'Aton-Aton, une société secrète prétendant soutenir la remise en cause religieuse opérée par Toutankhamon, mais s'efforçant, sous le manteau, de la saboter. Du vivant d'Amenmose, on avait même suspecté Namhi d'être l'un des initiateurs de ce culte. Rien que pour cela, Aÿ aurait eu toutes les raisons de vouloir se débarrasser de lui, ainsi que d'Amenmose. Mais ce dernier avait également pu être tué par la demi-sœur ou le beau-frère de Toutankhamon.

Aÿ, en fait, avait été le grand vizir. Et, à la mort de Toutankhamon, il serait devenu pharaon.

— Vous aviez tous vos raisons, murmura Harley.

Oui, exactement comme cela semblait être le cas de tous, aujourd'hui, pour le meurtre de Henry Tomlinson et la tentative de meurtre commise contre Vivian Richter. Personne n'avait de mobile évident — ou, plutôt, tous avaient les mêmes ! La notoriété, l'ambition, le statut social. Mais… cela suffisait-il à pousser quelqu'un à commettre un crime ?

Harley se retourna pour regarder la vitrine dans laquelle des animaux momifiés étaient présentés. Elle contemplait la momie d'un chat lorsqu'un affreux miaulement lui perça les tympans, semblable à celui d'un chat se coinçant la patte dans une portière de voiture.

Elle se figea et sentit ses avant-bras se couvrir de chair de poule.

Il n'y avait pas de chat dans le musée. Pas de chat vivant, du moins.

Un silence oppressant s'ensuivit. Puis Harley entendit remuer dans l'une des salles sur lesquelles donnait le hall principal de l'exposition consacrée à Amenmose.

Elle dressa l'oreille, immobile.

Elle s'était toujours considérée comme une personne cartésienne. De toute évidence, un chat momifié ne pouvait pas faire de bruit ni produire le moindre son. Quelqu'un d'autre devait donc se trouver non loin. Et peut-être qu'un chat avait d'une façon ou d'une autre réussi à s'introduire dans le bâtiment sans que personne s'en aperçoive ?…

C'était une explication logique — la seule, en fait — et, pourtant, l'étrange sensation de malaise qu'avait déclenchée le miaulement refusait de se dissiper.

Elle sortit rapidement de la salle dans laquelle elle se trouvait, la plus proche du temple. Il lui sembla discerner un mouvement à l'autre bout du grand hall.

Une forme humaine, vêtue de noir.

Ce couloir constituait une impasse pour les visiteurs. Un magnifique podium y avait été érigé, sur lequel se trouvaient les sculptures monumentales de lions qui avaient gardé la porte intérieure de la tombe d'Amenmose. En contournant le podium, on se retrouvait dans la deuxième partie de l'exposition, puis on devait sortir pour regagner le reste du musée.

Elle n'avait pas de raison de redouter une autre présence humaine, pensa-t-elle. Après tout, des gens travaillaient ici ! Sans compter la police et les techniciens de scène de crime qui essayaient encore probablement de recueillir des indices et de comprendre comment Vivian Richter avait été agressée et empoisonnée à la nicotine.

Mais…

Il y avait eu quelque chose de furtif dans la façon dont la silhouette entrevue se déplaçait.

Ma foi… Au moins ne s'était-il pas agi d'une momie hantant les couloirs du musée !

La personne entrevue, qui qu'elle soit, était habillée de noir de la tête aux pieds. Et elle s'était coulée le long du mur comme si elle ne voulait pas être vue.

Bizarre.

La salle dans laquelle elle se trouvait maintenant présentait les différentes étapes de la momification. Dans une grande vitrine, un mannequin étendu sur une table de travail illustrait la phase de dessiccation induite par le natron tandis que des prêtres récitaient leurs prières et l'oignaient d'huiles et autres substances parfumées. Dans la vitrine suivante, c'était le processus d'enveloppement lui-même qui était représenté.

Elle poursuivit sa visite et entra dans une nouvelle salle, remplie de sarcophages et de momies, certaines intégralement enveloppées, d'autres, à demi, d'autres totalement dépourvues de leurs bandelettes. Et parmi elles…

Elle marqua une pause, le regard rivé sur la Momie

Inconnue n° 1. Et, d'un seul coup, l'image, parfaitement nette et vivace, de la nuit où Henry était mort lui revint en mémoire. Elle revit l'intérieur de la tente de stockage, Henry lui-même, le visage illuminé par l'enthousiasme.

Un bruissement dans le hall capta son attention, interrompant brusquement le fil de ses pensées.

Stop ! s'intima-t-elle fermement. Elle n'allait tout de même pas se mettre à sursauter au moindre bruit !

N'importe qui pouvait se trouver là. Un membre du personnel qui travaillait, un policier explorant le musée en quête d'un indice.

Mais non. Ces sons feutrés… La personne qui se déplaçait cherchait à passer inaperçue.

Vivement, elle se précipita vers l'entrée de la salle et regarda à droite puis à gauche. Deux possibilités se présentaient à elle. Courir vers les statues et s'échapper par l'arrière, en direction des bureaux et des salles de service.

Ou apostropher l'inconnu qui rôdait dans le secteur et lui enjoindre de se montrer.

C'est ça, s'admonesta-t-elle, se ravisant aussitôt. *Pour finir étranglée par une ceinture ou le corps emmailloté de bandelettes empoisonnées ?*

Elle s'aperçut que son cœur battait la chamade. Jamais elle n'aurait pu imaginer être prise d'une telle frayeur, en plein jour, dans un musée. Même lorsqu'on les avait forcés à quitter le Sahara en catastrophe, elle n'avait pas eu aussi peur.

Harley s'adossa au mur, attendant, le pouls résonnant à ses oreilles. Puis, de nouveau, l'effrayant miaulement se fit entendre.

Bon sang, ce n'était pas une fichue momie qui

criait comme ça ! C'était un chat bien vivant qui se trouvait dans le musée.

N'écoutant plus que son instinct, qui lui soufflait de déguerpir, elle jaillit de la salle comme une fusée.

— Harley !

Ce n'était pas un cri, mais un chuchotement. Un chuchotement pressant, intense. Sans trop savoir pourquoi, elle eut le sentiment qu'il n'était pas menaçant.

Prenant ses jambes à son cou, elle se mit à courir.

— Harley !

Ce murmure, encore… Pas loin derrière elle.

Elle n'atteindrait jamais la sortie !

Elle fit volte-face et n'eut que le temps de voir Micah Fox lui foncer dessus.

L'instant suivant, l'agent spécial la percutait de plein fouet, surpris par l'arrêt brutal de sa course, et elle se retrouvait étalée par terre, dos au sol, contemplant, les yeux écarquillés, Micah Fox qui la chevauchait.

— Harley… Bon sang !

Fox. L'agent spécial Micah Fox !

Elle le regarda sans comprendre. L'espace d'un moment, elle se demanda si c'était lui qui l'avait traquée dans l'exposition Amenmose.

— Il y avait quelqu'un là-bas ! Quelqu'un qui me surveillait.

— Oui, dit-il posément. Et, maintenant, grâce à vous, ce quelqu'un a pris la fuite.

Micah se releva et tendit la main à Harley.

— Comment ça ? s'enquit-elle.

— Je le tenais presque. *Le* ou *la*… Je ne sais même pas si c'était un homme ou une femme. Et puis vous avez fait suffisamment de vacarme pour réveiller un bataillon entier de morts…

— Ah, non, pardon ! se récria-t-elle. C'est vous qui avez fait du bruit.

— Harley, si vous étiez restée là où vous étiez…

— Si j'avais sagement attendu qu'on vienne m'assassiner, vous voulez dire ? Judicieux conseil venant d'un représentant de la loi !

— Harley, lança-t-il avant de s'interrompre.

Un sourire en coin étira ses lèvres et il secoua la tête.

— Désolé. Je crois que c'est parce que vous êtes la cousine de Craig et que vous êtes étudiante en criminologie… Alors, j'ai tendance à…

— À quoi ?

— Eh bien, à supposer que vous alliez réagir comme si vous étiez formée au comportement criminel et… que vous participiez à l'enquête.

Elle demeura muette un instant, le regardant, les lèvres pincées. Puis elle lui décocha un sourire glacial.

— OK, voyons les choses comme ça : prenez les médecins. Certains sont de grands praticiens et d'autres, des diagnosticiens. Je suis l'équivalent d'une diagnosticienne. Dans ma formation, on m'apprend à découvrir ce qui s'est passé, pas à me jeter dans la bataille, tête baissée et arme au poing, quand les coups de feu pleuvent de toutes parts !

Il l'écouta, visiblement amusé.

— Bon, OK. Allons jeter un coup d'œil du côté des bureaux pour voir si nous trouvons quelqu'un, d'accord ?

Lui tournant le dos, elle se dirigea d'un pas ferme vers la porte marquée Réservé aux membres du personnel — comme s'ils étaient dans un parc à thèmes et non dans un musée — et poussa le battant qui, heureusement, n'était pas fermé à clé.

Un long couloir s'ouvrait devant elle. À sa gauche

s'alignaient des bureaux ; à droite, les laboratoires et les salles de préparation. Sur une porte figurait le nom de Gordon Vincent. Elle ne le connaissait pas vraiment, s'avisa-t-elle, alors qu'il était responsable de l'exposition Amenmose et directeur du musée. Il avait le physique de l'emploi : massif, environ un mètre quatre-vingts, les cheveux gris, l'air pénétré de son importance. Sur la porte du bureau qui jouxtait le sien, un nom provisoire avait été ajouté ; cela se voyait à la façon dont l'étiquette d'identification avait été apposée sur la plaque initiale. Il s'agissait d'Arlo Hampton. Suivait une porte portant une plaque dorée où se détachait en lettres noires le nom de Vivian Richter.

Jensen Morrow disposait de son propre bureau, lui aussi, étant donné qu'il faisait maintenant partie du personnel du musée.

Il n'y avait personne dans le couloir. En regardant au travers de la large paroi vitrée du laboratoire, ils virent qu'Arlo n'était pas dans son bureau, mais au labo. Il travaillait sur l'une des momies non identifiées qu'ils avaient découvertes dans la tombe, passant les restes humains sous les rayons X. Harley attendit qu'il ait terminé, puis elle frappa à la vitre. Arlo releva vivement la tête, surpris. Il vit Harley et lui adressa un grand sourire, puis il avisa Micah, ce qui ne parut pas le ravir autant. Il disparut à leur vue, le temps de passer par le sas où le personnel changeait de vêtements, puis il ouvrit la porte donnant sur le couloir, un large sourire aux lèvres.

En fait, tout son visage semblait s'animer lorsqu'il croisait le regard de Harley.

Il ne semblait pas du tout préoccupé par le fait qu'une collègue soit actuellement hospitalisée à la suite de la tentative de meurtre mise en scène de façon particulièrement grotesque qui avait été commise contre sa personne.

— Harley, content de te voir. Jensen m'a dit qu'il t'avait demandé de venir. Je crois qu'il comptait te demander de travailler avec lui aux ajouts que nous envisageons d'apporter ? Je vais être franc : j'aurais bien voulu que tu intègres notre équipe, ici. Je voudrais disposer d'une salle consacrée à ce que l'examen de ces momies nous a permis de découvrir, et à ce que nous savons de leur mort. Toutes ces conjectures autour de Toutankhamon… Ce n'est encore que pur spéculation et ce n'est pas à nous de trancher. Ce sont ces momies-là, le cœur de notre sujet !

— Merci pour le vote de confiance, répondit Harley, se demandant pourquoi Jensen ne lui en avait pas parlé. Je suis contente de pouvoir aider à… achever les préparatifs avant le grand jour.

— Super. Et vous, agent Fox, poursuivit Arlo en se tournant vers lui. Êtes-vous associé à l'enquête de police ? Ils sont restés la nuit entière ici, mais ils n'ont rien trouvé. Évidemment, l'interdiction d'entrer dans le bureau de Vivian est maintenue et l'exposition d'Amenmose n'ouvrira que demain, mais… quelle histoire !

— Oui. Quelle histoire, répéta Micah d'une voix parfaitement atone. Puis-je vous demander votre avis sur ce qui est arrivé à Vivian Richter ?

— Son mari est à son chevet en ce moment même, déclara Arlo. N'allez pas vous imaginer que nous nous soucions plus des morts que des vivants, mais, vous comprenez… Tout ne peut pas s'arrêter à cause de cet incident, si regrettable qu'il soit.

— Oui, mais ce regrettable incident s'est produit au musée, lui rappela Micah.

— Bien sûr, bien sûr. Mais enfin… Elle n'est pas morte. Ce devait être une plaisanterie qui a mal tourné, vous ne croyez pas ? À mon avis, un étudiant qui lui en voulait de l'avoir fait trop travailler a dû se glisser parmi la foule des invités et lui jouer ce qu'il pensait n'être qu'un mauvais tour et…

— L'empoisonnement à la nicotine n'a rien d'une plaisanterie.

Arlo parut sincèrement perplexe.

— C'est forcément quelqu'un qui est arrivé par l'arrière du bâtiment. Sinon, l'agresseur aurait été filmé par les caméras. Or les seules personnes qui apparaissent dans les vidéos de surveillance sont vous deux et Jensen Morrow. Bien sûr, il y a aussi des accès à partir du sous-sol — des entrées secrètes. Saviez-vous que le bâtiment édifié par Astor était à l'origine une banque ? C'est pourquoi il est doté de ce majestueux hall principal. Mais, à propos d'entrées secrètes, et puisque les flics passent tout au peigne fin… Vous voulez peut-être que je vous les montre et que je vous fasse faire le tour du bâtiment ?

— S'il vous plaît, répondit Micah. Mais, d'abord, dites-moi, qui d'autre travaille aujourd'hui ?

— Eh bien, tout dépend de ce que vous appelez « travailler ». Je pense que tout le monde est ici. La seule qui n'ait pas directement participé à la préparation de l'expo, c'est Harley. Belinda, Joe et Roger ont donné environ dix heures de leur temps, chaque semaine. Jensen est ici à plein temps, ce que vous savez certainement. Joe et Belinda travaillent à temps complet pour deux des autres grands musées de la ville et Roger enseigne désormais. Ils ont tous fait une apparition, à un moment ou à un autre, ce matin, pour venir jeter un dernier coup d'œil à la partie qui leur avait été confiée. Les flics ont tout retourné pour tenter de découvrir d'où venaient le lin et le poison. Mais, franchement, je ne crois pas que nous ayons du lin véritable ici. Et puis, d'ailleurs, même un profane sait que ce n'est pas ainsi que se faisaient embaumer les anciennes momies égyptiennes.

— Et, donc… Qui d'autre encore se trouvait ici ce matin, Arlo ?

— Voyons… Il y avait Ned Richter. Il a quitté l'hôpital pour faire une brève apparition, avant de retourner auprès de Vivian.

— Et ?…, souffla Harley.

— Comme je l'ai dit, à peu près tout le monde, à un moment ou à un autre. Mais, comme vous avez pu le constater, je suis occupé. Je n'ai pas passé mon temps à surveiller les allées et venues. On a encore un tas d'objets usuels et d'objets d'art à trier et à identifier… Lorsque Alchemy a eu vent de l'arrivée imminente de ces insurgés, en Égypte, la société et le gouvernement ont dépêché des types avec de gros camions pour vider la tombe, momies comprises, et emporter le maximum de choses avant que des voleurs ne viennent la piller. Quand je pense que certains voient l'Occident comme un voleur ! Alors que tout ce que nous avons entre les mains a été dûment visé par le gouvernement égyptien et que tout lui sera restitué, ce qui avait été clairement établi dès le début.

Arlo semblait donner une grande importance au respect des accords internationaux qui avaient été conclus.

C'était parfaitement admirable.

À ceci près que Henry était mort. Et que Vivian avait bien failli être tuée, elle aussi.

— Bon, et si vous nous emmeniez faire cette visite, maintenant ? suggéra Micah.

Harley nota la façon dont son visage s'animait quand il souriait. De toute évidence, travail ou pas, il avait le sourire facile. Et il avait un sourire qui lui donnait envie de découvrir ce que ce serait de bavarder agréablement avec lui, dans un restaurant.

— Je ne peux pas vous faire tout visiter. Nous allons nous concentrer sur cette exposition. Vous remarquerez que nos bureaux sont situés dans cette partie, près de la direction, de Gordon Vincent. C'est quelqu'un de très avisé, très érudit. Il nous a apporté tout son soutien. C'est lui qui a tenu à ce que nous soyons installés près de lui. Cela lui permet d'être immédiatement mis au courant de tout ce que nous découvrons.

— Donc, il aurait pu être dans son bureau avant que Vivian ne sorte en criant ? demanda Micah.

— Je suppose que oui, répondit Arlo. Mais est-ce que vous suggérez que Gordon ait pu être impliqué ? Je n'y crois pas.

Harley ne le pensait pas non plus. Il n'avait pas fait partie de l'expédition. Elle voyait d'ailleurs que Micah ne croyait pas non plus réellement à la culpabilité de Vincent ; simplement, il ne laissait rien au hasard.

— Bon, allons-y, reprit Arlo.

Il retira sa blouse de laboratoire et se mit en route.

— Comme vous pouvez voir, ici, c'est le laboratoire, une sorte de salle blanche, si vous préférez. Pour y entrer, il faut revêtir une tenue spéciale, des gants et un masque. On ne sait jamais ce qui pourrait se terrer dans le sol depuis des millénaires ! Et, là-bas, les bureaux administratifs. On croirait se trouver au rez-de-chaussée… du moins, c'est l'impression que ça donne. Juste au-dessous de l'endroit où nous sommes, il y a la cafétéria et un autre grand espace réservé aux expositions internationales. Cette exposition-ci est un peu différente. Elle est internationale, bien sûr, mais l'égyptologie a toujours occupé une place de choix dans les goûts du public. Malheureusement, les musées manquent d'argent — tous ont besoin de donations, du mécénat — et les momies coûtent très cher. Savez-vous qu'à l'époque victorienne, quand de nombreuses momies ont été découvertes, les gens les utilisaient parfois pour allumer des feux de cheminée ? Oui, si incroyable que cela puisse paraître, des gens très respectueux de la religion, des paysans très pieux, se servaient de restes humains pour allumer leurs feux.

Il poursuivit ses explications, leur montrant en chemin différentes salles de recherche et d'autres bureaux. Puis ils arrivèrent devant un escalier — un vieil escalier de pierre incurvé, étroit et raide, qui s'enfonçait vers le sous-sol.

— Il permettait d'accéder aux chambres fortes. Il ne devait pas être facile de voler quelque chose là, en bas, quand c'était une banque !

Ils s'engagèrent à sa suite dans l'escalier, mais dépassèrent le niveau du sous-sol pour descendre plus bas, jusqu'au second sous-sol.

— Cette cage d'escalier ne dessert pas le premier niveau ? demanda Harley.

— Non. Et, attention ! les mit en garde Arlo en braquant une torche électrique dans leur direction alors que la lumière de l'étage supérieur les éclairait encore. Il va bientôt faire sombre.

Harley tira une petite lampe de son sac en même

temps que Micah en sortait une de sa poche. Elle se targuait de ne jamais sortir de chez elle sans en avoir une.

— On y voit encore un peu. Il y avait un éclairage, mais l'endroit a été saccagé pendant la Grande Dépression, expliqua Arlo. Comme vous voyez, l'agencement des couloirs forme une croix presque parfaite, chacun d'eux ouvrant sur cinq chambres fortes. L'élite de l'élite conservait ses trésors ici. Le musée utilisera cet espace lorsque le besoin s'en fera sentir, mais ce n'est pas encore vraiment le cas pour l'instant. La qualité des expositions importe plus que la quantité, n'est-ce pas ?

Arlo continua à bavarder allègrement. Ils notèrent ce qu'il avait voulu dire en parlant de l'agencement en croix ; à chaque intersection, des chambres fortes étaient réparties de part et d'autre du couloir, toutes de taille légèrement différente.

— Et est-ce qu'il y a une sortie ? demanda Harley.

Arlo n'eut pas le loisir de répondre. Un renfoncement étroit s'ouvrait sur ce qui semblait être un simple recoin vide au fond d'une salle voûtée, orientée du côté de Central Park. Micah s'avança résolument dans cette direction.

Harley lui emboîta le pas, suivie d'Arlo.

— Que se passe-t-il ? demanda-t-il en voyant Micah s'arrêter net.

Ce dernier avait repéré quelque chose. Entendant un grincement métallique, Harley comprit qu'il avait trouvé une porte. Et l'avait ouverte.

Elle le rejoignit et regarda par-dessus son épaule. Elle ne vit que du noir.

— Un tunnel de métro abandonné. Il y en a plein la ville, murmura Micah.

— Vous posiez la question à propos des issues… En voilà une. Plus simplement, on peut aussi passer par la porte qui permet de remonter jusqu'au parc et aux aires de pique-nique qui jouxtent le musée, expliqua Arlo en pointant le doigt vers la droite. Mais un tunnel de métro abandonné… Il me semble avoir entendu une rumeur à ce sujet, mais sans avoir jamais su si elle était fondée ou non. Super !

— Oui. Super, ajouta Micah d'un ton dénué d'humour. Et donc… Est-ce que tout le monde connaît cette issue donnant sur Central Park ? demanda-t-il à Arlo.

— Oh ! je ne pense pas. Seulement les employés du musée. Et peut-être les gens à qui ils l'ont dit.

— Bon. Il faudra peut-être faire poser un cadenas sur cette porte, annonça Micah. Cette information peut très bien s'être répandue.

Il marqua une pause, étudiant Harley.

— Je vais faire poster des policiers en faction dans ce deuxième sous-sol, lui dit-il. Il faut que j'aille à l'hôpital. On m'a fait savoir que Vivian avait repris connaissance et était en état de parler. Mais j'aurai besoin de vous voir plus tard. Savez-vous où je pourrai vous trouver ?

Harley hésita, puis haussa les épaules.

— Au Finnegan's, sur Broadway.

— Dans l'établissement qui appartient à la famille de Kieran ?

— Il n'y a qu'un Finnegan's à Broadway.

— Vous êtes sûre d'être là-bas ?

— Oh ! oui. Je dois y retrouver mes collègues de l'expédition.

— Dont moi ! intervint joyeusement Arlo.

Il soupira.

— Malheureusement, Vivian ne sera pas parmi nous. Et Ned Richter non plus, probablement.

— Henry non plus ne sera pas là, assena Harley.

— Non, bien sûr, admit Arlo.

Il eut un petit sourire gêné.

— Mais au moins sommes-nous sûrs qu'aucune momie ne viendra semer la terreur au Finnegan's. Peut-être une banshee ou deux, ajouta-t-il en référence à la légende des créatures surnaturelles de la mythologie celtique. Mais certainement pas de momie.

Ni Harley ni Micah ne réussirent à sourire de sa plaisanterie.

Tandis qu'ils quittaient les lieux, Harley se souvint du chat qu'elle avait entendu miauler. Il n'y avait plus eu aucun bruit après l'apparition de Micah — lui reprochant d'avoir mis en fuite la personne qui, apparemment, la suivait. La personne que lui, à son tour, avait prise en chasse. Avant de perdre sa trace.

4

— J'étais dans mon bureau, déclara Vivian Richter.

Sa voix s'éteignit. Elle se concentra, les sourcils froncés.

— J'étais dans mon bureau et puis…

— Et puis ? souffla doucement Micah.

Vivian était assise dans son lit d'hôpital, calée contre ses oreillers. Craig et Micah se tenaient face à elle, au pied du lit.

La police locale était déjà venue la voir. Mais Micah opta pour passer l'éponge, l'enquête n'ayant été dévolue au FBI que depuis peu. Vivian, cependant, les avait informés du passage de McGrady et de Rydell. Et l'infirmière de service, dans le couloir, leur avait confié que McGrady l'avait presque fait pleurer en exigeant d'elle qu'elle fasse un effort pour se rappeler ce dont elle était incapable de se souvenir.

Micah avait reçu un appel de Rydell, puisque plusieurs forces de l'ordre travaillaient toujours conjointement sur l'affaire, sous la houlette du FBI.

En général, j'ai des collègues tout à fait compétents. La police de New York est très efficace, vous savez, lui avait-il assuré, s'excusant une fois de plus pour son partenaire.

Micah lui avait dit de ne pas s'inquiéter ; arguant que n'importe quelle force de police pouvait avoir un ou deux moutons noirs — que celui du NYPD était McGrady. Il ne l'avait pas exactement formulé ainsi, mais Rydell avait parfaitement compris le message.

— Je parie que vous deviez vous réjouir de l'ouverture de cette exposition, dit Micah. Tout ce travail qui avait été accompli. Puis cette fabuleuse découverte… et la terreur dans le désert, la mort de Henry Tomlinson et la crainte que ces rebelles armés n'attaquent le camp. Mais ensuite, ici… C'était l'aboutissement de votre rêve : montrer l'exposition Amenmose aux États-Unis.

— Oh ! oui, j'étais aux anges. Nous devions accueillir tous nos étudiants de dernière année, la nièce de Henry et sa famille, ses petites-nièces… Ou petits-neveux, je ne sais plus ? Et d'autres enfants étaient certainement également présents…

Elle s'interrompit, rembrunie.

— Seigneur ! Dire que j'ai surgi là, devant eux, déguisée en…

— En momie. Vivian, réfléchissez. Est-ce que quelqu'un est venu vous voir dans votre bureau pendant que vous vous prépariez pour la grande célébration ?

Son froncement de sourcils s'accentua.

— *Tout le monde* est passé me voir. Tout le monde. Ned, bien sûr, qui était tout aussi excité que moi. C'est un administratif et moi, je suis égyptologue, mais nous sommes mariés, si bien que c'était une soirée incroyablement forte en émotions pour nous deux. Arlo n'a cessé d'entrer et sortir, s'affairant aux détails de dernière minute. Les étudiants… Je crois qu'ils ont tous fait une incursion dans mon bureau à un moment ou à un autre. Belinda voulait que je voie sa robe et Joe — ce garçon est un tel charmeur ! — se demandait s'il était suffisamment élégant. Voyons…

Ah oui. Jensen. Il est embauché ici désormais, vous savez. Je l'ai vu à plusieurs reprises. Et puis…

Elle se tut subitement et sa bouche s'arrondit lentement en un O horrifié.

— Quelque chose vous revient ? s'enquit vivement Craig.

— J'ai vu… une des momies entrer. Elle… elle marchait. Oui, oui, c'est ça… J'en suis sûre ! Il y avait une momie ! Oh ! mon Dieu. Je me souviens maintenant. Elle me dévisageait…

Elle se mit à trembler. Micah et Craig échangèrent un regard, se disant qu'il était peut-être temps d'appeler l'infirmière.

Mais, d'abord, ils s'approchèrent d'elle et lui prirent chacun une main.

— Tout va bien maintenant. Vous ne risquez plus rien, la rassura Micah d'un ton apaisant.

Elle secoua la tête.

— Les momies ne se relèvent pas pour marcher. Sauf dans les navets, au cinéma. Enfin, parfois, dans les bons films aussi… *La Momie*, avec Brendan Fraser, par exemple, était très réussi.

Elle avait cessé de trembler. Marquant une pause, elle arrêta son regard sur Craig, songeuse.

— Vous portez le même nom. Vous êtes apparentés ?

— Je crains que non. Mon nom de famille s'écrit avec un « i », répondit Craig.

Vivian reporta subitement son regard sur Micah.

— C'est ça, j'en suis certaine. J'ai vu cette momie qui s'encadrait dans l'embrasure de la porte. Alors… Je me suis levée… j'étais assise à mon bureau. Je n'arrivais pas à en croire mes yeux, évidemment. Je me suis dit que quelqu'un me jouait un tour. Mais, alors, cette… chose s'est avancée vers moi et je me suis mise à crier. Enfin, je crois… Elle a continué à approcher et… et…

— Qu'est-il arrivé ? la pressa Micah.

Elle secoua la tête.

— Ensuite, je ne me souviens plus de rien. J'ai juste l'image de cette momie revenue à la vie, murmura-t-elle.

— Vivian, vous êtes bien placée pour savoir que les momies ne ressuscitent pas. La personne qui s'est fait passer pour une momie vous a enveloppée de bandelettes qui avaient préalablement été imbibées de nicotine. Ce n'était pas une vraie momie.

— Mais… Elle avait l'air tellement réaliste. Ou surréaliste, plutôt. Terrifiante, en tout cas.

— Quelqu'un qui était présent au musée à ce moment-là s'est déguisé en momie pour vous attaquer. Avez-vous une idée de qui cela pourrait être ? Étiez-vous en conflit avec quelqu'un ? Y a-t-il une raison pour laquelle — pardonnez-moi d'être aussi direct — quelqu'un pourrait vouloir vous voir morte ?

Vivian retint son souffle. Ses yeux s'agrandirent.

— Oh ! seigneur !

Micah jeta un coup d'œil à Craig. Elle venait juste de se rendre compte qu'on avait voulu la tuer.

— Non… Non ! protesta Vivian. Je sais que je ne suis pas un ange de douceur et que je peux être un peu rigide, parfois. Mais… Je n'ai jamais nui à personne. Je n'ai jamais renvoyé personne, ce n'est d'ailleurs pas de mon ressort. Je m'adresse à tout le monde poliment, je ne maltraite pas les employés, je ne les invective pas. Non, vraiment, je ne vois pas pourquoi on voudrait me tuer, déclara-t-elle.

— Avez-vous eu une altercation avec quelqu'un ? s'enquit Micah.

Elle soupira.

— De temps en temps, nous nous crêpons le chignon avec Arlo. Mais c'est juste que… Quand Henry était en vie, nous le considérions tous comme notre gourou. Il avait l'expérience. C'était lui qui avait été choisi par Alchemy pour diriger la campagne de fouilles et l'exposition qui s'ensuivrait et il y avait une raison à cela : c'est le meilleur spécialiste d'Amenmose. Maintenant que Henry n'est plus là, je pense qu'une certaine rivalité s'est peut-être installée entre Arlo et moi. Mais une saine rivalité ! Une émulation.

— Arlo travaillait aujourd'hui.

— Bien sûr. Il reste encore tant à faire. Vous devez comprendre que la tombe était *remplie* de momies, en plus de celle d'Amenmose. Et, comme dans le cas de Toutankhamon, certains des objets funéraires semblent avoir été réutilisés. Nous avons toutes les raisons de penser qu'Amenmose a été assassiné. Néanmoins, il a été enterré dans le respect de tous les rites religieux, probablement par un proche, quelqu'un qui l'aimait vraiment, et cela, dans le plus grand secret. C'est Aÿ qui a pris le pouvoir à la mort de Toutankhamon. Bref, il reste encore des tas de choses à éclaircir… Donc, il est bien normal que tout le monde soit sur le pont.

Elle se tut quelques secondes.

— Y compris mon mari, béni soit-il ! Le pauvre… Il était tellement écartelé entre son désir de rester ici, à mon chevet, et la nécessité de retourner travailler ! Mais je lui ai assuré que j'étais en voie de guérison et que c'était l'exposition qui importait dans l'immédiat. Et on s'occupe très bien de moi ici, donc il a bien fait de m'écouter.

Micah n'était pas certain qu'elle dise vrai. Il n'arrivait pas à se convaincre qu'elle ne s'était pas sentie blessée que son mari ne soit pas resté auprès d'elle.

Mais il ne tenait pas à remuer le couteau dans la plaie.

De nouveau, il lança un coup d'œil à Craig, qui semblait aussi peu convaincu que lui. Mais ils n'obtiendraient rien de plus d'elle sur le sujet — du moins, pour l'instant. Donc, il était temps de passer à autre chose.

— Et les étudiants ? Vous ne vous êtes jamais disputée avec l'un d'entre eux ?

— À vrai dire, ce ne sont plus exactement des étudiants, n'est-ce pas ? répliqua Vivian un peu sèchement. Je vous l'ai dit, j'ai vu Belinda et Joe et…

Elle s'interrompit et poussa un profond soupir.

— J'étais un peu soucieuse à l'idée de revoir votre cousine, agent Frasier. Elle était tellement dévouée à Henry. Nous l'aimions tous, mais il la considérait un peu comme sa petite-fille et elle, comme un grand-père merveilleusement brillant. Elle ne s'est jamais remise de sa mort. Et puis, bien sûr, il y a Jensen qui, désormais, est membre permanent du personnel de ce musée. Il l'a soutenue jusqu'au bout quand elle a rejeté la thèse du suicide de Henry. Et puis… Henry a été incinéré. Nous nous trouvions face à deux médecins légistes qui avaient conclu à un suicide, peut-être commis sous l'effet d'une bouffée délirante due à une bactérie. Quoi qu'il en soit… Nous ne saurons jamais ce qui est passé par la tête de Henry. Et maintenant…

Elle s'interrompit une nouvelle fois, regardant Micah et Craig tour à tour.

— Quelqu'un a voulu me tuer, moi aussi. Mais comment suis-je arrivée jusqu'au grand hall ? Vous croyez qu'on m'a aidée à aller jusqu'à là-bas ? Mon Dieu, c'est tellement terrifiant !

Elle se mit à pleurer en silence.

Micah lui pressa la main.

— Allons, tout va bien maintenant. Si quelque chose vous revient en mémoire, même un détail insignifiant, appelez l'un de nous deux. Nous avons la ferme intention de trouver la vérité. Et nous la trouverons.

Elle hocha la tête et, à son tour, imprima une brève pression à sa main.

— Merci.

— Avec plaisir.

Il lui sembla voir un sourire fugace effleurer ses lèvres.

En ce vendredi soir, Finnegan's, sur Broadway, était plein à craquer. L'ambiance y était festive et animée.

Les New-Yorkais avaient tendance à sortir dans leur quartier. Sur Upper East Side, vous rencontriez des habitants d'Upper East Side. Ce n'étaient pas les bars et les pubs qui manquaient autour de Cooper Union, à St. Mark's Place, dans les Villages, Est et Ouest, ainsi que dans de nombreux autres quartiers de la métropole géante.

Mais Finnegan's attirait une clientèle venue d'un peu partout. D'une part, c'était l'un des plus anciens pubs de la ville puisque sa création datait d'avant la guerre civile et, donc, une véritable institution. D'autre part, il y régnait une atmosphère conviviale où l'esprit de famille prévalait. Les habitués savaient quand amener leurs enfants et quand ne pas le faire. La cuisine y était aussi importante que le bar. En bref, c'était un lieu unique et Harley était ravie du lien qui unissait

Craig aux Finnegan — et, par son intermédiaire, de sa propre connexion avec eux.

Elle avait pu réserver une table dans un recoin, près de l'entrée, un peu à l'écart du reste du bar.

Arrivé le premier, Jensen la salua en la serrant dans ses bras avant de l'embrasser sur les deux joues. Elle n'eut pas le loisir de découvrir s'il serait allé plus loin car une serveuse s'était approchée pour prendre leur commande. Joe Rosello entra sur ces entrefaites.

Il ne put s'empêcher de flirter d'entrée de jeu. Mais il avait visiblement du mal à choisir entre exercer son charme sur Harley ou sur la serveuse.

Il opta pour les deux, ce qui lui valut une bourrade sur l'épaule de la part de Jensen.

— Bon sang, Joe, tu es insortable.

— Ignoble, renchérit Harley en secouant la tête.

— Hé ! Je rends hommage à leur beauté et je les complimente ! Je ne fais rien de mal ! protesta Joe.

— Passons… Pour cette fois, dit Jensen. Mais oublie Harley, d'accord ? Elle t'a vu à l'œuvre avec les femmes. Elle connaît ton mode opératoire.

— Harley, franchement, est-ce que ça t'ennuie vraiment que je te dise que tu es magnifique, mystérieuse et désirable, habillée en noir comme tu l'es aujourd'hui ? se récria Joe, l'air profondément meurtri.

— Non, mais tu n'as pas besoin de baver sur ma main.

— *Baver ?* C'était un délicat baisemain !

— Ha ha ! Délicat… Et très humide, railla Jensen.

Entre-temps, Roger les avait rejoints. Il écouta l'échange en levant les yeux au ciel.

— Et dire que nous sommes tous titulaires d'un doctorat ! C'est pathétique. Où va le monde ?

— Je crois que le monde ne nous a pas attendus

pour glisser sur la pente savonneuse ! lança joyeusement Belinda, qui venait à son tour d'arriver.

Ce fut alors que Harley remarqua la présence de Micah Fox ; elle ne l'avait pas vu entrer. Il se tenait au bar, en compagnie de son cousin Craig. L'aîné des Finnegan, Declan, qui dirigeait l'établissement familial, bavardait avec les deux agents.

Elle eut le sentiment qu'ils observaient son groupe d'amis.

Une minute plus tard, Micah s'avança vers eux.

Ce ne fut pas Harley qui le salua la première. Belinda la prit de vitesse pendant que Harley disait bonjour à Arlo, qui venait d'entrer, et à Ned Richter, qui avait apparemment choisi de se joindre à eux plutôt que de rester auprès de sa femme, à l'hôpital.

Ils étaient tous réunis autour de deux massives tables de chêne, Ned Richter, Arlo, Joe, Roger et Belinda d'un côté, contre le mur, et Craig, Micah, Harley et Jensen, en face d'eux, sur des chaises. Ils commandèrent à boire et à manger et parlèrent d'abord de tout et de rien. Puis Ned Richter leva son verre et déclara solennellement :

— Buvons à la mémoire de Henry Tomlinson, le plus grand égyptologue que j'aie jamais connu et l'un des hommes les plus bienveillants qu'il m'ait également été donné de rencontrer.

— À Henry Tomlinson ! répondirent en chœur les autres.

Ils portèrent tous un toast à Henry, puis Ned poursuivit :

— Et au salaud qui a essayé d'empoisonner Vivian… en espérant que ces agents fédéraux et ces policiers le retrouveront. Puisse-t-il pourrir à jamais en enfer !

— Qu'il pourrisse en enfer ! renchérirent ses compagnons de table.

— Vous n'êtes pas tendre, le taquina Jensen. Mais, vous voyez, vous avez le soutien de vos amis !

— C'est ça, les pubs irlandais, rappela Richter, déclenchant un éclat de rire général. Désolé, je ne peux pas m'en empêcher. Je souhaite à ce fumier de connaître une mort atroce.

Harley se demanda pourquoi il n'était pas avec sa femme s'il était tellement révolté par ce qui lui était arrivé.

Mais elle était coincée entre Jensen et Micah et très consciente de la proximité des deux hommes, ce qui l'amena à s'interroger sur les liens qui se tissaient entre les gens. Elle était assise entre deux hommes exceptionnellement beaux et intelligents — tous deux très engagés dans le monde dans lequel ils vivaient… Chacun à sa manière.

Elle les appréciait tous les deux.

Et pourtant, tout à coup, elle sut pourquoi elle n'était pas avec Jensen, pourquoi ils n'étaient pas sortis ensemble.

Aucun de ces deux hommes n'était dénué d'intérêt.

Cependant, seul l'un d'eux semblait compter.

Elle était irrésistiblement attirée par Micah Fox. Elle avait beau le connaître à peine, le simple son de sa voix avait suffi à éveiller ses sens.

— Sérieusement, qui a pu faire une chose pareille ? Harley, de quoi te souviens-tu ?

Harley s'aperçut qu'elle avait laissé son esprit vagabonder et s'écarter très loin — et de façon très inopportune — de leur petite réunion amicale. Belinda la regardait, ses grands yeux bruns écarquillés, attendant une réponse.

Harley avala une gorgée de sa boisson — une bière non alcoolisée fabriquée par Guinness. Il était hors de question qu'elle perde une once de son contrôle ce soir. Elle espérait que quelqu'un lâcherait un détail — quelque chose qui apporterait un début de réponse à la question de Belinda.

Elle sentit le regard de Micah se poser sur elle. Savait-il ce qui l'avait à ce point distraite ? Non, il ne pouvait pas se douter qu'il était la cause de son absence temporaire.

— À propos de cette nuit… dans le Sahara, dit-il.

— Nous étions tous si excités, lança-t-elle.

Autour d'elle, Jensen, Joe, Roger et Belinda hochèrent la tête.

— Et à juste titre ! précisa Ned Richter.

— Une découverte inespérée, renchérit Arlo.

— Nous avions commencé à rapporter des objets de la tombe dans la tente de stockage, déclara Harley. C'est une tente spéciale, équipée d'un système de régulation de température. Tout le monde fait très attention, en y entrant. Il s'est avéré que la tombe d'Amenmose contenait plus d'une douzaine de momies et de sarcophages… tous à des stades plus ou moins avancés de dégradation. Nous avons apporté la preuve qu'Amenmose avait été tué. Donc, aussitôt après sa mort, des proches se sont arrangés pour mettre la main sur des objets funéraires ayant été utilisés pour d'autres, morts avant lui. Ils ont également réuni ceux, morts ou vivants, qui l'avaient servi.

— Quel intérêt d'agir ainsi ? s'enquit Micah.

Il ajouta, un peu embarrassé :

— J'ai étudié l'égyptologie, mais j'avoue qu'il y a là quelque chose qui m'échappe. Pourquoi enterrer Amenmose avec des gens morts avant lui et avec les objets funéraires leur ayant appartenu ? C'est comme voler un mort. C'*est* voler un mort.

— Parce que, du point de vue des Égyptiens de l'Antiquité, il aurait besoin d'être entouré dans sa prochaine vie. De serviteurs, de servantes, de femmes… D'animaux et d'objets, également, expliqua Harley.

Il lui sembla que Micah s'était rapproché d'elle. Elle sentait son regard peser sur elle, son épaule touchant presque la sienne. Il avait le coude calé sur le bord de la table et sa main pendait, toute proche de ses jambes.

Elle se força à se concentrer.

— Nous avions énormément travaillé ce jour-là. Je pense qu'il devait être au moins 8 heures du soir. Il y avait un petit village non loin du champ de fouilles et les habitants étaient extrêmement gentils avec nous. On allait parfois y dîner ou y boire un café. Mais, ce soir-là, finalement, il s'est décidé que Jensen et moi nous y rendrions seuls et que nous rapporterions de quoi manger. J'étais en train d'essayer de convaincre Henry de se joindre à nous quand Jensen est venu me chercher. Évidemment, nous étions tous fourbus après cette longue journée riche en émotions…

Elle jeta un coup d'œil à Belinda qui la regardait toujours avec de grands yeux.

— Belinda était en communication par Skype avec Al, qui était en Irak, me semble-t-il, à l'époque.

L'intéressée confirma d'un hochement de tête.

— Et Roger était occupé à collecter des données sur Internet à propos de la constitution d'un groupe de rebelles qui risquait de présenter une menace pour le camp, donc il n'est pas venu, lui non plus.

Elle se tourna vers Joe et ne put s'empêcher de sourire.

— Joe était encore en train d'exhumer certains objets du tombeau. Nous avions pour interprète une charmante jeune Égyptienne. Satima Mahmoud. Ils… étaient en train de travailler ensemble.

— De travailler ? À d'autres ! ironisa Belinda en jetant un coup d'œil affectueux à Joe. De flirter, tu veux dire !

— Quoi ? Je ne flirte jamais, protesta Joe.

— Tu passes ton temps à ça !

Harley eut l'impression que tous avaient répondu à l'unisson.

Joe rougit et grommela :

— Elle était vraiment très jolie. Et intelligente.

Micah hocha la tête, puis se pencha pour regarder Jensen, assis de l'autre côté de Harley.

— Donc, Harley et vous êtes partis ensemble, ce soir-là. Combien de temps vous êtes-vous absentés ?

Jensen réfléchit, consultant Harley du regard.

— Environ une heure et demie, je pense.

— Quelque chose comme ça, confirma Harley.

Micah acquiesça d'un nouveau hochement de tête, puis pivota sur lui-même pour s'adresser à Ned Richter et à Arlo Hampton.

— Aucun de vous n'est allé s'assurer que Henry allait bien pendant ce temps-là ?

— À quoi bon ? rétorqua Ned Richter. Nous avions des gardes postés tout autour du camp. Après cette découverte, Henry était comme un gosse dans une confiserie. Je n'aurais même pas eu l'idée d'aller l'interrompre !

— Et vous ? demanda Micah à Arlo. Vous n'auriez pas dû être avec lui ?

— Non, parce que je…

Arlo vira au rouge écarlate et se tut.

— Vous… Quoi ?

— Je travaillais.

— Sur quoi ? demanda Ned Richter.

Arlo jeta un regard coupable autour de la table.

— Eh bien… J'avais rapporté une des tablettes funéraires dans ma tente.

— Vous aviez dérobé une tablette pour l'apporter dans votre tente ? répéta, incrédule, Ned Richter.

— C'est-à-dire que… J'avais commencé à la déchiffrer. J'essayais de me représenter ce qui s'était passé sur ce site. Ce à quoi nous étions confrontés était assez inhabituel… je veux dire, trouver autant de morts dans une tombe. J'étais occupé à transcrire la tablette.

— Que disait-elle ? s'enquit Harley.

Elle n'avait jamais entendu parler de cette tablette.

Arlo rougit de nouveau pitoyablement.

— Je ne sais pas.

— Il est formellement interdit de rapporter des objets dans les tentes privées, vous le savez, rappela Ned avec irritation. Je ne vais pas vous renvoyer, mais, bon sang, que ce soit la dernière fois, Arlo ! Chez Alchemy, on respecte les règles.

— Que disait cette tablette ? insista Harley.

— Je ne sais pas, répéta Arlo, maussade.

— Tu ne l'as pas traduite ?

— Je n'en ai pas eu le temps. J'avais lu des lignes et des lignes qui chantaient toutes les louanges d'Amenmose quand tu t'es mise à crier. Tout le monde a accouru… Et puis, aussitôt après, on nous a annoncé qu'on était en danger et qu'il fallait partir. On s'est tous mis à charger ce qu'on pouvait dans les camions et on s'est retrouvés en route pour Le Caire.

— Oui, mais où est la…

— Harley, je n'ai pas la moindre idée de ce qu'est devenue cette fichue tablette ! dit Arlo. Je croyais que nous devions tous nous réunir ici ensemble ce soir pour nous serrer les coudes et je me retrouve mis en accusation par vous tous !

— Nous ne vous accusons de rien, répondit sèchement Ned. Vous avez avoué avoir subtilisé un objet trouvé dans la tombe.

Arlo soupira.

— Et où étiez-vous, vous ? Que faisiez-vous ? Pourquoi Vivian n'était-elle pas avec Henry ? Elle qui est tellement, tellement férue d'égyptologie ?

— En ce qui me concerne, dit Harley, j'étais allée chercher à manger avec Jensen. Et puis, évidemment, à notre retour… Ça a été le cauchemar. Mais enfin, on n'est pas venus ici pour se disputer et s'en prendre à l'un ou à l'autre !

— Elle a raison. Si vous êtes tous ici ce soir, c'est pour honorer la mémoire de Henry, rappela Micah.

Jensen leva les yeux au ciel et laissa échapper un petit rire.

— C'est vous qui avez tout déclenché.

— C'est vrai, reconnut Micah, très sérieux. Mais je vous rappelle que Henry est mort, ce soir-là. Et hier, c'est Vivian qu'on a voulu tuer. Je me demande si vous vous rendez compte que la nicotine peut être un poison mortel.

— J'en suis parfaitement consciente, dit Ned Richter d'une voix contrainte.

— Nous nous en rendons tous compte. C'est juste que… Jamais aucun de nous n'aurait fait de mal à Henry, répliqua Belinda. Et, dans le cas de Vivian, je n'ai aucune idée de ce qui s'est passé. Pas la moindre.

— Moi non plus, renchérit Jensen. Elle était dans son bureau.

— À quel moment l'avez-vous vue pour la dernière fois ?

— Je l'ai dit à la police… Environ une heure avant le début de la célébration. Elle était assise à son bureau, elle m'a dit bonjour, puis elle m'a congédié d'un geste de la main. Elle semblait trop occupée pour se soucier de la cérémonie d'inauguration.

— Et vous tous ? demanda Micah en jetant un regard à la ronde. L'avez-vous vue avant le début de la cérémonie ?

— Je l'ai vue vers 4 heures de l'après-midi, répondit Ned Richter. Elle est venue dans mon bureau. Elle voulait mon aval pour engager des dépenses afin de réaliser des tests supplémentaires. Je lui ai dit qu'il fallait mettre la pédale douce pendant quelque temps.

Il marqua une pause, puis ajouta :

— De temps à autre, je dois lui faire comprendre mon point de vue. Je suis un patron d'entreprise. Je ne peux pas accéder à toutes ses demandes au prétexte qu'elle est ma femme. *Tout particulièrement* parce qu'elle est ma femme. C'est une égyptologue hautement qualifiée, mais elle ne travaillait même pas pour Alchemy au début. Elle a obtenu ce poste grâce à moi, donc…

— Je l'ai vue, je l'ai saluée de la main, dit Arlo. Je travaillais au laboratoire. Elle ne m'a pas répondu. Elle semblait concentrée sur ce qu'elle faisait. Ce n'est pas inhabituel de la part de Vivian, donc je n'y ai pas prêté attention.

— Je ne l'ai pas vue du tout, déclara Belinda. Enfin, pas avant…

— Moi non plus, coupa Joe.

— Ni moi, ajouta Roger.

— Merci, dit Micah en levant son verre. Donc, à cette soirée, à Henry, qui a été notre mentor à tous et que nous aimions tous énormément… J'imagine ?

Tout le monde opina du chef.

— À Henry !

La serveuse approcha. Et Harley nota que Micah cessait de poser des questions pour commander le très populaire *shepherd's pie* du pub.

Il pouvait de toute évidence être absolument charmant quand il le voulait. Il incita Belinda à parler de son mariage, prévu pour la période de Noël, et Arlo à expliquer comment il était tombé amoureux des momies en visitant le musée de Chicago Field, étant enfant. Joe, ensuite, s'enthousiasma à propos de la belle Satima Mahmoud, vantant ses qualités d'interprète, et le fait qu'elle était toujours prête à apporter son aide lorsqu'un membre de l'équipe en avait besoin. Ils avaient été sur le point de sortir ensemble, reconnut-il, lorsque tout avait été bouleversé par la mort de Henry et la supposée attaque imminente du camp par les rebelles.

Roger parla de son amour du désert — et de son bonheur d'être rentré à la maison. Il n'y avait pas d'autre endroit comparable à New York. Il adorait vivre ici ; et il adorait son travail.

Ned ne resta qu'une heure en leur compagnie car il devait retourner auprès de sa femme.

Personne ne semblait pressé de mettre fin à leur soirée, mais il commençait à être tard. Le groupe de musique celtique qui jouait ce soir-là annonça leur dernière chanson.

La soirée touchait à sa fin.

— Qui se charge de s'assurer que nos charmantes

compagnes rentrent à bon port ? demanda Joe en se levant et en pointant du menton Belinda et Harley.

— Ne vous dérangez pas pour moi, répondit Harley. Sérieusement… Ce bel homme, assis au comptoir, là-bas, est mon cousin.

— Oh ! Craig est ici ! Je ne l'avais pas vu. Il aurait dû se joindre à nous, s'écria Belinda.

— Peut-être qu'il ne voulait pas que notre petite réunion se transforme en séance d'interrogatoire, lança Jensen en regardant Micah bien en face.

— Peut-être, dit Micah d'un ton détaché.

Les deux hommes étaient approximativement de la même taille. Ils se fixèrent. Micah se borna à sourire placidement, sans relever la pique — mais sans plier non plus.

— Si tu es fatiguée, je peux te reconduire, proposa Jensen à Harley.

— Ça ira, répondit-elle. Il y a mon cousin, tu t'en souviens ? Craig est mon cousin.

— Oui, répondit Jensen. Je m'en souviens.

L'espace d'un moment, ses yeux s'arrêtèrent sur elle et elle se demanda s'il n'éprouvait pas quelque chose comme de la jalousie parce qu'elle lui préférait la compagnie de Craig. Mais, même si Jensen et elle avaient flirté, ils n'avaient jamais franchi le pas et n'étaient pas sortis ensemble. Qu'il soit protecteur vis-à-vis d'elle ne la dérangeait pas. Mais il n'avait pas de raison d'être jaloux. Du moins pas de Craig…

— Comme tu voudras. Belinda ?…, demanda Jensen.

Elle rit.

— Je suis new-yorkaise. J'ai passé ma vie à rentrer par le dernier métro. Mais puisque tu me le proposes gentiment…

— Ton fiancé sert la nation, Belinda. C'est un privilège pour moi que de veiller à ce que tu rentres sans encombre chez toi. Et puis, d'ailleurs, ajouta-t-il, moi aussi, je connais le métro comme ma poche.

— OK, merci. Allons-y. Je te ferai un thé quand nous arriverons chez moi… pour que, toi aussi, tu rentres à bon port ensuite.

Belinda et Jensen partirent bras dessus, bras dessous.

Comme le reste de la bande quittait petit à petit le pub, Harley s'avisa que Micah et elle se tenaient toujours près de l'entrée.

— Étrange, murmura-t-il en observant les deux jeunes gens s'éloigner.

— Quoi donc ?

— C'est le seul qui ne puisse pas être coupable.

— Qui ? Jensen ?

Micah se tourna vers elle et plongea son regard dans le sien, pensif.

— Oui. Il était avec vous. Vous étiez ensemble quand vous avez vu Henry vivant pour la dernière fois. Ensuite, vous êtes partis tous les deux et, à votre retour, Henry était mort.

— Oui. Mais… Pourquoi trouvez-vous Jensen suspect ?

— Difficile à dire. Il y a… quelque chose que je ne parviens pas à cerner, chez lui.

— On vous apprend ce genre de choses à l'école de police ? demanda Harley.

— Eh bien, à vrai dire, oui. Mais peu importe.

Il la saisit par le coude et elle s'étonna de la réaction que provoquait chez elle ce simple contact.

— On va rejoindre Craig ? s'enquit-il.

Ils s'avancèrent vers le bar où un jeune couple

enamouré libérait opportunément les deux tabourets à côté de Craig.

Ils s'assirent et, une fois perché sur son tabouret, Micah revint sur la conversation qui avait roulé parmi les convives de la tablée. Jensen avait vu juste, songea Harley. Micah était effectivement venu les interroger.

Kieran choisit ce moment pour sortir de l'arrière-salle et vint se glisser entre le comptoir et Craig, prenant appui contre lui, assis sur son tabouret.

— Alors, vous avancez ? demanda-t-elle.

— Ah… Apparemment, oui. L'agent spécial Fox a un pressentiment, répondit Harley.

— Ce type… Jensen, ne m'inspire pas confiance, déclara doucement Micah.

— Mmm, murmura Kieran.

— Le fameux « mmm » de la psychologue ! la taquina Craig. Il doit y avoir une signification freudienne là-dessous !

— Non, je ne crois pas qu'il y ait une explication rationnelle à un pressentiment, dit Kieran en secouant la tête. Mais peut-être que, s'il y a un antagonisme latent…

— Non, ce n'est pas ça. Il ne m'est pas antipathique. Il a l'air OK. Mais quelque chose me dit qu'il n'est pas tout à fait digne de confiance, expliqua Micah.

Harley haussa les épaules.

— J'ai du mal à imaginer Jensen dans la peau d'un criminel. Si quelqu'un, dans notre groupe, a tendance à s'écarter du droit chemin, ce serait plutôt Joe, ce qui ne signifie pas que je le crois coupable. Mais disons qu'il se laisse facilement influencer.

— Par la belle interprète égyptienne, Satima, par exemple, indiqua Micah.

— Oui, et elle est toujours en Égypte, donc je

doute qu'elle ait quoi que ce soit à voir avec ce qui est arrivé hier soir.

— Vous êtes sûre de ce que vous avancez ? demanda Micah.

— Eh bien, je…

Harley s'interrompit.

— Non. Évidemment, je ne peux pas le savoir de façon certaine. Mais c'est là-bas qu'elle vit et qu'elle travaille.

— Ça vaudrait quand même la peine de le vérifier, déclara Micah en consultant Craig du regard.

Celui-ci hocha la tête.

— En ce qui me concerne, je crois qu'il est temps de rentrer, annonça Harley en étouffant un bâillement.

— Je suis en voiture aujourd'hui, dit Craig. On va te ramener. Kieran, tu es prête ?

— Allez-y sans moi. J'ai promis à Declan de l'aider à décrypter une facture.

— Non, non, pas de problème, protesta Harley. J'ai l'habitude de rentrer seule. Vous…

— Micah, prends la voiture, coupa Craig. Tu passeras me chercher demain matin. Je vais attendre que Kieran ait terminé. Declan nous déposera ou nous prendrons un Uber.

— Moi aussi, je peux en prendre un. Je ne suis vraiment pas loin, juste à côté de Grace Church, insista Harley.

— Non. Micah va te raccompagner… S'il te plaît. Surtout avec ces histoires de momie…

— Je n'ai pas peur des momies.

— Eh bien, tu devrais… Mais seulement de celles qui reviennent à la vie, déclara Kieran. Enfin, je veux dire, des gens qui se déguisent… ou déguisent les autres… en momies. En tout cas, fais bien attention à toi, d'accord ?

Elle était coincée. Pas moyen de refuser sans paraître inutilement butée.

— Bien sûr… Merci.

Elle se détourna, consciente qu'elle tremblait légèrement. Bon sang, il ne s'agissait que d'un trajet en voiture… Pas de quoi en faire tout un plat. Mais ce n'était pas de Micah qu'elle avait peur ; c'était d'elle.

Elle éprouvait une vive attirance pour lui. Assise à la table, elle s'était demandé comment il était possible d'être placée entre deux hommes qui avaient absolument tout pour plaire et ressentir un tel attrait pour l'un et pas pour l'autre.

Elle ne savait rien de Micah Fox, hormis le fait qu'il travaillait pour le FBI, que Craig avait été son partenaire et qu'il semblait beaucoup l'apprécier. Ah, et, bien sûr, qu'il avait eu Henry pour professeur, lui aussi.

C'était là tout ce qu'elle savait de lui. Cela suffisait-il pour… entamer quelque chose ?

Ou était-ce qu'elle avait passé l'année qui venait de s'écouler un peu à la dérive, à tenter désespérément de s'intéresser à quelqu'un sans que, jamais, la moindre étincelle se produise, lui fournisse une raison de poursuivre une relation, fût-elle uniquement sexuelle ?

Mais si ce qu'elle éprouvait là était exclusivement physique, cela comptait-il ?

Oui ! Cet homme avait beaucoup aimé Henry, lui aussi. Et il était l'ami de Craig.

Qu'arriverait-il si elle se jetait à sa tête et qu'elle se heurtait à un refus ?

Craignant que la tournure de ses pensées ne finisse par la faire rougir, elle embrassa Craig et Kieran et s'éloigna en direction de la sortie, suivie de Micah, répétant que c'était ridicule de prendre tant de peine alors qu'elle n'habitait qu'à un kilomètre et demi d'ici.

— Oui, mais il est tard, répondit Micah.

Les voitures dont se servait Craig étaient des véhicules du FBI qui pouvaient donc être garés à peu près n'importe où. À ceci près que dégoter la moindre place de stationnement dans Lower Manhattan — comme, d'ailleurs, dans tout Manhattan ! — relevait de la gageure.

— Inutile de chercher une place. Vous n'en trouverez pas. Déposez-moi là, devant l'immeuble… Ça ira très bien. Merci encore, dit Harley.

— Je ne crois pas, répondit Micah en souriant. Désolé, mais, même si vous n'étiez pas la cousine de Craig… Ce n'est pas mon genre.

— Mais vous ne pourrez pas vous garer.

— Si. À l'école de police, on nous apprend aussi à invoquer la sorcière du stationnement qui nous a été personnellement dévolue, plaisanta-t-il, pince-sans-rire.

Elle serra les lèvres et soupira.

— Super. Mais ce serait plutôt une fée, non ?

— Non. Pour les policiers, c'est une sorcière. Elles ont un plus fort pouvoir dissuasif. Elles effraient les autres voitures et les dissuadent de s'arrêter.

Soit il avait effectivement une « sorcière » d'une redoutable efficacité, soit il était incroyablement chanceux, car il trouva une place non loin de son domicile.

Il l'escorta et entra avec elle dans l'immeuble. Il vit le vigile à son poste et hocha la tête d'un air approbateur.

Et, bien sûr, il ne se contenta pas de l'avoir accompagnée jusque-là. De toute évidence, elle ne risquait plus rien ; son immeuble était équipé d'un digicode et d'un gardien à qui il suffisait de presser un bouton pour que la police accoure.

Debout face à lui, elle attendait.

— C'est un beau bâtiment, dit-il.

— Merci.

Elle hésita. Elle se serait volontiers giflée. Elle restait là, à attendre comme si de rien n'était — à parler comme si de rien n'était —, mais elle n'avait pas envie de le voir partir. Une étincelle s'était allumée en elle, menaçant de l'embraser tout entière… Une flamme si vive qu'elle avait l'impression d'être redevenue adolescente. Elle n'avait fait qu'étudier et travailler tout au long de cette dernière année, s'efforçant de combler l'étrange vide qu'avait créé la mort de Henry.

— Vous… vouliez peut-être venir boire un thé ? suggéra-t-elle finalement. Ou quelque chose de plus fort ? Et admirer la vue sur Grace Church ? Je me sens tendue ce soir. Je ne sais pas pourquoi. Nous devrions tous être épuisés…

Elle devait avoir l'air d'une idiote.

— Oui.

— Pardon ?

— Oui, merci, je veux bien monter.

— Oh ! Euh… Bien sûr.

Elle pivota sur elle-même et se dirigea vers les ascenseurs, espérant que son visage rosi ne trahissait pas à quel point elle avait tout à coup envie de tout oublier, de faire fi des convenances, des mots — de tout ! —, et de se laisser tomber dans ses bras.

Nue de préférence !

5

— Cet endroit est incroyable ! s'exclama Micah en tournant sur lui-même pour contempler son loft.

Il reporta le regard sur elle, les sourcils froncés.

— Est-ce que j'ai raté quelque chose, vous concernant ? Vous êtes une riche héritière ?

Elle éclata de rire.

— Il se trouve que j'ai un oncle qui ne vit pas ici actuellement. Il voyage beaucoup et passe désormais le plus clair de son temps en Floride. Il possède cet appartement depuis cinquante ans et je crois que son père y habitait déjà avant lui. Tous deux travaillaient dans le bâtiment, donc ils l'ont merveilleusement bien agencé. Quoi qu'il en soit, il n'y a que New York, Tokyo, Mexico, Londres ou Paris pour considérer un appartement comme celui-ci comme un luxe inabordable. J'imagine que vous avez dû tenter de louer un appartement à New York à un moment ou à un autre ?

Il hocha la tête, regarda Grace Church par la fenêtre.

— J'ai étudié à Brown, puis à Columbia University, donc j'ai vécu ici quelque temps, expliqua-t-il.

Il eut un bref sourire.

— Je vivais dans ce qui s'appelle, je pense, un placard.

— Ah, Columbia, murmura-t-elle. Mais c'est à

Brown que vous avez fait la connaissance de Henry, n'est-ce pas ?

— Oui. Après Brown, je suis allé à Columbia. Je ne voulais pas particulièrement devenir égyptologue, mais j'envisageais l'anthropologie ou l'archéologie. Et puis…

Il laissa sa phrase en suspens. Haussant les épaules, il se tourna vers elle.

— L'année avant mon diplôme, un ami à moi a été enlevé. Le FBI a coincé les kidnappeurs. La famille de mon ami était riche et ils voulaient réclamer une rançon. Mais… Bref, quand ils ont été arrêtés, l'un d'eux a avoué qu'ils n'avaient jamais eu l'intention de lui laisser la vie sauve. Je pense que j'ai dû développer à partir de ce moment-là une vraie vénération pour le FBI. J'ai donc changé de voie et me suis orienté vers la criminologie. Je savais que je voulais suivre la trace de ces agents.

— Je suis sûre que vous avez fait le bon choix. Je sais ce que ressent Craig. Évidemment, toute ma famille s'inquiète pour lui, mais nous sommes tous certains qu'il a pris la bonne décision.

— Oui. Malheureusement, on est parfois confronté à l'échec. Les choses ne se déroulent pas toujours comme on le voudrait.

— En ce qui concerne Henry, vous n'avez pas échoué. Vous n'avez jamais pu engager la bataille, déclara posément Harley.

Il hocha la tête.

— Mmm… Merci. Eh bien, je vais m'en aller.

— Je suis encore tout à fait éveillée. Euh… Puis-je vous offrir quelque chose à boire ? Je vais préparer du thé. Oh ! mais… il n'est pas déthéiné. J'avoue que ça ne fait guère de différence pour moi, mais…

— De la théine. Très bien.

— OK.

Elle se dirigea vers son coin-cuisine et mit de l'eau dans la bouilloire. Il s'installa sur l'un des tabourets hauts, face à elle et à la cuisine. De son perchoir, il lui suffisait de faire pivoter le tabouret pour jouir de la vue spectaculaire sur Grace Church. Elle ouvrit une porte de placard, sortit les tasses et les sachets de thé, consciente qu'il suivait chacun de ses gestes.

Il fallait absolument qu'elle se reprenne. Qu'elle le laisse partir. Et qu'elle oublie l'intérêt qu'elle lui portait — qu'il soit uniquement physique ou pas.

— Comment se passe la collaboration avec cet enquêteur tellement sympathique ? demanda-t-elle.

— McGrady ? Il compte pour du beurre, en quelque sorte. L'enquête a été confiée au bureau de New York du FBI. Rien ne prouve que la mort de Henry soit liée à ce qui est arrivé à la cérémonie d'inauguration, mais, d'un autre côté, elle pourrait très bien l'être ; donc, l'affaire dépasse le cadre national pour devenir internationale. Et, heureusement, le FBI a une antenne au Caire. C'est par là que j'avais commencé mon enquête, l'an dernier, quand j'ai appris, pour Henry. Concernant l'inspecteur McGrady, c'est terrible à dire, mais je pense qu'il est déçu de se retrouver avec une victime qui n'est pas décédée. Et contrarié de n'être qu'associé à l'enquête dirigée par le FBI.

— Donc, vous êtes quand même obligé de collaborer avec lui ?

— Oui, mais il est moins intéressé, maintenant. Et Rydell est un type bien. Il passe son temps à s'excuser pour l'attitude de son partenaire. Nous ne nous sommes pas plaints à leur hiérarchie. On s'efforce de rester magnanimes.

— Où peut-on se procurer autant de nicotine ? Si j'ai bien compris, les bandelettes étaient imprégnées d'une quantité de poison considérable et Vivian n'a eu la vie sauve que parce qu'elles ont été retirées rapidement ?

— C'est exact.

La bouilloire se mit à siffler et Harley versa l'eau dans les tasses. Leurs doigts faillirent se toucher lorsqu'elle poussa l'une d'elles dans sa direction. Ils plongèrent tous deux leurs sachets dans l'eau bouillante. Elle rougit, surprenant son regard posé sur elle.

Il fallait vraiment, vraiment qu'il s'en aille.

C'était ça ou bien…

Elle allait craquer. Lui avouer qu'elle était incroyablement attirée par lui. Ce qui serait totalement inapproprié étant donné les circonstances. Mais, après tout, ils étaient adultes, tous les deux. Ce pouvait n'être qu'une relation charnelle. Et ils verraient plus tard, lorsque cette affaire serait résolue.

— Nous sommes en train de rechercher les personnes qui ont acheté une grande quantité de nicotine, mais…

— De l'insecticide ! l'interrompit Harley, songeant au moyen le plus simple de trouver de la nicotine dans le commerce.

Il sirota une gorgée de thé et hocha la tête.

— C'est vrai. J'oubliais… Vous êtes enquêtrice pour une agence de sécurité et d'investigation.

— À temps partiel… En attendant de décider précisément de ce que je veux faire. Et c'est bien payé.

Elle haussa les épaules.

— Seules quelques-unes des affaires sur lesquelles j'ai travaillé étaient de nature criminelle. Pour la plupart, il s'agit d'affaires civiles. Des histoires d'héritage, de violences conjugales qui, parfois, se terminent mal… auquel cas la nature criminelle est avérée. Le travail est intéressant, mais je ne suis toujours pas fixée quant à l'orientation à donner à ma carrière. Cela dit, depuis que j'ai rencontré Kieran, je me suis penchée sur l'aspect psychologique. Je pense que le profilage m'intéresserait vraiment.

— Vous avez certainement la formation et les diplômes requis pour réussir dans cette branche.

— Oui, sur le papier, c'est très joli. Reste à voir ce que ça donnerait, en pratique.

— Vous voulez vous entraîner ?

— Comment ça ? s'étonna-t-elle.

Il paraissait très sérieux, tout à coup.

— Pensez à toutes les personnes que vous connaissez qui ont participé à l'expédition et à l'exposition Amenmose. Qui aurait une vraie raison de tuer Henry ? Pourrait-il s'agir d'une question d'argent ?

— Pas que je sache, si ce n'est qu'un archéologue qui a connu une réussite retentissante — ce qui, en l'occurrence, est le cas —, voit son prestige monter en flèche et que cela signifie qu'il obtiendra sans peine des fonds pour ses projets futurs. Mais je suis sûre que vous le savez.

Harley s'aperçut qu'elle était accoudée au comptoir, penchée en avant, et qu'elle était, de ce fait, de plus en plus proche de lui. Leurs doigts, refermés autour de leurs tasses, n'étaient séparés que de quelques centimètres.

Non, non, non. Il fallait qu'elle recule, qu'elle…

— Le vieux procédé d'élimination, murmura-t-il, apparemment totalement imperméable à la proximité qui était la leur. Voyons… Qui élimineriez-vous, spontanément ?

— Tout le monde, répondit Harley.

Il secoua la tête.

— Non… Il est très probable que vous connaissiez le tueur.

— N'importe quel étudiant tirerait parti des retombées d'une découverte aussi prestigieuse. Cela pourrait faire la différence, une différence radicale, pour la suite de sa carrière d'égyptologue, d'archéologue ou d'anthropologue, dit Harley. Travailler avec quelqu'un comme Henry était impressionnant, mais prendre sa place le serait davantage encore. N'empêche que…

— Le procédé d'élimination, répéta Micah avant de se lever brusquement. Il faut que je m'en aille, cette fois.

— Oh ! D'accord. S'il le faut, alors…

— Oui.

Mais il ne bougeait pas. Un sourire éclaira soudain son visage.

— Oui, mieux vaut que je parte… Vraiment.

— Vous êtes sûr ?

Son sourire s'élargit.

— Absolument.

— Parce que je suis la cousine de Craig ?

Il secoua la tête sans la quitter des yeux un seul instant.

— Non. Parce que vous êtes… vous. Je ne sais pas ce que c'est… J'imagine qu'il est difficile de décrire l'attirance d'un être pour un autre mais… Bref, je m'avance beaucoup trop…

— Non, non, pas du tout, l'interrompit Harley tout en se demandant comment on pouvait *percevoir* à ce point ce que ressentait une personne alors qu'on ne la touchait même pas.

— Mieux vaut se donner un peu de temps et de réflexion.

— Oh ! mais je ne pensais pas à un engagement éternel. Je ne suis pas du FBI, mais je peux vous apporter une aide considérable et… nous allons être amenés à beaucoup nous côtoyer. Donc…

— Ce n'est pas ce que je voulais dire, déclara Micah.

— D'accord. Bien… Je crois que je vois ce que vous voulez dire. Je suppose que nous nous verrons demain et après-demain et si…

— Oui, coupa Micah.

Il n'en dit pas plus. Ils se regardèrent.

— Mais nous sommes adultes, murmura Harley.

— Précisément. C'est bien pourquoi je m'en vais.

Il se dirigea vers la porte et Harley le suivit pour fermer à clé derrière lui, prenant soin de maintenir une certaine distance entre eux. Malgré tout, il lui sembla que sa chair et son sang, ses muscles et ses os s'animaient d'une vie propre, comme si les neurones, les atomes, ou quelque autre élément biologique, déclenchaient dans son organisme un véritable feu d'artifice. Oui. Mieux valait qu'il parte, et vite, sinon elle allait se ridiculiser.

Il avait raison. Ils avaient besoin de temps. Ce n'était pas parce qu'ils étaient attirés l'un par l'autre qu'il fallait oublier que tout acte avait des conséquences, même si ni l'un ni l'autre n'attendait rien.

Parvenu à la porte, il se retourna.

Tout aurait pu se terminer ici.

Elle aurait pu rester là où elle était.

Mais elle s'avança, les yeux braqués sur lui, jusqu'à le toucher. Il se retrouva adossé à la porte. Dans le même temps, ses bras s'ouvrirent et l'enlacèrent.

Elle effleura son visage. Lui caressa la joue, sentit la puissance de ses bras tandis qu'il l'attirait contre lui. Elle frissonna de plaisir au contact de la chaleur de son corps, de la texture de sa peau, de la force de ses muscles. Puis elle sentit sa bouche se plaquer avec ardeur sur la sienne et elle ouvrit les lèvres et lui rendit son baiser avec la même dévorante passion. Ils étaient dans l'entrée de l'appartement, tirant gauchement sur leurs vêtements. Micah s'écarta une seconde pour retirer son holster et son Glock de sa ceinture et les poser sur le premier guéridon venu.

Puis il marqua une pause, respirant fort.

— Attendez. Y a-t-il… quelqu'un d'autre ?

Elle secoua la tête.

— Non. Personne. Depuis plus d'une année, maintenant.

Elle sentit ses joues s'empourprer.

— Mais ce n'est pas un problème. Je prends la pilule.

Il l'attira de nouveau à lui pour l'embrasser, avec plus de ferveur encore.

Puis ils reculèrent dans l'appartement, se dévêtant au fur et à mesure de leur progression, s'entraidant fébrilement.

Ils se retrouvèrent au centre du loft, près des grandes baies vitrées qui ouvraient sur la nuit et sur l'architecture gothique de Grace Church. Ils hésitèrent tous deux une minute.

Non que quelque chose aille mal ; bien au contraire, elle se sentait lui pousser des ailes.

La lumière de la ville les baignait d'une lueur douce et romantique. Micah sourit et dit :

— J'ai cette image fabuleuse qui me traverse l'esprit… Vous dans mes bras et je gravis cette cage d'escalier… Mais elle est en colimaçon et en fer forgé, alors…

Harley rit. Elle pivota sur ses talons et s'élança dans l'escalier. Micah ne se fit pas prier pour la rejoindre.

Le loft paraissait animé d'une lumière irréelle — des pastels striés d'éclats de bleu plus foncé et de mauve, probablement causés par le passage d'une voiture, en bas, dans la rue. Leurs bouches se joignirent de nouveau et Harley le fit rouler sur le dos et se plaça au-dessus de lui. Leurs doigts se mêlèrent et ils se regardèrent longuement. Comment était-il possible, ne put-elle s'empêcher de se demander, d'être face à un presque inconnu — mais d'avoir le sentiment que vous le connaissiez depuis toujours ?

Peut-être que tu te trompes complètement, lui souffla une petite voix insidieuse.

Mais elle s'en moquait. Depuis la mort de Henry, elle avait passé son temps à attendre…

Quoi ? Elle aurait été bien incapable de le dire.

Ceci ?

Peut-être était-ce purement sexuel…

Mais tant pis. Au stade où elle en était de sa vie, c'est-à-dire au point mort, elle était preneuse quand même !

Les mains de Micah se mirent à se promener sur son corps, explorant, taquinant, caressant, dispensant des plaisirs toujours renouvelés. Ils se tournèrent sur le côté, se faisant face sur le lit, riant, échangeant des baisers de plus en plus fiévreux, de plus en plus hardis — des baisers si voluptueux que les sensations s'aiguisèrent, que des cris étouffés transpercèrent la nuit.

Puis, enfin, ils ne firent plus qu'un, ondulant à l'unisson dans la nuit balayée par les flashs colorés de la ville. Elle croisa son regard ; il était magnifique, incandescent.

Le contact de ses mains était électrisant, ses va-et-vient farouches et érotiques, et elle eut tout à coup l'impression d'être partie prenante de quelque chose de merveilleux qui capturait le pouls et le rythme de la cité… Une exquise torture qui n'en finissait pas et qui, pourtant, s'acheva trop tôt.

Elle se laissa retomber sur l'oreiller, cherchant désespérément son souffle. Elle entendait son sang battre furieusement dans ses oreilles.

Les doigts de Harley frôlèrent sa joue. Il pria pour que son rythme cardiaque s'apaise…

— À quoi penses-tu ? demanda-t-il doucement.

Sans trop savoir pourquoi, elle se sentit dans l'obligation d'être sincère.

— Que c'était très bien. Que *tu* as été très bien. Ou alors, tous les petits amis que j'ai pu avoir étaient médiocres. En tout cas, décevants. Je veux dire… En tant qu'amants.

Il rit.

— Je vais retenir le « très bien ».

Il hésita, traçant du bout de l'index une ligne de son visage jusqu'à sa clavicule.

— Pourquoi ?

— Pourquoi c'était très bien ? murmura-t-elle, parfaitement consciente que ce n'était pas ce qu'il avait voulu dire.

— Pourquoi es-tu… seule ?

Elle secoua la tête.

— Je ne suis pas seule. Je suis entourée de ma famille et de mes amis. J'ai de la chance. J'ai voyagé. Il m'arrive d'aller donner un coup de main, au Finnegan's, quand ils sont à court de personnel. Et j'aime bien mon travail à Fillmore Investigations. Je me vois un peu comme une Sherlock Holmes moderne. Des agents de terrain me transmettent des informations et je reconstitue l'histoire petit à petit, à partir de presque rien parfois ; des fragments d'indices, des bribes d'éléments. Je discute régulièrement avec Kieran. Son avis sur les personnes à qui j'ai affaire dans mes enquêtes m'est souvent précieux.

— Mais, ça, c'est le travail. Ce n'est pas personnel.

— Oui, c'est vrai. Eh bien… Je rends visite à ma famille, en Floride. Et je vais voir quantité de spectacles avec la famille de Kieran. Son frère jumeau, Kevin, est acteur et…

— Je sais, l'interrompit-il. Tout ça ne me dit pas pourquoi tu as subitement eu tellement envie de moi ?

Elle se tourna vers lui, remontant le drap sur ses épaules.

— Et pourquoi es-tu ici, *toi* ? Juste parce que je te désirais ? Ou parce que tu étais dans le même état d'esprit que moi ? rétorqua-t-elle.

Il rit doucement.

— Aïe. OK.

— Mais la question était fondée, reprit-elle, pensive. Pourquoi… pourquoi je me suis inscrite en criminologie ? Ça, c'est sans doute à cause de Craig. Cela étant, toute criminologue que je sois, je n'avais jamais vu quelqu'un mourir de la façon dont Henry est mort. Et je l'aimais tellement… Il était comme un membre de ma famille pour moi. Tu sais, il… Oui, enfin, tu le connaissais, toi aussi. Bref, j'ai essayé d'obtenir qu'on enquête de façon sérieuse sur sa mort. Sans succès. Et ensuite… J'étais loin de m'attendre à ça !

— Tu veux parler de moi ?

— Non. Pardon… Je parlais de jeudi soir, au gala. Pourquoi tuer Henry puis attendre aussi longtemps pour s'en prendre à Vivian ?

Micah roula sur le dos et contempla le plafond.

— Peut-être que ce sont les événements qui poussent le tueur à passer à l'acte ? Henry est mort le jour où ton équipe a fait cette découverte. Vivian a été agressée le jour où vous vous apprêtiez tous à célébrer cette même découverte.

— Oh ? La malédiction de la momie ? lança-t-elle.

Pour toute réponse, il laissa échapper un grognement.

— Je n'y crois pas, reprit-elle. Mais Micah… Des ouvriers égyptiens nous avaient prévenus que nous serions frappés par la malédiction.

— Il n'y avait aucun travailleur égyptien au gala, lui rappela Micah.

— Yolanda. Yolanda Akeem, objecta Harley.

— Ah, Yolanda.

— Tu la connais ?

— Oui. Je l'ai rencontrée au Caire.

— Et donc… Dirais-tu que vous êtes amis ?

— Oh ! je ne crois pas que ce mot décrive le peu de temps que je l'ai côtoyée. Non, elle m'a aidé à quitter l'Égypte quand je tentais de vous rattraper. Nous avons du mal à entrer en contact avec elle, même si je pense qu'elle est toujours ici, aux États-Unis — après la soirée de gala, McGrady lui a demandé de ne pas quitter le territoire. Il a pu lui parler brièvement, mais, à mon avis, elle n'a pas encore été interrogée dans les règles.

— Ah bon ? Pourquoi cela ?

— Elle jouit d'une sorte d'immunité diplomatique. Mais, de toute façon, elle n'a rien à voir avec la tentative de meurtre contre Vivian.

— Comment le sais-tu ?

— Elle a été constamment dans le champ des caméras de surveillance, répondit Micah en souriant. Le FBI est chargé de l'enquête, donc nous avons toutes les bandes-vidéo, les empreintes, tout le tralala. Malheureusement, malgré toutes les preuves matérielles qui ont été recueillies sur la scène de crime, nous ne sommes pas plus avancés pour l'instant. Cela étant, s'agissant de Yolanda, nous sommes pratiquement certains qu'elle ne s'est jamais trouvée aux abords du musée avant le gala. Elle est arrivée juste avant le début de la cérémonie et, ensuite, elle a toujours été dans le champ des caméras. Elle n'est même pas allée aux toilettes.

— Pourquoi penses-tu qu'elle ne veut pas parler à la police ?

— Apparemment, elle était de l'avis que l'expédition était dirigée par une bande d'imbéciles. Et elle en a assez de voir des articles décriant le travail archéologique accompli dans son pays.

Son visage se fendit soudain d'un large sourire et il laissa glisser son doigt de son cou jusqu'à son abdomen.

— Il y a quelque chose de curieux dans ce tableau… Je suis allongé là, à côté de toi. Je te regarde, je te touche et…

— Et nous parlons boulot ? Mais ce n'est pas si curieux que ça. Dans une profession comme la tienne, le travail ne s'arrête jamais tout à fait, non ?

— Non, répondit-il en riant. Ce que je voulais dire, c'est que je ne dois pas être si bien que ça puisque tu continues à te creuser la cervelle à propos de l'affaire alors que nous sommes tous les deux, nus, dans ton lit !

Harley se sentit comme prise de vertige, submergée tout à la fois par la convoitise et par un sentiment d'appréhension. C'était trop naturel de dialoguer ainsi avec lui, sur l'oreiller. Trop normal, trop… satisfaisant.

L'enjambant, elle s'assit à califourchon sur lui et s'inclina en avant, effleurant lascivement son torse de ses seins.

— Ne t'inquiète pas. Je ne me laisse pas distraire si facilement. Je maintiens que je t'ai trouvé très bien. Mais si, d'aventure, tu tenais à m'en apporter la preuve une seconde fois, je n'y verrais aucune objection…

— Il suffit de demander, murmura-t-il en la plaquant contre lui.

Leurs deux corps impatients de nouveau soudés l'un à l'autre, ils s'embrassèrent fougueusement avant de se détacher pour se couvrir mutuellement de caresses et de baisers, de frôlements délicats qui, bientôt, s'enfiévrèrent et se changèrent en une étreinte frénétique qui les laissa tous deux pantelants, le cœur battant à tout-va.

C'était prodigieux. Faire l'amour avec cet homme était tout bonnement prodigieux. Elle se pelotonna contre lui tandis qu'il passait un bras autour de ses épaules. Ils gardèrent le silence pendant un long moment, attendant que leur pouls retrouve un rythme normal.

— OK, nous savons que, s'il est matériellement possible que Yolanda Akeem ait eu quelque chose à voir avec la mort de Henry, elle ne peut pas être mêlée à ce qui est arrivé à Vivian, murmura Micah.

Harley laissa échapper un petit rire.

— C'est *moi* qui ne dois pas être si bien que ça !

Il se tourna vers elle.

— *Bien ?* Le mot est très au-dessous de la réalité. Tu es extraordinaire. Tu m'as littéralement ensorcelé !

Et ils continuèrent à se prouver combien ils s'appréciaient mutuellement.

Au matin, après qu'ils se furent tous deux douchés et habillés, il vint s'asseoir sur le lit à côté d'elle, ajustant ses manches, tandis qu'elle boutonnait son chemisier.

— Ça a été extraordinaire, déclara-t-il. Et ce n'est pas un mot que j'emploie à la légère.

— Quoi donc ? le taquina-t-elle sans pouvoir s'empêcher de sourire. Très, *très* bien, c'est sûr. Mais *extraordinaire*...

— Hé !

— D'accord... Extraordinaire.

— Cette nuit a été... unique, vraiment. Être ainsi entièrement concentré sur l'autre, sans pour autant perdre le fil du reste de notre vie...

— N'oublie pas que nous n'avons aucune attache l'un vis-à-vis de l'autre. Ce n'est pas romantique, vu comme ça, mais ce que je veux dire, c'est que... Tu ne t'es engagé à rien.

Il l'embrassa tendrement sur les lèvres.

— OK, OK, nous ne sommes engagés ni l'un ni l'autre, d'accord. Maintenant, il faut que je m'en aille. Je dois rejoindre Craig au bureau. On se voit plus tard ?

Harley hocha la tête.

— Je serai au Finnegan's ce soir. Depuis quelques semaines, nous avons pris l'habitude de nous y retrouver avec Kieran et Craig pour le rôti du dimanche. Donc, si tu es avec lui, je suppose que tu seras de la fête, toi aussi.

— Super.

Dans l'entrée, il prit le temps de l'embrasser longuement.

Puis il s'en alla et elle s'adossa à la porte lorsqu'elle l'eut refermée derrière lui.

Alors, elle se rappela qu'il n'avait été qu'une voix à demi oubliée, deux jours plus tôt. Et qu'elle s'était persuadé qu'elle se satisferait tout à fait d'une unique nuit d'amour.

À ceci près que maintenant…

Elle désirait beaucoup plus qu'une nuit.

Assis dans l'antenne new-yorkaise du FBI en compagnie de Craig et d'un informaticien, Micah repassa la bande-vidéo du musée.

Mais il pourrait bien la visionner cent fois, les images ne changeraient pas. Il voyait défiler tous ceux qui s'étaient occupé de l'exposition. Les administrateurs et d'autres invités de marque étaient arrivés en avance et s'étaient dirigés droit vers la partie du musée accueillant l'exposition qui était sur le point d'être dévoilée.

Il voyait les allées et venues des visiteurs dans la partie principale du musée tout au long de la journée.

Puis l'arrivée du traiteur et de son personnel… Tout semblait se présenter sous les meilleurs auspices pour la soirée qui allait faire honneur à un homme et à son équipe lors de l'inauguration officielle de la collection Henry Tomlinson.

— L'agression de Vivian a été préparée bien en amont de l'événement. Il y a des caméras à peu près partout, excepté dans les bureaux, et elles ne révèlent strictement rien d'inhabituel. Bien sûr, il y a ces « accès secrets » souterrains qu'Arlo nous a montrés, à Harley et à moi, déclara Micah. Mais il ne fait aucun doute, pour moi, que cette attaque a été préméditée très longtemps à l'avance. Les bandelettes de lin devaient être prêtes, à portée de main, dans la salle de préparation. Même avant l'exposition Amenmose, le musée s'intéressait à l'égyptologie. Il offrait à des classes de lycéens la possibilité de venir assister à des démonstrations de rituels religieux et funéraires. Quant à l'empoisonnement à la nicotine, il est assez facile de se procurer de l'insecticide.

— Il va nous falloir des mandats si nous voulons vérifier les achats effectués par carte de crédit, argua Craig. Même si je doute que nous trouvions ce que nous cherchons. Et je ne suis même pas sûr que nous obtenions ces mandats de perquisition si nous n'avons ni informations ni preuves désignant des suspects.

— Celui qui a acheté le poison n'a pas payé par carte. Et il n'a certainement pas acheté la quantité nécessaire en une seule fois, répondit Micah. C'est l'un d'eux. Je sais que c'est l'un d'eux qui a tué Henry. Et c'est probablement la même personne qui a attaqué Vivian. À moins que…

— À moins que quoi ?

— À moins qu'on se soit laissé abuser…, dit Micah d'un air songeur. Tous ceux qui sont concernés par l'exposition et l'expédition savent que la plupart n'ont pas cru au verdict de mort accidentelle, selon lequel Henry se serait tué, en proie à une bouffée délirante, quoi qu'aient pu affirmer les rapports officiels. Je m'aperçois que beaucoup ont fini par renoncer à se poser des questions et par accepter le verdict… ou fait mine de l'accepter.

— Et si celui qui a voulu tuer Vivian avait voulu

faire croire que c'était le meurtrier de Henry qui était revenu à la charge ? suggéra Craig.

— Je ne sais pas, répondit Micah avec un long soupir. Ça paraît peut-être un peu tiré par les cheveux. Je reste très dubitatif concernant ce qui s'est passé dans le désert. Cette prétendue violente insurrection qui n'a tué personne et n'a abouti qu'à l'arrestation de quelques manifestants… Et puis, il y a un autre nom qui m'intrigue et qui revient souvent dans les conversations. Celui de Satima Mahmoud, la traductrice.

— Elle est en Égypte.

— J'aimerais m'entretenir avec elle. Peut-être que notre antenne du Caire peut arranger ça par vidéoconférence ?

— Je m'en occupe. Je vais appeler le service technique et voir avec Le Caire s'il leur est possible de faire venir Satima dans les bureaux afin d'établir une liaison par satellite.

— Un entretien par vidéo serait parfait, mais, s'il le faut, je retournerai sur place.

— Tout seul ? s'enquit Craig.

— Libre à toi de m'accompagner, bien sûr.

— Non, ce n'est pas à moi que je pensais. Pour être tout à fait franc, je ne tiens pas à ce que Harley retourne là-bas. Pas maintenant et pas en lien avec cette affaire.

— Si je devais repartir pour l'Égypte, je n'emmènerais pas Harley, se hâta de lui assurer Micah.

— Fais en sorte de la garder hors de danger, hein, Micah ? Je sais ce qu'elle dirait si elle m'entendait… qu'elle est parfaitement capable de se débrouiller seule, etc. Et elle aurait raison, bien sûr. Mais c'est ma cousine et je ne peux pas m'empêcher de me faire du souci. Tu comprends ?

Micah hocha la tête. Oui, il comprenait même très bien.

Craig continuait à le regarder.

— Oui, tu saisis. Merci, dit-il calmement.

Et, de nouveau, Micah inclina la tête.

6

Edward Fillmore était un patron exceptionnel.

À bien des égards, il lui rappelait Henry Tomlinson, le côté « tête dans les nuages » du scientifique mis à part.

Tous deux étaient des hommes admirables. Oh ! pas parfaits, bien sûr, chacun avait ses défauts — ou, du moins, en avait eu, s'agissant de Henry, jusqu'à cette mort injuste et prématurée.

Edward avait fondé sa société des années plus tôt. Lui et ses collaborateurs s'occupaient d'enquêtes privées, comme la recherche de personnes dont les familles étaient sans nouvelles, d'enfants disparus, et ils étaient toujours disposés à apporter leur contribution en cas d'alerte enlèvement. Edward ne traitait que rarement les cas de divorce dans lesquels l'un des conjoints s'efforçait de piéger l'autre. En fait, il n'acceptait que si la personne qu'il avait rencontrée lui semblait être la partie lésée et que l'intérêt des enfants, si enfants il y avait, était en jeu.

Quand Harley avait commencé à travailler avec lui, il lui avait dit de ne pas hésiter à se servir des ressources de la société pendant son temps libre pour enquêter sur la mort de Henry. Elle n'en avait jamais abusé et n'avait pas empiété sur son temps de travail pour mener ses recherches. Mais elle avait accepté son offre avec joie, même si rien de nouveau n'était venu étayer ses certitudes jusque-là. Henry n'était plus là, il avait été incinéré. Et elle n'avait aucune piste à suivre. Elle se heurtait à un mur. D'une certaine façon, c'était réconfortant de savoir que le FBI avait lui aussi fait chou blanc. Personne n'avait réussi à trouver la faille dans la version officielle qui avait été érigée en vérité lorsque l'expédition Amenmose avait subitement tourné court dans ces tragiques circonstances.

Et, maintenant, bien sûr, il y avait un autre crime à élucider — l'empoisonnement de Vivian Richter.

Elle appela Edward Fillmore et lui demanda la permission de se rendre dans les bureaux en ce jour de fermeture dominicale afin d'effectuer des recherches sur les différentes personnes concernées.

Edward lui donna le feu vert sans hésiter.

Harley passa donc son dimanche matin à collecter tout ce qu'elle pouvait trouver sur le personnel d'Alchemy et ses collègues de l'expédition, qu'elle n'avait jamais suspectés. Ses recherches ne furent pas très fructueuses.

Ned Richter avait été patron d'un groupe pharmaceutique pendant neuf ans avant de rejoindre Alchemy, où il avait supervisé le secteur « exploration » pendant plus d'une décennie.

Elle ne trouva pas le moindre accroc dans sa carrière et découvrit, en remontant plus loin, qu'il avait fait ses études à Harvard.

Il avait épousé Vivian Clifford, diplômée de Cornell, dix ans plus tôt. Lorsqu'il ne travaillait pas, le couple aimait passer ses vacances dans des lieux réputés pour leur riche passé historique, le Pérou, le Mexique, l'Égypte et la Grèce. Ils n'avaient pas d'enfants, mais semblaient très dévoués l'un à l'autre.

Arlo Hampton paraissait blanc comme neige. Il n'avait jamais commis la moindre entorse à la loi, n'avait pas même une contravention pour stationnement interdit à son actif. Après avoir obtenu son doctorat en égyptologie à Brown, il avait été engagé par Ned Richter et travaillait pour Alchemy depuis maintenant huit ans.

Elle passa ensuite à Jensen. Il avait fait son cursus universitaire à l'université de New York. C'était un vrai New-Yorkais.

Il avait une liste de contraventions pour stationnement interdit longue comme le bras.

Rien d'autre sur lui.

Roger Eastman avait été arrêté une fois alors qu'il participait à une manifestation contre les tests sur les animaux. Rien de bien méchant.

Belinda ne risquait pas d'avoir eu des contraventions. Elle ne conduisait pas. Jamais le moindre problème avec la police. Elle avait été la meilleure élève de sa classe au lycée, puis avait poursuivi ses études à l'université de Northwestern avant de passer son doctorat à New York.

Joe — Joseph — Rosello était également natif de New York, dans le Bronx. Il était allé à Ithaca, à Syracuse, puis avait achevé son cursus à Brown. Dans son cas, elle avait découvert quelque chose qu'elle ne savait pas. Il avait payé ses études en travaillant comme figurant pour le cinéma et en présentant un spectacle de comédie dans un café-théâtre de Times Square.

À en juger par ses pages sur les réseaux sociaux, il aimait toujours autant se déguiser et jouer la comédie.

Elle aurait dû être au courant. Évidemment, ç'aurait

été le cas si elle-même avait passé plus de temps à naviguer sur les réseaux sociaux. Ainsi donc… Il se plaisait à incarner des personnages.

Se pouvait-il que, parmi ces rôles, il ait joué celui d'une momie ?

Harley décrocha le téléphone et appela Kieran pour lui demander le numéro de Kevin, puisqu'il était acteur.

Naturellement, Kieran voulut savoir la raison de sa requête. Harley la renseigna.

— Kevin participe aujourd'hui à une performance à Times Square… une marche de zombies, je crois. Quel est le nom du type qui t'intéresse ? Je peux m'arranger pour découvrir s'il y participe aussi.

Mais Harley n'eut pas besoin de recourir à l'aide de Kieran. Ayant entre-temps entré d'autres informations, elle voyait s'afficher présentement sur son écran le statut du jour de Joe.

— Oui ! s'exclama-t-elle. Ils ont été engagés tous les deux pour cette parade. Cette performance a été organisée pour réunir des fonds au profit d'un organisme de bienfaisance. Joe est l'un des acteurs chargés de prendre des photos avec le public. Écoute… Ça te dirait d'aller assister à un défilé de zombies ?

— Banco, répondit Kieran. Je suis un peu comme une grande sœur pour toi, n'est-ce pas ? Pas question que je te laisse tomber. On fera d'une pierre deux coups : soutenir une bonne cause et mener l'enquête.

Elles convinrent de se retrouver dans un restaurant pas loin de Times Square pour déjeuner — au calme, à l'écart de l'affluence des touristes — avant de rejoindre la parade.

Et d'observer les participants.

Était-ce une perte de temps ? s'interrogea Harley.

De manière générale, le travail minutieux d'investigation était souvent une perte de temps. Cela faisait partie du processus d'élimination, comme l'avait souligné Micah. Mais Kieran avait raison. Dans le pire des cas, le prix de leurs billets servirait une cause louable.

Micah ne niait pas l'évidence. Il portait un réel intérêt à Harley — et, manifestement, il ne lui était pas indifférent non plus. Était-ce le début de quelque chose de durable ? Comment le savoir ? Voulait-il la revoir ?

Poser de nouveau les mains sur elle, respirer son parfum, s'unir à elle, la sentir, nue, blottie contre lui ?

La réponse était « oui ». Assurément, oui.

Mais il ne s'était encore jamais trouvé exactement dans cette situation.

Craig était-il censé lui demander quelles étaient ses intentions ? Ou prendre ombrage de la situation et lui décocher une bonne droite ?

— Tu couches avec elle, n'est-ce pas ? s'enquit Craig.

Micah opta pour jouer franc-jeu.

— Écoute, voilà deux jours, je ne la connaissais que parce que je lui avais parlé au téléphone l'an dernier et qu'elle était ta cousine, mais oui, hier soir, nous étions ensemble.

Il hésita avant d'avouer :

— J'ai vraiment essayé de m'en aller, mais… Il faut croire que je manquais de motivation.

Craig baissa la tête, visiblement amusé.

— Je n'ai qu'une chose à te dire : ne lui fais pas de mal.

Puis, avant que l'un ou l'autre ait eu le temps d'ajouter quelque chose, le téléphone sonna dans la salle de conférences.

Craig décrocha et fronça les sourcils tandis qu'il écoutait son interlocuteur. Il raccrocha lentement et se leva.

— En route pour le bureau d'Egan. Nous avons un appel vidéo avec l'un de nos agents du Caire.

— Déjà ? Ils ont réussi à joindre Satima Mahmoud ? s'enquit Micah.

— Non, mais ils ont des informations à nous communiquer.

Ils remontèrent rapidement le couloir. La secrétaire d'Egan leur fit signe d'entrer en les voyant arriver. Egan parlait avec quelqu'un par le biais de son ordinateur. Ils contournèrent tous deux son bureau pour se poster derrière lui.

Micah avait déjà rencontré l'agent qu'il voyait à l'écran, Sanford Wiley. Il le salua, puis Egan lui présenta Craig.

— On vient de recevoir votre requête et il se trouve que j'étais au bureau, expliqua Wiley. Je ne sais pas si c'est important ou non, mais je voulais vous communiquer ce que je sais. La police locale recherche Satima Mahmoud. Bon, ils ne jouent pas toujours cartes sur table avec nous, mais, d'après ce que j'ai pu savoir, ils la soupçonnent d'être une agitatrice, à la tête d'un groupe contestataire qui aurait semé le trouble et tenté de provoquer une insurrection. La police égyptienne, qui, désormais, semble nous assister également dans cette enquête, l'avait à l'œil, apparemment. Ils la recherchent depuis plusieurs jours. Nous allons mener nos propres investigations de notre côté, puisqu'elle est témoin ou personne d'intérêt dans l'affaire qui vous intéresse. Fox, je sais que vous l'aviez rencontrée. La suspectez-vous d'être mêlée à la mort de Henry Tomlinson ?

— Quand je l'ai vue, elle m'a appris qu'il n'y avait plus personne sur le champ de fouilles. Elle-même venait juste d'arriver au Caire alors que je cherchais, moi, à rejoindre le site de l'expédition, déclara Micah. J'aimerais vraiment la cuisiner un peu. Je pense qu'elle sait des choses qu'elle ne nous a pas dites. C'est elle qui a tiré la sonnette d'alarme à propos de cette rébellion. C'était le chaos total quand je suis arrivé là-bas, comme vous le savez, Wiley. Mais oui, si vous la trouvez, j'aimerais vraiment lui parler.

— On va faire notre possible… en collaboration avec la police égyptienne, bien entendu.

— Bien entendu.

— Notre sentiment, c'est qu'ils sont intrigués par sa disparition.

— Merci de nous avoir mis au courant, dit Micah.

Ils échangèrent encore quelques mots, puis l'appel vidéo prit fin.

Egan regarda Micah, l'air songeur.

— Entre nous, je ne sais pas ce que vous pourrez tirer de cette femme, et moins encore *prouver,* après le temps qui s'est écoulé. Nos équipes sont encore en train de passer le musée au peigne fin à la suite de l'agression de Vivian, mais…

— Je sais, monsieur, répondit Micah. Mais c'est encore tout récent ; nous venons juste d'être investis de l'enquête. Et je suis à peu près sûr que l'attaque contre Vivian a un rapport avec Henry. Et même si ce n'était pas le cas, ce dont je doute fort, il faut quand même que nous découvrions qui a tenté de tuer une femme en l'enveloppant de bandelettes empoisonnées à la nicotine.

— Absolument, et nous le découvririons, assena Egan avec force. Je vous tiendrai au courant dès que j'aurai des nouvelles de nos équipes, ici ou au Caire.

Il hésita une seconde.

— S'ils ne parviennent pas à localiser cette femme...

— C'est peut-être qu'elle est morte, conclut Craig.

— Mais peut-être qu'elle est bien vivante... et qu'elle a joué un rôle dans toute cette affaire, objecta Micah.

— Quand tu lui as parlé, as-tu eu l'impression qu'elle pouvait être mêlée à tout ça ? interrogea Craig.

— Elle semblait épuisée, effrayée et soulagée d'être de retour au Caire. Ce qui m'a paru naturel, au vu des événements qu'elle venait de vivre. Et, moi, je n'avais qu'une idée en tête : entrer en contact avec nos compatriotes. Je me rends compte maintenant que j'aurais dû prêter plus attention à elle. Mais, encore aujourd'hui, je ne vois toujours pas quelle raison elle aurait pu avoir d'étrangler Henry.

— On ne sait jamais, lança Egan.

— Mais ce qu'on sait de façon certaine, c'est qu'elle n'est pas aux États-Unis, déclara Craig, qui se mit tout à coup à tâtonner dans sa poche.

— Désolé, marmonna-t-il. Un appel. C'est peut-être important.

Il prit la communication et s'écarta de Micah et d'Egan.

— Franchement, reprit Micah à l'adresse d'Egan. Je n'arrive pas à l'imaginer tuant Henry.

— Mais vous pensez qu'elle pourrait savoir quelque chose ?

— Oui. Et puis elle est l'alibi de Joe Rosello pendant le moment où Jensen Morrow et Harley Frasier se sont absentés du camp. Qui sait si elle ne s'est pas laissé convaincre de mentir ?

Egan hocha la tête.

— C'est une possibilité.

— Vous parlez de Joe Rosello ? coupa Craig, après avoir raccroché.

— Oui.

— C'était Kieran. Elle va à Times Square avec Harley. Et c'est justement à propos de Joe Rosello. Il participe en tant qu'acteur à une marche de zombies aujourd'hui. Je ne suis pas sûr d'avoir tout suivi, mais, apparemment, Kieran était au courant de cette performance par le biais de son jumeau, Kevin, qui y participe aussi.

— Eh bien, je suggère que nous allions nous aussi faire un petit tour du côté de Times Square pour voir ce que mijote notre ami Joe, dit Micah.

— Une marche de zombies ? lança Egan en secouant la tête.

— Ils sont partout sur les écrans, rappela Micah. C'est le pouvoir de la télévision et des médias. La popularité de certaines séries télévisées peut produire des effets étranges.

— Est-il question de momies dans une série télévisée ? interrogea Craig.

— De morts vivants, en tout cas. *Walking Dead*... Je présume que ça te dit quelque chose ? Mais les morts vivants, les momies, les zombies, c'est un peu du pareil au même, non ? Allons-y, dit Micah à Craig.

Il se tourna vers Egan.

— Avec votre permission, monsieur, bien entendu, ajouta-t-il en inclinant la tête avec déférence.

— Mais comment donc, messieurs, allez-y ! répondit Egan. Et trouvez-moi ce fichu salopard ! Au fait, les médias se frottent les mains… Cette affaire est pain bénit pour eux. Pensez donc… Des momies ! Comme si nous n'avions pas suffisamment de travail avec les bons vieux criminels bien vivants, de chair et de sang !

Une majorité de « zombies » venus défiler et soutenir une cause humanitaire étaient déguisés.

Ils étaient fardés, portaient des vêtements déchirés, transformés en haillons, et semblaient s'être roulés dans la boue avant de participer à l'événement.

Heureusement, ce n'était pas le cas de tous. Comme il s'agissait de récolter des fonds pour une œuvre de charité, chacun était libre de s'habiller comme il l'entendait. Le billet était de dix dollars et comprenait, à la fin de la manifestation, un spectacle de « zombies », les gradins étant réservés aux spectateurs qui s'étaient acquittés du ticket d'entrée. Il était accessible à tous, mais, l'intégralité des fonds récoltés devant être reversée à une cause humanitaire — en l'occurrence, les services de pédiatrie de trois des principaux hôpitaux —, les gens ne voyaient sans doute aucun inconvénient à se délester d'une aussi modique somme.

— Même si nous n'avions pas eu une idée derrière la tête, cela aurait valu la peine de se déplacer, déclara Kieran en balayant la foule du regard. Les costumes des « zombies » sont vraiment originaux. Oh ! regarde, Kevin est là-bas.

Comme elle s'avançait vers son jumeau, Harley lui emboîta vivement le pas.

Kevin Finnegan était un très bel homme, avec des épaules larges et un corps musclé. La ressemblance entre Kieran et lui sautait aux yeux ; il avait les mêmes cheveux auburn, les mêmes yeux bleu vif.

Harley attendit que Kieran l'ait embrassé pour le saluer à son tour.

— Je suis vraiment content que tu sois venue. D'autant que je connais ta phobie des rassemblements de foule à Times Square, dit Kevin à sa sœur. Tout va bien ? Tu veux acheter un billet ?

— Non, ne t'inquiète pas. C'est déjà fait. Nous sommes en règle, répondit-elle en riant. Mais nous nous demandions si le nom de Joe Rosello te disait quelque chose ?

— Joe Rosello ? Ça ne me dit rien.

— Non ? Mais je suppose que tu connais tous les acteurs participant au défilé ? demanda Harley.

— Oui, bien sûr.

— Joe est censé être ici aujourd'hui.

— Peut-être qu'il travaille sous un pseudonyme s'il est acteur ?

— Le voilà ! s'écria Harley. Il est là-bas !

— Oh ! C'est lui que vous cherchez ? Il s'appelle Robbie. Du moins, c'est sous ce nom que nous le connaissons ici. Un type plutôt sympa, apparemment.

Joe, ou Robbie, comme il se faisait appeler pour l'occasion, était penché au-dessus d'une table, un peu plus loin. Comme Kevin avant qu'elles ne viennent l'interrompre, il posait avec les spectateurs qui désiraient être pris en photo avec un zombie.

Il était en haillons. Pas en momie. Simplement revêtu d'oripeaux. Son visage était blanc et il arborait un maquillage saisissant qui donnait l'impression que ses yeux étaient enfoncés dans ses orbites et ses joues, creuses.

Et, comme à son habitude, il était en train de faire du charme à deux spectatrices.

Comme les jeunes filles s'en allaient, Harley courut dans sa direction. Il tourna la tête et ses yeux s'écarquillèrent… de surprise et, peut-être aussi, d'inquiétude.

— Harley ! Que fais-tu ici ? Je ne te savais pas fan des zombies ? demanda-t-il d'un ton sceptique.

— C'est pour une bonne cause, non ? rétorqua-t-elle. J'ai été très étonnée de découvrir que tu étais acteur, tu sais.

— Oh ! ma foi…

Il lui décocha un petit sourire gêné.

— Je ne suis pas vraiment acteur. Plutôt un cinéphile passionné qui passe de temps en temps de l'autre côté de la barrière quand l'occasion se présente. Je ne m'en cache pas, mais j'évite d'en parler dans le cadre du travail. Tu sais ce que c'est, certaines personnes ne peuvent pas te prendre au sérieux si tu es scientifique et que tu joues par ailleurs les zombies dans des performances comme celles-ci.

— C'est stupide.

— Oui, peut-être. Mais c'est comme ça. Le monde est parfois totalement absurde.

Elle hocha la tête.

— Je sais. Mais, si c'est véritablement une passion, tu ne devrais pas craindre le regard des autres.

Il fronça les sourcils.

— C'est vrai.

— Je suppose qu'il va nous falloir convaincre le reste du monde.

— Du monde des sciences, en tout cas. Mais, au fait, comment as-tu atterri ici ?

— Tu te souviens de Craig Frasier, mon cousin ?

Il sort avec Kieran Finnegan. Et son frère, Kevin Finnegan, est acteur…

— Oh… Kevin. Oui, c'est un authentique acteur, lui. Il vit de son art, répondit Joe avant de faire la grimace. Je ne crois pas que j'en serais capable, donc il faut vraiment que je réussisse dans ma branche.

— En tout cas, ton déguisement de zombie est super. Vraiment impressionnant.

— Merci.

— Le costume est à toi ? Tu en as beaucoup ?

— Oh ! non. Non, répéta-t-il fermement, comprenant avec un temps de retard où elle voulait en venir. Non ! Je ne me suis jamais travesti en momie si c'est ce que tu insinues.

Il hésita.

— Je te jure que je n'ai jamais fait de mal à Henry ni à Vivian Richter ! Je te le jure !

— Hé, Robbie ! La danse des zombies va commencer ! l'apostropha quelqu'un.

— Désolé, il faut que j'y aille. Ne t'inquiète pas. J'ai des milliers de témoins qui pourront confirmer mes faits et gestes aujourd'hui, lança-t-il.

— Amuse-toi bien, dit-elle.

Il leva le pouce dans sa direction et rejoignit en courant plusieurs autres acteurs, parmi lesquels se trouvait Kevin Finnegan. Un accord de guitare retentit et le groupe se mit à ondoyer au son de la musique dans un style proche de celui de la vidéo de Michael Jackson, *Thriller*.

Le texte de la chanson était bien écrit et en appelait à la générosité des gens pour lutter contre la maladie.

Lorsque ce fut terminé, Kevin — apparemment, le zombie en chef — se détacha du groupe pour annoncer à l'assistance qu'ils allaient descendre Broadway et que leur parcours s'achèverait devant les gradins, où plusieurs membres de la troupe donneraient le spectacle final.

Harley rebroussa chemin et chercha des yeux Kieran. Elle finit par la repérer dans la foule et se mit à jouer des coudes pour la rejoindre, se faufilant parmi les aspirants zombies et autres créatures sorties tout droit de films ou de dessins animés.

Elle croisa plusieurs personnages comiques qu'elle ne reconnut pas. Un homme habillé d'une grande combinaison banane esquissa un mouvement pour la dépasser, mais trébucha, déséquilibré par le déplacement de la foule.

Il s'affala de tout son long. Harley s'apprêtait à lui porter secours quand un groupe de gens habillés en grains de raisin la devança. Il y avait des policiers un peu partout mais les grains de raisin avaient été les plus rapides.

Décidément, songea Harley. *Pas de doute. On est bien à Times Square !*

Et Times Square, par une journée particulièrement excentrique ! Cela lui rappela pourquoi elle évitait ce secteur. Mais beaucoup de théâtres étaient concentrés dans cette zone et elle adorait aller voir de temps en temps une pièce de théâtre quand Kevin jouait. Et quand il ne jouait pas aussi, d'ailleurs.

Mais aujourd'hui…

— Hé ! Harley ! appela Kieran.

Elle marchait dans la même direction que Harley, mais à quelques mètres sur sa gauche.

— Hé ! répondit Harley en agitant le bras, souriante.

C'est alors qu'elle vit la momie.

Dans un contexte comme celui-ci, il était difficile de déterminer les spécificités de certains déguisements, beaucoup de participants ayant le visage barbouillé de blanc et semblant vêtus de guenilles qui auraient toutes pu être en lin…

Mais ce travestissement-là ne prêtait pas à confusion.

C'était bel et bien une momie.

Une momie qui avait exactement le même aspect que Vivian Richter lorsqu'elle avait fait irruption, chancelante, en plein gala. On aurait pu croire que cet accoutrement-là avait été créé par la même costumière.

La momie se tenait à quelques mètres derrière elle. Harley promena son regard alentour, mais la « momie » semblait marcher seule.

Et elle se rapprochait progressivement de Harley de son pas vacillant.

— Kieran ! hurla-t-elle.

D'abord, son amie se tourna vers elle, un large sourire aux lèvres. Puis elle vit la momie. Et elle se mit à fendre résolument la foule pour la rejoindre. La momie se trouvait maintenant entre elles deux.

Se sentant sans doute suivie, la momie rebroussa chemin et se dirigea vers Kieran. Puis, paraissant s'être brusquement ravisée, elle fit volte-face et mit de nouveau le cap sur Harley, d'une démarche qui n'avait plus rien d'hésitant.

Allez, viens, viens, ose approcher… Je t'attends de pied ferme ! songea Harley

Prenant une grande inspiration, elle cria à pleins poumons :

— Police ! Appelez la police !

Et, tout à coup, la chose fut sur elle et tendit la main vers sa poitrine. Elle planta son regard dans le sien, mais Harley ne put voir ses yeux. Ils étaient masqués par les mêmes bandes de lin crasseux, vieilli et déchiré qui recouvraient le reste de son corps, comme si la créature — momie ou zombie — était morte depuis des siècles.

L'affluence était impressionnante, particulièrement pour un événement caritatif, songea Micah. Les gens s'étaient déplacés en nombre, sans doute attirés par le côté festif de la manifestation et, bien sûr, pour le plaisir de camper des zombies à l'aide de tenues plus fantaisistes les unes que les autres.

— Je vois Kevin, annonça Craig.

— Où ça ?

— En tête de la parade des zombies.

— Tu es sûr que c'est lui ?

— Oui. Et, s'il est là, Kieran ne doit pas être loin.

— De même que Harley, conclut Micah. Allons-y !

Se frayer un chemin parmi la horde de zombies sanguinolents et autres étranges créatures qui se mêlaient au flux habituel des passants ne fut pas une mince affaire. Apparemment, bien des gens n'avaient pas su que Times Square allait être envahi par les morts vivants aujourd'hui.

Micah vit un zombie poser à côté d'un personnage de Disney et d'un des imitateurs du célèbre cow-boy « nu » qui officiait régulièrement à Times Square.

Il pressa le pas, multipliant les « Pardon » et les « Excusez-moi ».

Puis, tout à coup, Kevin lui apparut, riant et faisant une annonce dans un micro tout en pointant les gradins qui se trouvaient en face.

Il repéra aussi Joe Rosello, qui se déplaçait en dansant au milieu d'un groupe, costumé lui aussi, vêtu d'un jean élimé, d'un T-shirt en lambeaux à l'effigie d'un groupe de rock, le visage et le corps grimés.

Et là, juste à quelques mètres de lui…

Une momie !

Une momie, debout, dans la rue… et qui touchait Harley de ses mains emmaillotées de lin mouillé !

— Stop ! Arrêtez ! rugit-il.

Il faillit renverser une adolescente qui jouait les zombies-à-la-béquille. Il contourna à grand-peine le groupe de jeunes dont elle faisait partie et poursuivit sa route, bille en tête.

La momie le vit — et tourna aussitôt les talons pour se mettre à courir.

Il entendit Harley pousser un cri. Ne faisant ni une ni deux, elle s'élança à son tour à la poursuite de la momie.

— Harley… Non ! s'écria-t-il en la rattrapant.

— Mais il faut qu'on le coince !

— Non, non. Enlève ton T-shirt !

— Quoi ?

— Ton T-shirt ! Enlève-le tout de suite.

— Ici ? En plein Times Square ?

— Oui ! la pressa-t-il comme Craig les rejoignait. Les mains de la momie étaient imprégnées de quelque chose… Ôte-le tout de suite, bon sang ! C'était peut-être du poison.

Poussant un cri d'effroi, elle arracha littéralement le vêtement. Il tomba sur le sol.

Un attroupement s'était formé autour d'eux. Des créatures de toutes sortes riaient et interpellaient Harley.

— Waouh ! Super cool, lança un zombie en passant près d'eux.

— Oui, répondit un autre. Et c'est légal. Les hommes peuvent se promener torse nu, pourquoi pas les femmes ? On est à New York ! L'endroit le plus cool du monde.

— Peut-être qu'elle va enlever son soutien-gorge ! observa, goguenard, un troisième.

Harley fit volte-face.

— Pauvre abruti !

— Ça y est, j'ai le T-shirt, annonça Craig en ramassant le vêtement de Harley de ses mains gantées et en le déposant dans un sachet en plastique.

— La momie doit laisser goutter du poison à chaque pas, dit Micah, s'éloignant déjà. J'y vais ! Craig, appelle les flics. Préviens-les qu'il y a un risque… Qu'ils prennent leurs précautions… Gants, etc.

Il aurait pu économiser son souffle. Craig savait tout aussi bien que lui ce qu'il convenait de faire. Micah se lança aux trousses de la momie. Il n'avait pas fait trois pas qu'il poussa un juron. Effectivement, la momie, apparemment, ruisselait, laissant dans son sillage des gouttes de liquide et des lambeaux de lin probablement empoisonnés.

Heureusement, telles les empreintes d'un animal dans la forêt, ces traces lui indiquaient au moins la direction à suivre.

— Regardez ! s'écria une voix juvénile. C'était une momie !

La gamine se pencha et ramassa un morceau de lin sur le sol.

Micah jura de plus belle. En deux enjambées, il fut à son côté et lui arracha le morceau de tissu des mains.

— Hé ! protesta-t-elle.

— Trouve un policier. Et va voir un médecin. Ce tissu est peut-être empoisonné, dit Micah.

Un homme accourut aussitôt et passa un bras protecteur autour des épaules de la jeune fille, prenant manifestement la mise en garde de Micah plus au sérieux qu'elle.

— Allez voir un policier et un médecin ! ordonna Micah.

— Oui, monsieur, répondit l'homme en serrant sa fille contre lui.

Micah reprit sa course.

Il y avait des flics partout. Craig avait réussi à atteindre Kevin et celui-ci passait le message au micro, annonçant qu'il ne fallait pas toucher aux morceaux de tissu qui pouvaient traîner par terre et exhortant ceux qui l'avaient fait à alerter un policier et à se rendre à l'hôpital ou chez un médecin.

Micah continuait à courir, mais il trouvait de plus en plus de bouts de lin sur sa route. Il jura de plus belle. Il devait les ramasser et les ajouter à ceux qu'il avait déjà fourrés dans un grand sachet.

La « momie » avait bien planifié son coup. Elle savait que la police et le FBI, connaissant la potentielle toxicité de ce lin, seraient obligés de veiller en priorité à ce qu'il n'y ait pas de victimes parmi la foule et que cela les retarderait.

La dernière bande de lin gisait à l'entrée d'une ruelle qui reliait Times Square à une artère avoisinante.

Micah tourna le coin et s'élança dans la petite rue avant de s'arrêter net.

Elle était bordée d'immeubles de bureaux ; il nota aussi un cabinet de massage, un restaurant chinois et un grill.

Mais il n'y avait personne. La rue était déserte.

Bon sang. On était en plein centre de New York. Où étaient passés les gens ?

Mais c'était dimanche. Les bureaux étaient fermés. Le cabinet de massage, aussi. Et les clients du restaurant se trouvaient à l'intérieur, probablement déjà attablés.

Micah se remit en route au pas de course. La momie

avait-elle pu se débarrasser de tous ses oripeaux aussi rapidement ? Peut-être que oui. Peut-être que plus rien ne la distinguait et qu'elle était assise, en train de déguster un délicieux bol de soupe au poulet et aux champignons noirs !

Mais, qu'elle ait eu le temps de retrouver son apparence ou pas, une chose était certaine : Micah devait la connaître. Il ne la lâcherait pas. Il pourchasserait cette fichue momie jusqu'au Connecticut s'il le fallait !

Là ! Droit devant.

Elle venait de tourner sur la Cinquième Avenue, en direction du nord.

Micah s'élança.

— As-tu pu voir de qui il s'agissait ? demanda Kieran à Harley.

Ç'avait été une expérience terriblement embarrassante pour elle. Elle était encore à demi nue et se sentait affreusement mal à l'aise, ainsi exposée aux regards. Ce n'était pas parce que les lois égalitaires en vigueur à New York permettaient à chacun de se promener torse nu qu'elle avait envie de les mettre en pratique ! Elle courait donc au milieu de la foule, Kieran sur ses talons, pressée de se retrouver dans une voiture afin de rentrer chez elle et de passer sous la douche.

Un taxi s'arrêta comme elles atteignaient la Huitième Avenue. Le chauffeur décocha un sourire carnassier à Harley, mais hocha la tête sans commentaire lorsqu'elles lui donnèrent son adresse. Un ami de Craig, médecin légiste de son état, avait assuré qu'elle pouvait sans risque rentrer chez elle et se doucher si le poison n'avait contaminé que ses vêtements.

— On n'est même pas sûr que ces bandelettes

aient été effectivement empoisonnées, déclara Harley d'un ton boudeur.

— Tu veux parier ? rétorqua Kieran.

Non, elle ne voulait pas parier.

La momie l'avait prise complètement par surprise. Harley avait voulu la frapper et lui arracher son déguisement.

Mais, au lieu de ça…

C'était *la momie* qui l'avait touchée et seule l'arrivée de Micah l'avait empêchée d'être au contact du lin potentiellement empoisonné.

— Comment diable cette fichue momie peut-elle se promener enveloppée de bandelettes empoisonnées sans succomber elle-même ? interrogea-t-elle à voix haute.

Elle vit le chauffeur l'observer dans son rétroviseur, plus intrigué encore qu'il ne l'avait été en la voyant.

Elle se pencha en avant pour lui dire le fond de sa pensée, puis se ravisa et se laissa retomber contre la banquette.

— Comment est-ce possible, Kieran ? répéta-t-elle.

— En portant une protection au-dessous, j'imagine. Rien n'a encore été analysé, mais je suis convaincue qu'il s'agissait d'une tentative de meurtre contre toi… ou d'un avertissement.

— OK. Donc, la momie m'a localisée. Mais, quand elle s'est enfuie, elle courait au milieu de la foule en touchant n'importe qui…

— C'était sûrement pour empêcher la police de l'attraper.

— Hé ! lança tout à coup Harley à l'adresse du chauffeur qui, tout sourires, s'apprêtait en douce à faire un détour pour rejoindre son immeuble. Non, non ! Allez tout droit et, ensuite, à droite.

— C'est une rue à sens unique, objecta-t-il d'une voix à l'accent chantant.

— Et ça tombe bien, nous sommes dans le bon sens ! rétorqua Harley avec humeur.

Elles arrivèrent enfin à destination et Kieran régla le taxi tandis que Harley sortait du véhicule.

— Désolée. Je ne voulais pas te laisser payer cette course.

— Harley, c'est le cadet de nos soucis en ce moment, non ?

— Comment se fait-il que nous n'ayons pas de nouvelles de Micah ni de Craig ?

— Micah était à la poursuite de la momie et Craig devait porter le lin qu'il a récupéré au labo. Ça prend du temps. Écoute-moi, contente-toi de sourire au gardien, conseilla Kieran. Il te scrute avec le même regard libidineux que le chauffeur de taxi, tout à l'heure.

Harley réussit à décocher au vigile un aimable sourire. Il la lorgnait d'un air concupiscent, ainsi que Kieran l'avait noté, mais le naturel de son comportement le désarçonna et son air vaguement goguenard se mua en un sourire penaud.

Une fois chez elle, Harley invita Kieran à s'installer confortablement pendant qu'elle se douchait.

Après s'être frictionnée presque jusqu'au sang, elle se rinça longuement à l'eau chaude.

Lorsqu'elle émergea de la salle de bains, enroulée dans une robe de chambre, elle dévala pratiquement l'escalier en entendant Kieran parler au téléphone.

Celle-ci se tourna vers elle comme elle approchait.

— C'était Micah. Tout va bien de son côté. Le lin était bien imprégné de nicotine.

Il y avait quelque chose d'étrange dans la façon dont elle s'exprimait.

— Qu'est-ce qu'il y a, Kieran ?

— Micah a suivi la momie à pied. Cela l'a conduit jusqu'à Central Park où il l'a vue… s'engouffrer dans le musée.

— Le musée ? répéta Harley, retenant son souffle.

— Oui. Et il y a trouvé une momie… à demi morte.

— Par définition, les momies *sont* mortes, Kieran.

— Non, je veux dire… Je suis navrée, Harley. C'était Arlo Hampton. Il a peu de chances de survivre… Micah l'a trouvé gisant sur le sol, enveloppé de bandelettes à moitié arrachées, juste devant le temple de Rê.

7

Le jour même où Vivian fut autorisée à quitter l'hôpital, ce fut Arlo Hampton qui y fut admis en urgence.

Tout était sa faute, apparemment.

De tueur présumé, il était également devenu victime en tombant malencontreusement dans son propre piège.

Du moins était-ce l'impression que cela donnait, songea Harley. Ou que cela était *censé* donner.

Il avait dû s'habiller en momie en prenant des précautions et en portant des gants en plastique, cela semblait évident, puis il avait dû tremper certains lambeaux de lin dans la nicotine. Des lambeaux dont il avait recouvert sa tenue de momie sans les enrouler étroitement. Se croyant ainsi protégé de tout contact avec le poison, il avait arpenté les rues de New York, se mêlant aux zombies, ses bandelettes déchiquetées imbibées de poison pendant autour de lui. Puis, pris en chasse par Micah, il avait rejoint le musée, où il s'était écroulé.

Peut-être avait-il commencé dans le Sahara ? Peut-être la jalousie, sa volonté de se distinguer dans son domaine l'avaient-elles poussé à tuer Henry Tomlinson ? Et c'était lui, bien entendu, qui avait dû attaquer Vivian, déguisé en momie, avant de l'enrouler elle-même dans les bandelettes empoisonnées pendant qu'elle était sans connaissance.

Quant à aujourd'hui... Personne ne pouvait découvrir de façon certaine quelles avaient été ses intentions. Avait-il simplement voulu empoisonner des « zombies » pris au hasard, dans la rue ? Avait-il cru que Joe savait quelque chose et qu'il devait être réduit au silence ?

C'était de Harley, cependant, qu'il s'était approché. Et c'était elle qu'il avait tenté de contaminer.

Mais il ne pouvait pas deviner qu'elle serait là ; Harley elle-même ne l'avait su qu'à la dernière minute. Donc, initialement, c'était bien Joe qui avait dû être visé.

À moins, bien sûr, qu'Arlo Hampton n'ait cherché à empoisonner n'importe qui, sans distinction, dans la foule ? Aucun d'entre eux n'était en mesure de répondre à ces questions pour l'instant. Et si Arlo mourait, peut-être emporterait-il son secret dans la tombe.

Quoi qu'il en soit, si c'était bien lui le coupable, il avait fait un mauvais calcul aujourd'hui et n'avait pas pris suffisamment de précautions. Il n'était pas immunisé contre le poison qu'il avait tenté d'administrer aux autres.

Toutes ces informations, c'était de Craig que les deux jeunes femmes les tenaient, par téléphone. Micah et lui étaient arrivés rapidement au musée. En fait, Micah avait été le premier sur les lieux puisqu'il avait traqué la momie depuis Times Square !

Harley insista pour que Kieran et elle se rendent sur place.

Elle ne savait pas trop pourquoi, mais tout ceci lui paraissait bizarre.

À leur arrivée, elles découvrirent qu'une armée de policiers avait investi le bâtiment. Le musée avait évacué le public et fermé ses portes, mais l'un des policiers en faction reconnut Kieran. Il appela Craig, qui vint les chercher, et toutes deux lui emboîtèrent le pas, laissant derrière elles les policiers, les badauds, les visiteurs du musée restés là par curiosité et un parterre de journalistes massés devant l'entrée.

Les photographes et les techniciens du labo étaient encore là. Arlo avait été découvert par deux adolescentes qui s'étaient réfugiées dans un coin de la salle, terrorisées, après l'avoir trouvé se tordant et gémissant sur le sol. Après avoir relaté leur histoire plusieurs fois, elles attendaient maintenant leurs parents, toujours en état de choc.

Rydell et McGrady aussi étaient présents ; après tout, l'enquête était toujours menée par une force conjointe. Avec Craig et Micah, ils s'efforçaient de comprendre ce qui avait pu se passer.

Micah examinait des photos de la scène de crime sur son téléphone, prises par le vigile qui, le premier, avait accouru en entendant les cris des adolescentes.

McGrady tenta de barrer la route à Harley lorsqu'elle s'avança vers Micah.

— Mademoiselle Frasier, je suis désolé, mais vous interférez dans une enquête policière.

Micah prit immédiatement sa défense.

— Elle a plus de diplômes en criminologie que nous tous réunis. Elle connaissait Arlo. Et il a essayé de s'en prendre à elle à la marche des zombies. Mlle Frasier pourrait avoir quelque chose d'utile à nous dire.

— Qu'y a-t-il à dire ? marmonna McGrady. Il est presque sûr qu'il ne s'en sortira pas. Il n'a pas pu être conduit à l'hôpital assez vite. Empoisonnement à la nicotine. Le médecin vient juste de confirmer que le lin en était intégralement imprégné. Cet imbécile s'est déguisé en momie pour se fondre dans cette fichue marche de zombies et il a causé sa propre mort.

— Ce n'est pas lui, assena Harley.

— Quoi ? se récria McGrady en faisant volte-face pour la regarder.

— Ce n'est pas lui…

— Harley, c'est forcément Arlo Hampton, l'interrompit Craig d'un ton ferme tout en l'observant, les sourcils froncés.

— Je sais que c'est bien lui que vous avez découvert ici, mais ce n'est pas lui, la momie qui était présente à la marche des zombies.

— Harley, dit lentement Micah, crois-moi. Je l'ai poursuivi pendant des kilomètres… Je l'ai vu s'engager sur la Cinquième, côté nord. J'ai filé le train à cette momie depuis la marche des zombies, à travers un dédale de rues, et je l'ai vu, de mes yeux vu, s'engouffrer dans le tunnel secret qui mène au musée. Quand j'ai émergé du labyrinthe et que je suis remonté jusqu'à l'exposition, j'ai trouvé ces deux gamines recroquevillées là, terrifiées.

Il se tut pendant quelques instants.

— Harley, c'était lui, forcément. On n'a pas retrouvé d'autre momie dans le musée.

Harley le dévisagea, clignant des paupières.

— Oui, désolé, ajouta Craig, l'air ennuyé et las. Ce musée est plein de momies. Je veux dire, de momies vivantes. De gens qui se travestissent en momies. Cet endroit est ultra-sécurisé, avec des gardes et des policiers partout, mais…

— Tu es complètement à côté de la plaque !

Craig tiqua et se hâta de s'excuser.

— Écoute, je suis navré, mais…

— Il y a tellement de salles et de passages secrets ici… Je t'affirme que ce n'est pas la momie que j'ai vue à la marche des zombies.

— Pourquoi ? Qu'est-ce qui te fait dire ça ?

Elle n'aurait su l'expliquer Certes, la momie, dans sa fuite, s'était débarrassée d'une partie de ses bandelettes et Arlo, lui aussi, avait visiblement tenté de dérouler les bandes de lin dans lesquelles il était entortillé, mais c'était autre chose qui la tracassait.

Il y avait quelque chose… de différent.

— Donc, selon vous, mademoiselle Frasier, la police est incompétente ? lança sèchement McGrady.

Rydell haussa les épaules en manière d'excuse.

— Non, inspecteur, ce n'est pas ça. Je ne reproche rien à la police. J'ai collaboré avec nombre de policiers, dont certains ici présents, et j'ai toujours trouvé qu'ils faisaient de l'excellent travail. Contrairement à vous. Vous êtes inutilement hargneux et agressif.

— Harley, lança calmement Micah.

— Il n'est pas seulement paternaliste et impoli, il risque d'entraver une enquête !

— Oui, mais pour l'instant…

— C'est nous qui avons la main dans cette enquête, rappela Craig.

— Il faut qu'on fouille de nouveau ce musée de fond en comble, déclara Micah d'une voix retentissante.

— Cette conversation remontera à la hiérarchie, vociféra McGrady, les dents serrées.

— Ça, c'est sûr, promit Micah.

— Rydell, tu es témoin ? tonna McGrady.

— Oui, oui, absolument.

Furieux, McGrady tourna les talons et s'éloigna au pas de charge, l'air de se diriger vers la sortie.

— Désolée, murmura Harley.

— Non, tu avais raison, lui assura Micah. Il faut que quelqu'un me procure un plan détaillé de ce musée. On va tout passer au crible : les bureaux, les salles de préparation, les salles d'exposition… les sous-sols. La journée va être longue, les amis. On désossera ce musée s'il le faut, mais on ne partira pas tant qu'il n'aura pas été exploré jusque dans ses moindres recoins !

Un homme en combinaison blanche de scène de crime s'approcha de Micah et de Craig ; ils parlèrent pendant quelques minutes, puis un groupe d'autres techniciens également en combinaison blanche les rejoignit, chacun venant prendre ses instructions. Tout le monde se dispersa ensuite dans différentes directions.

— Micah ? appela Harley. Est-ce que je peux aller au laboratoire du musée ? Je voudrais vraiment jeter un coup d'œil là-bas. Je t'assure, je suis incapable d'expliquer pourquoi, mais j'ai la conviction que la momie qui a tenté de m'agresser au défilé de zombies n'était pas la même que celle d'Arlo, sur ces photos. Peut-être que je trouverai un indice dans le labo ?

— Je peux l'accompagner, suggéra Kieran.

— D'accord. Je vais prévenir les techniciens de scène de crime. Moi, je descends. C'est Arlo qui nous a fait découvrir tous ces tunnels et toutes ces issues au deuxième sous-sol.

Il avait parlé sans quitter Harley des yeux. Elle se demanda s'il la croyait ; il avait pris sa défense devant McGrady, qui était de plus en plus odieux, mais…

Bon sang, combien de momies pouvaient encore courir dans les couloirs ?

Des momies qui n'en étaient pas, bien sûr.

Micah se détourna et échangea de nouveau quelques mots avec les techniciens. Elle remarqua que Rydell n'avait pas emboîté le pas à son équipier ; il attendait de pouvoir s'entretenir avec Craig et Micah.

— Allons-y, dit une femme en combinaison blanche en venant chercher Harley et Kieran. On va fouiller les bureaux. Suivez-nous.

Tandis qu'ils quittaient l'espace d'exposition et empruntaient un couloir réservé aux employés, Harley vit que Gordon Vincent, le directeur du musée, était engagé dans une vive discussion avec les techniciens. Son regard croisant le sien, il s'interrompit et pointa un doigt accusateur sur elle, les traits crispés par l'irritation.

— Cette exposition est en train de se transformer en vrai fiasco ! s'exclama-t-il.

Harley le dévisagea, interdite.

— Monsieur Vincent, je suis désolée que vous ayez cette impression. Je ne crois pas que l'exposition puisse être blâmée pour le tort que lui font les agissements de cette personne. Les objets qui ont été découverts sont splendides, monsieur, et les forces de l'ordre vont tirer tout ça au clair.

Kieran fit un pas en avant, tendant la main à Vincent.

— Bonjour, monsieur. Enchantée. Nous n'avons pas été présentés. Je m'appelle Kieran Finnegan, je suis psychologue chez Fuller et Mira, un cabinet de psychiatres qui collabore régulièrement avec la police. D'après mon expérience professionnelle, je crois pouvoir vous dire que, si triste qu'il soit, cet enchaînement d'horribles incidents n'aura pas d'impact négatif sur le musée. Au contraire, il engendrera un afflux de touristes et de nouveaux abonnés. Les gens raffolent des momies… et des mystères. Toute cette affaire a suscité un énorme intérêt de la part des médias. C'est sans doute difficile pour le moment, mais, au bout du compte, vous vous apercevrez que le musée ne souffrira pas de ce retentissement médiatique. Non seulement cela, mais il connaîtra, j'en suis persuadée, une hausse significative de sa fréquentation, même si cela en dit long, malheureusement, sur la nature humaine.

Vincent contempla Kieran, décontenancé.

— Puissiez-vous voir juste. En attendant, nous avons dû fermer pour la journée. Merci de dire aux décideurs du FBI et de la police de New York de me faire savoir si je peux ou non rouvrir mon musée demain, au moins pour les collections permanentes !

Sur quoi, il s'éloigna à grandes enjambées.

Harley regarda Kieran et se mit à rire.

— Eh bien ! Je ne suis pas sûre d'avoir moi-même tout saisi.

— Mais ma tirade a eu son petit effet. C'est ce qui compte. Il t'a laissée tranquille.

— Tu as été efficace, c'est certain.

— Et, toi, tu peux l'être davantage encore. Tu en sais tant sur toute cette affaire. Il faut vraiment que tu réfléchisses aux gens qui gravitent autour de cette exposition, au comportement qu'ils ont eu. Tu connais tous les protagonistes, Harley, tu es la mieux placée.

— Eh bien… Je pense que nous pouvons écarter Joe Rosello. Je suis pratiquement certaine que c'était lui qui était visé aujourd'hui. Mais il s'est trouvé que j'étais là, moi aussi. Qui sait ce qui était réellement prévu, étant donné que…

— Harley, coupa Kieran. Es-tu absolument sûre qu'Arlo Hampton n'était pas la momie du défilé de zombies ?

— Oui. Je te dis que ce n'était pas la même ! D'ailleurs, souviens-toi de ce qu'a dit Vivian Richter… Cette momie qu'elle a vue entrer dans son bureau et qui l'a apparemment déguisée en momie elle aussi, avec du lin empoisonné.

— Je sais, mais…

— C'est important, l'interrompit Harley. Vivian était dans son bureau. Une momie entre et, tout à coup, c'est elle qui est transformée en momie. N'est-il pas possible que la même chose se soit produite aujourd'hui ?

— Si, reconnut Kieran, les sourcils froncés. Mais on a cherché partout… et on n'a pas découvert de stock de nicotine.

Elles étaient arrivées au labo. Elles pénétrèrent dans le sas, où elles revêtirent les blouses, les charlottes et les chaussons jetables.

— Vous devez enfiler cette panoplie chaque fois que vous entrez dans le laboratoire ? grommela Kieran.

— C'est indispensable, répondit Harley en riant. C'est pour éviter qu'une bactérie qui se trouverait sur ces antiquités ensevelies depuis des siècles ne puisse se propager. Et c'est également une mesure de protection pour ces objets extrêmement anciens.

— OK, OK, admit Kieran à contrecœur.

— Ce que je veux, c'est jeter un coup d'œil au bureau d'Arlo. C'est le petit, là-bas, dans le coin, tu vois ?

Kieran hocha la tête et la suivit à l'intérieur du laboratoire.

— Ce qui me tracasse, c'est l'absence de mobile évident, déclara Kieran. Il devrait nous sauter aux yeux. Tous ces gens sont des passionnés. Ils ne jurent que par leur travail. En général, les gens font passer leur conjoint et leurs enfants en premier. L'instinct protecteur vis-à-vis d'un enfant est extrêmement puissant, sauf chez les personnes mentalement déficientes. Mais, dans les domaines d'expertise qui sont les nôtres, psychiatrie et criminologie, on rencontre des individus qui sont plus dévoués à leur profession qu'à leur entourage familial.

— Oui. Et nous pensons que quelqu'un jalousait terriblement Henry, raison pour laquelle il a été tué. Maintenant, il semblerait que quelqu'un veuille éliminer Vivian et Arlo, qui sont également des membres respectés de la communauté des égyptologues. Mais…

— Mais quoi ?

— Je sais que je me répète, mais je n'arrive décidément pas à croire qu'Arlo et la momie du défilé soient une seule et même personne. De plus, c'est Arlo lui-même qui nous a fait faire, à Micah et à moi, le tour du musée l'autre jour.

Elle marqua une pause, songeuse.

— À ton avis, est-ce qu'il pourrait y avoir un tout autre mobile ? Quelque chose qui nous a jusqu'à présent échappé ?

— Évidemment. C'est toujours possible.

— L'amour, la haine, la cupidité, la jalousie… *et* la vengeance, murmura Harley.

— Ah, la vengeance. De qui ? Et pourquoi ?

Harley ne répondit pas. Elle s'avançait vers le petit bureau en aluminium, tout au fond du labo. Le choix du mobilier en métal n'était pas innocent : il permettait la stérilisation constante des surfaces. Le plateau du bureau était juste assez grand pour recevoir tout ce dont un scientifique avait besoin, à savoir un bloc-notes, des stylos, une tablette, un ordinateur.

Elle ouvrit le premier tiroir, qui contenait un stock de lingettes nettoyantes.

Dans le deuxième, elle trouva une pile de bloc-notes neufs, des crayons et des stylos.

Elle fronça les sourcils. Elle aurait dû découvrir un ordinateur quelque part. Une tablette. Voire un dictaphone.

Mais il n'y avait rien de tout ça.

En ouvrant le troisième et dernier tiroir, elle vit un boîtier noir, tout au fond. Un petit téléphone à clapet, presque archaïque.

Elle s'en empara et l'examina soigneusement. Il ressemblait aux appareils à carte qu'on pouvait acquérir n'importe où. Elle testa les touches l'une après l'autre, rien n'indiquait le nom de son propriétaire. Elle consulta les contacts.

Son propre numéro y figurait, ainsi que ceux des autres membres de l'expédition.

— Kieran, dit-elle lentement.

— Tu as trouvé quelque chose ?

— J'en ai bien l'impression. Il se pourrait que je vienne de découvrir le moyen de joindre Yolanda, la déléguée du Conseil Suprême des Antiquités qui demeure introuvable depuis la soirée de l'inauguration. Et peut-être, dans la foulée, la traductrice qui s'est évaporée dans la nature, Satima Mahmoud.

— En 1524, New York a été baptisée Nouvelle-Angoulême par l'explorateur italien Giovanni da Verrazzano, déclara Micah à Craig tandis qu'ils s'enfonçaient dans les profondeurs du musée. La première exploration menée par les Hollandais remonte à 1609. En 1664, des frégates anglaises accostèrent et exigèrent la reddition de la ville. Peter Stuyvesant envoya des hommes de loi pour régler la capitulation entre les Hollandais et les Anglais. En fait, à bien y réfléchir, au fil des années, la plupart des puissances européennes en sont venues à se dresser les unes contre les autres. Quoi qu'il en soit, c'est en 1665 que la ville est passée sous influence anglaise et qu'elle est devenue New York.

— Euh… C'est captivant, mais qu'est-ce qui me vaut ce cours sur l'histoire de la ville de New York alors que nous sommes à la recherche de momies… ce qui, entre nous soit dit, remonte à beaucoup plus longtemps que la naissance de cette ville ? demanda Craig.

— Exact. Mais ce que je veux dire, c'est que, bien que New York paraisse être une ville jeune en comparaison de certaines cités d'Europe et d'autres continents, sa création ne date pas d'hier. Tout a commencé dans le cœur historique — Wall Street, Broad Street, etc. —, mais il y a belle lurette que le métro dessert ce secteur. Nous avons sous nos pieds une vraie jungle de tunnels et de voies de métro aujourd'hui abandonnées.

— OK. Et donc ?… Je veux dire, j'adore ma ville, mais ce que tu me racontes là prouve simplement que tu as été historien avant d'être agent spécial du FBI.

— En fait, je suis juste en train de me plaindre. Ce que nous faisons là, c'est un peu comme chercher une aiguille dans une botte de foin, déclara Micah en soupirant.

Il s'adossa à un mur pour reprendre son souffle et… manqua tomber à la renverse.

— Hé, attention !

Craig le rattrapa par le bras, juste à temps pour

l'empêcher de plonger à travers une portion de mur qui s'était écroulée.

Déséquilibré par le poids de Micah, il trébucha à son tour et il s'en fallut de peu qu'ils ne basculent ensemble dans les vestiges d'un ancien tunnel de métro.

Les affiches encore placardées sur les murs étaient superbes, bien que fanées par les ans et écornées. Elles annonçaient des spectacles qui s'étaient tenus à Broadway dans les années 1930. Ils virent aussi un escalier de fer forgé splendidement ouvragé qui ne menait plus nulle part.

— Là ! dit Micah en désignant quelque chose de radicalement moderne qui contrastait avec l'aspect désuet de l'ensemble.

Dans un coin où le plâtre s'était effrité sous l'effet du temps s'empilait une grosse quantité de pots d'insecticide.

Il y en avait au moins cinquante.

Le poison destiné à tuer… Dieu seul sait combien de personnes.

— Il doit bien y avoir quelque chose, quelque part, déclara Harley, tendue. Forcément.

Elle était assise à une table d'angle, au Finnegan's, avec Micah, Craig et Kieran. Les équipes de scène de crime avaient investi l'ancienne station de métro désaffectée et étudiaient à la loupe tout ce qui pouvait constituer un indice — à commencer par les pots d'insecticide —, en usant de toutes les techniques à leur disposition pour découvrir qui s'en était servi. Ou, à tout le moins, où et quand ils avaient été achetés.

Micah et Craig avaient tenté de joindre Yolanda et Satima par téléphone, mais n'avaient obtenu aucune réponse. Egan avait confié à une équipe technique le soin de travailler sur les téléphones eux-mêmes afin d'essayer de localiser les appareils des deux femmes.

Mais, pour l'instant, ils ne disposaient d'aucun élément nouveau. Il fallait attendre.

Et on était toujours dimanche. Malgré l'heure tardive, leur petit groupe avait eu droit à un régime de faveur et avait pu savourer le traditionnel rôti du dimanche.

— Voyons, reprit Harley. On sait que Yolanda Akeem se trouvait à New York. Elle était au musée quand Vivian a été attaquée. Et elle a disparu après avoir été brièvement interrogée.

— On la voit sur les vidéos de surveillance, rappela Micah.

— On a un vrai problème, ajouta Craig. Et tout le monde est concerné : le musée, le Conseil Suprême des Antiquités égyptien, notre gouvernement et le gouvernement égyptien. Ils ont laissé échapper la vérité.

— Un meurtre, c'est toujours mauvais pour l'image de marque, murmura Micah à Harley.

— Des objets issus des fouilles ont-ils été volés ? demanda Kieran.

— Non, pas que je sache, répondit Harley. Mais quel est le mobile, derrière tout ça ? La jalousie, comme on l'a déjà évoqué ? la quête de gloire ? Je ne peux m'empêcher de penser que c'est un peu trop évident. Et puis ceux qui auraient pu être jaloux de Henry étaient Arlo et Vivian — et c'est à eux deux qu'on s'en est pris.

— Et tu ne crois pas que c'était moi la troisième cible ? Plutôt que toi ? demanda Joe Rosello.

Harley leva les yeux et sourit. Joe et Kevin venaient d'arriver ensemble, débarrassés de leur maquillage et de leurs loques de zombies, propres comme des sous neufs.

Micah et Craig s'étaient levés. Kevin alla chercher deux chaises et s'éloigna vers la cuisine en disant à Joe qu'il allait demander deux assiettes supplémentaires.

— Vous avez raison, vous deviez être visé, déclara posément Micah. Forcément. Le coupable ne pouvait pas deviner que Harley serait là. Elle-même ne le savait pas avant que Kieran ne lui parle de cette manifestation.

— Mais… nous ne devrions plus rien avoir à craindre désormais puisqu'il paraît que c'était Arlo le coupable et qu'il est à l'hôpital, dans un état critique ?

— C'est vrai qu'il est hospitalisé et que son état est préoccupant. Beaucoup pensent que c'était lui, la momie et qu'il a tenté de tuer Vivian. Après tout, elle a elle-même déclaré avoir vu une momie s'approcher d'elle.

— La momie du défilé aurait-elle eu le temps d'atteindre le musée et d'agresser quelqu'un d'autre pour le transformer en une nouvelle momie ? questionna Kieran.

— Tu disais ne pas l'avoir lâchée d'une semelle jusqu'au musée, ajouta Harley en jetant un regard interrogateur à Micah.

— C'est exact, mais je pense qu'elle en aurait eu le temps. J'ai suivi la momie, oui, mais j'étais à une certaine distance quand je l'ai vue disparaître dans l'un des souterrains du musée. Ensuite, j'ai quelque peu erré dans ce dédale de tunnels. Il va falloir qu'ils murent tout ça parce que, sinon, un gamin un peu trop curieux finira par s'y perdre, un de ces jours.

— Je vais prendre un congé, annonça Joe. Je m'en irai dès demain matin ; je reviendrai quand tout sera terminé. J'en ai parlé au musée qui m'emploie et ils ont compris.

— C'est peut-être ce qu'il y a de mieux à faire, répliqua Micah.

Joe leva les yeux vers le ciel et poussa un long soupir de soulagement.

— Merci, mon Dieu ! Je craignais que vous ne m'ordonniez de ne pas quitter la ville.

— Il nous faudra vos coordonnées. Mais vous avez eu des milliers d'yeux braqués sur vous pendant la majeure partie de la journée. Il serait vraiment difficile de vous soupçonner.

— Dieu merci, grommela de nouveau Joe.

Kevin Finnegan revint s'asseoir parmi eux et la conversation se poursuivit, oscillant entre la marche des zombies et la situation, au musée.

Soudain, tous prirent conscience qu'il était très tard.

— Je vais rentrer, annonça Joe en se levant. Je compte m'en aller tôt demain matin. Prenez tous soin de vous.

— Il faut que nous sachions où vous serez et comment vous joindre, rappela Craig.

— Bien sûr. À condition que cela reste entre nous, d'accord ?

Tous hochèrent solennellement la tête et donnèrent leur parole.

— Si j'ai bien compris, tu raccompagnes Harley ? s'enquit Craig à l'adresse de Micah.

Kieran coula une œillade en direction de Harley — qui détourna les yeux.

Comptait-il la reconduire ? se demanda-t-elle. Elle s'était jetée à sa tête, la veille ; peut-être avait-il changé d'avis après cette très longue journée…

— Bien sûr. Je veillerai à ce qu'elle rentre sans

encombre, répondit Micah en réussissant à ne rien laisser transparaître.

Comment faisait-il ? Elle-même s'étonna de ne pas rougir. Elle se contenta d'adresser un petit sourire à Kieran qui suivait l'échange, amusée, intriguée et, du moins Harley l'espérait-elle, heureuse que Micah et elle semblent si bien s'entendre.

Il y aurait eu tant de choses à dire, tant d'hypothèses à échafauder pendant le trajet jusque chez elle, mais ils n'échangèrent pas un mot. À la minute où ils arrivèrent chez elle et refermèrent la porte de l'appartement, ils tombèrent dans les bras l'un de l'autre. Vivement, Micah se débarrassa de son Glock ; Harley quitta sa veste et tendit une main vers sa chemise tout en commençant à se déshabiller de l'autre.

Sans attendre qu'elle ait fini de déboutonner son chemisier, Micah l'aida à le faire passer par-dessus sa tête tandis qu'elle-même débouclait la ceinture de son pantalon. Leurs lèvres avides se joignant en un baiser brûlant entrecoupé de petits rires, ils achevèrent de se dévêtir mutuellement, avec des gestes maladroits tant leur hâte était grande de se retrouver enfin nus, peau contre peau.

Les vêtements tombèrent les uns après les autres sur le sol, autour d'eux.

Espérant qu'il n'y avait personne dans la rue pour la voir, Harley passa en courant devant les fenêtres pour monter à l'étage, Micah sur ses talons.

Au pied de l'escalier, il l'attrapa et la souleva dans ses bras.

— Non ! Tu ne pourras pas… La cage d'escalier…

Mais il ne l'écouta pas et la porta jusqu'à la chambre, se contorsionnant pour ne pas qu'elle se cogne contre le mur.

Il la déposa sur le lit et se laissa tomber à côté d'elle. Un peu essoufflé, il se redressa sur un coude.

Harley le repoussa en arrière.

Se penchant au-dessus de lui, elle couvrit son corps nu d'une pluie de baisers et de caresses avant que ses lèvres ne finissent par s'arrêter sur le bas de son corps, lui tirant un grognement de plaisir.

Il l'attira à lui, roula avec elle sur le matelas, la taquinant et l'embrassant partout jusqu'à ce qu'elle crie de plaisir à son tour. Ils s'embrassèrent en riant entre les draps emmêlés, puis ils se soudèrent l'un à l'autre et les rires se turent. Ils étaient trop impatients, trop haletants, trop avides…

C'était nouveau. Tellement nouveau. Il y avait si longtemps qu'elle n'avait pas eu de liaison. C'était merveilleux parce que…

Bref, c'était merveilleux tout court.

Curieusement, elle avait l'absolue certitude que ce serait toujours aussi bon avec lui. Tout, entre cet homme et elle, semblait… aller de soi. Ils étaient sur la même longueur d'onde — en parfaite osmose. Qu'ils rient, qu'ils plaisantent ou qu'ils chahutent, tout, entre eux, prenait une dimension érotique. Dans ses bras, elle n'avait qu'une envie : tout oublier et rester à jamais lovée contre lui — à ceci près qu'on ne pouvait pas faire abstraction de tout et que le monde, bien sûr, se chargeait de se rappeler à votre bon souvenir.

Et c'était là le plus merveilleux…

Elle pouvait être avec lui — comme s'il était son oasis — et continuer à parler du désert brûlant qui les entourait. Elle pouvait avoir l'esprit embrumé par le désir, le corps tendu par l'excitation sans cesser de discuter avec lui. Ils pouvaient partager des confidences, échanger leurs avis en toute liberté, en toute confiance — sans jamais craindre la trahison.

Elle était… Oui, elle était peut-être bien en train de tomber amoureuse.

— Elle sait quelque chose, disait Micah. J'en suis sûr.

— Elle ? Qui ça, elle ? Vivian, Belinda, Yolanda ou Satima ? rétorqua Harley en se calant sur un coude.

— Satima. Je pense que Yolanda veut juste rester en dehors de tout ça pour éviter que l'affaire ne rejaillisse sur le Conseil Suprême des Antiquités. Elle déteste que quelque chose vienne entacher sa réputation. Egan s'efforce d'utiliser la voie diplomatique pour l'amener à prendre contact avec nous. Pour autant que nous sachions, elle est toujours aux États-Unis. Peut-être qu'elle ne pourra rien nous apprendre, mais j'aimerais tout de même lui parler en personne.

— McGrady l'a peut-être dégoûtée à jamais des forces de l'ordre américaines, précisa Harley.

— Ce qui est dommage, c'est qu'il aurait pu être un bon policier. On ne devient pas enquêteur comme ça, déclara Micah en claquant des doigts. Il faut avoir gravi les échelons ou avoir des relations haut placées. McGrady n'est pas patient.

— Et pas habile dans ses relations avec les gens, renchérit Harley.

Micah haussa les épaules.

— Quoi qu'il en soit, je veux aussi parler à cette Satima. Au moins avons-nous un numéro de téléphone, ce qui n'était pas le cas avant… et c'est grâce à toi, qui as su où aller… fouiller. Passe-moi le terme… Jeu de mots involontaire !

— Les techniciens de scène de crime auraient

trouvé ce téléphone. Je ne sais pas pourquoi Arlo le gardait au fond de ce tiroir, ni d'ailleurs à quoi il lui servait.

— C'est un appareil à carte, utilisable n'importe où dans le monde. Peut-être était-ce là la raison, suggéra Micah.

Il soupira et la serra plus étroitement contre lui.

— C'est plus fort que moi. J'ai l'impression d'être confronté à un puzzle géant auquel il manque une pièce… Une seule, mais qui nous empêche de voir l'image dans son intégralité. Si seulement on l'avait…

— On l'aura, affirma Harley avec assurance. Craig et toi, le FBI, la police de New York… Vous la trouverez. C'est un peu comme…

Son expression se fit lointaine comme si elle était perdue dans ses pensées.

— Comme ? la pressa Micah.

— Eh bien, tu sais, mon rôle principal, dans cette expédition, était de trouver des indices susceptibles d'expliquer le mystère qui entoure la mort d'Amenmose. Il a été tué. Ensuite, un proche s'est chargé de l'enterrer rapidement. Les suspects sont légion, évidemment. Il représentait une menace pour Aÿ, qui était le régent de Toutankhamon et qui est lui-même devenu à son tour pharaon. Il y avait aussi la sœur et le beau-frère de Toutankhamon… Ils le méprisaient. Mais rien de ce que j'ai pu glaner, que ce soit dans les écrits antiques ou dans la documentation que j'ai consultée, n'est venu étayer la thèse que ce sont eux qui l'ont tué. Il avait une famille, de nombreux serviteurs, donc j'imagine que la liste des suspects est sans fin. Ça me donne la même impression que ce que tu viens de décrire. Des suspects en nombre, mais impossible de mettre le doigt sur un motif valable. Ou de déterminer précisément où se trouvaient tous ces suspects au moment crucial.

— Procédons par élimination, déclara Micah. Joe Rosello. Dans son cas, c'est limpide. Les gens l'ont vu toute la journée.

— Vivian Richter. Elle est sortie de l'hôpital en toute fin de matinée.

— J'aimerais tout de même m'assurer qu'elle était chez elle le reste de la journée.

— Mais…

— Quelque chose pourrait lui être revenu en mémoire, insista Micah.

— C'est insensé. Tout le monde, toi y compris, semble de l'avis que c'est Arlo le coupable. Et qu'il s'est empoisonné en voulant empoisonner les autres.

— Hé, attends un peu… Je garde l'esprit ouvert ! Tu dis que la momie qui t'a touchée au défilé était quelqu'un d'autre. Je te crois.

— Nous ne savons pas où était Jensen Morrow aujourd'hui. Ni Belinda.

— Pas plus que Vivian ou Ned Richter, pour le moment. Ni Roger Eastman. Mais on le saura bientôt.

— Ah bon ?

Il lui sourit.

— Bien sûr. Craig et moi ne sommes que deux rouages d'une énorme machine, une machine qui ne s'arrête jamais. En tout cas, je suis d'accord avec toi. Quelque chose ne cadre pas. Ce que je veux en priorité, c'est m'entretenir avec Satima Mahmoud. Puis avec Ned et Vivian Richter. Ensuite…

— La question centrale est celle du mobile, assena Harley avec conviction.

— Du mobile, oui.

La conversation s'interrompit là. Il la prit dans ses bras.

Et elle oublia tout — les momies, les meurtres, les suspects — pour ne plus se concentrer que sur lui et s'abandonner à l'étreinte de ses bras puissants.

8

Ce fut la sonnerie de son téléphone, quelque part dans l'appartement, qui éveilla Micah.

Il se souvint que ses vêtements étaient en bas.

Il sauta du lit et dévala la cage d'escalier en colimaçon, jetant au passage un coup d'œil par les grandes baies vitrées qui ouvraient sur le ciel encore sombre, la ville et Grace Church.

En traversant rapidement la pièce, il songea qu'il leur faudrait investir dans des rideaux — des rideaux épais, occultants. Bien sûr, c'était peut-être un peu présomptueux étant donné qu'il n'était pas ici chez lui, mais…

Le téléphone ! Il plongea vers sa veste, négligemment jetée sur une chaise, saisit l'appareil et décrocha à la huitième sonnerie.

— Fox.

— Fox ! tonna la voix de Richard Egan. Yolanda Akeem est ici, dans nos bureaux. Elle doit reprendre l'avion pour l'Égypte tout à l'heure, en fin de matinée. Elle est avec un ami à moi, du département d'État. Je vous suggère d'arriver immédiatement. Je préviens Craig Frasier dans la foulée.

— Oui, monsieur !

Micah coupa la communication. Il ramassa vivement le reste de ses vêtements et fonça à l'étage.

Harley commençait tout juste à se lever, l'air ensommeillé.

— Que se passe-t-il ? demanda-t-elle avec inquiétude en le voyant surgir en haut de l'escalier. Il n'est même pas 6 heures.

— Il faut que j'y aille. Tout de suite. Yolanda est dans les bureaux du FBI. Elle repart pour l'Égypte dans quelques heures.

— Bien sûr, vas-y !

Il fit un passage éclair sous la douche, mais elle se garda bien de l'y rejoindre ; tous deux savaient pourquoi ç'aurait été une très mauvaise idée.

Quelques instants plus tard, habillé de pied en cap, il se dirigeait vers l'escalier. Enroulée dans une robe de chambre, Harley l'accompagna en bas.

— J'aurais dû programmer la cafetière hier soir en arrivant, murmura-t-elle en lui ouvrant la porte d'entrée.

Il marqua une pause sur le seuil pour déposer un rapide baiser sur ses lèvres.

— On avait autre chose en tête que le café, je crois. Personnellement, je serais tout prêt à refaire l'impasse sur le café quand tu voudras. Tu ne travailles pas aujourd'hui, n'est-ce pas ?

— Non, je n'ai rien chez Fillmore, répondit-elle. Je pense que je vais rester ici et lire un peu.

— OK, bonne idée. Je t'appelle, promit-il.

Et il s'en alla. Le bureau n'était pas loin et, en arrivant, il sauta à bas de la voiture et confia à un jeune agent le soin de la garer. Il s'était passé moins de trente minutes depuis l'appel d'Egan, mais il ne put s'empêcher de craindre qu'elle ait déjà quitté les lieux.

Elle repartait dans son pays ; c'était sa chance !

À son grand soulagement, elle était là. Il apprit

par la réceptionniste qu'Egan était avec elle dans la salle de conférences. Il pressa le pas pour rattraper Craig, arrivé quelques secondes avant lui.

— Tu crois qu'elle a quelque chose ? demanda Craig.

— Je n'en sais rien, mais croisons les doigts pour qu'elle soit en mesure de nous apprendre quelque chose d'utile.

— Étant donné qu'on patauge dans le noir… au sens littéral, dans les souterrains du musée… ce ne serait pas du luxe.

— Messieurs, Mlle Yolanda Akeem et M. Tom Duffy, du département d'État, dit Egan. Les agents spéciaux Craig Frasier et Micah Fox.

Tout le monde prit place autour de la table.

— Merci d'être venue, déclara Micah à Yolanda. Nous avons conscience que vous n'étiez pas tenue de nous parler et nous vous sommes reconnaissants de votre coopération.

Yolanda Akeem était une femme séduisante, approchant probablement de la cinquantaine. Elle avait les cheveux et la peau sombres, gages d'une ascendance aux origines multiples. Elle se tenait droite, dans une attitude très digne — royale, presque.

Elle hocha la tête.

— Je vous aurais parlé plus tôt si j'avais pensé avoir quelque chose d'intéressant à dire, déclara-t-elle.

Elle plissa le nez.

— J'ai parlé à ce butor de policier, après l'attaque dont a été victime Vivian Richter. Il voulait savoir si je croyais que les momies pouvaient revenir à la vie… si je pensais que les malédictions existaient ! Eh bien, oui, elles existent, indubitablement… C'est une vraie malédiction que d'avoir affaire à des idiots de son espèce !

— Nous n'étions pas encore chargés de cette investigation à ce moment-là, mademoiselle Akeem, précisa Egan.

— Oui, je sais. Et j'ai déjà eu affaire à l'agent spécial Fox, l'an dernier, quand nous étions encore sous le choc, après la perte d'un ami très cher.

Yolanda Akeem regarda Micah et sourit d'un air peiné.

— Un moment si triste. C'était un tel chaos. Une période terrible.

— Terrible, en effet, acquiesça Micah.

Yolanda agita une main en l'air.

— Tout le monde courait, pliait bagage, affolé… et le cadavre de Henry qui n'était même pas encore refroidi. Et puis cette insurrection, bien sûr ! Des jeunes se plaignant de ne pas avoir suffisamment de privilèges… Une montagne qui a accouché d'une souris. Mais… la sécurité d'abord, comme toujours. Oui, le monde est impitoyable et rempli de menaces bien réelles. Mais dans ce cas-là…

— Oui ?

— Mon ami, l'agent spécial Fox, pense que quelque chose ne cadre pas dans toute cette histoire, déclara Craig. Pour être tout à fait franc, nous nous demandons si nous nous intéressons aux bons suspects.

Yolanda Akeem hésita.

— Je voudrais pouvoir vous répondre « Non, vous vous trompez ». Mais, voyez-vous, tout ça me laisse une impression désagréable, à moi aussi. L'expédition se déroulait à la perfection, du moins était-ce ce que je croyais. Henry était venu travailler tant de fois dans mon pays… Nous l'aimions beaucoup. Et ses étudiants… Ils étaient charmants. Quant aux employés d'Alchemy, je les ai entendus se disputer parfois à propos d'argent... Du montant des dépenses, des économies à réaliser, ce genre de choses. C'était assez drôle parce que M. Richter était le directeur de la société alors que sa femme... C'est une vraie scientifique, avec un côté rêveur. L'argent n'a aucune signification à ses yeux.

Elle sourit.

— Henry ne s'en mêlait pas. Arlo Hampton essayait de rappeler à tout le monde que c'était lui, le principal égyptologue d'Alchemy. Mais, à part ces quelques petites chicaneries, tout se déroulait bien. Et puis... Henry est mort.

— Vous étiez au campement ce soir-là ?

— Oui. Belinda devait accompagner Harley et Jensen en ville, mais elle est fiancée, vous savez... Et elle est restée pour pouvoir parler par Skype avec son fiancé. Elle utilisait mon ordinateur. J'étais en train de traiter de la paperasse ; elle était avec moi.

Micah échangea un coup d'œil avec Craig. Apparemment, ils pouvaient rayer Belinda de leur liste, s'agissant de la mort de Henry.

— Mais vous avez vu Henry.

— Oui. Juste quelques minutes, en début de soirée. J'ai aussi croisé notre jeune interprète, Satima Mahmoud, avec M. Rosello.

Micah hocha la tête.

Joe était d'ores et déjà éliminé par sa participation à la marche. Pour laquelle il portait d'ailleurs une tenue de zombie, pas de momie.

Il fit mentalement la grimace. Il n'arrivait pas à croire qu'il pouvait tenir pareil raisonnement !

Yolanda fronça soudain les sourcils.

— Peut-être qu'il y avait des problèmes dans l'air. J'ai entendu Satima se disputer avec Joe. Ce n'était pas habituel. Mais, ce soir-là, Satima était fatiguée. Elle voulait rentrer chez elle. Joe, lui, insistait, répétant qu'il voulait terminer le travail. Elle rétorquait que le travail serait toujours là le lendemain matin, qu'elle avait une famille à retrouver. Bref… L'atmosphère était tendue. Les Richter se querellaient, eux aussi. Henry, lui, était occupé à examiner les trésors qu'ils venaient d'exhumer. Arlo aspirait à… être mis davantage dans la lumière et je pense qu'il voyait Henry comme le moyen d'y parvenir, mais l'expédition touchait au but et il savait bien que leur collaboration allait prendre fin, à un moment donné. Cela le rendait ombrageux, irascible… Ce soir-là, je n'avais plus envie de les voir, les uns et les autres. Satima avait été… presque méchante avec moi. Si ça n'avait tenu qu'à moi, je l'aurais renvoyée sur-le-champ. Je parle plusieurs langues. Mon père était égyptien, mais ma mère est mi-française, mi-mexicaine. J'aurais été parfaitement capable de remplir ses fonctions. J'ai d'ailleurs regretté ce soir-là de ne pas m'en être chargée.

Elle les regarda tous à la ronde et poussa un long soupir.

— S'agissant de Vivian Richter… J'avoue que je ne l'aimais pas particulièrement, mais je suis vraiment désolée qu'on s'en soit pris à elle. Je le suis également pour Arlo. Après la mort de Henry, il a enfin obtenu ce qu'il voulait d'Alchemy… Mais je ne crois pas que ce soit quelqu'un de mauvais. Est-ce que c'est réellement lui qui est derrière tout ça ? Pour quelle raison ? La notoriété ? la gloire ? Il paraît qu'il a peu de chances de s'en sortir… Qu'on ne l'a pas découvert aussi rapidement que Vivian.

— Nous ne savons pas s'il est coupable ou victime, déclara Egan.

Yolanda secoua la tête.

— Je suis désolée. Je ne sais rien de plus. N'hésitez pas à m'appeler si vous avez d'autres questions. Je rentre au Caire, mais vous pourrez me joindre... Si je peux encore vous être utile.

Tout le monde se leva et se salua, puis le représentant du département d'État et la déléguée du Conseil Suprême des Antiquités prirent congé. Egan, Craig et Micah se regardèrent.

— C'est la première fois que j'entends parler de toutes ces frictions, déclara Micah. Même quand j'étais au Caire, personne n'y a fait allusion. Évidemment, c'était la pagaille à ce moment-là.

— Cela expliquerait pourquoi Ned Richter n'est pas resté en permanence au chevet de sa femme, pendant son hospitalisation. S'ils avaient un différend, je veux dire.

— Et peut-être n'était-il pas non plus avec elle hier, renchérit Egan. Vous allez vérifier ça. Par ailleurs, on continue de rechercher cette Satima Mahmoud. J'espère que nos hommes la trouveront. Ils s'efforcent d'entretenir de bonnes relations avec la police, ici comme à l'étranger.

— Et Arlo Hampton ? demanda Micah. A-t-on des nouvelles ?

— Il est toujours en vie. Inconscient. Son état est stable. Mais les médecins ne sont pas en mesure de déterminer s'il gardera des séquelles neurologiques... s'il survit, bien sûr.

— Ce qui veut dire qu'il pourrait rester un légume à vie, dit Craig.

— Il peut aussi se rétablir. Ils l'ont placé sous coma artificiel. Quand ils l'en sortiront, on en saura peut-être un peu plus. Quoi qu'il en soit, il est vivant, mais il n'est pas près de reprendre le travail, conclut Egan.

— Espérons qu'il s'en tire, dit calmement Micah.

— Je pense qu'on devrait peut-être avoir une petite conversation avec Ned Richter et Joe Rosello, déclara Craig.

— On a la preuve que Rosello est innocent, rappela Egan.

— Oui, assena Micah. Mais il semblerait que notre jolie petite interprète ne le soit pas, elle.

— Vous croyez vraiment que cette jeune Égyptienne, qui n'est même pas aux États-Unis, est mêlée à tout ça ? demanda Egan, sceptique.

— Oui. Mais je ne sais pas encore de quelle façon. On ne la retrouve pas. J'espère que ça ne veut pas dire qu'elle est morte.

— Joe ne jouait pas les momies hier, cela, nous le savons. Mais je suis d'accord avec Micah, intervint Craig. Ce sera sûrement très instructif de découvrir ce qu'il y avait entre lui et Satima Mahmoud.

— Je suis navrée. Tu as l'air complètement déprimé, dit Harley à Jensen.

Il l'avait appelée tôt, vers 8 heures. Bien sûr, à cette heure-là, New York bruissait déjà d'activité, mais, n'ayant rien de prévu, Harley avait pensé pouvoir faire la grasse matinée.

Et jouir du simple fait qu'elle reposait entre les draps qui avaient abrité leurs ébats passionnés, des draps qui portaient encore l'odeur de Micah.

Mais elle était heureuse d'avoir des nouvelles de Jensen ; il essayait de maintenir le cap, malgré tout.

— Eh bien, évidemment que je suis déprimé, répondit Jensen. Il y a de quoi, non ? La police est partout. Je suis seul pour tout faire. Vivian a survécu, mais Arlo est très mal en point. Cela dit, si c'est lui qui a tué Henry et qui a essayé d'assassiner Vivian, il mérite bien son sort.

— Je ne crois pas que ce soit lui, Jensen. En tout cas, il n'a commis aucun crime hier. J'ai vu la momie dans la rue… enfin, j'ai vu *une* momie… et…

Elle s'interrompit brusquement. Elle savait, maintenant, ce qui lui avait paru différent entre la momie du défilé et les photos d'Arlo Hampton habillé en momie, gisant, inanimé, sur le sol du musée.

Elle n'était pas sûre qu'il soit très avisé de communiquer cette information à quelqu'un d'autre que Micah, Craig ou la police.

Jensen ne parut pas remarquer qu'elle avait subitement cessé de parler.

— Je suis au travail, poursuivit-il. Ned Richter doit venir et — tu ne vas pas le croire — Vivian aussi. Tu imagines ? Alors qu'elle vient à peine de quitter l'hôpital ! C'est peut-être une vraie garce, mais elle a du cran, je lui reconnais cette qualité. Son amour pour l'égyptologie doit lui donner des ailes ! Arlo ne sera pas là, évidemment. C'est bien vide sans lui. Aucun de nos amis n'est ici. Belinda et Roger sont occupés par leur travail. J'ai parlé à Joe, mais il quittait la ville ce matin. Il a peur. Il pense que la momie, à la marche des zombies, voulait s'en prendre à lui. C'est peut-être vrai. Qui sait ? Mais si cette momie était bien Arlo, nous n'avons plus à nous en faire… Non ?

Seulement voilà, pensa Harley. La momie qui s'était glissée parmi les zombies n'était *pas* Arlo. Arlo était grand. *Elle* ne l'était pas.

— Jensen, je ne pense pas qu'Arlo ait fait quoi que ce soit.

— Quelle criminologue tu fais ! Tout le monde est gentil, à tes yeux, grommela Jensen.

Après une courte pause, il demanda, sans préambule :

— Alors, est-ce que tu viens me tenir compagnie et m'aider à repousser les momies ?

— C'est-à-dire… j'avais l'intention de voir l'amie de Craig.

— L'adorable Kieran. Alors, à vous deux, vous allez sonder nos esprits et tenter de découvrir lequel d'entre nous est un psychopathe ? Celui qui a fait ça est forcément cinglé. J'imagine d'ici sa ligne de défense au tribunal… « C'est cette bactérie qui m'a rendu fou… Je n'étais pas responsable de mes actes ! »

Harley ne put s'empêcher de sourire.

— C'est le rôle des avocats de la défense. Mais oui… Une bactérie peut causer ce genre de trouble mental.

— Est-ce que je dois quitter la ville, moi aussi ? s'enquit Jensen d'un ton sérieux. Bon sang, j'adore cet endroit. Cette ville, ce musée… L'expédition aussi, j'ai adoré en être… Jusqu'à ce que Henry meure. Je ne peux pas laisser tomber, Harley. Après tout le travail qu'on a accompli… C'était trop important pour Henry. Et ça l'est aussi pour les générations futures.

— Tu as raison, acquiesça Harley. Et puis la police…

— La police… Des idiots, tous autant qu'ils sont ! Oups, désolé. Les fédéraux sont peut-être au-dessus du lot.

— Les tueurs commettent toujours des erreurs… et finissent par se faire coincer, déclara Harley sans relever son allusion.

— Pas toujours.

— Mais cette fois, ce sera le cas, tu verras.

— On est loin d'en être là. Tout de même, Harley,

quelle ironie que cette exposition… Quand je pense que tout a commencé par un meurtre. Celui d'Amenmose, je veux dire. Peut-être que tu pourrais découvrir qui l'a tué. C'était l'un de tes principaux objectifs, pendant l'expédition, n'est-ce pas ?

— Oui. Je reste extrêmement intriguée par le fait qu'il ait été tué et qu'on lui ait tout de même érigé un tombeau lui permettant d'accéder à la vie dans l'au-delà.

— Absolument. Viens donc me rejoindre ! J'irai te chercher à l'entrée. Tu seras en sécurité. Le musée grouille de flics. Je te fournirai tous les éléments dont tu as besoin pour poursuivre tes recherches. Ça me plairait beaucoup d'être ton apprenti ! déclara Jensen.

— D'accord, je viens, concéda Harley. Je t'enverrai un texto quand je serai à l'entrée.

Elle coupa la communication et jeta un coup d'œil autour d'elle, laissant courir sa main sur les draps. Finie, sa rêverie éveillée !

Elle passa rapidement sous la douche et sortit, pressée de sauter dans le métro et d'arriver au musée.

Malgré elle, elle se surprit à scruter la foule autour d'elle. C'était encore l'heure de pointe matinale. Partout, les gens se hâtaient de rejoindre, qui leur lieu de travail, qui leur école.

Elle s'avisa tout à coup que, d'instinct, elle cherchait une momie, ce qui était ridicule.

On était lundi, les gens se rendaient au travail. Il était bien improbable de voir une momie émerger au milieu de cette foule pressée. Mais c'était New York. Une momie aurait pu déambuler dans la rue et ne provoquer qu'un haussement d'épaules blasé de la part des gens qui la croisaient.

Heureusement, aucune momie n'apparut et elle fut bien forcée de s'avouer qu'elle était soulagée.

En approchant du musée, elle envoya comme convenu un texto à Jensen. Il lui répondit qu'il l'attendrait à l'entrée.

Jensen et un officier de la police de New York se tenaient effectivement à la porte à son arrivée. Jensen expliqua de qui il s'agissait et Harley montra sa pièce d'identité au policier.

Elle entra.

C'était étrange de traverser le hall d'accueil avec Jensen alors que tout semblait tellement vide autour d'eux. Il lui apprit qu'il y avait au moins une dizaine de policiers dans le bâtiment ainsi que des agents du FBI qui, selon lui, devaient s'ennuyer à mourir, mais avaient été affectés à la surveillance des lieux. Jensen se lança ensuite sur son sujet favori, le musée, dont il lui parla avec beaucoup d'enthousiasme. Elle savait déjà qu'il était dédié aux civilisations anciennes, de la Mésopotamie en passant par Rome et la Grèce, jusqu'à l'Égypte ancienne et autres civilisations de l'Antiquité. Il expliqua qu'il le voyait comme un hommage à l'humanité créant la civilisation ; il y avait même une nouvelle partie passionnante retraçant le développement de l'homme depuis les hominidés et les grands singes.

— Quand tout cela sera terminé… quand les choses seront revenues à la normale, il faudra absolument que tu prennes le temps de venir passer une journée ici, pour voir l'ensemble des expositions. C'est un musée phénoménal. Et je suis vraiment heureux d'y travailler, à ceci près que, maintenant, le reste des scientifiques, les curateurs, les historiens — jusqu'aux employés du café et de la boutique de souvenirs — nous détestent cordialement !

— Ça, ça m'étonnerait.

— Non, c'est la pure vérité, je t'assure.

— Quand tout sera rentré dans l'ordre, leur hostilité ne sera plus qu'un souvenir. Je parie que cette histoire de fous va faire grimper en flèche la popularité du musée. Il est entouré d'une vraie aura de mystère maintenant.

— Espérons-le. On y va ? Dans l'une des salles de préparation, il y a des documents sur lesquels Henry travaillait. Et un certain nombre de momies… encore dans leurs cercueils pour la plupart, exception faite de notre « momie hurlante ». Ah, et ensuite, je devrai te laisser ; j'ai une réunion avec le directeur du musée dans quelques minutes.

— Ah ! Gordon Vincent, murmura Harley.

Jensen hocha la tête et lui lança un bref coup d'œil.

— Oui. Ils ne savent pas si Arlo va s'en sortir ou non, mais, s'il survit, apparemment, il sera arrêté.

— Ce n'est pas lui, répéta Harley.

— Mais…

— Je te dis que ce n'est pas lui ! C'était une victime, comme Vivian.

— Il n'y a que toi pour en être persuadée, non ? En tout cas, pour être tout à fait honnête, je préférerais que ce ne soit pas le cas. Je crois que je vais être promu directeur curateur de l'exposition Amenmose.

— Oh ! bravo, murmura Harley. Félicitations. Je comprends ton point de vue… Mais je ne saisis pas bien. Arlo n'était-il pas employé par Alchemy ?

— Si, mais on lui a proposé ce poste, ici, répondit Jensen.

Ils passèrent devant le temple et les expositions qui

étaient normalement ouvertes au public, puis, arrivant dans la partie réservée au personnel du musée, ils entrèrent dans l'une des salles blanches jouxtant le laboratoire d'Arlo.

— Il y a surtout des objets ici, déclara Jensen. Mais les notes de Henry se trouvent là-bas, sur ce bureau. Personne ne décrypte aussi bien que toi son écriture en pattes de mouche. Peut-être que tu trouveras quelque chose ? Je te rejoindrai sitôt que ma réunion sera terminée et on ira déjeuner. Pas au musée, malheureusement, étant donné que tout est fermé aujourd'hui. Mais on dénichera bien un endroit sympathique, dans le secteur.

— Pourquoi pas la sandwicherie qui est sur la Sixième ? suggéra Harley. C'est à cinq minutes d'ici.

Il leva le pouce en manière d'acquiescement et s'éloigna. La porte se referma derrière lui avec un petit cliquètement.

Dans cette salle, le port d'une tenue de protection n'était pas nécessaire, mais sa température était régulée. On devait tenir pour acquis que tous ceux qui y entraient montreraient le plus grand respect vis-à-vis des anciens sarcophages, des momies et autres objets découverts dans le tombeau.

L'espace d'un moment, elle se borna à regarder autour d'elle.

Beaucoup de choses étaient encore stockées sur des palettes. Il y avait tant d'objets… En revanche, certaines sépultures — de splendides sarcophages magnifiquement peints — avaient été déballées. Elles avaient bien résisté aux outrages du temps car elles étaient faites de bois dur et de métaux précieux.

Le long d'un mur, des rayonnages étaient chargés de nombreux vases canopes, d'autres, de bijoux. Sur l'un d'eux, s'alignaient des douzaines de statuettes mortuaires. Dans un coin de la pièce étaient soigneusement rangés des roues de chariot, le corps d'un chariot et un ensemble de harnais.

Sur une étagère à part reposaient plusieurs chats momifiés.

Une autre encore était consacrée aux armes, certaines d'entre elles sommaires, ayant appartenu à de simples soldats, d'autres, ornées d'or et de pierres précieuses. Elle y nota pêle-mêle la présence de masses, de boucliers, de dagues, d'épées, de couteaux…

L'ensemble était d'une valeur inestimable.

Mais, pour autant qu'elle sache, rien n'avait jamais disparu du musée.

Le mobile du meurtre n'était pas le vol. Mais quel pouvait-il bien être ?…

Elle secoua la tête. C'était un vrai puzzle, ainsi que l'avait souligné Micah — un puzzle auquel il manquait une pièce maîtresse. Mais, s'ils réussissaient à réunir toutes les pièces et à les assembler, un tableau se dessinerait.

Un tableau du passé ? Peut-être. Quel rapport pourrait-il avoir avec le présent ? Sans doute aucun. Mais, là encore, il suffisait parfois de porter son attention sur un autre puzzle pour résoudre celui qui nous résistait.

Harley examina les différents artefacts stockés dans la salle. Ils seraient prochainement catalogués avant de rejoindre les autres trésors exposés dans le musée. Puis elle se dirigea vers le petit bureau et la chaise métalliques bon marché que Jensen lui avait indiqués. Sur la chaise s'empilaient des boîtes d'archives contenant les observations et les enregistrements de Henry. Cela allait de ses calculs concernant l'emplacement du tombeau à ses réactions, le jour où ils l'avaient découvert. Et, connaissant Henry, il devait aussi s'y trouver des articles, des études et tout ce qu'il avait pu dénicher ou recevoir qui venait compléter son propre travail.

Harley débarrassa la chaise, s'assit et se mit à lire.

Le personnel du musée avait dû au moins parcourir ces notes.

Mais peut-être n'avaient-ils pas tout lu avec attention ? Ils ne connaissaient pas Henry comme *elle* l'avait connu.

Et ils n'étaient pas aussi déterminés à démasquer un tueur.

Ned et Vivian Richter étaient propriétaires d'une maison particulière — un manoir victorien à Brooklyn, dans le secteur de Williamsburg, non loin du Pratt Institute.

Craig siffla entre ses dents.

— Sacrément luxueux, murmura-t-il en appuyant sur la sonnette.

— C'est classe, admit Micah. À l'époque où j'ai fréquenté ce coin, quand nous faisions équipe, ce secteur était en cours de réhabilitation. Il y avait encore du trafic de drogue, de la criminalité, et les belles propriétés telles que celles-ci servaient le plus souvent de locaux associatifs ou étaient divisées en dizaines de logements grands comme des dés à coudre.

— Il a pris beaucoup de valeur aujourd'hui. Cet endroit a dû coûter les yeux de la tête. Mais, compte tenu du poste qu'occupe Richter chez Alchemy, j'imagine qu'il a les moyens.

— Sans doute.

Craig sonna de nouveau.

— Tu paries que c'est une domestique qui va ouvrir ? murmura Micah.

— Je me garderais bien de parier contre toi ! répliqua Craig.

— Il n'y a pas de mal à être riche. D'ailleurs, j'ai bien envie d'essayer un de ces jours, rétorqua Micah en riant.

Il ne s'était pas trompé. Ce fut une jolie jeune femme qui vint leur répondre, vêtue d'un uniforme de soubrette qui n'aurait pas déparé un film des années 1950.

— Puis-je vous aider, messieurs ? demanda-t-elle avec un fort accent à consonance slave.

Ils lui montrèrent leurs plaques.

— Nous venons voir M. et Mme Richter, annonça Micah.

La jeune femme pinça les lèvres.

— Monsieur, vous savez sûrement que Mme Richter vient juste de sortir de l'hôpital.

— Oui, nous sommes au courant. Nous n'en aurons pas pour longtemps, lui assura Craig.

Elle les conduisit jusqu'à un salon qui ressemblait à un magasin de meubles. Micah se demanda si quelqu'un avait déjà mis les pieds dans cette pièce.

Mais ils n'eurent pas le temps de s'interroger car Vivian Richter fit son entrée quelques instants plus tard.

— Messieurs. Que puis-je pour vous ? Je m'apprête à partir pour le musée. Avec tout ce qui s'est passé… Bref, je ne peux m'empêcher de craindre que quelqu'un ne chercher à saboter l'exposition. Je ne cesse de vérifier nos documents, nos notes… et, bien entendu, nos objets. Je dis « nos », mais ils ne sont pas à nous, bien évidemment. Tout ce que nous avons mis au jour sera retourné à l'Égypte. Nous ne nous comportons plus comme des voleurs de trésors aujourd'hui, Dieu merci ! Mais il fut un temps où… Savez-vous que, sous l'ère victorienne, les momies étaient découvertes en si grand nombre qu'on s'en servait souvent pour allumer le feu ? C'est à peine croyable, n'est-ce pas ?

— Je crois avoir déjà entendu ça quelque part, dit Micah.

— Donc… Que puis-je pour vous ? Voulez-vous m'accompagner au musée ?

— En fait, nous aimerions savoir où vous vous trouviez hier, après votre sortie de l'hôpital, et si vous étiez en compagnie de votre mari. Nous aimerions lui parler également.

— Ned est déjà au musée. Mais, pour répondre à votre question, il est resté avec moi toute la journée. C'est un mari très dévoué.

— Quand est-il parti ? demanda Micah. Je veux dire, ce matin ?

— Il y a un petit moment, je pense, répliqua Vivian.

— Vous *pensez* ? Vous ne l'avez pas vu ? interrogea Craig.

— J'ai passé la journée d'hier et la matinée à me reposer. Je sais quand mon mari n'est pas loin de moi. Je sens sa présence. Êtes-vous mariés, l'un et l'autre ? Non ? Voyez-vous, après des années de mariage, on n'a pas besoin de *voir*, messieurs. On *sent*. Vous êtes encore jeunes, tous les deux ; attendez d'avoir été marié pendant des années. Vous comprendrez ce que je veux dire.

Vivian Richter était vêtue d'un tailleur-pantalon à la fois seyant et classique ; hormis son extrême minceur et ses joues un peu congestionnées, elle paraissait en bonne condition physique.

— Qu'essayez-vous de savoir, exactement ? reprit-elle. Je suis une victime. Et vous ne pouvez pas soupçonner Ned ! Toute l'expédition reposait sur ses épaules. Jamais il n'aurait fait quoi que ce soit qui puisse lui nuire.

— Toutes nos excuses, mais nous sommes tenus d'interroger tout le monde compte tenu des circonstances, répondit Micah.

— Nous faisons simplement notre travail, ajouta Craig d'un air contrit.

— Oh ! mais bien entendu ! déclara Vivian. Agent Fox, il paraît que vous m'avez sauvé la vie. Et vous, agent Frasier, je sais que vous travaillez dur sur cette affaire. Je vous suis très reconnaissante à tous les deux, même si, compte tenu de ce qui m'est récemment arrivé, je n'ai guère eu l'occasion de remercier les forces de l'ordre.

— Madame Richter, je n'ai fait qu'appeler le 911. N'importe qui aurait pu s'en charger comme moi, expliqua Micah. Mais nous sommes très contents de voir que vous vous portez bien.

— Oui ! Et j'en remercie le ciel. Les secouristes, le personnel de l'hôpital… Tout le monde a été merveilleux… J'ai eu beaucoup de chance. On m'a expliqué que j'avais été empoisonnée avec de l'insecticide, mais, apparemment, d'après les médecins, il y a une recrudescence de ce genre d'intoxication en raison des cigarettes électroniques. Ils m'ont administré du charbon actif, placée sous perfusion et sous monitoring pour écarter le risque de convulsions. J'ai eu beaucoup, beaucoup de chance. Il paraît que la situation est plus délicate pour Arlo. Mais j'ai aussi entendu dire que la police le soupçonnait d'avoir été la « momie » qui m'a attaquée… dans l'intention de me tuer ! conclut-elle dans un murmure. Arlo et moi… Nous avons fait du bon travail ensemble. Je me demande s'il s'inquiétait parce que je suis la femme de Ned. Peut-être craignait-il que cela ne me place en meilleure position pour une promotion au sein d'Alchemy ? Certaines personnes semblent aussi d'avis que Henry a été tué… Je n'ai jamais su quoi en penser. Nous avons dû quitter le camp dans une telle précipitation ! Nous étions en danger de mort !

— Bien sûr, acquiesça Micah d'un ton lénifiant. Donc, vous dites que nous trouverons Ned au musée.

— Oui. Il doit être en train de travailler.

— Mais il ne vous l'a pas clairement annoncé. Et vous ne l'avez pas exactement vu.

— Non mais…

— Oui, vous avez *senti* sa présence. À quand remonte la dernière fois que vous l'avez *vu* ?

— Je… Euh, la journée d'hier est un peu floue dans mon esprit. Nous avons quitté l'hôpital et puis…

— Il est venu vous chercher ?

— Je vous l'ai dit ! C'est un mari très dévoué, assena Vivian. Oui, il est venu me chercher. Messieurs, je vais me voir dans l'obligation d'appeler vos supérieurs si vous insinuez encore une fois qu'il n'est pas l'homme merveilleux que je vous décris.

— Vous n'avez pas répondu à notre question, madame, insista Craig.

— D'accord ! Je ne sais pas à quelle heure il est parti ce matin, mais il se rendait au musée. Et il savait bien sûr que…

Elle s'interrompit brutalement.

— Oui ?

— Je savais qu'il allait au musée et il savait que je devais l'y rejoindre plus tard. Avec tous ces bouleversements, il faut que je m'assure que notre exposition n'a pas souffert… surtout après ce qui est arrivé à Arlo !

— Nous sommes en voiture, déclara Craig. Pour plus de sûreté, nous allons vous y déposer nous-mêmes, madame Richter. Mais je ne peux que vous recommander d'aller voir un des policiers en faction là-bas à votre arrivée. Je pense qu'il serait sage que vous soyez sous protection.

— Je vais les appeler, proposa Micah.

— Ne prenez pas cette peine, répondit Vivian. Tout ira bien. J'ai été suffisamment échaudée. Je saurai me tenir sur mes gardes désormais.

— Je vais tout de même leur téléphoner, répéta fermement Micah.

— Merci, dit Vivian en souriant. C'est très aimable à vous de vous inquiéter de ma sécurité. Si vous voulez bien m'attendre un instant ?… Je vais me préparer ; j'en ai pour une minute.

Elle quitta la pièce.

— Tu peux l'emmener ? lança Micah.

— Tu ne viens pas ? Tu veux parler à la domestique, c'est ça ?

— Oui.

— Tu penses que c'est une clandestine ?

— Oui. Dans l'immédiat, je vais appeler Egan et lui demander de prendre contact avec le responsable de la sécurité du musée. Il faut qu'ils gardent un œil sur Vivian… et aussi sur Ned Richter. Ensuite, j'interrogerai la domestique pour savoir quand elle a vu Ned Richter pour la dernière fois.

— OK. Je l'emmène, déclara Craig.

Il hésita.

— Je ne vois pas Richter dans le rôle du tueur. Il

est très concerné par Alchemy, mais ce n'est pas un égyptologue fanatique.

— Mais peut-être que, dans ce cas, le mobile n'est pas la jalousie.

— Alors, ce serait quoi ? murmura Craig.

Vivian choisit ce moment pour reparaître, un sac volumineux accroché à l'épaule. Poliment, Craig l'en délesta et ils sortirent tous deux de la maison.

Micah, qui leur avait emboîté le pas, lui ouvrit cérémonieusement la portière côté passager. Elle le regarda, surprise.

— Je peux m'asseoir à l'arrière.

— Non, c'est mon collègue qui va vous emmener. J'ai à faire avant d'aller au musée, expliqua-t-il vaguement. N'oubliez pas, madame Richter… je vais demander qu'un vigile veille sur vous. Mais prenez garde et ouvrez l'œil.

Comme il s'apprêtait à claquer la portière, elle l'arrêta.

— Agent Fox, vous avez tort de soupçonner mon mari. Je vous répète que c'est quelqu'un de foncièrement bon. Il est très apprécié de tous. Jamais il ne m'aurait fait de mal.

— Ne vous éloignez pas du policier qui sera chargé de votre protection, madame Richter, dit Micah en fermant la portière.

Lorsque la berline noire du FBI eut tourné le coin de la rue, il pivota sur lui-même et revint lentement vers la porte d'entrée.

La domestique avait peur, il en était certain. Elle était probablement en situation illégale, ainsi que Craig et lui l'avaient deviné.

Elle allait sûrement tenter de l'éviter. Mais il n'était

pas inquiet. Qu'elle le veuille ou non, elle allait l'écouter, sous la menace s'il le fallait.

Il n'aimait pas recourir à ce genre de méthode, surtout à l'encontre d'une jeune femme qui travaillait dur dans l'espoir d'obtenir ses papiers.

Mais il fallait qu'il découvre la vérité s'il voulait éviter qu'il n'y ait d'autres morts.

Tandis qu'il attendait sur le perron, il s'avisa qu'il avait peur pour une personne en particulier.

Harley. Elle avait fait partie de cette expédition, elle n'avait pas hésité à crier haut et fort ses soupçons. Elle se mêlait de tout. Ce ne devait pas être du goût du tueur.

Oui. Harley Frasier pouvait fort bien être la prochaine victime d'une momie.

Une momie bien vivante et armée d'un poison mortel.

9

Harley avait perdu toute notion du temps.

Dès l'adolescence, période où elle avait vu Craig entrer au FBI, elle avait su qu'elle voulait résoudre des affaires criminelles. Mais elle ne s'était jamais imaginée courant dans la rue, pistolet au poing, même si elle aurait volontiers aujourd'hui suivi des cours de tir. Non, ce qu'elle aimait, c'était l'investigation en elle-même. Elle aimait aussi le concept du profilage et était très heureuse d'être en aussi bons termes avec Kieran et, par son entremise, avec les Dr Fuller et Mira. Ils avaient aimablement accepté de lui consacrer du temps pour lui parler du profilage criminel. Et l'idée avait fait son chemin dans sa tête. Elle en était à envisager sérieusement de poursuivre ses études afin d'embrasser cette spécialité-là.

Si elle avait fait partie de cette expédition Amenmose, c'était à cause de sa fascination pour la recherche de mobiles, d'indices, de possibilités. L'aspect « puzzle » d'un crime.

Mais ce n'était pas l'élucidation du meurtre d'une momie de l'Égypte antique qui allait aider à résoudre l'affaire d'aujourd'hui.

Encore que... résoudre ce qui pouvait être considéré comme une affaire classée « de très longue date » constituait certainement un excellent exercice.

Cet après-midi, dans cette salle de préparation, cernée par les momies, les divers objets exhumés du tombeau et les notes de Henry, elle avait toutes les raisons d'être plus fascinée que jamais par ce crime antique, commis des milliers d'années plus tôt, parce que, si la temporalité était différente, les humains n'en restaient pas moins des humains.

Toutankhamon lui était familier, mais, en lisant divers documents, elle apprit certaines choses le concernant. Elle lut aussi des notes sur Aÿ et trouva de nombreuses références à Amenmose. Il connaissait les étoiles ; il pouvait se diriger en les observant. Il connaissait les cieux et la terre.

Et il connaissait Rê et le déshonneur que le père de Toutankhamon avait infligé aux anciennes divinités.

Elle parcourut également les notes et les traductions de Henry et d'autres érudits portant sur Toutankhamon et Akhenaton. La découverte du tombeau de Toutankhamon par Howard Carter en 1922 avait ouvert des pistes d'investigation sur la vie de leurs contemporains, conduit à des années de recherches et d'interrogations. Certaines spéculations s'étaient révélées justes ; Akhenaton avait voulu créer une société monothéiste, avec pour seul dieu Rê, le dieu du soleil. À l'accession au trône de Toutankhamon, les efforts de son père en ce sens avaient été anéantis. Le règne de son père avait disparu de tous les écrits et le successeur de Toutankhamon, Horemhep, était allé jusqu'à supprimer son nom de la liste des rois et à y inclure son règne à la place. Sa momie avait également disparu.

Parmi les papiers de Henry, Harley trouva un document de recherche daté de 2010 dont il était coauteur. Il s'agissait de la découverte, dans une cache de momies royales, d'une momie dont les tests ADN avaient prouvé qu'il s'agissait d'Akhenaton.

Mais, sous Toutankhamon, beaucoup de gens devaient avoir continué à adhérer aux croyances de son père. Qui sait si certains d'entre eux n'étaient pas allés jusqu'à tuer Amenmose, qui se montrait tellement disposé à aider Toutankhamon et Aÿ à oblitérer son père ? Mais rien n'était sûr. La majorité des experts avaient conclu qu'Aÿ était le commanditaire du meurtre.

Puis Harley tomba sur la traduction d'une lettre mentionnant une femme nommée Skrit ; en poursuivant ses recherches, elle découvrit qu'elle avait été la femme d'Amenmose.

Harley se leva et se déplaça d'un sarcophage à l'autre pendant un moment. L'une des momies ici présentes était-elle Skrit ?

Elle ne trouva aucune indication allant dans ce sens. Se pouvait-il que ce soit elle, sa femme aimante et bien-aimée, qui ait planifié l'enterrement dans le plus grand secret ? Afin qu'Amenmose, bien qu'ayant été tué, bénéficie de funérailles dignes d'un personnage de son rang ? Tous les rites funéraires avaient été respectés.

Frustrée, Harley se rassit. Elle se remit au travail, se plongeant de nouveau dans les documents que Henry avait laissés, mais recherchant également en ligne tout ce que les érudits, à travers les âges, avaient pu écrire sur le sujet.

Elle cessa de s'intéresser à Amenmose pour se concentrer sur Skrit.

Et ce qu'elle découvrit la captiva.

*
* *

Micah frappa une nouvelle fois.

Il était planté devant la porte depuis près de cinq minutes et la domestique n'avait toujours pas répondu.

Mais elle était là, derrière la porte, il le savait.

— Je veux seulement vous poser quelques questions, dit-il en haussant la voix. Si vous refusez de m'aider, ma foi… Je peux appeler les services de l'immigration. Ils seront ici dans quelques minutes. Je peux aussi avertir le département de la Sécurité intérieure.

Au bout de quelques secondes, la porte s'ouvrit lentement. La jolie domestique le regarda, les yeux rouges, remplis de larmes qu'elle s'efforçait de contenir.

Micah éprouva aussitôt des remords.

— Je suis désolé, lui dit-il doucement. Je ne vous veux aucun mal. J'ai simplement quelques questions à vous poser. Et il faut que vous me répondiez sincèrement.

Elle hocha la tête, jeta un coup d'œil anxieux à la rue, puis l'attira vivement à l'intérieur.

— Je m'appelle Valeria. Valeria Andreev. Je ne veux pas être expulsée. S'il vous plaît… Je veux obtenir mes papiers. M. Richter m'a dit qu'il m'aiderait. Il me paie bien. Il est gentil.

— Je ne veux pas non plus que vous soyez expulsée. Vous souhaitez manifestement vous intégrer. Et vous parlez bien anglais.

— Je veux devenir américaine.

— Nous pouvons peut-être vous y aider. Mais il faut que vous aussi, vous m'apportiez votre concours.

Elle inclina la tête en signe d'acquiescement.

— M. Richter est-il allé chercher Mme Richter à l'hôpital hier ?

— Oui.

— Quelle heure était-il ?
— Près de midi.
— D'accord, merci. Et ensuite ?
— Ensuite, M. Richter m'a demandé du jus de fruits et quelque chose à manger. Il a dit que sa femme allait dormir et ne voulait pas être dérangée.
— Et ?
— Je n'ai pas vu Madame avant ce matin.
— OK. Et M. Richter ? Est-il resté auprès d'elle, pour s'assurer qu'elle allait bien, qu'elle n'avait besoin de rien ?
Valeria parut prise au dépourvu. Elle ne voulait pas dire la vérité.
— Je l'ai vu… Je l'ai vu la ramener à la maison.
— Et l'a-t-il accompagnée jusqu'à sa chambre ?
— Oui.
— Mais il n'est pas resté, ensuite ?
Valeria se mordit la lèvre et secoua la tête à contrecœur.
— Je ne crois pas. Je crois… qu'ils se sont disputés. Je pense qu'elle était en colère contre lui. Il y a eu des éclats de voix, puis plus rien. J'ai cru…
— Oui ?
— J'ai cru entendre une porte claquer.
— Et avez-vous vu M. Richter partir ce matin ?
Valeria secoua la tête.
— Non… Je… je l'ai vu hier. Pas aujourd'hui. Mais ça ne veut rien dire. Je ne reste pas assise, à surveiller la porte, vous savez. Je ne suis pas une… Comment dites-vous ? Une concierge ?
Micah sourit.
— Non, bien sûr que non, je ne pense pas une seconde que vous soyez une concierge. Donc, en résumé, ce que vous savez, c'est qu'il y a eu une

dispute entre M. et Mme Richter. Qu'ils sont rentrés de l'hôpital hier, vers midi. Vous les avez vus tous les deux se rendre dans la chambre de Mme Richter. Vous n'avez pas revu M. Richter depuis et vous avez vu Mme Richter pour la première fois aujourd'hui, quand vous êtes allée la prévenir que mon collègue et moi désirions lui parler. C'est bien ça ?

Valeria hocha la tête, les yeux écarquillés.

Micah lui tendit une de ses cartes.

— Tenez. Si jamais vous rencontrez des difficultés, appelez-moi.

Les yeux de la jeune femme s'illuminèrent et elle serra la carte contre sa poitrine.

Micah s'en alla. Avisant un taxi en maraude, il le héla, sauta à l'intérieur et sortit son téléphone.

Ils approchaient du pont lorsque Craig décrocha.

— La domestique n'avait pas vu les Richter depuis hier midi.

— Intéressant, dit Craig. Parce que Ned Richter n'est pas au musée. J'ai parlé à l'officier responsable de la sécurité. Personne ne l'a vu depuis hier, aux alentours de midi. C'est-à-dire à peu près à l'heure où Arlo Hampton a été retrouvé.

Harley sauta sur ses pieds, résolue à trouver Jensen. Elle était presque sûre d'avoir élucidé le mystère entourant la mort d'Amenmose. En ajoutant aux faits connus des informations provenant de sources qui l'étaient moins, elle en était venue à élaborer sa théorie.

Restait à savoir s'il était possible de prouver ce qu'elle pensait être la vérité.

Pas facile.

Parce que, bien entendu, si le meurtrier était Aÿ ou

tout autre dignitaire, il n'avait pas perpétré lui-même son forfait. Il avait eu recours à un de ses laquais.

Mais Harley était convaincue du bien-fondé de sa théorie. Tout cadrait à la perfection.

Amenmose avait été tué parce que, contrairement à ce que tout le monde avait cru, il avait secrètement été un adepte du père de Toutankhamon. Aÿ avait dû savoir qu'Amenmose exerçait une grande influence sur l'enfant-roi. Amenmose avait été un habile politicien. Il avait feint d'écouter religieusement Aÿ ; il s'était proclamé un homme du futur, et non du passé. Mais, en son for intérieur, il était resté persuadé qu'Akhenaton était dans le vrai. Ses proches avaient été dans la confidence, mais d'autres pouvaient aussi avoir nourri des soupçons. En conséquence, tout son entourage — les membres de sa famille, ses amis, ses serviteurs — s'était trouvé en grand danger.

Elle quitta la salle et jeta un rapide coup d'œil dans le couloir. Personne en vue. Pas un policier, pas un employé, pas âme qui vive.

— Jensen ? appela-t-elle.

Sa voix résonna dans le couloir désert.

— Jensen, bon sang, où es-tu ? se demanda-t-elle à voix haute.

Elle longea le hall, passant devant le labo. Personne ici non plus. Évidemment, c'était Arlo qui, habituellement, travaillait ici. Mais Arlo…

Comment allait-il ? Elle espéra qu'il s'accrochait toujours à la vie, même si son empoisonnement avait été plus grave que celui de Vivian.

— Jensen !

Dépassant le laboratoire, elle se dirigea vers le bureau de son ami et frappa à la porte. Là non plus, pas de réponse. Elle posa la main sur la poignée, qui tourna sans résistance, mais Jensen n'était pas à l'intérieur. Sa réunion devait pourtant être terminée désormais.

— Va au diable ! grommela-t-elle. Tu me fais venir ici… et tu disparais !

Tirant la porte derrière elle, Harley essaya les bureaux de Vivian Richter, de Ned Richter, d'Arlo — et même celui du directeur du musée, Gordon Vincent. Personne, nulle part.

Comme elle se tenait là, hésitante, un atroce miaulement lui déchira les tympans.

Celui-là même qu'elle avait entendu alors qu'elle regardait un chat momifié.

Rien de mystérieux à cela, se dit-elle. Il devait y avoir un chat dans le musée. Elle avait d'ailleurs eu l'intention d'interroger quelqu'un à ce propos. Probablement un chat de gouttière qu'un employé du musée n'avait pas eu le cœur de remettre à la rue. Il devait le nourrir et le cacher quelque part.

Pauvre bête. Elle méritait mieux que de passer sa vie à hanter les couloirs du musée !

Elle retourna dans le couloir et tendit l'oreille.

Le miaulement retentit de nouveau. Le son perçant semblait sortir des murs — ou du sol.

L'un des anciens tunnels ? Peut-être même une section des voies de métro désaffectées ?

Harley se souvint du jour où Micah et elle avaient visité les sous-sols, guidés par Arlo, et elle se hâta de rejoindre l'escalier qui conduisait en bas.

Il faisait sombre, évidemment.

Mais elle avait sa lampe de poche, bien sûr.

Elle l'alluma et descendit prudemment les marches, jusqu'au sous-sol d'abord, où se trouvaient toutes les salles de stockage, puis plus bas.

Jusqu'au niveau des tunnels.

Jusqu'au néant et à l'obscurité impénétrable qui ne menait nulle part.

Ce fut à cet instant qu'elle l'entendit de nouveau. Ce n'était pas un cri sauvage, cette fois ; plutôt un miaulement pathétique.

Elle n'avait pas encore vu l'animal, mais elle éprouvait de la compassion pour cette pauvre bête qui était manifestement terrifiée. Elle ne devait pas savoir où elle était ni comment sortir de cet entrelacs de boyaux obscurs.

Peut-être pouvait-elle envisager de prendre un chat ? Ce serait une compagnie agréable.

Elle se demanda si Micah aimait les chats.

Puis, aussitôt après, elle s'interrogea sur la pertinence de cette question.

Certes, elle le désirait ; certes, elle était déjà à moitié éprise de lui. Mais elle s'était dit que ce serait *temporaire*, qu'elle n'attendait rien. Il vivait et travaillait à Washington. Il allait repartir. Et il n'avait à aucun moment suggéré qu'elle l'accompagne.

Et pourtant, l'idée qu'il puisse la quitter lui était intolérable. C'était autour de Henry qu'ils s'étaient rencontrés et avaient uni leurs forces. Ils s'entendaient extrêmement bien, mais ils étaient tous deux déterminés et têtus et elle n'avait nullement l'intention de laisser sa carrière de côté.

Tout avait commencé quelques jours plus tôt, seulement, entre eux, et, déjà, elle n'imaginait plus vivre sans lui. Comment était-ce possible ?

Elle poussa un petit cri lorsque le chat miaula de nouveau. Le son semblait très proche maintenant.

— Chaton, chaton, où es-tu ? appela-t-elle.

Un miaulement plus déchirant encore lui vrilla les tympans.

— Où es-tu ? Allez, le chat, montre-toi. Je vais t'aider…

Parvenant à un angle, elle tourna le coin, rasant le mur, et faillit basculer sur le côté dans une niche creusée dans la paroi. Elle se rattrapa comme elle put et se rendit compte qu'elle était agrippée à une ancienne porte de service située dans le renfoncement. Elle poussa le battant entrouvert qui pivota en grinçant sur ses gonds rouillés.

Elle entendit le chat miauler de nouveau. Le son était fort, tout proche cette fois.

— Ah, tu es là, murmura-t-elle. Allez, petit chat, sors de ta cachette. Je vais t'emmener et te donner à manger.

Et si Micah était allergique aux chats ? Elle n'avait jamais évoqué le sujet des animaux de compagnie.

D'ailleurs, elle ne lui avait posé aucune question. Elle s'était juste laissé happer par un tourbillon de désir et de passion.

Elle promena le rayon de sa lampe autour d'elle, cherchant le chat.

— Hé, je vais te trouver, tu sais, dit Harley à voix haute.

Puis, soudain, elle se figea sur place comme le pinceau de lumière tombait sur l'animal.

Et sur… autre chose.

— Venez au bureau. Sanford Wiley, notre homme du Caire, sera prêt pour une conférence vidéo dans une vingtaine de minutes, annonça Richard Egan à Micah. Il a des informations à nous communiquer.

— Sur Satima Mahmoud ?

— J'imagine, répliqua Egan.

C'était Craig qui était au volant. C'était un excellent conducteur et, en tant que New-Yorkais de souche, il avait le don de circuler comme personne dans les ruelles de la ville.

Les informations que détenait Wiley étaient importantes, Micah en avait le pressentiment.

Il appela Harley, impatient de lui parler, d'entendre le son de sa voix.

Elle ne répondit pas.

Craig coula un regard dans sa direction.

— Elle n'a pas dit qu'elle comptait sortir, murmura Micah.

— Je ne pense pas qu'il y ait de raison de t'inquiéter. Laisse-lui un message. Si elle est dans le métro, elle ne le recevra pas tout de suite.

— Je parie qu'elle est au musée. Jensen, cet ami à elle… J'ai l'impression qu'il ne cesse de l'encourager à y aller. Ça ne me dit rien qui vaille… Je ne sais pas trop pourquoi.

— Vivian Richter y est aussi. Elle semble s'être bien remise de son agression, c'est déjà une bonne chose. Elle a l'air de croire que c'est Arlo qui l'a attaquée et a tué Henry Tomlinson.

— Oui, eh bien, pas moi, et toi non plus, j'en suis sûr. Et Harley est persuadée que ce n'est pas lui, je le sais. Craig, ce que j'ai dit à propos de ta cousine est la pure vérité ; elle a suivi plus de cours que nous deux réunis… et dans divers domaines. Des cours magistraux, certes ; elle n'a pas une grande expérience du terrain. Mais elle est intelligente et a l'esprit aiguisé comme une lame de rasoir. Si elle affirme que quelque chose cloche, c'est que quelque chose cloche.

— Je vais appeler Kieran. Elle va la chercher. Ça te va ?

— Merci. Dis-lui que nous la retrouverons aussitôt que cette vidéo conférence sera terminée, répondit Micah, reconnaissant. Mais… elle est au travail, non ?

— Elle pourra s'arranger. Il suffira qu'elle explique aux bons docteurs qu'il s'agit d'une enquête en cours pour qu'ils la libèrent aussitôt… s'ils ne se joignent pas à elle ! assura Craig.

Il composa par commande vocale le numéro de Kieran, qui répondit dès la première sonnerie.

— Y a-t-il du nouveau ? demanda-t-elle.

— Pas pour l'instant. Mais nous ne savons pas où est Harley. Est-ce que…

— Moi, je sais, coupa Kieran. Elle est au musée. Je l'ai eue brièvement au téléphone tandis qu'elle se rendait là-bas. Jensen lui a demandé de venir. Ils sont amis, tu sais, et je crois qu'il se sent un peu dépassé par les événements.

— Mouais… Dépassé, marmonna Micah dans sa barbe.

Tout haut, il s'enquit d'un ton pressant :

— Kieran, est-ce que tu peux y aller ? J'essaie de la joindre, mais elle ne répond pas.

— J'y vais tout de suite, promit Kieran. Ne t'en fais pas. Sitôt que je l'aurai trouvée, nous t'appellerons.

Kieran raccrocha. Craig regarda Micah.

— Tu te sens plus tranquille ?

— Je voudrais bien.

— Tu n'aimes pas Jensen.

Micah secoua la tête, confirmant implicitement les paroles de Craig.

— Seulement, il était avec Harley quand Henry a été tué, donc…

— Mmm.

Craig garda le silence pendant quelques instants et Micah devina ce qu'il était en train de se dire.

— Il se pourrait que deux personnes aient été de mèche, déclara calmement Micah. Le tout est de savoir lesquelles. Qu'en penses-tu ? Ned Richter ? Tu crois que Richter aurait pu s'en prendre à sa propre femme ?

— Ils ont l'air de se disputer beaucoup, admit Craig. Yolanda les a vus se quereller. La domestique aussi, hier…

— Oui, mais… De là à envelopper quelqu'un de bandes de lin gorgées de nicotine ?

— Elle a été secourue très rapidement et elle a survécu, déclara Craig.

Ils arrivèrent au bureau. Quittant la voiture, ils se hâtèrent de franchir la sécurité au rez-de-chaussée et montèrent jusqu'à l'étage du bureau d'Egan.

Egan était déjà en communication avec Le Caire.

Sur l'écran vidéo, ils voyaient en gros plan la mine sombre de Sanford Wiley.

— Vous l'avez trouvée ? Avez-vous retrouvé Satima Mahmoud ?

— Oui, on l'a retrouvée, répondit Wiley. Elle est morte.

Micah, encore debout, se laissa tomber sur une chaise.

— Morte ? Mais… pas enveloppée de bandelettes comme une momie ?

— Comme une momie ? Non. Plusieurs de ses amis sont en garde à vue. Elle a probablement été tuée par un membre de son groupe d'activistes, encore que nous ne sachions pas exactement ce qu'ils revendiquaient, ou par un ennemi de ce groupe. Voilà ce qu'on a pu apprendre jusque-là. Apparemment, il n'y a jamais eu de véritable insurrection, cette fameuse nuit où Henry Tomlinson est mort. C'est ce que l'un des suspects a avoué à la police égyptienne. Un jeune à peine sorti de l'adolescence et qui n'avait pas envie de passer le restant de ses jours en prison. Il a expliqué qu'ils avaient été contactés par Satima Mahmoud. Elle avait de l'argent, beaucoup d'argent, et elle a proposé de les payer pour qu'ils provoquent une fausse insurrection. Voilà pourquoi cela paraissait si peu crédible. Personne ne voulait réellement prendre les armes… encore moins se faire attraper, conclut Wiley.

— Donc, on avait vu juste, dit Micah. Ce n'était qu'une diversion pour empêcher la police ou d'autres autorités de découvrir la vérité concernant la mort de Henry Tomlinson.

— Oui, c'est aussi ce que nous pensons ici, répondit Sanford Wiley. Satima Mahmoud a été tuée d'une balle dans le dos, soit par un groupe politique antagoniste, soit, comme je le disais, par un membre de son propre groupe. Ce soulèvement truqué a entraîné de nombreuses arrestations. Quelqu'un a peut-être voulu se venger.

— J'ai tout de même du mal à saisir, déclara Craig. La découverte du tombeau d'Amenmose représentait une vraie fortune, certainement bien plus que ce que leur a donné Satima.

— Oui, il contenait quantité d'objets très précieux. Et, oui, peut-être les convoitaient-ils pour leur valeur monétaire afin de les convertir en espèces sonnantes et trébuchantes pour soutenir leur cause, quelle qu'elle soit. Ce qu'il y a, c'est qu'il n'est pas aisé d'écouler des antiquités sur le marché noir de nos jours. Et si vous vous faites prendre… Vous êtes en très, très mauvaise posture. L'argent, le bon vieil argent liquide, est préférable à un objet, même extrêmement précieux. Et du bon vieil argent liquide, quelqu'un en a versé à Satima… une forte somme. Pour l'instant, je n'en sais pas plus. Si nous trouvons autre chose…

Micah et Craig remercièrent Wiley et Egan mit fin à la communication vidéo.

— Quelqu'un ayant accès à une très grande quantité d'argent liquide ? dit Egan d'un air pensif. Le cas n'évoque pas d'emblée nos amis étudiants.

— Il y a Richter, rappela Craig. Ou… un étudiant dont la famille serait très fortunée. C'est comme ça que certains peuvent se permettre d'étudier indéfiniment.

— Morrow, Jensen Morrow. Son père est l'inventeur de je ne sais quel produit nettoyant. Il a de l'argent, déclara Micah.

Mais il était non moins vrai que le manoir des Richter valait des millions.

— Cela étant, pour être tout à fait juste, cela pourrait effectivement être Richter. Il a l'argent. Il est *censé* s'être trouvé avec sa femme, il y a un an en Égypte, quand le drame s'est produit. On sait maintenant que le couple se dispute fréquemment, bien que Vivian Richter clame à qui veut l'entendre que son mari est l'être le plus attentionné et le plus prévenant qui soit.

— Oui, ajouta Craig. On en a eu confirmation par la domestique.

— La domestique ? demanda Egan.

Craig agita la main d'un geste évasif.

— Nous serons peut-être amenés à épauler cette femme, monsieur, quand cette affaire sera terminée. Elle a aidé Micah alors que cela présentait un risque pour elle, compte tenu de sa situation…

— Allez chercher Vivian Richter, déclara Egan. Je pense qu'il est temps que nous ayons une petite conversation ici, au bureau.

— C'est parti, lança Micah.

Quelques instants plus tard, ils remontaient dans leur voiture et prenaient la direction du musée. Micah essaya de nouveau de joindre Harley.

— Toujours pas de réponse, grommela-t-il, soucieux.

— On va la retrouver, promit Craig avec chaleur. N'oublie pas que c'est aussi ma cousine.

Craig Frasier regardait droit devant lui, la mâchoire serrée, l'air résolu.

Micah s'en félicita. Cela signifiait qu'il n'était pas seul. Oui, à eux deux, ils allaient retrouver Harley. Et il y avait intérêt à ce qu'ils la retrouvent rapidement — et qu'elle aille bien.

C'était grotesque, c'était terrible… Une scène digne d'un film d'horreur réalisé par un maître du genre.

Harley avait enfin localisé le chat, oui, mais…

Il était assis sur la tête d'un homme.

Un cadavre. Celui de Ned Richter.

Elle demeura un moment immobile, pétrifiée, incapable d'émettre un son.

Et heureusement, songea-t-elle, le cœur battant. La dernière chose à faire était de crier.

Les relents nauséabonds qui lui parvenaient semblaient indiquer que l'homme était mort depuis au moins vingt-quatre heures.

Il n'avait pas été enveloppé de lin et n'était pas mort d'empoisonnement.

Ned avait été poignardé en plein cœur à l'aide d'une dague égyptienne. Son corps gisait contre un mur ; il avait dû mourir ici, présuma-t-elle, au vu de la mare de sang qui l'entourait. Un sang qui avait eu le temps de coaguler.

La mort remontait à la veille. Approximativement à l'heure où Arlo s'était écroulé, victime des bandelettes.

Si c'était Arlo qui avait fait ça… Non, ça n'avait aucun sens ! Pourquoi aurait-il poignardé Ned avec une ancienne dague égyptienne avant de se déguiser en momie ?

Et qui diable avait bien pu être l'inconnu, moins grand qu'Arlo, qui l'avait approchée à la marche des zombies ?

— Harley ? Harley, où es-tu ?

Jensen ?

Harley réfléchit à toute vitesse, le cœur battant.

Bien sûr, Jensen était trop grand pour être la momie de Times Square. Mais… n'était-il pas possible qu'il fasse équipe avec quelqu'un ? N'était-il pas envisageable qu'il l'ait accompagnée, ce soir-là, dans le désert, dans l'unique but d'écarter tout soupçon de sa personne ? Il était matériellement impossible qu'il ait tué Henry Tomlinson. Mais s'il était complice du coupable ?

Elle s'obligea à garder le silence.

Malheureusement, le chat, apparemment dépité de constater qu'aucun aide ne semblait venir de Harley, choisit cet instant pour pousser un de ses miaulements à vous arracher le cœur.

— Hé ! Minou ? Je suis là ! Chaton, chaton ! cria Jensen.

Elle l'entendit ajouter à voix basse :

— Qui peut bien avoir amené un chat ici ?

Il venait dans sa direction.

Il n'avait pas l'air d'être un tueur.

Pour couronner le tout, le téléphone de Harley se mit à sonner.

Il était réglé sur vibreur, mais même la vibration lui paraissait résonner terriblement fort dans le silence de ces souterrains.

Elle vit que c'était Micah, et qu'il avait tenté plusieurs fois de la joindre. Les appels n'étaient pas passés. Mais, tout à coup, comme un fait exprès, ils arrivaient maintenant en cascade !

Le téléphone à l'oreille, elle se fit toute petite et se plaqua contre le mur.

— Micah, souffla-t-elle.

Il parlait en même temps qu'elle. Il n'allait pas l'entendre ni se rendre compte qu'elle était en situation périlleuse.

— Harley ? Tu es au musée, n'est-ce pas ? Kieran est en train de t'y rejoindre. Pars. Pars avec elle. Wiley, l'agent du Caire, nous a dit qu'ils ont retrouvé le corps de Satima Mahmoud. Elle a été tuée par un groupe politique rival ou par ses propres amis, ils ne savent pas encore. Mais ce qui est important, c'est qu'il n'y a jamais eu d'insurgés menaçant de s'en prendre à vous. C'était un leurre ! Une mise en scène montée de toutes pièces pour détourner l'attention du meurtre de Henry. Le tueur est sans doute Ned Richter ou Jensen Morrow, débita rapidement Micah. Il faut que tu t'en ailles. Immédiatement.

— Ce n'est pas Ned Richter, chuchota-t-elle d'une voix sourde.

— Quoi ? Ce n'est pas Richter ? Comment le sais-tu ?

— J'ai son cadavre devant moi. Il a été poignardé.

— Bon sang ! Où es-tu ?

— En bas… Près de l'ancienne station de métro.

— On arrive, Harley. Ne reste pas là.

— Oui, mais…

— Fiche le camp de là ! Tout de suite ! C'est peut-être Jensen. Va-t'en, Harley !

— Je ne peux pas, murmura-t-elle. Jensen est ici. Il arrive…

10

Il y avait un nombre incalculable de couloirs et de tunnels, d'entrées et de sorties.

Harley l'avait appris de la bouche même d'Arlo. Il fallait qu'elle réfléchisse — et vite ! Qu'elle se souvienne de ce qu'il leur avait dit. Il fallait…

Trouver une issue.

Le chaton gémissait toujours. Il avait sauté de son perchoir, sur le corps de Ned Richter, et s'approchait enfin de Harley. Il se frotta contre ses chevilles.

Elle se pencha et le prit dans ses bras.

La pauvre bête était couverte de sang… Comme elle, désormais.

Le sang de Ned Richter. Ned, qui était innocent — et qui avait été tué, lui aussi. À croire qu'ils étaient tous victimes de la malédiction du pharaon.

— Hé, ho ! minou, minou ! Où es-tu ? appela Jensen. Harley ? Bonté divine, où es-tu ? Pourquoi la police n'a-t-elle pas encore condamné tous ces fichus tunnels ? grommela-t-il pour lui-même. Harley ! lança-t-il de nouveau, plus fort. Hé, il y a quelqu'un ?

Il approchait.

Une arme. Il lui fallait une arme !

Son regard tomba sur la dague qui était toujours plantée dans la poitrine du mort.

Elle reposa délicatement le chat et s'avança sans

bruit vers Ned. Les mains tremblantes, elle essaya d'extirper la lame de sa poitrine.

Rien. Elle ne bougeait pas ! Comme si le corps de Richter — sa chair, son sang, ses os — refusait de restituer l'arme qui avait causé sa perte.

Elle se retint de justesse de jurer tout haut.

Micah et Craig étaient en route. Ils seraient bientôt là. Et Kieran devait se trouver quelque part en haut, dans le musée qui grouillait de policiers. Elle n'allait pas attendre éternellement. Voyant que Harley demeurait introuvable, elle allait sûrement leur demander de passer tout le bâtiment au peigne fin. De fouiller les sous-sols…

— Harley ?

Nom d'un chien. Jensen ne devait plus être qu'à une vingtaine de mètres.

— Jensen Morrow ! Arrêtez-vous ! tonna une voix masculine.

Harley la reconnut instantanément. McGrady. L'inspecteur McGrady. Il avait suivi Jensen jusqu'ici. Elle ne l'avait pas vu. N'avait même pas su qu'il était là.

Harley éteignit sa lampe.

L'obscurité l'engloutit, à ceci près que…

Maintenant, elle pouvait voir où se trouvait Jensen, qui avait lui aussi une lampe de poche.

— McGrady ? Qu'est-ce qui vous prend ? J'essaie de retrouver Harley. Aidez-moi. Harley ! Où es-tu ? Bon sang, mais… Qu'est-ce que c'est que cette odeur bizarre ? Le chat a dû faire ses besoins quelque part…

Il parlait des besoins naturels du chat ! Il ne savait pas que ce que son odorat avait perçu était l'odeur de la mort. Si ç'avait été lui qui…

— Morrow ! Arrêtez-vous ou je tire, salaud d'assassin ! rugit McGrady.

— Quoi ? rétorqua Jensen, manifestement abasourdi. Mais… Je *suis* arrêté ! Je ne bouge pas.

Harley redressa les épaules dans le noir et libéra lentement l'air qu'elle avait gardé emprisonné dans ses poumons. McGrady était là. C'était un flic. Il était armé.

Mais Jensen n'était de toute évidence pas coupable. Il était juste en train de la chercher… Et de chercher le chat qui miaulait misérablement. Elle en était absolument convaincue désormais.

Elle retint son souffle pendant quelques instants, ne sachant si elle devait se manifester et prévenir Jensen et le policier de sa présence ou rester tapie dans l'ombre.

Elle avait résolu le mystère de la mort d'Amenmose cet après-midi. C'était son épouse, Skrit, qui l'avait fait tuer. Mais elle ne le haïssait pas — enfin, peut-être que si, au fond, mais cette énigme-là perdurerait pour l'éternité. En tout cas, elle n'avait pas souhaité le voir privé d'une vie dans l'au-delà. Elle avait fait en sorte qu'il meure afin de se protéger et de protéger ses enfants du pouvoir grandissant d'Aÿ. Contrairement à son mari, elle ne représentait aucun danger aux yeux de ce dernier. Elle ne mettait pas sa position en péril.

Et maintenant…

— Harley ! appela Jensen, d'une voix où perçait une pointe de désespoir.

Elle s'avança vers le couloir obscur, s'apprêtant à lui répondre.

Mais, juste au même moment, elle vit une forme sombre se détacher de l'ombre et foncer droit sur Jensen.

— Jensen ! Attention ! hurla-t-elle.

Elle l'avait mis en garde juste à temps. Il fit volte-face, évitant de peu le coup que tentait de lui porter Vivian Richter, armée d'un pic incrusté de pierres précieuses.

Mais elle revint rapidement à la charge et réussit à le frapper à la tête avec l'extrémité de son arme.

Jensen s'écroula et, dans sa chute, sa lampe s'éteignit.

— Qu'est-ce qui se passe ? gronda McGrady. Madame Richter, vous allez bien ? Vous allez bien ?

Quelque chose fendit l'air avec un sifflement dans le tunnel — visant McGrady. Harley s'écria :

— McGrady ! Baissez-vous !

Elle ne voyait plus rien.

La lumière de la lampe torche de Jensen s'était éteinte et, maintenant, celle de McGrady aussi.

Harley et Vivian Richter se retrouvèrent soudainement toutes deux englouties dans le noir absolu.

Craig et Micah entrèrent en trombe dans le musée au moment où Kieran exhortait un policier à l'escorter jusque dans les sous-sols, précisant qu'il avait tout intérêt à obtempérer s'il tenait à son emploi.

Le policier, désemparé, répondit qu'un officier était déjà descendu.

— L'inspecteur McGrady a suivi Jensen Morrow, déclara-t-il. Il a dit qu'aucun de ces scientifiques n'avait de raison de se rendre là-bas.

Micah ne perdit pas de temps à parlementer. Il s'élança vers l'escalier qui s'enfonçait dans les tréfonds du bâtiment cependant que Craig s'avançait vivement pour expliquer au policier qu'ils étaient du FBI et que Kieran venait avec lui.

Micah dévala les marches qu'Arlo lui avait récemment fait emprunter en se tenant aux murs, n'osant pas utiliser sa lampe torche.

Lorsqu'il fut tout en bas, il s'immobilisa avant de se mettre à avancer lentement, à tâtons.

Puis il sentit l'odeur de la mort.

Ned Richter, se rappela-t-il. Harley lui avait dit que le corps de Ned Richter était là.

Avait-il été tué par Jensen Morrow ?

— Au secours ! Oh ! mon Dieu… Au secours, à l'aide !

L'appel semblait provenir du fond du long couloir qui, de mémoire, s'ouvrait devant lui. Il lui sembla qu'il venait de la portion de métro abandonnée où ils avaient trouvé le stock d'insecticide.

C'était la voix de Vivian Richter.

— J'arrive ! lança-t-il. Est-ce que ça va ? Vous allez bien ?

— Non… Il va me tuer ! Agent Fox ? C'est Jensen ! Il va me tuer. Lui et Arlo… Ils ont tué Henry. Ce sont eux qui m'ont empoisonnée. Jensen s'est retourné contre Arlo pour qu'on pense qu'Arlo avait agi seul… Oh ! mon Dieu ! Il a tué mon mari. Jensen a tué Ned, mon pauvre Ned !

— Où êtes-vous ?

Il avançait avec précaution, ne voulant pas indiquer sa position. Mais comme il posait la question, son pied heurta quelque chose.

Il s'accroupit en silence, dans le noir, le cœur battant la chamade. Un corps.

Harley ?

Non. Ce n'était pas Harley. C'était un homme.

Richter ? Jensen Morrow ?

Ce ne pouvait pas être Richter. Le corps était chaud.

Et… Il respirait.

— C'était donc ça, cria-t-il d'une voix retentissante tout en posant deux doigts sur le cou de Jensen. Jensen et Arlo ?

Son pouls était faible, mais régulier. Il aurait néanmoins besoin d'être pris en charge rapidement.

— Vivian, où êtes-vous ? Et où est Jensen ? Heureusement qu'Arlo s'est pris à son propre jeu et que son plan machiavélique s'est retourné contre lui. Dieu merci, vous êtes bien vivante. Dites-moi où vous êtes… Que je puisse venir vous aider.

Ils jouaient tous deux le même jeu, feignant de croire au discours de l'autre.

Où diable était Harley ? Était-elle retenue prisonnière quelque part ? Étendue, inerte, sur le sol, se vidant de son sang ?

Il entendit un hurlement de rage.

Subitement, la lumière inonda le sous-sol obscur.

Et il vit Vivian émerger d'un vieux tunnel de métro, une lanterne à la main, une dague dans l'autre.

Elle venait droit vers lui.

À la dernière seconde, il bondit sur le côté pour qu'elle s'écrase contre le mur.

Mais elle réussit à parer le choc.

Un autre cri de fureur résonna alors dans le sous-sol délabré, où régnaient en maîtres l'obscurité et la mort.

C'était Harley ! Brandissant à bout de bras un vieux pavé descellé, elle se rua sur Vivian avant que celle-ci n'ait pu atteindre Micah et, emportée par son élan, la renversa brutalement.

La lanterne de Vivian roula sur le sol, illuminant les murs de flashs d'ombre et de lumière.

En un éclair, Micah fut sur elle. Un genou au sol, il bloqua son bras, l'emprisonnant dans un étau de fer.

Vivian poussa un cri de douleur et lâcha la dague sous la pression douloureuse des doigts enserrant son bras. D'un coup de pied, il éloigna l'arme.

Des pas précipités retentirent dans le tunnel. Craig apparut, suivi de Kieran.

Micah s'écarta de Vivian et aida Harley à se relever.

Tendrement, il l'enlaça. Il aurait voulu la garder ainsi, blottie contre lui, dans l'étrange pénombre de ce souterrain jusqu'à la fin des temps. La préserver à jamais des horreurs de ce monde.

Mais, bien sûr, il ne le pouvait pas.

Le temps était précieux.

— Il nous faut une ambulance pour Jensen, lança-t-il. Et…

— McGrady aussi est blessé, coupa Harley. Je ne sais pas s'il est gravement touché. Il est là quelque part…

— Par ici ! Je suis là !

Ils virent une silhouette chancelante s'avancer vers eux. Au même instant, le tunnel sombre fut tout à coup inondé d'une lumière crue. Une escouade de policiers, tous équipés de puissantes lampes, apparut.

— C'était elle ! dit McGrady en secouant la tête, l'air sonné. Elle s'est empoisonnée pour détourner les soupçons. Elle a tué Henry et elle a tué son mari…

Craig, entre-temps, avait relevé Vivian Richter et lui passait les menottes. Se débattant comme un beau diable, elle cracha, folle de rage :

— Je n'aurais pas dû avoir à tuer ce salaud ! Vous ne comprenez donc pas ? C'est ce serpent d'Arlo Hampton qui aurait dû tuer Ned. Je m'étais occupée de Henry Tomlinson, Arlo était censé se charger de Ned. Mais il a osé me dire qu'il ne pouvait pas ! Mal lui en a pris. Je leur ai réglé leur compte, à tous les deux.

— Qui aurait pu imaginer ça, lâcha McGrady.

Micah regarda Harley et ses yeux s'assombrirent d'anxiété.

— Tu es couverte de sang ! murmura-t-il.

— Ce n'est pas le mien, précisa-t-elle.

— Dieu soit loué.

Micah tourna la tête vers McGrady.

— Il est plus que temps d'en finir, vous ne croyez pas ? McGrady, allez-y, à vous l'honneur. Emmenez Mme Richter. Nous allons attendre ici l'arrivée du médecin légiste et des techniciens du labo, dit Micah.

Harley hocha la tête et sourit.

— Et une ambulance pour Jensen, ajouta-t-elle.

Micah lui pressa l'épaule.

— Vous devriez l'accompagner à l'hôpital, Kieran et toi, tu ne crois pas ? suggéra Micah.

— Oui… Oui.

Ils se regardèrent pendant un long moment.

Puis Harley se détourna et se pencha vers Jensen. Les secours arrivèrent, suivis du médecin légiste et de la police scientifique.

Les tunnels et l'ancienne station de métro étaient toujours brillamment illuminés, mais la nuit était tombée depuis longtemps lorsque le corps de Ned Richter fut emmené à la morgue.

Micah et Craig restèrent dans le tunnel jusqu'à ce que tout soit terminé. De longues heures passées à attendre, à se poser des questions, à essayer de comprendre.

Pendant ce temps, Vivian avait été interrogée au poste de police et avait tout avoué en dépit des conseils de son avocat.

— Toute cette histoire ressemble à un scénario hitchcockien, dit Micah à Craig. Un scénario particulièrement tordu. *L'Inconnu du Nord-Express*, à ceci près qu'ils n'étaient pas des étrangers l'un pour l'autre. Vivian Richter travaillait avec Arlo Hampton. Arlo briguait le poste de Henry à la tête de l'expédition. Et Vivian voulait se débarrasser de Henry. Le plan semblait simple en apparence. Elle tuerait Henry et lui tuerait Ned. Elle a payé Satima Mahmoud pour que ses amis opposés au régime simulent une fausse insurrection afin d'éviter qu'on ne se penche d'un peu trop près sur la mort de Henry. Mais Arlo n'a pas respecté sa part du contrat. Et Vivian a eu peur que Joe Rosello ne découvre le pot aux roses concernant Satima Mahmoud. Elle a donc décidé de le tuer, d'où sa présence à la parade de zombies. C'est comme ça que Harley a su que ce n'était pas la même momie… Vivian est loin d'être aussi grande qu'Arlo. Et elle était tellement furieuse qu'il n'ait pas respecté sa part de marché qu'elle a perdu son sang-froid. En apercevant Harley, j'imagine qu'elle a vu là l'occasion de se débarrasser également d'elle.

— Elle nous a bien eus, avec son joli conte de fées du mari aimant et dévoué, maugréa Craig.

— Dans son esprit, son mari ne lui avait jamais accordé la considération qu'elle méritait. Elle était aigrie. Elle a dit qu'il ne cessait de répéter que c'était grâce à lui qu'elle avait obtenu ce poste… Je pense qu'elle en est venue à lui vouer une haine cordiale au fil des années. Si Arlo avait joué son rôle comme prévu, il aurait été promu à un poste de direction et elle aurait été le numéro deux. Mais Arlo l'a lâchée. Il fallait donc qu'elle l'empoisonne. Sinon, qu'aurait-il fait ? Il l'aurait dénoncée.

— S'il s'en sort, il sera arrêté et inculpé de complicité de meurtre… même s'il a renoncé à tuer Ned.

— Oui, mais je suis content que Jensen Morrow et les autres étudiants soient innocentés. Ce sont les amis de Harley, donc je me réjouis pour elle.

— Oui, moi aussi. À ce propos, je remonte un moment… Je vais essayer d'avoir des nouvelles de Jensen, répondit Craig.

Micah hocha la tête, espérant que le jeune homme n'était pas sérieusement blessé.

Craig le rassura lorsqu'il redescendit un peu plus tard. Jensen souffrait d'un traumatisme crânien, heureusement sans gravité. Ils allaient le garder en observation pendant quelques jours, mais tout irait bien pour lui, avaient assuré les médecins.

Enfin, aux premières lueurs de l'aube, tout fut terminé dans les tunnels.

Craig et lui quittèrent le musée et remontèrent dans leur voiture, harassés.

Craig ne lui demanda pas où il voulait aller. Il le déposa d'autorité devant chez Harley.

— J'aurais dû l'appeler, dit Micah.

— Elle t'attend, répondit Craig, très sûr de lui.

Et il ne s'était pas trompé.

Le vigile de nuit lui fit signe de passer.

Il ne sut jamais comment Harley avait deviné le moment précis où il atteindrait sa porte, mais le battant s'ouvrit tout grand à l'instant où il arrivait et elle se jeta dans ses bras.

Il l'enlaça et la tint serrée contre lui. Elle était passée par la salle de bains ; sa peau était douce et fraîche, ses cheveux sentaient divinement bon. Il l'embrassa longuement, avec tendresse, puis s'écarta d'elle.

— Après ce séjour prolongé dans ces tunnels…, murmura-t-il avec un frisson.

Il n'ajouta pas qu'il avait l'impression que l'odeur de la mort et la moisissure des millénaires lui collaient à la peau.

Il n'en eut pas besoin.

Elle l'entraîna à l'étage, jusqu'à la chambre où il déposa son arme et son holster sur la table avant de se dévêtir rapidement avec son aide. Une minute plus tard, elle entrait avec lui dans la cabine de douche sans prendre la peine de retirer la fine nuisette soyeuse qu'elle portait.

Le contact de l'eau chaude sur sa peau lui fit un bien fou. C'était sensuel, érotique et, en même temps, réconfortant.

Il n'aurait su dire avec certitude à quel moment ils sortirent de la douche, ni quand elle ôta la nuisette de soie détrempée. Il se rappela seulement qu'ils étaient encore humides lorsqu'ils se laissèrent tomber sur le lit. La pièce était plongée dans la pénombre, le ciel de la ville était baigné d'une lumière spectaculaire et une seule chose comptait désormais : qu'ils soient ensemble, l'un contre l'autre.

Ils se dispensèrent moult caresses et baisers, s'enivrant mutuellement de leur parfum.

Ils firent l'amour passionnément.

Puis ils recommencèrent, plus tendrement cette fois.

Avant de sombrer dans un lourd sommeil, blottis l'un contre l'autre, pendant des heures et des heures.

Lorsqu'ils s'éveillèrent, ils firent l'amour une nouvelle fois, pour faire bonne mesure.

Beaucoup, beaucoup plus tard, alors que la journée s'était presque écoulée, Micah alla se poster devant les grandes baies vitrées et se perdit pendant un moment dans la contemplation de Grace Church.

— C'est là que nous nous marierons, déclara-t-il sans préambule.

Aussitôt après, il se souvint qu'ils ne se connaissaient que depuis moins d'une semaine.

— Un jour, ajouta-t-il de peur de l'effrayer. Quand l'envie nous en prendra.

— Quelle demande en mariage, répliqua-t-elle d'un ton léger. C'est d'un romantisme !…

Mais elle sourit.

— Oui, ça me plairait. Ça me plairait beaucoup.

Elle n'avait pas fini sa phrase qu'un miaulement se fit entendre. Il la regarda, surpris.

— Oh ! murmura-t-elle. Je n'ai pas eu le temps de t'expliquer…

Elle sortit en courant de la pièce et revint avec une petite boule de poils dans les bras.

— Euh… Nous avons un chaton. J'espère que ce n'est pas un problème pour toi ?

Il se mit à rire.

— Non, mais d'où…

— Je l'ai découvert dans le tunnel, coupa-t-elle. Près… du corps de Ned. Je crois qu'il m'a aidée à le trouver. Vraiment. Je… je ne pouvais pas le laisser à la rue.

— Mais où était-il ? Je ne l'ai pas vu.

— Je pense qu'il s'est caché quand tout le monde a débarqué.

— Et ensuite ?

— Il m'a suivie quand je suis remontée au rez-de-chaussée. L'un des policiers l'a gardé pendant que j'accompagnais Jensen à l'hôpital. Il a eu de la chance que je l'entende miauler… Je me disais que Veinard serait un nom tout trouvé pour lui.

— Va pour Veinard, dit-il en attirant de nouveau Harley — et la boule de poils — dans ses bras.

Veinard.

Oui. Indiscutablement.

Épilogue

Deux semaines plus tard
Au Finnegan's, à Broadway

— Dire que j'étais moi-même présent, et que je ne comprends toujours pas ! s'exclama Jensen en secouant la tête. OK, reprenons du début. Vivian Richter et Arlo Hampton avaient passé une sorte de pacte diabolique. Elle devait tuer Henry et lui, Ned. Et personne ne pourrait les soupçonner parce que ça n'aurait eu aucun sens. Ils n'étaient pas coupables du même crime. Mais ils savaient tous deux que Micah n'avait pas renoncé et qu'il devait venir à l'inauguration de l'exposition. Donc, elle s'est délibérément empoisonnée pour passer aux yeux de tous pour une victime ? C'est bien ça ?

— À peu près, oui, répondit Harley.

Elle venait juste de finir d'aider Jensen, au musée. Arlo et Vivian n'étant plus là, il avait accumulé du retard et croulait sous la charge de travail. Elle avait également achevé la rédaction du récit du meurtre d'Amenmose. Celle-ci figurerait dans l'exposition qui lui était consacrée. Le reste de son travail avait consisté à établir le parallèle entre l'histoire d'Amenmose et l'invraisemblable imbroglio que la découverte de son tombeau avait provoqué dans ce monde-ci.

Pour Henry.

Arlo était toujours à l'hôpital. Il avait repris connaissance, mais le poison avait endommagé une partie de son cerveau.

Il ne savait pas qu'il était coupable de complicité de meurtre. Il ne savait même plus qui il était, ni ce qu'il avait fait.

L'avocat de Vivian s'échinait à conseiller le silence à sa cliente. Mais les nerfs de Vivian, apparemment, avaient lâché car elle ne cessait de se répandre en déclarations fracassantes à la presse. Elle entendait plaider coupable et expliquer qu'elle avait été horriblement abusée par son mari, qui l'avait forcée à mentir. Elle persistait aussi à affirmer que Henry Tomlinson s'était donné la mort et qu'elle avait été victime de sexisme de la part de ces deux hommes.

— C'est complètement fou, non ? déclara Jensen en regardant Harley. Et tu sais ce qui l'est plus encore ? Ce monstre a tué Henry et son mari, elle a essayé de nous tuer, toi, moi et ce flic… Et pourtant, je continue à adorer mon travail au musée.

— C'est un excellent musée. Aimer y travailler est une sorte d'hommage que tu rends à Henry.

— Mmm. Et ce flic… Comment s'appelle-t-il, déjà ? Il s'était montré vraiment imbuvable mais… tu sais, il est venu me présenter ses excuses.

— McGrady, indiqua Harley. Oui. À moi aussi. Et il m'a remerciée de lui avoir sauvé la vie. Il m'a assuré qu'il entendait corriger son comportement, et que c'était grâce à moi ! Comme quoi, il ne faut jamais désespérer du genre humain…

Harley s'interrompit en voyant Micah et Craig entrer dans le pub. Elle leur fit signe de la main.

— Je ne vois toujours pas pourquoi tu dois partir pour Washington, reprit Jensen.

Harley lui décocha un large sourire.

— Parce que je suis amoureuse.

— Oui… Oui. Bon, d'accord, je reconnais que c'est un type bien. Et je suis heureux pour vous deux.

— C'est drôle. Il dit la même chose de toi… Que tu es un type bien. Et qu'il est heureux que nous soyons amis.

Ils se turent comme Micah approchait. Il la salua d'un baiser, puis il serra la main de Jensen.

Craig arriva ensuite à la table, puis ce fut au tour de Kieran. Kevin, puis le frère cadet de Kieran, Danny, et son frère aîné, Declan, les rejoignirent bientôt. Tout le monde porta un toast à Micah et Harley ; leur petite soirée familiale était une sorte de dîner d'adieu.

Ils reviendraient peut-être à New York — Micah pouvait toujours demander par la suite une mutation. Mais Harley entendait entrer à l'école du FBI afin d'intégrer à terme une équipe de profilage.

Washington était donc pour l'heure le meilleur choix pour eux deux. Harley conserverait l'appartement de son oncle car ils avaient l'intention de revenir régulièrement en visite à New York.

Tout le monde parlait en même temps ; tout le monde profitait de ces instants de convivialité entre amis et proches.

Le petit groupe s'agrandit un moment plus tard avec l'arrivée de Joe, Roger et Belinda. Une Belinda radieuse car son fiancé était enfin rentré du Moyen-Orient et que leur mariage approchait à grands pas.

— Y aura-t-il un thème égyptien ? demanda Joe à Belinda en souriant.

— Non !

— Et pour vous non plus ? s'enquit Jensen, s'adressant à Harley et Micah.

— Non ! La cérémonie aura lieu à Grace Church et vous êtes tous invités. Nous vous tiendrons au courant le moment venu.

— Vous êtes sûrs ? Pas de zombies, pas de momies, pas la moindre référence aux mythologies anciennes ? insista malicieusement Joe.

— Non ! répliquèrent avec feu Harley et Micah.

La soirée se poursuivit pendant encore un certain temps, puis vint le moment de se séparer. Ils se serrèrent mutuellement dans les bras, s'embrassèrent, promettant de rester en contact.

Le plus difficile pour Harley fut de dire au revoir à Kieran et à Craig, mais ils ne seraient pas très loin et ils continueraient à se voir de temps en temps.

— Je sais que vous n'avez pas encore arrêté de date pour votre mariage, mais avez-vous une vague idée de quand il devrait se tenir ?

— Pas encore. Nous ne sommes sûrs que d'une chose pour l'instant, c'est le lieu. Et vous deux ?

Kieran se mit à rire.

— Rien n'est encore décidé pour nous non plus. Mais, ce qui est certain, c'est qu'il y aura bien un mariage. Et une réception, bien sûr !

Micah saisit la main de Harley.

— Nous avons brûlé les étapes, mais, maintenant que cette affaire est enfin élucidée, nous allons pouvoir rattraper le temps perdu… Nous avons encore beaucoup de choses à découvrir l'un de l'autre. Et puis, ma demande en mariage laissait à désirer, paraît-il ! Alors, je vais y travailler. Je vous ferai savoir où j'en suis. Peut-être que nous partirons en lune de miel avant le mariage ? Je voudrais prouver à Harley que nous avons un riche passé, en Virginie aussi. Il n'est peut-être pas très ancien, mais il est intéressant. J'ai un ami qui travaille sur un champ de fouilles à Jamestown. On pourrait lui rendre visite pendant quelque temps. Et en profiter pour prendre notre temps, mieux nous connaître…

Ils prirent congé et rentrèrent pour passer leur dernière nuit dans le beau loft dont ils avaient toujours la jouissance.

— Oui, il faut qu'on apprenne à mieux se connaître, dit Micah.

Harley se pencha pour lui murmurer quelque chose à l'oreille.

Il sourit.

— Oh ! absolument ! Cela aussi.

La lune brillait à la fenêtre.

Ils gravirent rapidement l'escalier de fer forgé.

Cette soirée était tout à la fois la fin de quelque chose et le début d'autre chose.

Une aventure. Une nouvelle, une exaltante aventure.

Qui commençait à cette minute, par cette belle nuit, faite pour aimer et être aimé.

JULIE MILLER

Identité cachée

Traduction française de
CAROLE PAUWELS

BLACK ROSE

HARLEQUIN

Titre original :
PROTECTION DETAIL

Prologue

Lorsqu'il découvrit sa fille dans sa robe de mariée, Thomas Watson eut le plus grand mal à retenir ses larmes.

— Tout va bien, papa.

Olivia avait remisé ses vêtements de garçon manqué, son insigne et son arme, au profit d'une robe ivoire parée de broderies et de perles, qui la faisait ressembler à la femme adulte qu'elle reconnaissait à grand-peine être devenue.

Avec un sourire attendri, elle posa la main sur la joue de son père, rappelant à Tom l'épouse tant aimée qu'il avait perdue, victime collatérale d'un cambriolage perpétré par un drogué, alors qu'Olivia n'était encore qu'un tout petit bébé.

— Je serai toujours ta petite fille.

Elle avait cessé de l'être le jour où elle était entrée dans la police de Kansas City, suivant en cela le même chemin que son grand-père, ses trois frères aînés, ainsi que lui-même. Mais un papa avait bien le droit de se montrer sentimental un jour pareil, et ce n'était pas sans un petit pincement au cœur que Thomas se rappelait les genoux couronnés, les disputes entre frères et sœur, et les chagrins d'amour où ses conseils, sa patience et ses câlins étaient toujours les bienvenus.

— Tu es belle. Tu ressembles tellement à ta mère.

Il saisit délicatement entre ses doigts le voile de dentelle irlandaise que sa femme avait porté trente-cinq ans auparavant, alors qu'il était un jeune lieutenant stationné au Royaume-Uni pour sa toute première mission à l'étranger.

Mary Kilcannon travaillait sur la base comme civile. Un sauvetage nocturne, alors qu'elle était aux prises avec un officier aviné, les avait conduits à une longue conversation jusqu'à l'aube, à un premier baiser, et à la découverte du véritable amour.

Un mois plus tard, Mary et lui étaient mariés, et ce qui aurait dû être une longue et heureuse vie commune avait commencé.

Thomas ne pleurait plus sa femme, mais elle lui manquait. Il y avait de nombreux moments qu'il aurait aimé partager avec Mary. Comme le mariage de leur dernier enfant et seule fille.

— Elle aurait adoré être ici aujourd'hui, dit-il en déposant un baiser sur la joue d'Olivia. Mais je sais qu'elle nous regarde.

— Cela fait vingt ans. Tu as largement fait ton devoir avec nous. Je suis sûre que maman voudrait que tu trouves quelqu'un et que tu sois à nouveau heureux.

— Je sors avec des femmes, protesta Thomas.

— Escorter une collègue au bal annuel de la police n'est pas ce que j'appellerais avoir un rendez-vous galant.

Elle resserra la cravate de soie rouge que tous les hommes conviés à la cérémonie, à l'exception du marié, portaient en hommage au 14 février.

— Tu es un bel homme, sportif et en forme, dit-elle, d'un ton à la fois attendri et fier. Tu es intelligent, rassurant et attentif aux autres. Tu pourrais peut-être en faire moins dans le genre macho, mais c'est le défaut de tous les inspecteurs seniors que je connais. Tu as un bon travail en tant que consultant pour le KCPD[1], et une belle maison. Je suis sûre que la femme idéale attend à ta porte. Il suffit que tu la laisses entrer.

Thomas éclata de rire.

— Laisse ton vieux père se remettre du mariage de son bébé avant d'essayer de le caser avec quelqu'un.

— Vieux, certainement pas ! Tu es superbe.

Thomas haussa les épaules.

— Si tu le dis ! Mais, trêve de bavardages, je crois qu'il est temps d'y aller.

Glissant le bras d'Olivia sous le sien, Thomas conduisit sa fille hors de la sacristie.

— Est-ce que Gabe te rend heureuse ?

— Tu sais bien que oui.

— Je serais prêt à lui casser la figure si je pensais qu'il ne t'aime pas autant que tu l'aimes.

Olivia esquissa un sourire.

— Impossible. Tu n'as jamais cassé la figure à personne de toute ta vie.

Thomas marqua un temps d'arrêt lorsqu'ils atteignirent la voûte centrale au bout de la longue travée et, tout en attendant que la musique change, jeta un coup d'œil à ses trois fils, Keir, le plus jeune, Duff, l'aîné, et Niall, celui du milieu.

Élever ses enfants seul n'avait pas été chose facile. Heureusement, il avait pu compter sur l'aide de son père, Seamus, et de Millie Leighter, l'employée de maison qu'il avait engagée après le décès de Mary.

Olivia était devenue une femme intelligente et courageuse, et ses garçons, alignés à côté de l'autel

1. Kansas City Police Department.

dans les rôles du témoin et des garçons d'honneur, s'étaient transformés en trois hommes d'honneur, trois bons flics — un inspecteur de terrain qui avait failli perdre la vie lors d'une mission d'infiltration, un médecin légiste rattaché à la police scientifique, et un jeune inspecteur très prometteur, qui deviendrait sans doute un jour le chef du KCPD.

Son second fils ajusta ses lunettes et rappela à l'ordre ses deux frères, qui commençaient à chahuter en ricanant comme des adolescents.

— Tu as chargé Niall de chaperonner Duff et Keir, aujourd'hui ?

Olivia hocha la tête.

— J'ai pensé que, des trois, il était celui qui avait le plus la tête sur les épaules.

— Bien vu.

Les garçons ayant à présent aperçu leur jeune sœur dans sa robe de mariée, leur comportement changea du tout au tout. Ils cessèrent de se chamailler, et leur visage refléta l'amour et la fierté qu'ils éprouvaient à l'égard d'Olivia.

À sa grande surprise, Thomas n'était pas le seul homme de la famille Watson à devoir lutter contre ses émotions.

— Ton frère aîné est en train de pleurer.

— Duff n'est pas aussi fort qu'il essaie de le faire croire.

— Moi non plus.

Tandis que Niall tendait un mouchoir à Duff, Thomas essuya ses yeux du bout des doigts.

— Je t'aime, Olivia. Est-ce que tu le sais ?

Olivia prit appui quelques instants contre lui.

— Je sais, papa. Et je t'aime aussi.

L'organiste entama la marche nuptiale, et les invités se levèrent.

Thomas pressa les doigts d'Olivia, qui reposaient sur son avant-bras.

— Allons-y.

Thomas s'avança dans l'allée centrale, en s'efforçant d'ignorer la douleur qui irradiait dans toute sa jambe. Il avait eu beaucoup de chance de pouvoir la conserver, compte tenu des blessures subies et du travail de reconstruction et de rééducation qui s'en était suivi. Cet accident, survenu alors que son coéquipier Al Junkert et lui poursuivaient un fugitif, l'avait obligé à quitter le terrain. Mais il y avait gagné sa promotion de lieutenant, et travaillait désormais sur les enquêtes spéciales, tout en assurant la formation des jeunes inspecteurs.

Il était donc aujourd'hui un vétéran qui œuvrait dans l'ombre, affecté au travail de bureau, et chargé de transmettre son savoir. Il n'en restait pas moins un homme fier, et il aurait préféré mourir plutôt que de boiter comme un infirme inspirant la pitié, en ce jour de joie.

Arrivé devant l'autel, Thomas adressa un clin d'œil à son gendre, Gabriel Knight, et donna une accolade bourrue à Olivia, avant de gagner son siège.

Au passage, il échangea un salut avec Al, qui était assis quelques bancs plus loin. Même après l'accident qui avait fait bifurquer leurs carrières et leurs vies, ils étaient restés bons amis.

Il adressa également un sourire à la femme aux cheveux argentés installée sur le second banc. Millie Leighter reniflait bravement dans son mouchoir bordé de dentelle, perdant la bataille avec ses larmes. Aussi cher à son cœur qu'une tante bien-aimée, Millie lui était devenue indispensable depuis le jour où il l'avait engagée pour cuisiner, faire le ménage, et l'aider à élever ses enfants.

Même à présent que les enfants étaient adultes et avaient quitté la maison, elle restait une partie vitale de la famille. Aussi, lorsque le reniflement suivant se mua en discret sanglot, il se pencha et enveloppa sa silhouette replète en une chaleureuse accolade.

Lui glissant son mouchoir, il murmura :

— Nous survivrons tous les deux à cette journée, je vous le promets.

Les larmes de Millie se transformèrent en un doux sourire, et elle hocha la tête.

Thomas se redressa et se glissa au premier rang à côté de son père.

Seamus Watson déplaça sa canne de l'autre côté et posa gentiment la main sur la cuisse de Thomas. Baissant les yeux, ce dernier vit que son père lui tendait un mouchoir.

— Tu vas en avoir besoin aussi, fiston.

Thomas leva un sourcil, incitant silencieusement son père à se montrer honnête.

Le vieil homme leva la main en signe de reddition, et sortit un second mouchoir de la poche intérieure de sa veste noire.

— J'en avais pris deux.

Thomas retint un sourire tandis que le prêtre s'adressait à Gabe.

Eh oui, ils faisaient une belle brochette de durs à cuire !

En tout cas, Thomas était extraordinairement fier d'avoir suivi l'exemple de son père en embrassant une carrière au KCPD, tout comme il l'était de voir ses enfants lui emboîter le pas.

Sa famille était heureuse, en sécurité. Sa culpabilité au regard de la mort de Mary était un peu moins vive qu'elle l'avait été, et il avait le sentiment d'avoir convenablement honoré sa mémoire.

Il avait fait ce qu'il fallait vis-à-vis de ses enfants, et peut-être était-il temps en effet d'être un peu moins flic et père, et de songer un peu plus à sa vie d'homme. Il devait avouer que cela l'effrayait un peu. Après toutes ces années, il n'était pas sûr de savoir encore à quoi ressemblait une relation amoureuse.

Mais il aurait bien le temps de réfléchir à tout cela plus tard. En attendant, place à la cérémonie, dont il avait l'intention de ne pas perdre une miette.

— Vous pouvez maintenant embrasser la mariée, déclara le prêtre.

Les yeux embués de larmes, Thomas regarda les nouveaux mariés, le visage radieux, se tourner vers l'assistance avant de commencer à remonter l'allée.

Puis il jeta un regard vers Duff, Keir et Niall, qui escortaient les demoiselles d'honneur.

Son sourire s'évanouit et ses yeux s'étrécirent quand il remarqua la soudaine hésitation de leur démarche, la rigidité de leur mâchoire, leurs regards qui se portaient vers la galerie.

Lui-même se crispa et, en l'espace d'une seconde, il sut que quelque chose n'allait pas.

— Un homme armé ! cria Niall. Tout le monde à terre.

Les premiers coups de feu retentirent.

La musique de l'orgue s'arrêta net.

Des éclats de bois volèrent au-dessus de la tête de Thomas alors qu'il plongeait entre les bancs.

Un vase se brisa sur l'autel, tandis que l'air s'emplissait de la poussière des parcelles de marbre se détachant des colonnes.

Thomas avait l'impression de voir sa vie se dérouler sous forme de flashs crépitant au rythme saccadé de ses battements de cœur.

Duff tirait une arme de derrière son dos.

— Tout le monde à terre, cria-t-il à son tour.

Keir enveloppait Millie de ses bras et l'aidait à se coucher entre les bancs.

Gabe poussait Olivia à terre et cherchait à la protéger de son corps, tandis qu'Olivia essayait de renverser les positions pour le protéger lui.

— J'appelle le SWAT, dit Thomas, tandis que les souvenirs, mêlés de culpabilité, affluaient.

Il n'avait pas su veiller sur Mary. C'est lui qui aurait dû se trouver dans cette supérette quand les balles avaient atteint les clients et le caissier.

Cette fois encore, il était dans l'incapacité de porter secours aux siens. Son arme était remisée dans un tiroir chez lui, avec son insigne.

Il ne pouvait ni protéger ses enfants ni aider ses amis.

Du sang éclaboussa la joue de Thomas une seconde avant que la cane de son père ne tombe bruyamment au sol. Il rattrapa le vieil homme au vol, amortissant sa chute.

— Niall ! cria-t-il, appelant le premier médecin qu'il avait sous la main. Aide-moi, fiston, ton grand-père a été touché.

1

Sept mois plus tard

Si quelqu'un devait un jour être victime d'un accident vasculaire cérébral, après avoir été blessé par balle à la tête, mieux valait que cette personne possède la rage de vivre, la volonté et la persévérance de Seamus Watson.

Il y aurait beaucoup de disputes, de lenteurs, de vexations sur la route de la guérison, mais c'était apparemment la seule façon de s'en sortir.

Si seulement le processus ne laissait pas autant de victimes collatérales au bord du chemin, songea Thomas, tandis que son regard passait du visage écarlate de son père à celui de Millie, blême et choqué, avant de se tourner vers la porte, que venait de franchir, en larmes, la jeune orthophoniste du centre de rééducation de l'hôpital Saint Luke. Son enthousiasme juvénile et ses compétences évidentes ne lui avaient pas évité le brusque accès de rage de Seamus, à l'issue d'une longue journée d'évaluations médicales en tout genre.

Tandis qu'il prenait appui sur son bon genou pour ramasser les fiches que son père avait jetéespar terre, Thomas en profita pour couler un discret coup d'œil vers la quatrième personne présente dans la pièce,

Jane Boyle, l'infirmière privée qu'il avait engagée pour accompagner Seamus dans sa guérison.

Comment l'« adjudant Boyle », ainsi que ses trois fils l'avaient secrètement surnommée, allait-elle réagir au refus de son père de faire le test de langage ?

En dépit de son apparence austère et de son ton volontiers cassant, Jane était toute dévouée à son travail, et il ne serait pas venu à l'idée de Thomas de remettre en cause son professionnalisme. Non, ce qui l'intriguait, c'était son refus ostensible de sympathiser avec son entourage.

Cette femme était une énigme et, comme son métier consistait précisément à les résoudre, Thomas avait l'impression qu'il y avait là un défi à relever.

Comme toujours, l'infirmière portait une ample blouse bleu ciel qui dissimulait ses formes, et ses cheveux blond doré étaient tirés en une sévère queue-de-cheval d'où ne dépassait pas une mèche. Elle n'abandonnait ses tenues médicales d'un fade ton pastel qu'en deux occasions : quand elle allait courir le matin avant le petit déjeuner, ou bien tard le soir, quand elle traversait hâtivement le couloir de l'étage, pour passer de la salle de bains à la chambre d'amis. Elle arborait alors un T-shirt et des leggings qui ne se rejoignaient jamais tout à fait à la taille, exposant une fine bande de peau nue qu'il avait plus d'une fois lorgnée en cachette, tandis qu'elle se ruait d'une pièce à l'autre.

Mince, il ferait bien d'arrêter de se comporter comme un ado boutonneux !

Depuis six mois que Jane vivait sous son toit, à partager ses repas et quelques soirées familiales, il était presque obsédé par la courbe de ses hanches, l'ovale de son visage, le teint de pêche dont la perfection pouvait se passer de maquillage, la plénitude des lèvres rosées qui souriaient rarement.

Et cependant, il savait que rien ne serait jamais possible entre eux. En premier lieu, elle travaillait pour lui. Et puis, il devait avant toute chose se concentrer sur la guérison de son père.

En dépit des quelques fils d'argent qui se mêlaient sur les tempes à ses cheveux bruns, il n'était pas encore un vieillard cacochyme. Et pourtant, il était obligé de se comporter comme si certaines parties de son corps étaient devenues insensibles à la beauté d'une femme, de façon à pouvoir garder avec elle une relation strictement professionnelle.

Thomas se redressa en faisant fi de l'inévitable protestation dans sa jambe gauche, et posa sur la table les fiches qu'il venait de ramasser.

— Papa, tu ne peux pas parler aux gens comme ça. Stéphanie faisait son travail. Elle essayait de t'aider.

Les yeux bleus de Seamus étaient perdus dans le vague, le vieil homme ignorant à la fois la moue pincée qu'affichait Jane et la voix de la raison exprimée par Thomas.

Après avoir vu son père en sang et inconscient, immobile et livide sur un lit d'hôpital après son opération, incapable d'utiliser ses jambes et son bras droit, réapprenant à tenir une fourchette, luttant de toutes ses forces pour essayer de s'exprimer de façon cohérente, Thomas ne comprenait pas que Seamus baisse ainsi les bras.

— *Ne veux pas refaire tette tupide espertise*, ânonna-t-il, d'une voix où se percevaient sa frustration et sa fatigue.

Jane s'accota d'une hanche à la table, faisant face à Seamus.

— Hier, durant notre session thérapeutique à la maison, vous avez parfaitement réussi vos exercices de langage.

— *Tuis krop lent. Fais des erreurs.*

— La vitesse n'a aucune importante, rétorqua Jane, d'un ton de réprimande. Combien de fois vous ai-je dit que vous ne redeviendrez pas du jour au lendemain l'homme que vous étiez avant la fusillade ? Ne me dites pas que vous êtes en train de renoncer.

Songeant qu'elle allait un peu trop loin, Thomas ne put s'empêcher de prendre la défense de son père.

— Il est fatigué. Ça fait deux heures qu'on lui fait passer des tests.

Jane inclina la tête vers Thomas, ses yeux noisette lançant des éclairs de colère dorés qu'il n'aurait pas dû remarquer non plus.

— Ne le défendez pas, répliqua-t-elle sévèrement. Il a été grossier, et il le sait.

Elle reporta son attention sur Seamus.

— Vous avez bataillé pendant un mois pour améliorer vos performances lors de cette évaluation. Que vous arrive-t-il ? Vous devenez paresseux ? Ou bien, peut-être que ça vous plaît de faire pleurer les femmes ?

— Jane…, protesta Thomas.

Elle se leva et, le bras tendu, posa la main sur le torse de Thomas pour le tenir à distance.

Naturellement, il aurait pu prendre le dessus facilement, tout simplement en lui saisissant le poignet et en l'obligeant à baisser son bras. Mais son élan de colère laissa rapidement place à une bouffée de trouble totalement incongru, et il s'empressa de reculer pour rompre le contact.

— Seamus ? insista Jane, sur le ton d'une mère

discutant avec son enfant. Je sais que vous en êtes capable.

Après quelques secondes de silence, Seamus hocha la tête.

— *Devrais m'escuser.*

— Oui, vous devriez.

Bien que cela lui coûtât de laisser quelqu'un d'autre s'occuper de son père, Thomas fit un pas de plus en arrière.

Jane se tourna vers la femme aux cheveux argentés qui se tordait toujours les mains, et restait en retrait de l'autre côté de la table.

— Millie, pourriez-vous essayer de faire revenir Stéphanie ? Dites-lui que Seamus se sent plus coopératif à présent.

La vieille dame parut soulagée d'avoir quelque chose à faire.

— Bien sûr.

Une fois que la porte se fut refermée derrière la gouvernante des Watson, Jane rapprocha de la table le fauteuil roulant de Seamus.

— Vous devriez également vous excuser auprès de Millie d'avoir employé un tel langage. Et auprès de votre fils. Et de moi. Je vous prenais pour un charmeur irlandais qui sait y faire avec les femmes. Vous avez cru que vous étiez à nouveau en mission dans les rues ? Que Stéphanie était une criminelle essayant d'échapper à une arrestation ?

Thomas planta les mains sur sa taille, laissant ses doigts effleurer l'arme et l'insigne qu'il arborait à la ceinture de son jean. Il sortait toujours avec son arme depuis que sa famille avait été attaquée au mariage d'Olivia, même en des jours comme celui-ci, où il n'enseignait pas à l'académie de police, ni n'intervenait en tant que consultant sur une enquête au commissariat du district.

Force lui était de reconnaître que Jane était douée avec son père. Elle était dure, parfois même revêche, mais elle avait compris le mode de fonctionnement de leur famille, le sens du devoir qui coulait dans leurs veines, et elle se servait souvent de la carrière de Seamus au KCPD pour le motiver.

— Ça me déplairait beaucoup de voir mes efforts réduits à néant lorsque nous irons voir le Dr Koelus, insista-t-elle.

Elle adopta un ton peu moins sévère tandis qu'elle se glissait sur la chaise installée de l'autre côté de la table.

— Je suppose que ça vous ennuierait aussi.

— *Z'arrive à marcher*, protesta Seamus. *Koelus a dit que ze peux quitter le fauteuil et utiliser ma canne. Ze fais aussi la rééducation des doigts. Ze vais mieux.*

— Oui, c'est vrai, vous allez mieux. Et vous pouvez être fier des progrès que vous avez accomplis. Mais, si vous voulez cette tarte aux pêches comme dessert, vous allez devoir pédaler dix minutes sur le vélo d'appartement quand nous serons rentrés, et aussi répéter vos exercices vocaux.

Seamus pointa vers elle un index osseux.

— *T'est du tantaze.*

— Oui, c'est du chantage.

Jane laissa passer quelques secondes avant d'esquisser un sourire.

— Est-ce que ça marche ?

— Oui.

Seamus grimaça un sourire en coin, du côté où

sa bouche n'était pas paralysée, tandis que Thomas dissimulait son propre amusement.

Cette femme savait vraiment comment s'y prendre avec son père. Certes, elle défiait son autorité, et n'hésitait pas à le vexer parfois. Mais elle savait assurément doser rudesse et tendresse, plaisanterie et confiance indéfectible en son patient.

Un moment plus tard, Millie revint avec l'orthophoniste. Les yeux et le nez de la jeune thérapeute étaient encore rouges d'avoir pleuré, mais elle sourit à la femme qui était assez âgée pour être sa grand-mère.

— Merci.

Millie lui avait sûrement tenu un discours revigorant.

Le sourire de la vieille dame s'évanouit quand elle s'adressa à Seamus.

— Vous avez intérêt à être gentil avec elle.

Millie essaya de s'écarter, mais Seamus lui prit la main.

— *Ze tuis désolé, ma vieille amie. Fait longtemps que vous n'avez pas entendu un langaze comme ta.*

Il luttait pour expulser les mots, grognant même de frustration quand il butait sur une prononciation, exactement comme il l'avait fait un moment plus tôt, avant d'exploser de colère.

Avec un regard à Jane, comme s'il cherchait son approbation, il enroula ses doigts frêles autour de ceux de Millie.

— *Z'ai élevé mon fils et mes petits-enfants pour être des gentlemen. Ze devrais l'être autti.*

Deux taches roses colorèrent les joues de Millie, et son sourire réapparut.

— Ce n'est pas grave, Seamus. J'en ai déjà entendu des vertes et des pas mûres.

— *Quand même, ze n'aurais pas dû vous parler comme ta. Vous êtes une lady.*

Il lâcha sa main et se frappa la poitrine.

— *Meilleur homme que ta.*

— Je sais bien, Seamus.

À la surprise de Thomas, Millie se pencha et déposa un baiser sur la joue du vieil homme.

Le visage de Seamus était aussi rose que celui de la gouvernante, alors que cette dernière récupérait son sac posé dans un fauteuil et quittait précipitamment la pièce.

— Je dois aller aux toilettes. Excusez-moi.

Seamus se tourna vers l'orthophoniste, levant un sourcil neigeux en signe d'excuse.

— *Téphanie ? Pardonnez un vieil homme. Ze tuis allé à l'univertité, mais ze parle comme un bébé maintenant. Ta me gêne. Ze vais ettayer encore.*

Stéphanie s'assit et reprit ses fiches.

— Merci. J'avoue que j'ai été surprise par votre brusque élan de colère. Vous qui êtes toujours si gentil… Mais je dirais que vous avez parfaitement articulé tous ces vilains mots.

Seamus réagit à cette plaisanterie en secouant la tête de commisération.

— Je suis désolée d'avoir quitté la pièce comme ça, mais je suis épuisée en ce moment. Je vous propose de laisser de côté les exercices de prononciation, et de faire seulement un peu de lecture, de façon que j'aie quelque chose à dire au Dr Koelus.

Thomas entendit le bourdonnement du téléphone portable qui vibrait dans la poche de Jane.

Encore ? Depuis qu'ils étaient arrivés à l'hôpital, elle avait déjà reçu trois textos. Chaque fois, elle avait quitté précipitamment la pièce.

Jane sortit son téléphone de la poche de sa blouse médicale et lut le message en fronçant les sourcils.

— Excusez-moi, marmonna-t-elle, avant de se ruer hors de la pièce.

Thomas s'assura que son père se comporterait correctement, avant de sortir à son tour. Il retrouva Jane dans le couloir, en train de pianoter frénétiquement sur son téléphone.

— Votre petit ami ne peut pas attendre quelques minutes que nous en ayons terminé ? lança-t-il d'un ton irrité.

— Mon petit ami ?

Jane s'arrêta, le pouce suspendu au-dessus de l'écran.

— Il n'y a personne dans ma vie depuis…

Lorsque Thomas se glissa à côté d'elle, afin de laisser le passage à un médecin et son groupe d'étudiants, elle pressa un bouton et l'écran devint noir.

— Cela ne vous regarde pas, dit-elle. C'est personnel.

— Pas quand vous êtes en service.

Elle ouvrit la bouche pour protester, mais se tut en voyant un couple sortir de l'ascenseur avec un adolescent équipé de béquilles.

Après avoir jeté un coup d'œil à l'homme d'entretien qui sortait d'une chambre en poussant un chariot, elle traversa le couloir dallé de linoléum et se posta derrière la baie vitrée qui surplombait le parking, signifiant à Thomas que le sujet était clos.

À moins que… Était-elle en train de guetter quelqu'un ? Il réalisait à présent qu'elle avait scruté le visage de chaque personne qui avait emprunté le couloir.

D'après son CV, il savait que cette femme avait trente-huit ans, mais elle avait la silhouette et la forme physique d'une personne beaucoup plus jeune. Il ne devait pas être le seul homme à Kansas City à l'avoir remarquée. Elle ne portait pas d'alliance. Donc, si elle n'avait pas de petit ami en ce moment, il devait y avoir un ex.

Fort de cette déduction, son irritation se transforma en inquiétude. L'explication était peut-être là : les appels, les textos, l'expression soucieuse… S'agissait-il d'une forme de harcèlement ? Avait-elle des ennuis ? Cela éclaircirait en tout cas le fait qu'elle soit sur la défensive un moment, perturbée à un autre…

Il traversa le couloir et la rejoignit.

— Vous vous êtes disputés tous les deux ?

Jane sursauta en entendant le son de sa voix derrière son épaule.

— Non.

Thomas se glissa à côté d'elle et observa le parking, cherchant à repérer quelque chose d'incongru.

— Donc, c'est bien votre petit ami ?

Sa queue-de-cheval tressauta lorsqu'elle tourna vivement la tête vers lui.

— Ne jouez pas au flic avec moi, inspecteur ! Je travaille pour vous. Je suis trop vieille pour être votre fille et, Dieu merci, je ne suis pas votre femme. Vous n'avez pas à connaître ma vie privée.

— Si, quand elle interfère avec votre travail.

— Seamus n'a pas besoin de moi pour le moment. Je peux bien prendre deux secondes pour répondre à un fichu texto !

Thomas ne s'en laissa pas compter. Sa longue expérience lui avait appris à garder son calme devant des témoins refusant de coopérer, ou de jeunes policiers novices paniquant face à une situation difficile.

— Un texto qui vous perturbe, visiblement. Tout comme les autres messages et appels que vous avez reçus ces dernières semaines. Vous vous êtes éclipsée en plein repas, vous êtes partie au milieu de conversations. Et là, vous avez l'air complètement paniquée.

Il désigna le téléphone qu'elle tenait serré contre sa poitrine comme si sa vie en dépendait.

— Chacune de vos décisions semble reposer sur ce qui se passe avec ce téléphone.

— Ce n'est pas… Il s'agit simplement d'une affaire que je dois régler.

Lissant ses cheveux du plat de la main, Jane rendossa son masque de froideur, et retrouva le ton professionnel qu'il avait l'habitude d'entendre.

— Je suis désolée si vous pensez que les appels affectent mon travail. Je m'en occuperai quand Seamus sera couché, et que je ne serai plus de service.

— Il fera nuit, alors. Quel genre d'affaires traitez-vous quand les honnêtes gens dorment ?

— Pas les vôtres.

— Pardon ?

— Je voulais faire un bon mot et vous clouer le bec, en vous disant que ce n'étaient pas vos affaires.

Elle agita la main devant elle en soupirant.

— Oubliez ça.

— Je sais reconnaître quand quelqu'un a des ennuis. Vous êtes sûre que je ne peux rien faire pour vous aider ?

— Non.

Sa réponse était un peu trop véhémente pour que Thomas accepte qu'elle n'eût pas besoin d'aide.

Jane prit une profonde inspiration, et s'exprima d'un ton plus doux.

— Tout va bien. Merci, inspecteur.

— Mon vrai titre est lieutenant. Mais vous pouvez aussi m'appeler Thomas.

Posant les mains sur sa ceinture, il baissa le menton de façon à la surplomber un peu moins.

— Nous en avons déjà parlé. Vous travaillez pour moi et vivez à la maison depuis le 1er mars. Je pense que nous pouvons nous appeler par nos prénoms.

— Merci de vous inquiéter pour moi, Thomas, mais je vais bien, je vous assure.

— C'est un ex qui vous cause des problèmes ?

— Il n'y a pas de problème.

Elle regarda une fois de plus à travers la baie vitrée, avant de lui glisser un regard qui était à présent plus vert que doré.

— Non que cela vous regarde, mais je suis veuve. Cela remonte à trois ans, avant que j'arrive à Kansas City. Je n'ai pas eu de petit ami depuis le décès de mon mari, donc il n'y a pas d'ex non plus. Maintenant, j'aimerais que nous n'en parlions plus. Et je ferai de mon mieux pour que cette situation n'interfère plus avec mon travail.

Elle avait perdu l'homme qu'elle aimait ?

Bien que le deuil de Jane soit plus récent que le sien, Thomas se rappelait encore le sentiment de dévastation qui l'avait accompagné pendant des mois, la manière dont il avait enfoui ses émotions afin de pouvoir prendre en charge les impératifs de la journée, cette façon d'y réfléchir à deux fois et d'analyser à l'excès chaque décision parce que le coéquipier en qui il avait toute confiance n'était plus là pour assurer ses arrières.

Peut-être son mari avait-il l'habitude de lui envoyer régulièrement des textos et, chaque fois qu'elle recevait un message, cela lui rappelait l'amour qu'elle avait perdu. Cela pourrait expliquer son comportement secret, et la réaction irritée qu'elle avait eue face à son insistance.

Thomas n'avait pas envie d'avoir en commun avec Jane quelque chose d'aussi viscéral et intime. Il n'avait nul besoin de cette empathie émotionnelle, en plus de la curiosité intellectuelle et de la tension sexuelle qui s'étaient emparées de lui dès que l'infirmière avait pris possession de la chambre d'amis de sa maison. C'était un peu comme s'ils appartenaient tous les deux à un club exclusif. Et le sentiment d'exclusivité constituait un lien totalement déplacé envers une personne qui travaillait pour lui.

Mais il s'agissait de l'information la plus personnelle qu'elle lui ait jamais livrée. Et puis, il ne pouvait s'empêcher de se soucier de son bien-être de toute façon.

Il posa la main sur ses doigts, toujours posés sur l'appui de fenêtre.

— Je suis désolé pour votre mari. Mais vous avez parlé de « situation. » S'il y a un problème que nous devons régler…

— « Nous » n'avons à nous occuper de rien.

Il sentit la main de Jane trembler sous la sienne, comme si elle menait une sorte de bataille interne. Elle le surprit en tournant sa paume dans la sienne, et en entrelaçant ses doigts aux siens, acceptant la force, la compréhension et le confort qu'il offrait.

La main de Jane semblait petite dans la sienne, mais la pression des doigts était solide.

— Tout va bien, affirma-t-elle.

— Jane…

Une porte s'ouvrit sur le couloir, et Stéphanie apparut, poussant le fauteuil roulant de Seamus.

— Il a réussi haut la main, annonça-t-elle avec un grand sourire.

Le visage de Seamus était livide de fatigue, mais il souriait aussi.

— Peux attaquer la prochaine étape de la thérapie, dit-il fièrement.

Jane s'écarta de Thomas, essuya ses doigts contre le bas de sa blouse, comme pour effacer la chaleur que lui-même percevait encore dans sa propre main. Bien que l'effort semblât lui coûter, elle rendit son sourire à son patient.

— Je suis fière de vous.

Elle déposa un baiser sur la joue de Seamus, et lui tapota le bras, tout en ignorant délibérément Thomas et le moment inattendu de connexion qui était passé entre eux.

2

Pourquoi avait-elle pris la main de Thomas ?

Jane repoussa sur le bord de l'assiette le reste de gratin dauphinois qu'elle avait commandé pour accompagner son steak. Heureusement, elle avait eu la bonne idée de faire l'impasse sur le dessert, contrairement aux autres convives rassemblés autour de la table.

Si elle avait pris la main de Thomas cet après-midi, c'est tout simplement parce qu'elle s'était brusquement sentie isolée et apeurée.

Après avoir lutté seule pendant trois ans, à tenter d'oublier son passé, le fait de pouvoir soudain s'accrocher à la force et à la compassion que Thomas lui offrait lui avait apporté un répit inhabituel. C'était aussi son premier aperçu, depuis que sa vie avait été complètement bouleversée — au point qu'elle ne la reconnaissait plus —, de ce que pouvait être une relation normale avec un homme.

Mais la normalité lui avait été interdite à partir du moment où elle avait bénéficié du WITSEC, le programme de protection des témoins, et avait été relocalisée à Kansas City.

Jusqu'à ce que l'homme qui avait assassiné son agent fédéral de mari — croyant l'avoir tuée elle aussi — soit arrêté, et qu'elle puisse témoigner contre lui, elle devait donc rester en alerte, sans attache, capable de se débrouiller par elle-même.

Il fallait qu'elle soit assez forte pour supporter sa solitude.

La plupart du temps, elle y parvenait. Son expérience d'infirmière urgentiste lui avait appris à prendre des décisions rapides, et à gérer les problèmes à mesure qu'ils se présentaient. Elle ne travaillait plus en milieu hospitalier, comme du temps où elle était à Washington, mais son nouveau métier d'infirmière privée exigeait qu'elle fonctionne de façon indépendante, s'appuyant sur ses compétences acquises afin de pourvoir aux besoins spécifiques de son patient.

Elle n'avait pas d'amis de crainte que celui qui avait poignardé son mari ne la retrouve à la faveur d'une conversation ou d'une photo postées sur un quelconque réseau social.

Elle était déjà sur la corde raide en développant un lien avec Seamus. Il lui rappelait tellement son grand-père qu'elle ne s'était sans doute pas montrée aussi distante qu'elle l'aurait dû. Ça la rendait plus fragile, et c'était un moyen de pression que le sociopathe n'hésiterait pas à utiliser s'il la retrouvait.

Ce serait bien trop facile de s'appuyer sur un homme comme Thomas, de céder à sa force et à son autorité. Si elle faisait cela, toutefois, elle serait alors complètement vulnérable, une proie facile pour les talents de persécution que possédait le meurtrier de son mari.

Elle ne pouvait pas se permettre de baisser à nouveau sa garde comme ça.

Plus jamais.

Et tant pis si la peur et la solitude la rongeaient.

À l'avenir, il allait falloir qu'elle se montre plus prudente.

Jane glissa un coup d'œil à l'homme puissamment bâti qui était assis en face d'elle à la table. Elle le surprit en train de l'observer et, lorsque leurs regards se croisèrent, elle remarqua qu'une question flottait dans les prunelles de Thomas.

Son employeur semblait à première vue gentil et inoffensif : un homme mûr bien dans sa peau, policier et ancien militaire, habitué à commander, à passer à l'action et à régler les problèmes, même si ce n'étaient pas les siens.

On aurait dit que cet homme avait des yeux dans le dos, ou des dons de voyance. Plus précisément, il avait été formé pour déceler quand quelqu'un allait mal, tout comme le faisait son mari quand il travaillait au sein de l'unité des crimes violents au FBI.

Elle crispa les doigts sous la table, se rappelant comment le simple contact de la main de Thomas l'avait apaisée. Il émanait de lui une chaleur qu'elle n'avait plus ressentie depuis ce dernier matin où Fred et elle s'étaient embrassés avant de partir travailler.

Ce genre de contact lui manquait : une accolade, se tenir la main, un baiser…

Mais elle ne pouvait plus désormais s'abandonner à ce genre de besoin. Il fallait qu'elle se montre forte, qu'elle déploie tous ses efforts pour survivre. Elle devait bien cela à Freddie.

Tout en commandant quatre décaféinés, Thomas conserva un contact visuel avec elle, ses yeux verts lui demandant silencieusement, pour la énième fois, si tout allait bien.

Heureusement, le bavardage incessant de Millie et les réponses déterminées de Seamus empêchaient

Thomas de mener un interrogatoire plus approfondi au sujet des messages qu'elle avait reçus.

Quelques-uns des appels provenaient d'un ancien collègue de son mari à Washington. Levi Hunt n'était pas censé savoir où elle avait été relocalisée, mais ce n'était pas sans raison qu'il s'était forgé la réputation d'être un enquêteur hors pair. En tant que membre de l'ancienne équipe de son mari, il ressentait probablement l'obligation de s'assurer qu'elle allait bien.

Quoi qu'il en soit, le but de Jane était d'oublier son ancienne vie et cette épouvantable nuit. Le fait que Levi réussisse à la contacter pouvait signifier que d'autres personnes appartenant à son passé — du temps où elle était la femme de Fred Davis — avaient des chances d'y parvenir aussi.

Les autres messages consistaient pour l'essentiel en vérifications de routine de la part du seul homme censé connaître sa nouvelle vie à Kansas City.

Et c'était le dernier texto de Conor Wildman qui avait gâché son dîner.

L'enquête avait-elle progressé ? Sa nouvelle identité était-elle compromise ? Le tueur avait-il fait une nouvelle victime, laissant en guise de signature un insigne gravé au couteau dans son torse ?

À votre ancien domicile. Venez me voir. Urgent.

Elle avait répondu au message en quittant l'hôpital, tandis qu'elle prenait place sur la banquette arrière du pick-up de Thomas.

Avec la famille. Ne peux pas m'absenter.

Conor n'avait pas tardé à réagir.

Il a refait surface. Pas de détails au téléphone. On doit se voir.

Le WITSEC avait mis au point un mot de passe et un signal visuel pour la prévenir si un homme correspondant à la description du suspect se trouvait à proximité. Puisque le marshal Wildman n'avait pas utilisé l'alerte codée dans ses messages, elle pouvait raisonnablement en déduire qu'elle n'était pas en danger imminent d'être découverte.

Cependant, les mots employés laissaient entendre que le niveau de menace avait augmenté. Ce qui voulait dire qu'elle devait redoubler de prudence.

Mais de qui ou de quoi devait-elle se méfier ?

Le rire aigu de Seamus arracha Jane à ses sombres pensées. Désignant la part de tarte aux pêches dans son assiette, le vieil homme rendait hommage à Millie.

— *Pas mal, mais pas autti bonne que la vôtre.*

Les joues de Millie s'empourprèrent tandis que Seamus portait à sa bouche sa fourchette à dessert.

Jane sourit malgré elle.

Son patient était un incurable séducteur. Quand il se sentait bien ! Dans le cas contraire, Seamus pouvait être insupportable.

Et cette pauvre chère Millie… Elle se nourrissait de l'attention que Seamus lui apportait, et ne lui en voulait aucunement quand il la rabrouait sans raison.

Tous les membres de la famille Watson avaient en commun ce trait particulier de caractère : la force de leur engagement — que ce soit envers les gens qu'ils aimaient ou pour les causes auxquelles ils croyaient. C'est pourquoi elle était persuadée que, malgré son âge, Seamus retrouverait une grande partie de son autonomie. Une partie des dégâts que la balle et l'AVC avaient causés à son cerveau étaient irrémédiables, mais Seamus pourrait se débrouiller seul, et bénéficierait d'une bonne qualité de vie.

Elle était certaine que Thomas y veillerait.

Sur le plan de la personnalité, père et fils n'auraient pu être plus différents. Tandis que Seamus avait la plaisanterie facile, Thomas était sérieux comme une porte de prison.

Certaines femmes devaient sans doute le juger barbant en comparaison de son père, mais Jane ne pouvait imaginer plus attirant qu'un homme sachant faire passer sa famille en premier, un homme aussi solide qu'un roc dans son attitude et sa pensée, un homme qui remarquait beaucoup, disait peu, faisait ce qu'il y avait à faire sans en faire tout un plat.

C'était tellement masculin.

Voilà peut-être ce qu'elle trouvait de plus séduisant chez le lieutenant Thomas Watson. Malgré les quelques fils blancs dans sa chevelure à la coupe soignée, c'était un très bel homme, magnifiquement bâti, et incroyablement sexy.

Raison de plus pour ne pas céder à la tentation de partager ses secrets avec son employeur. Elle ne pouvait pas le monopoliser. Seamus avait besoin de lui. Sa famille avait besoin de lui. Même Kansas City avait besoin de lui. Non, elle ne pouvait pas.

Le soleil s'était couché et les lampadaires du parking étaient allumés quand ils quittèrent le restaurant. Jane remarqua que la claudication de Thomas était plus prononcée tandis qu'il se dirigeait vers son pick-up.

Ce n'était pas la première fois qu'elle se demandait quelle blessure il avait subie pour conserver cette souffrance chronique qu'elle voyait parfois sur son visage.

En tout cas, il ne se plaignait jamais. Prenait-il des

antalgiques, ou s'accommodait-il tout simplement de la douleur ?

Ce n'était pas son problème. Il n'était pas son patient.

Elle n'avait pas le droit de s'inquiéter pour son employeur. S'inquiéter voulait dire qu'il comptait pour elle, qu'une sorte de lien s'était créé entre eux. Conserver une relation professionnelle, garder ses distances impliquait une absence totale de réaction, qu'elle soit physique ou émotionnelle.

Reportant son attention sur l'homme dont elle était censée s'occuper, Jane accompagna Millie et Seamus à l'entrée du parking.

Tandis que la vieille dame s'asseyait sur un banc, et que son patient prenait appui sur son déambulateur, Jane balaya du regard le parking.

Ainsi, le tueur sans nom, connu du FBI sous le sobriquet de *Badge Man*, à cause de l'insigne de police qu'il gravait au couteau sur le torse de ses victimes, avait refait surface.

Où ? Comment ?

D'après son profil, il pistait ses victimes, pour l'essentiel des membres des forces de l'ordre, ou des personnes qui leur étaient apparentées, comme c'était son cas. Il les observait pendant des jours, des semaines parfois, comme s'il était un flic en planque. Puis il passait à l'étape supérieure, s'insérant dans leur vie pour en apprendre encore davantage sur eux, pratiquant un dangereux jeu du chat et de la souris. Pour finir, il coinçait ses cibles comme des proies, les obligeant à fuir ou à se battre, avant de les tuer et de laisser sa marque sur elles.

Était-il en train de l'observer, en ce moment ? De la suivre ?

Jane ne put réprimer un frisson, même si la température était encore relativement douce en cette nuit de septembre. Si Conor Wildman soupçonnait le tueur d'être sur ses traces, il l'aurait alerté en utilisant le code et aurait organisé son départ précipité. Elle connaissait la procédure par cœur. Il lui envoyait le code par texto. Elle laissait tout tomber sur-le-champ et se dirigeait vers la résidence sécurisée qui lui était réservée, en attendant qu'on lui affecte une nouvelle identité et une nouvelle adresse.

Le restaurant près d'Union Station était immensément populaire. Il y avait un dîner d'anniversaire sur la terrasse derrière eux, et le brouhaha ambiant — mélange de couverts manipulés bruyamment, de conversations et de rires — empêchait Jane de discuter avec Millie et Seamus. Elle se tenait donc silencieuse à côté du banc, surveillant le parking à l'affût d'une quelconque anomalie.

Les voitures étaient garées très près les unes des autres, l'établissement ayant essayé de faire tenir le plus possible d'emplacements de stationnement entre la voie ferrée désaffectée et les anciens entrepôts rénovés. On y voyait d'autant plus mal entre les voitures que les feux de signalisation ferroviaire, désormais utilisés à des fins décoratives, projetaient des ombres impénétrables sur les rangées de véhicules.

Son mari lui avait appris à toujours être attentive à son environnement. C'était la règle de sécurité numéro un quand on vivait dans une métropole aussi peuplée que Washington. Naturellement, elle n'avait pas imaginé que la menace surgirait au cœur de sa propre maison. Depuis le décès de Freddie, elle avait pris grand soin de sa forme physique, suivi des cours d'autodéfense, et redoublé de vigilance.

C'est pourquoi elle se méfia quand elle entendit un

crissement de pneus et sentit flotter sur le parking une odeur de caoutchouc, tandis que Thomas approchait son pick-up du trottoir. Mais, à cette distance, elle ne pouvait pas localiser la source à travers les voitures et les ombres.

Thomas avait également noté quelque chose d'anormal. Lorsqu'il descendit de voiture, il prit du temps pour refermer sa portière, tournant la tête à droite et à gauche avant de se diriger vers l'arrière du pick-up.

Seamus avait lui aussi remarqué qu'il semblait y avoir un problème, et avait posé la main sur l'épaule de Millie, d'un geste protecteur.

— Que se passe-t-il ? demanda la gouvernante.

Un puissant moteur rugit, et une camionnette blanche surgit de l'ombre, fonçant tout droit vers le pick-up.

— Thomas ! cria Seamus.

— Attention ! dit Jane, en courant vers Thomas.

Il se trouvait pile dans la trajectoire de la camionnette.

— Ne restez pas là, ajouta-t-elle.

— Tout le monde à l'arrière, dit Thomas.

Comme elle approchait, il lui prit la taille.

— Couchez-vous.

Tandis qu'il plongeait vers le trottoir en l'entraînant avec lui, Jane eut le temps de voir une vitre côté passager ouverte et de petits flashs de lumière, juste avant d'entendre une explosion de coups de feu.

Son genou et son coude la brûlèrent quand elle heurta le ciment.

Elle entendit des gens crier. Peut-être en faisait-elle partie.

Thomas se releva aussitôt, sortant son arme et courant après la camionnette, de son étrange démarche claudicante.

— KCPD ! Arrêtez ce véhicule !

Il tira une fois, mais la camionnette tourna en catastrophe à l'angle du bâtiment, gagnant la rue, et disparut dans la nuit.

Des cris se mêlant à des bruits de meubles renversés et de vaisselle brisée résonnaient aux oreilles de Jane quand elle se redressa. Ignorant la panique qui l'envahissait, elle tituba vers le déambulateur jeté à terre et se pencha derrière le banc où Seamus s'était effondré sur Millie.

— Vous allez bien, tous les deux ?

Elle toucha l'épaule de Seamus. Était-il tombé ? Avait-il été touché par une balle ?

Badge Man avait tourmenté Freddie pendant des semaines avant l'intrusion dans la maison, menaçant son entourage. La menaçant elle. Reproduisait-il le même scénario en s'en prenant aux personnes qui lui étaient proches ?

— Seamus ?

— Je vais bien.

Il prit lourdement appui sur elle tandis qu'elle l'aidait à se relever et à s'asseoir sur le banc où Millie avait déjà pris place.

— Voilà que ça recommence, dit la gouvernante d'un ton plaintif. Qui peut bien vouloir du mal à cette famille ?

Elle laissa échapper un petit sanglot, et accepta avec reconnaissance le mouchoir que lui tendait Seamus.

— Où est Thomas ? demanda-t-elle d'une voix à peine audible, tandis qu'elle se tamponnait les yeux.

— Je suis ici.

Jane tourna la tête en entendant la voix de baryton qui venait de s'élever dans son dos.

— Ils vont bien ? demanda-t-il, le souffle encore altéré par sa course.

— Oui. Toujours sous le choc, mais sains et saufs.

— Bien.

Décrochant son insigne de sa ceinture, il le brandit à bout de bras vers les clients du restaurant et cria :

— Lieutenant Watson du KCPD. J'ai besoin de calme.

À l'exception de quelques gémissements ici ou là, tout le monde sur la terrasse ou sur le seuil de l'établissement se tut.

— J'ai déjà signalé l'incident. Les secours sont en route. Est-ce que quelqu'un est blessé ?

Il y eut un échange de questions et de réponses tandis qu'amis et proches faisaient le point entre eux, puis le groupe redevint silencieux. Dieu merci, personne n'avait été touché par une balle perdue.

— Très bien. Je veux que tout le monde regagne sa place.

Tandis qu'on redressait les chaises, et que les gens quittaient les abris de fortune derrière lesquels ils s'étaient réfugiés, Thomas s'adressa à l'un des serveurs.

— Je veux que tout le monde reste en place aussi dans la salle de restaurant. Prévenez-moi immédiatement si quelqu'un est blessé. Et il faut que je parle à votre patron.

Tandis que le jeune homme s'empressait d'obéir, Jane se tourna pour examiner à nouveau Millie. Elle prit le poignet de la vieille dame et vérifia son pouls. Son cœur battait un peu vite, mais elle avait repris des couleurs.

Redressant le déambulateur de Seamus, et le plaçant devant lui, Jane fit appel au policier qui sommeillait toujours en lui.

— J'ai besoin que vous vous assuriez qu'elle reste assise. Elle a un peu la tête qui tourne, et je ne voudrais pas qu'elle s'évanouisse. Vous pouvez faire ça pour moi ?

Elle voulait qu'il reste tranquille lui aussi, afin d'éviter qu'il ne tombe et ne se blesse.

Il prit la main de Millie et hocha la tête.

— Je vais faire un tour pour voir si quelqu'un a besoin d'assistance médicale.

Elle venait à peine de terminer sa phrase qu'une main s'abattit lourdement sur son épaule et la tira en arrière.

— Qu'est-ce que vous faites ? demanda Thomas, en la faisant pivoter contre la portière de la voiture. Je vous avais dit de ne pas bouger.

Elle libéra son bras et le repoussa. Il se trouva alors dans la lumière, et elle vit les traînées de sang qui maculaient l'avant-bras de sa chemise.

— Vous avez été touché.

Elle déboutonna sa manchette et releva doucement le chambray imprimé écossais pour inspecter l'estafilade sur son bras. La blessure n'était pas assez profonde pour nécessiter des points de suture, mais elle pouvait s'infecter si elle n'était pas traitée.

— Je suis désolée que vous ayez été blessé, dit-elle.

— Vous auriez pu l'être aussi, s'exclama-t-il. Quand je vous donne un ordre, je veux que vous…

— Je me fiche de vos ordres ! Je ne veux pas que quelqu'un d'autre soit blessé. Il est après moi.

— … fassiez ce que je dis, poursuivit Thomas, sans relever l'interruption. Il est après moi.

Jane se figea tandis qu'ils prononçaient les mêmes mots au même moment.

Quelle idiote ! se reprocha-t-elle en son for intérieur. Elle avait failli vendre la mèche.

Il pouvait très bien s'agir d'une fusillade de rue au hasard.

Ou alors, la véritable cible était l'un des clients du restaurant.

Si tragique que soit la violence aveugle, l'assassin de Freddie ne l'avait pas trouvée. Cet incident ne faisait pas partie de son jeu pervers.

Elle couvrit cette gaffe due à la panique en se concentrant sur ce qu'elle faisait le mieux : soigner les gens. Elle ouvrit la portière du pick-up, prit la trousse de premiers secours dans la boîte à gants, et en répandit le contenu sur le siège.

S'accordant quelques secondes pour se ressaisir, elle fut surprise d'entendre sa voix résonner normalement à ses propres oreilles quand elle se tourna et pressa un tampon de gaze sur la blessure de Thomas.

— Je dois nettoyer la plaie avant que l'infection ne s'installe. Mais je suis davantage inquiète de la perte de sang. Millie a raison. Ça pourrait être lié à la fusillade au mariage de votre fille. À moins que ça n'ait un rapport avec une des enquêtes sur laquelle vous travaillez ?

— Je suis flic, rétorqua-t-il avec un haussement d'épaules. Les voyous ne m'aiment pas.

Il posa la main sur celle de Jane, l'empêchant de continuer à travailler.

— Mais pourquoi quelqu'un voudrait-il s'en prendre à vous ?

3

Thomas n'avait jamais rencontré une femme capable de se replier sur elle-même aussi vite que Jane Boyle. La peur qui avait assombri ses yeux, la confusion et l'inquiétude qui ridaient son front avaient soudain laissé place à une impassibilité totale.

Elle ne lui dirait rien.

Très bien.

N'ayant pas envie d'être troublés par ses doigts assurés qui dansaient sur sa peau tandis qu'elle nettoyait sa plaie, il avait préféré s'adresser aux secouristes dépêchés sur place pour qu'ils terminent son bandage, puis il avait rejoint les policiers chargés de l'incident.

Même s'il était le plus gradé, il était également un témoin de la fusillade. Il était donc obligé de rester en retrait, tandis que les autres inspecteurs conduisaient les auditions, que les experts scientifiques ratissaient les lieux, et que les agents en uniformes réglaient la circulation.

Son plus jeune fils, Keir, attendait de pouvoir lui parler et se précipita vers lui dès que l'officier en chef en eut terminé avec lui.

— Comment va ton bras, papa ? demanda-t-il, en désignant d'un signe de tête le bandage autour de son coude et de son avant-bras.

— Ce n'est rien du tout. Il y a des blessés ?

— À part quelqu'un qui a fait une crise de panique, tu es la seule victime.

Keir tourna les yeux vers l'ambulance stationnée derrière le ruban jaune délimitant le périmètre de sécurité.

— Et Jane ? Comment va-t-elle ?

— Bien. Elle n'a que quelques égratignures aux coudes et aux genoux. Tu as des nouvelles de papa et Millie ? Je n'ai pas eu l'occasion de faire le point avec eux.

— Ils vont très bien. Ils ont déjà témoigné.

Keir était sans doute venu directement du travail. Il avait desserré sa cravate et déboutonné son col de chemise, mais il portait un costume gris anthracite qui aurait pu le faire passer pour un cadre du district financier, s'il ne portait pas à la ceinture un insigne et un holster contenant un Glock.

— Grand-père a toujours l'œil aiguisé. Il a réussi à relever un numéro d'immatriculation partiel. Je vais les raccompagner. Millie fait bonne figure, mais elle a eu peur. Et grand-père semble fatigué.

— La journée a été longue pour lui.

— Pour toi aussi, j'imagine.

Avec son regard d'un bleu intense, tellement semblable à celui de sa mère, Keir exsudait l'autorité, même si Thomas le surpassait en âge et en grade.

— J'ai analysé le schéma de tir. Ou le conducteur est myope, ou il a délibérément raté sa cible.

N'y avait-il pas un air de déjà-vu ?

Thomas jeta un coup à Seamus, qui discutait amicalement avec Millie et un jeune agent en uniforme, le gratifiant probablement de conseils avisés.

Parmi toutes les personnes présentes au mariage d'Olivia, et en dépit de tous les coups de feu tirés, une seule personne avait été touchée. Ou alors, peut-être que le tireur le visait lui, et que son père, assis juste à côté, avait essuyé une balle perdue ?

D'un autre côté, si la personne qui avait engagé le tireur ce jour-là voulait faire souffrir Thomas, il est certain qu'il lui infligerait bien plus de peine en attaquant sa famille qu'en tirant sur lui.

Peut-être était-ce le plan depuis le début. Mais qui le haïssait à ce point pour vouloir s'en prendre à sa famille ? Cet homme, car il supposait que ça ne pouvait être qu'un homme, avait-il récidivé ce soir ?

— J'ai remarqué la même chose, répondit-il à son fils. Le conducteur a dévié à la dernière seconde, alors qu'il aurait pu nous percuter. Et ses tirs visaient mes pneus, pas la foule. En fait, je crois que la balle qui m'a touchée était un ricochet. Janie aurait pu être grièvement blessée si je n'avais pas involontairement fait dévier la trajectoire de la balle.

— Janie ?

Une lueur d'étonnement passa dans le regard de Keir, mais l'arrivée de son frère aînée, Duff, l'empêcha de chercher à en savoir plus.

— Bon, j'y vais, déclara Keir. Kenna et moi allons rester avec grand-père et Millie jusqu'à ce que tu rentres à la maison. Appelle-moi si tu apprends quelque chose entre-temps, papa.

— Ça va lui faire plaisir. Merci, fiston.

Thomas savait que Seamus avait un petit faible pour la fiancée de son petit-fils, une avocate très en vue, que Keir avait sauvée des griffes d'un psychopathe.

Keir adressa un signe de tête à l'homme qui accompagnait Duff, et prit congé.

— Regarde sur qui je suis tombé pendant mon inspection, dit Duff, en tapotant l'épaule d'un vieil ami de la famille que Thomas n'eut aucun mal à reconnaître.

— Al…

Thomas tendit la main, et fut aussitôt attiré dans une accolade bourrue.

— Ça fait longtemps qu'on ne s'est pas vus, Tommy boy.

C'était ainsi que Al Junkert le surnommait depuis qu'ils étaient devenus amis à l'académie de police. Al et Thomas avaient commencé à patrouiller ensemble, étaient devenus inspecteurs la même année, et avaient devant eux un avenir tout tracé de commissaire quand une dangereuse course-poursuite avait envoyé Thomas à l'hôpital. Tandis qu'il luttait pour conserver sa jambe, Al avait renoncé aux enquêtes de terrain, et avait suivi une formation pour intégrer le service des relations publiques du département de police. Al était là au moment du décès de Mary. Il était le parrain d'Olivia, et une sorte d'oncle pour tous ses enfants.

Aujourd'hui, ses cheveux grisonnants paraissaient plus blancs en contraste avec sa peau profondément tannée par les heures passées sur les greens de golf.

Lorsque Al s'écarta, il affichait une moue contrite.

— Désolé de reprendre contact dans ces circonstances. Je te croyais en sécurité à conduire des séminaires à l'académie de police. Mais les mauvais garçons continuent à te prendre pour cible, on dirait.

Les mains sur les hanches, Thomas secoua la tête devant l'évident manque de mobile en ce cas précis.

— Je me suis fait quelques ennemis au fil du temps, mais je ne trouve pas d'explication à ce qui s'est passé. Tu étais au restaurant ? Je ne t'ai pas vu. Shirley est avec toi ?

— Oui à la première question, et non à la seconde.

J'avais envie d'un barbecue. Mais, malheureusement, Shirley et moi nous sommes séparés. J'en suis à mon deuxième rendez-vous avec une fille que j'ai rencontrée à un gala de charité.

Al tourna la tête vers les voitures de patrouille noir et blanc, dont les gyrophares déchiraient la nuit d'éblouissants éclairs de lumière.

— Il est possible qu'il n'y ait pas de troisième rendez-vous. Tous ces coups de feu l'ont traumatisée. Quand je lui ai dit que la cible était mon ancien coéquipier, elle a très nettement écarté sa chaise de la mienne, comme si elle pensait que ce qui t'était arrivé était contagieux.

Thomas et Duff rirent de bon cœur.

— Désolé pour ton rendez-vous. Montre-lui ton superbe bureau et rappelle-lui que nous ne travaillons plus ensemble, et qu'elle n'a rien à craindre.

— Je ne sais pas. Elle est plutôt peureuse. Rien à voir avec Mary. Ta femme était tellement forte, elle affrontait tous les coups durs avec courage. Sauf le dernier, bien sûr.

Al se rembrunit et passa la main sur son front largement dégarni.

— Je suis désolé, Thomas. Ce n'est pas ce que je voulais dire. Simplement, je pensais qu'elle n'avait pas réussi à gagner cette bagarre-là.

— Ce n'est rien, Al. Ça fait longtemps. On peut parler de Mary.

— J'ai l'impression que c'était hier quand nous sortions tous ensemble, toi, moi, Mary et ma première femme.

— Beaucoup de choses ont changé depuis.

— Tes enfants sont devenus adultes. Je cherche

mon épouse numéro quatre. Bon, je ferais bien d'aller rejoindre, hum…

Il claqua des doigts, essayant de se souvenir du prénom de sa conquête du moment.

— Renée. Je ferais bien d'aller rejoindre Renée.

Il tapota l'épaule de Duff, et fit un signe de tête à Thomas.

— Il faudrait qu'on se retrouve au Shamrock un soir, histoire de parler du bon vieux temps.

Il jeta un coup d'œil du côté du banc, observant Keir qui aidait Seamus à se lever et à trouver son équilibre.

— Je vais saluer ton père avant de partir. Bonne chance pour arrêter le coupable, les gars.

Thomas attendit qu'Al se fût éloigné pour se tourner vers Duff, impatient d'en savoir plus.

— Qu'est-ce que tu as trouvé ? Quelqu'un dans les bars et les restaurants voisins a-t-il vu quelque chose ? Je sais que le voisinage grouille de circulation et de piétons le vendredi soir.

Duff ajusta la lanière de son holster d'épaule et rabattit les manches de sa chemise noire. Les journées étaient encore chaudes, comme une dernière exhalaison d'été, mais les nuits de septembre étaient marquées du sceau de l'automne.

— On a eu de la chance de ne pas avoir d'accident de la circulation. La seule chose sur laquelle les badauds sont d'accord, c'est que le conducteur allait très vite. Mais j'ai des témoins qui ont vu un SUV blanc, une berline bleu marine et un cabriolet rouge. Le conducteur était un hispanique, un homme avec une cagoule ou une femme aux longs cheveux noirs.

— C'était une camionnette blanche, d'au moins dix ans d'âge, et conduite plutôt brutalement à en juger par la rouille sur le pare-chocs et le coup dans la portière côté passager. Le tireur était blanc. D'après ce que j'ai pu voir de sa main, c'était un homme. L'arme était...

— Un 45 mm.

Son second fils, Niall, approchait en tenant à la main un sachet destiné à recueillir les indices.

Bien qu'il soit médecin légiste, rattaché au laboratoire de la police criminelle, et n'intervienne sur les scènes de crime que s'il y avait un cadavre, il s'était présenté, comme tous les fils de Thomas, peu après qu'un appel à toutes les unités mentionnant son nom eut été lancé. La seule raison pour laquelle Olivia n'était pas là, c'est qu'elle suivait un séminaire sur le profilage à Saint Louis.

— Le conducteur se moquait bien de laisser des traces derrière lui, dit Niall.

Il tendit le sachet contenant la balle à Thomas, qui inspecta celle-ci à travers le plastique transparent, avant de le passer à Duff.

— Il n'est pas non plus un très bon tireur, si on considère qu'il n'a touché que toi et ta voiture.

Ils avaient tous remarqué la même chose. Une fusillade de rue sans des dizaines de victimes n'avait aucun sens. Ce n'était pas un quartier où sévissaient des gangs. Mais, même si cela avait été le cas, il y aurait eu une cible bien précise.

— Richard Lloyd, le tueur à gages qui a ouvert le feu au mariage d'Olivia, n'a blessé que grand-père aussi, déclara Duff. Je n'aime pas ce genre de coïncidences.

— Moi non plus, renchérit Thomas. Et le conducteur portait peut-être une cagoule. Je n'ai pas vu son visage. Juste la main qui pointait l'arme à travers la vitre baissée. Tu penses que celui qui avait engagé Lloyd a recruté quelqu'un d'autre ?

— C'est possible, répondit Duff. Le premier qui découvre quelque chose partage l'information, d'accord ?

— Bien sûr, dit Niall.

— Mouais, dit Thomas, avant de prendre une grande inspiration.

Sa blessure au bras lui faisait mal, et la tête commençait à lui tourner de trop d'énigmes restées sans réponse.

La seule chose qui lui apportait un peu de répit, c'était de reporter son attention sur la femme à la queue-de-cheval couleur miel. Jane portait un bandage autour du coude, témoignage de sa chute. Bien que Thomas ait essayé de l'amortir, ils avaient dérapé sur une bonne longueur de trottoir, et elle aurait pu être davantage blessée.

Il prit soudain conscience que Duff avait continué la conversation tandis qu'il était perdu dans ses pensées.

— Tu as besoin d'autre chose ? Il faut que j'aille chercher Melanie à la bibliothèque du campus. Elle fait des recherches pour son examen d'anatomie.

Niall prit la parole.

— Comment se passe son premier semestre à la faculté de médecine ? Ce n'est pas trop épuisant ?

Un peu plus tôt au cours de l'été, la fiancée de Duff avait failli mourir après avoir reçu un coup de couteau. Heureusement, Duff était intervenu à temps pour lui sauver la vie, et il l'avait demandée en mariage à l'hôpital. Thomas appréciait beaucoup la jeune femme, qui avait appris à son aîné à croire à nouveau en l'amour.

— Désolé, dit-il. J'ai oublié de t'en parler. Comment va Mel ?

— Elle adore la vie d'étudiante. Je suis ravi qu'elle

ait enfin pu retourner à l'université. J'ai toujours rêvé de sortir avec une étudiante, plaisanta Duff.

Niall se rembrunit.

— J'espère que tu ne la détournes pas de ses études. Si elle a des questions, qu'elle n'hésite pas à m'appeler.

— Elle le sait. Elle sait aussi que tu te maries à la fin du mois, et elle ne veut pas te déranger.

Comme à leur habitude, les deux frères se taquinèrent quelques instants.

Lorsque Thomas se rendit compte que les rires avaient cessé, il se tourna et découvrit ses deux fils qui le fixaient avec un drôle d'air. Tous deux avaient remarqué qu'il ne quittait pas Jane des yeux.

— Papa ? Il se passe quelque chose entre toi et l'adjudant Boyle ? demanda Duff.

— J'aimerais bien que tu ne l'appelles pas comme ça, fiston. Elle est professionnelle et efficace, c'est tout.

— Bien. Mais tu n'as pas répondu à ma question.

Un homme de haute taille, portant un costume fauve et une cravate marron, s'avança vers Jane d'une démarche nonchalante. Elle sursauta, puis engagea avec lui une conversation qui semblait animée.

Le détail n'échappa pas à Niall.

— Qui est ce type qui parle à Jane ?

— Je n'en sais rien. Pour le moment.

Quand il vit l'inconnu prendre Jane par la taille et lui frotter le bras de haut en bas, Thomas ouvrit la portière arrière de son pick-up, et prit sur la banquette le coupe-vent du KCPD qu'il y laissait en permanence.

— Les garçons, restez en contact avec le responsable de l'enquête. Moi, je vais suivre une autre piste.

Avec sa jambe endommagée assaillie de décharges électriques à chaque foulée, il ne pouvait pas vraiment traverser le parking au pas de charge. Mais il arriva à destination suffisamment vite pour entendre le grand blond s'en prendre à Jane.

— Mais enfin, bon sang, que veux-tu que je pense quand tu ne me rappelles pas ?

Était-ce lui qui la menaçait ? Ou à tout le moins qui la perturbait avec ses messages incessants ?

— Jane ? l'appela Thomas d'une voix douce, pour ne pas la faire sursauter comme l'avait fait l'homme au costume fauve.

Il attendit qu'elle se retourne et le reconnaisse, avant de draper le coupe-vent autour de ses épaules. Et, oui, il l'admettait, ses mains s'attardèrent sur les épaules de Jane un peu plus longtemps que nécessaire.

— On dirait que vous commencez à avoir froid.

— Je…

Elle regarda l'homme blond et frissonna. Puis elle glissa ses bras dans les manches de la veste de Thomas, et se transforma en moulin à paroles.

— Un petit peu. C'est peut-être le contrecoup, après toutes ces émotions. Ma blouse médicale était passablement déchirée et le secouriste l'a jetée. Vous n'avez pas besoin de votre veste, n'est-ce pas ? Bien sûr que non, sinon vous ne me l'auriez pas proposée. Merci.

Et puis soudain, elle redevint silencieuse, comme si elle venait d'utiliser tout ce qu'il lui restait d'énergie. Thomas remarqua que les yeux de Jane erraient quelque part au niveau de son menton.

Elle évitait son regard ? Elle n'avait plus de mots pour argumenter avec lui ?

Cette confusion ressemblait si peu à la femme qu'il connaissait que Thomas s'apprêtait à lui passer le bras autour des épaules quand l'inconnu tendit la main d'un geste décidé, affichant un grand sourire de représentant commercial.

— Conor Wildman. Je suis un ami de Jane.

Quel genre d'ami la faisait se crisper ainsi ? Ou alors, c'était sa présence à lui qui la mettait mal à l'aise. Après tout, elle déployait de gros efforts pour protéger sa vie personnelle. Le fait que son employeur soit le témoin d'un échange privé était peut-être la raison de cette mine contrariée.

En attendant de mieux comprendre la situation, ça ne coûtait rien d'en savoir un peu plus sur ce type.

— Thomas Watson. Jane travaille pour moi.

— Elle me l'a dit. Ravi de vous rencontrer enfin.

Le regard de Wildman passa de l'insigne et de l'arme à la ceinture de Thomas aux lettres inscrites sur la veste en nylon noir.

— Vous travaillez au KCPD ?

Encore un qui n'avait pas inventé le fil à couper le beurre, songea Thomas.

— Effectivement. Et vous, dans quel domaine êtes-vous ?

— Je suis comptable. Je suis à mon compte. Je gère mon temps comme je veux.

Il croisa les bras sur son torse, et le geste fit remonter ses vêtements, soulignant le renflement, sous le pantalon fauve, d'une arme fixée à la cheville.

Quel genre de comptable avait besoin d'être armé ?

— Quand j'ai appris que Jane se trouvait sur les lieux d'une fusillade, il a fallu que je vienne pour prendre de ses nouvelles. Je vais maintenant la raccompagner chez elle.

Était-ce une proposition ou un ordre ?

4

— À ton avis, Watson soupçonne que je suis ton référent WITSEC ?

Le marshal Conor Wildman se trouvait dans la cuisine de la maison où Jane vivait avant d'accepter un emploi d'infirmière à domicile auprès de Seamus, et d'emménager dans une des chambres d'amis des Watson.

Contournant l'îlot central, Jane se hissa sur l'un des tabourets — fournis comme la maison elle-même par le programme de protection des témoins des US Marshals.

— Je pense qu'il te prend pour un de mes ex… et quelqu'un de pas très sympa en plus.

Conor grimaça un sourire, desserra son nœud de cravate et défit le premier bouton de sa chemise. Puis il commença à préparer le café.

Bien que la maison de la 39e Rue soit toujours enregistrée au nom de Jane Boyle, Conor y avait passé beaucoup de temps au cours des derniers mois, à vérifier sa sécurité, ou à planifier des rendez-vous avec elle. C'était une couverture facile de retourner chez elle pour prendre des vêtements ou superviser des travaux de jardinage ou de réfection, et de retrouver l'homme dont le travail consistait à protéger sa nouvelle identité, et à veiller à ce qu'il ne lui arrive rien.

— Ça expliquerait le bisou sur la joue avant que nous ne quittions les lieux de la fusillade, dit Conor. Ton patron est jaloux.

Les doigts de Thomas glissant dans ses cheveux, à la base de son cou, et la pression de ses lèvres sur sa peau glacée n'avaient pas fait à Jane l'effet d'un simple bisou. Il aurait suffi qu'elle tourne légèrement la tête pour que leurs lèvres se rencontrent.

Cela faisait trois ans qu'elle n'avait pas été embrassée, serrée dans des bras puissants et protecteurs. Pas depuis le décès de Freddie.

Le souffle lui manqua tandis qu'elle se rappelait la chaleur qui l'avait envahie au contact des doigts de Thomas. Et pourtant, elle feignit l'indifférence.

— Je ne représente rien pour lui.

Un sourire amusé flottait toujours sur les lèvres de Conor tandis qu'il sortait des tasses d'un placard.

— Il est très protecteur envers toi.

— Il est comme ça avec tout le monde. C'est dans ses gènes. D'ailleurs, tu m'as dit que la maison des Watson était l'endroit idéal pour moi parce qu'ils seraient plus attentifs à leur environnement qu'une famille ordinaire.

Conor approuva d'un signe de tête.

— C'est vrai que ça aide d'avoir une paire d'yeux supplémentaires pour te surveiller, même si le lieutenant ignore qu'il participe à un programme WITSEC.

Jane remonta les manches de la veste qu'elle portait toujours. Le café que Conor lui avait servi commençait à la réchauffer, mais elle avait envie de garder sur elle le vêtement qui conservait l'odeur épicée de l'eau de toilette de Thomas.

Cela faisait des années qu'un homme ne lui avait pas offert sa veste, et la galanterie du geste lui donnait l'impression d'être normale. Elle n'était plus un témoin précieux, un instrument que le FBI voulait utiliser pour arrêter un dangereux criminel, mais simplement un être humain, une femme dont personne ne s'était occupée avec affection depuis très longtemps.

Ses pensées l'entraînèrent sur un terrain glissant tandis qu'elle pensait à son employeur.

Comme les vins millésimés qu'elle avait l'habitude de boire avec Freddie, Thomas possédait la juste maturité : sûr de lui, mais pas arrogant. Pas vraiment beau — ses traits anguleux manquant de douceur, mais résolument virils. Les rides autour de ses yeux d'un vert profond parlaient d'expérience et de sagesse, de rires autant que de peines. Et elle connaissait des hommes plus jeunes, tels que le marshal Wildman, dont les sourires dignes d'une publicité pour un dentifrice et la drague stéréotypée ne la troublaient pas comme le faisait un seul regard appuyé de Thomas.

— Tu es en train de penser au lieutenant Watson, n'est-ce pas ?

Conor posa les coudes sur l'îlot et se pencha vers Jane.

— Tu sais, ma belle, tant que tu ne révèles pas ta véritable identité, ni la mienne, tu as le droit d'avoir une relation amoureuse.

Une relation amoureuse ? Elle avait banni cette hypothèse de ses projets d'avenir, d'abord à cause de son deuil, puis par nécessité.

— Comment veux-tu que j'aie une relation durable, alors que ma vie est un vrai chaos, et que mes proches pourraient devenir la cible d'un psychopathe ? D'ailleurs, je te signale que toi-même, tu n'es pas marié.

Il rit.

— Touché ! Je suppose qu'il est compliqué d'avoir

une relation honnête quand on passe sa vie à mentir sur la personne qu'on est vraiment.

— Je suis désolée.

— Moi aussi.

Il sourit à nouveau.

— Mais tu pourrais quand même, tu sais… batifoler un peu.

— Avec mon patron ?

— J'ai bien vu comment tu le regardais. Tu penses que le vieux a encore du répondant ?

Jane ferma la bouche, réalisant qu'elle était toujours médusée face à la suggestion selon laquelle elle aurait un petit béguin, pour son séduisant employeur.

— D'après tout ce que tu m'en as dit, il a l'air d'un type bien, insista Conor.

— Je ne pense pas que ce soit le genre d'homme à prendre quoi que ce soit à la légère.

Elle ne pensait pas non plus être le genre de femme à oser une aventure sans lendemain. Freddie Davis avait été son amoureux du lycée, son premier amour, son unique amant. Thomas était l'homme des relations sérieuses. Et elle…

Jane but une gorgée de café.

Elle ne devrait même pas penser à sa solitude, aux coups de cœur, et aux relations qu'elle ne pouvait pas avoir pour le moment.

Conor se servit une seconde tasse de café.

Remarquant soudain les cernes sous ses yeux, Jane comprit qu'il avait sans doute passé de longues heures à travailler sur la réapparition de Badge Man. Conor ne représentait pas une menace pour elle, comme le croyait Thomas. Mais le fait qu'il ait demandé à la voir en dehors de leurs rendez-vous programmés signifiait qu'il redoutait un autre type de danger dont elle devait se méfier.

— Je ne suis pas venu pour discuter de mon absence de vie amoureuse, dit-elle d'un ton décidé.

Il était tard, et elle avait envie de parler de choses sérieuses.

— Dis-moi ce que cachent ces textos sibyllins. Tu n'as pas écrit « Andromeda », donc j'ai su que je ne courais pas un danger imminent. Mais tu m'as fait peur quand même. Que se passe-t-il avec Badge Man ?

— Le cadavre d'un homme, avec un insigne gravé au couteau sur le torse, a été découvert à Indianapolis, il y a trois jours. Il a fallu du temps pour l'identifier, mais le rapport est arrivé ce matin. Il s'agit d'un certain Alonzo Garcia, de la brigade routière motorisée.

Jane porta une main à sa bouche pour retenir son cri de détresse.

Conor ne s'étendit pas sur les détails ignobles, mais elle en avait déjà eu un exemple, et en se trouvant aux premières loges, qui plus est. Badge Man neutralisait ses victimes en utilisant un taser, ou en leur portant un coup à la tête, les attachait, attendait qu'elles reviennent à elles pour les étrangler et laissait une marque sanglante sur leur torse.

— Les enquêteurs pensent que Garcia a arrêté Badge Man pour excès de vitesse. Le numéro d'immatriculation qu'il a signalé au central n'a rien donné.

— Est-ce que Garcia avait de la famille ?

— Mieux vaut que tu ne le saches pas.

Cela voulait dire que la victime avait laissé quelqu'un derrière lui. Une femme ? Un enfant ? Des parents ? Et elle était la seule à pouvoir empêcher ce monstre de détruire d'autres familles.

Elle refoula les larmes qui lui montaient aux yeux, et se concentra sur ce que lui disait Conor.

— Il ne sévit plus dans la région de Washington, apparemment. Et, s'il a modifié sa zone de frappe…

— Il pourrait être en train de me chercher.

— Exactement.

Le personnage mi-dragueur, mi-grand frère taquin disparut, laissant place à un professionnel inflexible.

— Indianapolis est à mi-chemin entre Washington et ici. Cela ne signifie peut-être rien. Peut-être y avait-il trop de pression pour lui à Washington. Peut-être est-il tout simplement retourné dans sa ville natale…

— Ça ne pourrait pas être un imitateur ?

Conor secoua la tête.

— Certains détails de son mode opératoire n'ont jamais été dévoilés au public. C'est bien son œuvre.

— Que dois-je faire alors ?

— Je veux que tu modifies tes habitudes. Ce type adore traquer longuement sa victime et, s'il est en route pour Kansas City, cela lui compliquera la tâche si tu n'es pas tous les jours au même endroit à la même heure.

— Mais je n'ai plus la même apparence qu'il y a trois ans. J'ai perdu du poids, j'ai cessé de décolorer mes cheveux et je les ai laissés pousser.

— A priori, tu ne risques rien, mais il vaut mieux un excès de prudence qu'un manque de défiance.

— Seamus a des rendez-vous impossibles à modifier, des sessions quotidiennes de thérapie essentielles à sa guérison…

— Très bien. Mais prends des itinéraires différents quand tu le conduis chez le médecin. Je sais que tu aimes l'emmener au parc quand il fait beau, en revanche ne va pas toujours au même endroit. Et quand tu vas courir le matin…

— Je prendrai d'autres chemins. Et j'essayerai de trouver d'autres parcs.

Jane déposa sa tasse dans l'évier, et fit face à Conor.

— Le problème, c'est que Seamus n'est pas idiot, il va bien se rendre compte que je change sa routine. Que dois-lui dire ?

— Que tu veux découvrir la ville, que tu dois faire un détour pour acheter quelque chose ou voir une amie…

— Je n'ai pas d'amis.

— Peu importe. Tu dois affiner tes talents d'actrice. Ces trois ans sans incident pourraient t'avoir rendue moins attentive. Dès que Badge Man a réalisé que tu pouvais l'identifier…

Jane soupira.

— Il ne lui a pas fallu longtemps pour me rechercher, je sais.

— Rien ne dit qu'il est sur tes traces. Mais, si tu as l'impression que quelqu'un te suit, si tu repères un visage dans plusieurs endroits, si quelque chose te met mal à l'aise, appelle-moi. De plus, je veux que nous fassions le point tous les jours, jusqu'à ce que nous ayons la certitude que Badge Man ne se dirige pas vers Kansas City.

Jane comprenait. Elle détestait le fait que toute sa vie se résume à éviter un tueur, mais elle comprenait.

Peut-être n'y aurait-il pour elle désormais plus rien d'autre que la survie — pas de mari, pas d'enfants, pas d'amitiés durables… Mais peut-être, si elle était assez forte, assez courageuse, pourrait-elle survivre assez longtemps pour voir l'arrestation de Badge Man. Peut-être, à ce moment-là, ne serait-elle pas encore trop vieille pour savourer un peu de normalité dans sa vie.

Elle ne réalisa qu'elle avait relevé le col de la veste de Thomas autour de son menton que lorsque son odeur réconfortante l'enveloppa.

Oh, non ! Elle laissa immédiatement retomber ses mains et s'approcha de Conor.

— Tu penses que le KCPD a été prévenu des déplacements de Badge Man ?

— Il a tué des policiers, des agents du gouvernement, et un shérif adjoint. Toutes les forces de l'ordre du pays le connaissent. D'ailleurs, j'ai appris que le FBI allait envoyer un agent pour t'interroger à nouveau. Mon supérieur, le marshal Broz, va organiser un rendez-vous sécurisé entre vous.

— Ce que je me demandais, c'est si les Watson seront mis au courant.

— C'est probable. Mais ils ne sauront pas que tu es le seul témoin vivant. Sauf si tu le leur dis, et tu n'as pas le droit de le faire.

— Je sais, mais… Sont-ils en danger à cause de moi ?

— N'importe qui dans le pays qui porte un insigne pourrait être une cible. Le fait que tu sois dans une famille de flics est un atout supplémentaire pour ta sécurité, puisqu'ils se tiennent sur leurs gardes vis-à-vis de lui. Et, si le lieutenant Watson garde déjà un œil sur toi, je ne vois aucune raison de tout modifier, au risque qu'il ne se mette à poser trop de questions.

Jane secoua la tête. Thomas posait déjà beaucoup trop de questions. Il avait deviné que quelque chose n'allait pas. Et si elle était persuadée qu'il était l'homme idéal à qui se confier, elle ne le pouvait pas le faire.

— Je comprends, marmonna-t-elle.

Conor l'accompagna à la porte, sortit son arme et vérifia le couloir, avant de l'escorter à sa voiture. Il posa son arme entre eux sur la banquette avant de tourner la clé de contact.

— Tu penses que tu seras toujours capable de l'identifier quand nous l'attraperons ?

Jamais elle ne pourrait oublier cette voix froide, presque inaudible alors que le sang battait à ses oreilles et qu'elle se sentait basculer vers l'inconscient.

Elle se cala contre son dossier, se rappelant la corde bleue qu'il avait nouée autour de son cou, et la certitude qu'elle avait eue à ce moment-là qu'elle vivait ses dernières minutes.

Elle n'avait rien oublié et, encore aujourd'hui, elle pouvait relater cette nuit d'horreur dans les moindres détails.

Ce soir-là, elle était rentrée plus tôt que prévu de l'hôpital, victime d'un état grippal qui la rendait totalement inopérante.

La porte de la maison était ouverte. Alertée, elle n'avait pas pris le temps de retirer ses gants et son manteau avant d'aller voir si Freddie allait bien.

En entrant dans leur chambre, elle avait trouvé ce monstre en train de graver ce grotesque symbole sur le cadavre de son mari. Elle avait réussi à ne pas crier et à s'enfuir. Mais quelque chose avait dû la trahir. Le criminel l'avait rattrapée avant qu'elle n'atteigne à la porte d'entrée.

Sa lutte avait été de courte durée. La décharge électrique du taser dans son épaule l'avait mise K-O. Quand elle avait repris connaissance, elle était étendue sur le lit, à côté du cadavre de son mari.

Incapable de réagir, elle avait vu Badge Man dénouer la corde bleue qui étranglait Freddie et la passer autour de son propre cou. Par chance, elle s'était évanouie avant qu'il n'ait eu le temps de l'étouffer, et il n'avait pas insisté, la croyant morte.

Si elle avait fait partie des forces de l'ordre comme son mari, Badge Man se serait probablement acharné. Mais elle n'était qu'un témoin qu'il voulait faire taire.

Malgré le peu de temps qu'avait duré leur face-à-face, elle avait relevé quelques éléments cruciaux. Tout d'abord, il avait les yeux vairons. Puisque ses yeux étaient la seule partie de son visage qu'elle pouvait voir derrière sa cagoule, elle n'avait pu manquer de remarquer que l'un des iris était marron, tandis que l'autre était d'un bleu si clair qu'on l'aurait cru transparent.

Une odeur étrange, qui n'avait rien de masculin, imprégnait à ses vêtements. C'était sucré, un peu écœurant, comme de la pâte à cookies ou du gâteau à la banane.

Il avait aussi un tatouage à la base du cou, qu'elle avait découvert lorsqu'elle s'était agrippée à sa cagoule, dans une dernière tentative de survie tandis qu'il lui comprimait le larynx. Deux phrases, ironiquement inspirées de Winston Churchill, s'imprimaient sur sa peau : « N'accepter aucun refus, ne jamais se soumettre à l'échec. »

Les doigts de Jane effleurèrent la cicatrice de trachéotomie à la base de son cou, souvenir physique de cette horrible nuit.

— Je ne l'oublierai jamais, répondit-elle à Conor. Je ne reconnaîtrai peut-être pas son visage, mais d'autres détails sont gravés dans ma mémoire, et je pourrai l'identifier comme l'assassin de mon mari.

— Bien. Je voulais que tu sois au courant de l'évolution de la situation. Ne baisse pas la garde. Tant que tu resteras discrète, tout ira bien. Et n'oublie pas que je suis là pour te protéger. Tout ce que tu as à faire, c'est de rester en vie.

Bien sûr ! Pas de problème !

— Je ferai de mon mieux, répondit-elle.

Thomas ôta ses lunettes de vue, et jeta un coup d'œil à la pendulette posée sur sa table de chevet.

1 heure du matin.

Il l'entendait toujours, qui arpentait le couloir de l'étage, entre sa chambre, la salle de bains des invités et le haut de l'escalier. S'il n'avait pas été aussi tard, Jane serait probablement sortie courir pour évacuer ce trop-plein d'énergie. Au lieu de quoi, elle tournait comme un lion en cage.

Qu'est-ce que Conor Wildman lui avait dit pour la perturber comme ça ? Ce type ne lui disait décidément rien qui vaille.

Tout en grommelant, il bascula les jambes sur le côté du lit, et planta ses pieds dans la moelleuse carpette. La femelle labrador chocolat, couchée dans son panier près de la porte, leva la tête, aussitôt aux aguets. Thomas ne put s'empêcher de sourire en regardant la brave bête qu'il avait récupérée à la fourrière, la sauvant de l'euthanasie.

— Tout va bien, Ruby. Je veux juste vérifier quelque chose.

Semblant comprendre, Ruby baissa calmement la tête, et se mit à mâchonner son jouet en forme d'os.

Sa jambe gauche lui rappelait l'épreuve que son corps avait subie, tandis qu'il plongeait rudement vers le trottoir, puis se relevait pour courir derrière la camionnette blanche.

Trois ibuprofènes et une douche chaude l'avaient

un peu soulagé sur le moment, mais il ne pouvait pas faire grand-chose de plus pour endiguer cette douleur perpétuelle.

Il posa à côté de la lampe de chevet ses lunettes et le courrier qui l'invitait à une réunion des anciens de l'Air Force, et guetta l'ombre de Jane sous l'interstice entre le bas de sa porte et le seuil.

Cette réunion était surtout l'occasion de fêter l'anniversaire de son ami Jeff Fraser, organisé par leur compagnon d'armes, Murray Larkin, dit « Mutt ». L'événement devait avoir lieu à Kansas City car beaucoup de leurs camarades, membres de la police militaire ou du bureau des enquêtes spéciales, s'étaient entraînés ensemble au camp de Whiteman, situé à une heure à l'est de Kansas City, avant de partir pour l'Angleterre.

Mais, même s'il appréciait ses anciens compagnons d'armes, Thomas n'avait pas le cœur à faire la fête.

L'ombre de Jane passa à nouveau devant sa porte et il tourna la tête vers l'ordinateur portable posé à côté de lui sur le lit king-size.

Avant de lire la lettre de Mutt, il était en ligne avec le KCPD et le service des immatriculations, à chercher des informations sur Conor Wildman. Mais il n'avait pas déniché grand-chose. La maison et la société de Wildman se trouvaient à la même adresse, un lieu qu'il occupait depuis trois ans.

Mais auparavant ?

Thomas n'avait pu trouver aucune trace de l'homme aux cheveux blond.

Les bruits de pas résonnèrent à nouveau devant sa porte, et Thomas en eut soudain assez de rester assis sans rien faire.

Jugeant qu'il était assez couvert avec son T-shirt

et son pantalon de jogging molletonné pour ne pas embarrasser Jane, il traversa la chambre et ouvrit la porte.

Elle sursauta et pivota sur ses talons, alors qu'elle se trouvait au bord de l'escalier. Il bloquait presque toute la lumière provenant du halo de sa propre lampe, mais celle qui était allumée sur la table de chevet de Jane éclairait son expression médusée. Ses cheveux lâchés frôlaient les épaules de sa veste du KCPD, qu'elle tenait fermement serrée contre elle.

Le pouls de Thomas s'accéléra. Quelque chose d'intime et de possessif se mit à courir dans ses veines tandis qu'il détaillait les pieds nus qui se recroquevillaient sur le plancher, le pantalon de pyjama en flanelle rose…

— Désolé de vous avoir fait peur, dit-il, d'une voix un peu plus rauque qu'à l'ordinaire.

Gêné, il se gratta la joue, où pointait un début de barbe, et toussota.

— Vous allez bien ?

Il l'entendit chercher son souffle, puis elle vint vers lui en déboutonnant sa veste, dont elle écarta les pans sur son T-shirt.

— Je suppose que vous voulez la récupérer…

Il posa les mains sur les manches de la veste, bloquant les bras de Jane avant qu'elle ait eu le temps de l'ôter.

Inévitablement, son regard tomba sur la bande de peau nue entre l'ourlet de son T-shirt et l'élastique de son pantalon.

Son sang résonna à ses oreilles, et quelque chose se réveilla dans la région de son bas-ventre. Il était en terrain dangereux, à réagir devant un corps ferme et un moment de subtile vulnérabilité, comme un homme qui aurait eu la moitié de son âge.

— J'espère que je ne vous ai pas réveillé, dit Jane, d'un ton contrit qui le ramena à la réalité.

— Pas du tout. Je lisais et j'ai entendu des bruits de pas.

— Je suis désolée. Je ne pouvais pas dormir. J'avais envie de descendre à la cuisine boire un verre de lait, mais j'avais peur de réveiller Seamus.

— Papa ronfle comme un moteur diesel. Il ne peut pas vous entendre. Et Millie dort à l'autre bout de la maison, avec des bouchons d'oreille.

Il désigna l'escalier.

— Allez-y, n'hésitez pas. Vous pouvez même allumer la lumière et faire fonctionner le blender. Personne ne se rendra compte de rien.

— Merci. Vous voulez que je vous rapporte quelque chose ?

Thomas ne répondit pas. Une autre pensée le tourmentait.

— Vous êtes inquiète pour ce qui s'est passé ce soir au restaurant ?

Il fit un pas vers elle. Et la vit se crisper.

— D'une certaine façon, ça me rappelle la fusillade au mariage d'Olivia, en février.

— Vous l'avez déjà dit. D'après vous, le chauffeur de la camionnette voulait vous faire peur, vous envoyer un message.

— Je pense que vous avez eu peur aussi. Grâce au travail de mes fils, l'homme qui a tiré sur papa a été identifié. Il était mort quand Duff l'a retrouvé, mais nous n'aurons de cesse de découvrir qui l'a engagé et pourquoi. La boucle de son ceinturon a été coupée, et Duff pense qu'elle aurait pu servir à l'identifier.

Si nous parvenons à reconstituer le modèle, nous pourrions remonter jusqu'à son propriétaire, et de là… Pardon.

Thomas eut conscience qu'il donnait trop de détails. Ce n'était pas le genre d'images qu'il voulait laisser dans l'esprit d'une femme qui avait déjà du mal à trouver le sommeil.

— Si la fusillade de ce soir est liée à la première, ils le découvriront. Ils sont tenaces.

— Vous aussi, il me semble.

Serrant les bras autour d'elle, elle avança d'un pas.

— Vous travaillez également sur l'enquête, n'est-ce pas ?

Elle inclina la tête vers la porte derrière lui.

— J'ai vu la lumière. Au début, j'ai pensé que vous vous étiez endormi en oubliant de l'éteindre. Mais ce n'est pas le cas, je me trompe ?

Il nc la reprit pas en disant qu'il travaillait en réalité sur le mystère qui l'environnait. Mais ce n'était pas un mensonge de prétendre qu'il avait passé un nombre incalculable d'heures à chercher des explications à cette haine contre sa famille.

— Je suis prêt à tout pour protéger les miens. Et cette protection s'étend à vous, puisque vous faites partie de cette famille.

Un pli soucieux se creusa entre les sourcils de Jane.

— Comment cela ?

— Écoutez, je sais que nous ne sommes pas toujours d'accord vous et moi, et ça me semble inévitable. Nous sommes tous les deux habitués à prendre les choses en main, moi ma maison, vous votre patient.

Il aurait voulu lisser son front du bout de son pouce. Au lieu de quoi, il opta pour un geste plus pratique, moins personnel, qui consistait à redresser le col de sa veste. Ce faisant, il effleura son cou délicat… marqué d'une étrange cicatrice.

Comment n'avait-il pas remarqué plus tôt les traces blanchâtres à la base de sa gorge ? Sans doute parce qu'elle était toujours très couverte.

Il reprit son souffle pour empêcher ses soupçons de se transformer en colère. Marques de chirurgie ? Ou témoignages de violences subies ?

— Ça ne veut pas dire que vous ne comptez pas pour nous, reprit-il. Et si ce type qui a fait tirer sur Seamus s'en prend de nouveau à nous, je serai là pour vous protéger.

La promesse flotta un instant dans le silence qui était soudain retombé entre eux. Le regard noisette de Jane chercha celui de Thomas, ses épaules se soulevèrent avec un petit soupir pensif, puis elle changea de sujet.

— Votre bandage est humide.

Elle lui prit le poignet et tourna son avant-bras vers la lumière provenant de sa chambre.

— Ça risque de perturber le processus de cicatrisation, et la blessure est trop fraîche pour rester à découvert.

— Je vais bien.

Ignorant sa protestation, elle lui prit la main.

— Venez avec moi.

Elle l'entraîna vers la salle de bains et le fit asseoir sur la baignoire. Puis elle ouvrit l'armoire à pharmacie et y prit ce dont elle avait besoin.

Dans tous les aspects de sa vie, sauf l'un d'eux dont il voulait absolument lui parler, Jane était une femme sûre d'elle, efficace, professionnelle…

Pendant quelques minutes, tandis qu'elle changeait son bandage, Thomas se contenta d'observer la grâce et la douce autorité d'une femme mûre qui savait ce qu'elle faisait.

Il avait oublié combien une femme pouvait sentir bon. Et, à chaque caresse de ses doigts sur sa peau, chaque choc de son genou contre le sien, il avait envie de l'attirer contre lui.

En tant qu'employeur, il ne devrait sans doute pas avoir de telles pensées. Mais en tant qu'homme, il commençait à ressentir ce qu'aucune femme ne lui avait inspiré depuis longtemps.

Bien sûr, il avait eu des aventures depuis le décès de Mary, mais il n'avait jamais donné son cœur.

Aujourd'hui, quelque chose se réveillait en lui. Il aimerait toujours Mary, elle lui manquerait toujours, mais le deuil et la douleur étaient réglés depuis longtemps, enfermés dans une boîte, et remisés au rayon des souvenirs.

Au-delà de l'attirance physique qu'il éprouvait pour Jane, il sentait qu'il y avait autre chose.

Elle n'avait pas peur de lui tenir tête, et il aimait qu'une femme ait du répondant. Grâce à elle, il se sentait vivant, jeune, viril. Au-delà de ça, elle avait besoin de lui. Ou, plus exactement, elle avait besoin que quelqu'un la protège et l'aide à assumer les secrets qui la rongeaient.

Et il voulait que ce soit lui.

Il savait qu'elle n'avait pas beaucoup de personnes autour d'elle, mais il était là. Juste devant elle.

Pendant des années, il avait été un fils, un père, un flic et un veuf. Jane faisait à nouveau de lui un homme.

Il était plongé dans ses pensées, troublé par la façon dont sa chevelure soyeuse effleurait sa peau tandis qu'elle se penchait sur son bras, quand elle demanda :

— Pourquoi m'avez-vous embrassée devant le restaurant, avant que je ne parte avec Conor ?

Quand elle se redressa pour chercher son regard, ses doigts étaient posés sur la joue qu'il avait embrassée, comme si elle se rappelait la caresse de ses lèvres à cet endroit.

Lui, en tout cas, s'en souvenait.

Quand elle remarqua l'insistance avec laquelle il la dévisageait, elle rougit et laissa retomber sa main.

— Aurais-je dépassé les bornes de notre relation professionnelle ?

— Oubliez cela. Je ne suis pas une gamine naïve qui ne s'est pas rendu compte d'une certaine attirance entre nous. Mais, rassurez-vous, vous n'avez rien fait pour me mettre mal à l'aise.

— Même pas ce soir ?

— Vous n'avez pas répondu à ma question.

Ainsi, elle pouvait insister pour obtenir des réponses, mais il n'en avait pas le droit ?

Il avait la riposte sur le bout de la langue, mais il jugea qu'il n'était pas très judicieux de la contrarier alors qu'elle était déjà trop perturbée pour se détendre.

— Je tenais à ce que Wildman sache que quelqu'un vous protégeait, au cas où.

Thomas se leva, occupant plus de place qu'il ne l'aurait voulu dans l'espace réduit de la pièce.

Reculant d'un pas pour essayer de conserver une certaine distance, Jane heurta le bord de la baignoire et poussa un petit cri, tandis qu'elle moulinait des bras pour rétablir son équilibre.

Thomas la prit aussitôt par la taille, glissant les doigts sous son T-shirt.

Le temps sembla s'immobiliser tandis qu'elle posait les mains sur ses biceps et pressait ses hanches contre les siennes et, pendant quelques secondes, on n'entendit plus que la scansion de leurs respirations altérées.

— Au cas où quoi ? murmura-t-elle, si près de sa bouche qu'il sentit son souffle chaud lui caresser les lèvres.

Thomas fixa les cicatrices sur le cou de Jane.

— Au cas où il vous ferait du mal.

— Conor ? Me faire du mal ? Mais pas du tout, il est…

Elle le repoussa et resserra le col de la veste autour de son cou.

— Je ne peux pas en parler.

Et son visage se referma à nouveau.

— Merci, Thomas, dit-elle en rangeant la trousse de premiers secours. J'ai eu peur cette nuit, mais votre présence m'a rassurée. Vous m'avez communiqué un peu de votre force tranquille, et j'ai pu faire ce que j'avais à faire. Maintenant, je pense que je vais descendre à la cuisine grignoter quelque chose. Ça m'aidera peut-être à m'endormir. Bonne nuit, Thomas.

— Bonne nuit, Jane.

Peut-être se faisait-il des illusions en pensant que leur attirance était réciproque, mais il était absolument convaincu que Jane avait des ennuis.

Après qu'elle fut descendue et qu'il eut aperçu le halo du lustre de la cuisine éclairer le hall, il jeta un coup d'œil vers la chambre de Jane, dont la porte était restée ouverte.

Jane avait oublié son téléphone sur le lit.

Ce serait une détestable intrusion dans sa vie privée, et il n'avait aucune justification légale pour le faire, mais il avait envie d'y jeter un coup d'œil. Il voulait découvrir ce qui l'empêchait de dormir et assombrissait ainsi son regard.

Le flic aurait attendu. L'homme ne le pouvait pas.

Vérifiant une dernière fois qu'elle était bien occupée dans la cuisine, il entra d'un pas décidé dans sa chambre.

5

Jane survécut au week-end sans autres rencontres nocturnes fortuites avec Thomas.

Peut-être fallait-il mettre sur le compte de la fatigue et de l'anxiété ce léger moment d'égarement, à moins que ce ne soit dû à l'intimité feutrée d'un hall nimbé de pénombre au cœur d'une maison silencieuse. Même si l'ancienne génération dormait à poings fermés à l'étage en dessous, Thomas et elle n'étaient plus des enfants se glissant hors de leur chambre pour discuter, et s'embrasser.

Car, oui, pendant quelques secondes, elle avait été persuadée qu'il allait l'embrasser. Et le plus fou, c'est qu'elle était totalement prête à répondre à son baiser, prête à tester ses lèvres fermes, à passer ses bras autour du cou de Thomas, et à se blottir dans la chaleur de son corps.

Elle avait senti son désir presser contre sa hanche, la marque de ses doigts sur sa peau… et jamais le contact des mains d'un homme ne lui avait paru aussi bon, aussi normal.

Mais elle avait vu aussi son regard se poser sur les cicatrices qu'elle avait sur le cou, et perçu un léger changement dans son attitude. Cela avait suffi à lui rappeler qu'elle n'était pas normale, et que, dès lors, elle ne pouvait céder aux désirs de son corps. Elle s'était donc obligée à écourter leurs conversations, et elle l'avait évité autant que possible dans la maison.

Lundi, elle avait emmené Seamus à sa séance de thérapie, puis elle lui avait proposé de faire quelques courses afin de l'aider à évoluer dans la vie de tous les jours. Ainsi, il pouvait manipuler son déambulateur à travers les portes des magasins, apprendre à garder son équilibre dans les files d'attente… Il avait demandé le chemin pour la pharmacie, lu la liste de courses de Millie, saisi dans les rayons des objets de formes et de poids différents, avant de les placer dans leur chariot.

Ils se dirigeaient à présent vers le SUV compact de Jane. Elle déverrouilla la voiture et ouvrit la portière du coffre.

— À vous de jouer, Seamus. Vous pouvez prendre appui sur votre déambulateur, ou sur la voiture. Je veux voir comment vous gérez les différentes actions consistant à sortir les marchandises du chariot et à les charger dans la voiture.

— *Tictateur*, gémit le vieil homme.

Mais il souriait, et Jane ne prit pas mal de se faire traiter de dictateur.

Prenant les conseils de Conor à la lettre, Jane scruta le parking et le devant de la supérette, cherchant quelqu'un qui s'intéresserait un peu trop à elle ou à sa voiture.

L'endroit grouillait de clients qui entraient et sortaient du magasin, des voitures qui roulaient dangereusement près des piétons tandis que les conducteurs essayaient de trouver une place de stationnement à proximité des portes. Des mères ordonnaient à leurs enfants de ne pas s'éloigner. Des bébés criaient. Des amis se saluaient en faisant de grands gestes du bras… En résumé, tout avait l'air parfaitement normal.

— Fini ! annonça fièrement Seamus.

— Beau travail, répondit Jane avec un sourire.

Puis elle demanda au vieil homme de l'attendre pour qu'elle l'aide à se hisser dans le véhicule surélevé. Pressant le pas pour déposer le chariot devant le magasin, elle attendit qu'une camionnette blanche passe devant elle, avant de regagner sa voiture.

Un petit frisson d'inquiétude courut le long de sa colonne vertébrale à la vue du véhicule utilitaire. Mais celui-ci avançait à une allure normale, et le conducteur ne semblait intéressé par rien d'autre que par la perspective de sortir du parking de la supérette.

Relâchant son souffle, elle se hâta de rejoindre Seamus, qui l'attendait au même endroit, à l'arrière du SUV.

— *Ze peux conduire ?* demanda-t-il, en ponctuant sa plaisanterie d'un clin d'œil.

Il devait se sentir bien ce matin pour être d'aussi bonne humeur. Mais il savait que les médecins ne l'avaient pas encore autorisé à conduire.

Jane entra dans son jeu et lui jeta les clés.

— Attrapez !

Il s'en saisit à deux mains, et les bloqua contre son torse.

— C'est bien, approuva Jane. Vos réflexes s'améliorent. Très bientôt, vous pourrez reprendre le volant, et vous pourrez ainsi emmener Millie en promenade.

— *Et pourquoi ze…*

Le visage blafard de Seamus s'était coloré de deux taches rouges sur les joues, tandis que Jane le faisait se diriger vers le côté passager.

— *Ze connais tette femme depuis vingt ans, et ze ne l'ai jamais invitée.*

— Vingt ans, dites-vous ?

Elle s'installa au volant et boucla sa ceinture de sécurité.

— On peut dire que vous n'êtes pas des rapides, chez les Watson.

Seamus agita un index osseux dans sa direction, tandis qu'elle faisait marche arrière.

— *Et vous ? Z'ai bien vu comment vous regardez mon fils. Lui autti, il vous regarde. Et il se patte quelque chose ? Non.*

« Seulement quand vous dormez », eut-elle envie de rétorquer. Puis sa bonne humeur s'évanouit.

Le simple fait de mentionner cette attirance infructueuse rouvrait la porte sur des pensées et des sentiments qu'elle s'efforçait d'ignorer.

Les doigts crispés autour du volant, elle accéléra et laissa le feu rouge loin derrière elle.

— Je remarquais seulement que, le jour de la fusillade, votre premier geste a été de protéger Millie. Ne me dites pas que vous n'éprouvez rien pour elle.

— *Flic un zour, flic touzours.*

Était-ce aussi le mot d'ordre de Thomas ? Il était flic, et protéger ceux qui l'entouraient était-il chez lui une seconde nature ? Ou bien y avait-il quelque chose de plus personnel dans les questions qu'il posait sur sa vie privée ?

En tout cas, elle le ressentait comme une implication très personnelle. Si sa vie était tout autre, elle ne serait pas opposée à ce que Thomas éprouve des sentiments pour elle. Mais la question des relations était hors sujet pour le moment.

Elle était presque arrivée à l'embranchement vers la 39e Rue quand Seamus reprit la parole.

— *Tuis trop diminué pour le moment. Veux attendre d'aller mieux pour inviter Millie.*

Jane actionna son clignotant et s'engagea sur la file de gauche, le cœur serré par l'aveu de Seamus.

— Ça n'a aucune importance pour elle, et vous le savez. Elle voit le bel homme que vous êtes, celui qui la fait rire quand il ne joue pas les ours mal léchés, l'homme fort que vous redeviendrez.

— *Tuis dézà vieux.*

Jane vit qu'il était distrait par quelque chose dans son rétroviseur, et se demanda si le vieil homme était soudain embarrassé de sa franchise.

Elle essaya de l'encourager avec le premier exemple qui lui vint à l'esprit.

— Pensez-vous que Thomas se voie comme la moitié d'un homme à cause de sa blessure à la jambe ? Il ne cessera jamais de boiter. Mais, croyez-moi, les femmes regardent ses larges épaules, sa mâchoire volontaire et ses magnifiques yeux verts et ne remarquent pas sa claudication. Et puis, cette autorité naturelle qui se dégage de lui, c'est vraiment… sexy.

Lorsqu'elle tourna la tête, Jane réalisa que Seamus la dévisageait d'un air narquois.

— *Vous trouvez que mon fiston est texy ?*

À en juger par sa brusque poussée de température, elle devait être écarlate. Elle monta discrètement la climatisation.

— Ce que je voulais dire, c'est que c'est de famille. Millie voit un homme déterminé et charmant. Elle voit de beaux yeux bleus et un cœur généreux, pas le déambulateur et la main engourdie.

Jane marqua une infime pause avant de reprendre.

— En outre, c'est une femme forte et courageuse. Elle a géré cinq Watson, plus Olivia, pendant plus de vingt ans. Elle vous a nourris, aimés… S'il y a bien une femme qui peut vous tenir tête, à part moi, c'est Millie.

Elle s'attendait à ce qu'il réagisse à ce grand discours, mais il avait à nouveau l'esprit ailleurs.

— Seamus ?

Était-il fatigué ? Depuis trois heures, elle lui avait demandé de faire beaucoup d'efforts. Ou alors, elle l'avait beaucoup embarrassé en s'immisçant dans sa vie privée.

— Discuter est une excellente thérapie pour améliorer votre prononciation et vos capacités de communication. Nous pouvons changer de sujet si vous voulez, mais je ne crois pas que nous devrions arrêter.

Puis elle réalisa que l'attitude de Seamus avait changé.

— Camionnette blanche derrière nous, dit-il soudain.

— Quoi ?

Elle avait remarqué la camionnette quelques minutes plus tôt, mais s'était dit que c'était une coïncidence. À présent, la suspicion refaisait surface.

Jetant un coup d'œil dans son rétroviseur, elle repéra la camionnette trois voitures derrière elle. Son pouls s'accéléra. On aurait dit la même.

— Vous pensez qu'il nous suit ?

— On va voir.

Il désigna le feu suivant.

— Tournez là. Vers le sud.

— Mais ça va nous ramener où nous étions.

Elle se rappela le conseil de Conor de prendre des chemins de traverse et de brouiller les pistes.

— D'accord, je vais tourner à gauche au lieu d'aller tout droit.

La camionnette tourna également.

S'il ne s'arrêtait pas pour faire des livraisons, pourquoi le chauffeur les suivait-il en cercle ? Était-ce l'homme qui cherchait à détruire la famille Watson ?

Était-ce… ?

Elle s'exhorta à la raison.

Badge Man était dans l'Indiana. La veuve de l'agent du FBI qu'il voulait tuer n'existait plus, et il ignorait qu'elle s'appelait maintenant Jane Boyle et travaillait comme infirmière à domicile.

Elle accéléra et la camionnette zigzagua dans la circulation pour la rattraper.

— Je n'arrive pas à le semer. Pouvez-vous lire sa plaque d'immatriculation ?

Seamus s'agrippait à la console centrale et tentait de regarder par la vitre arrière.

— *Non. Krop de monde. Krop vite.*

— Accrochez-vous.

Elle donna un grand coup de volant à droite et s'engagea à la dernière minute sur l'autoroute, s'attirant des coups de Klaxon rageurs des autres automobilistes.

La camionnette blanche suivit.

— Téléphone ? demanda Seamus.

— Dans mon sac. Sur la banquette arrière. Vous ne pourrez pas l'attraper.

Et elle ne pouvait pas lâcher le volant.

La camionnette doubla la voiture derrière elle, et s'inséra dans l'étroit espace entre les deux.

— Vous pouvez voir le visage du conducteur ?

Elle ne percevait que la réverbération du soleil déclinant sur les vitres.

Seamus tourna la tête vers l'arrière.

— Porte une cagoule.

Jane ressentit un léger choc à l'arrière de la voiture, et cria :

— Attention !

Seamus laissa échapper un juron.

— Il va provoquer un accident.

— Il ne vous fera pas de mal, promit Jane. Je ne le laisserai pas s'en prendre à vous.

La camionnette heurta à nouveau le pare-chocs.

La voiture tangua, et Jane frôla dangereusement le rail de sécurité. Elle redressa sa trajectoire et changea de file de circulation, mais le chauffeur de la camionnette ne lâchait pas prise.

— Je fais comment pour aller au siège du KCPD ? demanda-t-elle.

C'était une vieille méthode de défense. Si une femme était suivie, elle devait se rendre immédiatement au poste de police le plus proche.

Mais cette fois, il ne pouvait pas s'agir de n'importe quel poste de police.

Seamus sembla comprendre. Il lui pressa l'épaule et lui donna le numéro de la sortie.

La camionnette ralentit tandis qu'ils entraient en ville, mais elle était toujours là, collant à son pare-chocs, brûlant un feu rouge pour rester dans son sillage.

Le cœur de Jane battait à tout rompre. Elle n'était plus capable de réfléchir. Elle y voyait à peine. Elle était victime d'une sorte de crise de panique et sa pression sanguine crevait tous les plafonds.

Tandis que sa vision se réduisait à un tunnel, la voix de Seamus qui lui indiquait où tourner, où s'arrêter, était probablement la seule chose qui l'empêchait de s'évanouir et d'avoir un accident.

Jane s'arrêta dans un crissement de pneus sur le

parking du KCPD. La camionnette continua son chemin tandis qu'ils descendaient de voiture et se hâtaient vers l'entrée, aussi vite qu'en était capable un homme de quatre-vingts ans équipé d'un déambulateur.

Reconnaissant Seamus, le sergent en faction derrière le comptoir d'accueil salua chaleureusement le vieil homme, mais Jane interrompit les retrouvailles.

— Je voudrais voir le lieutenant Thomas Watson.

— Et vous êtes ?

— Jane Boyle, mon infirmière, répondit Seamus à sa place.

— Le lieutenant est en séminaire pour le moment. Il enseigne les techniques d'interrogation.

La vision de Jane était si brouillée par le stress qu'elle avait du mal à distinguer les traits du sergent.

— C'est personnel, je vous en prie.

— Si vous voulez attendre, ou laisser un message…

— Je ne peux pas attendre.

Jane se retourna brutalement et heurta un jeune inspecteur en costume gris anthracite.

— Grand-père ? Jane ?

Elle repoussa les mains qui s'étaient spontanément posées sur ses bras, et reconnut Keir.

— Un problème ? demanda-t-il.

— Je dois voir votre père.

Seamus regarda son petit-fils et lui fit passer un message silencieux que celui-ci comprit apparemment.

— Je m'en occupe, dit-il au sergent, avant de récupérer des badges « visiteur ».

Il les escorta ensuite à travers un brouillard de semi-cloisons formant des espaces de travail étonnamment inoccupés.

Keir guida Seamus vers son propre bureau et le fit asseoir dans son fauteuil.

— Hé ! Comment va ?

Un homme de petite taille, aux cheveux longs et vêtu d'un jean, se leva de derrière le bureau accolé, et serra la main de Seamus.

Sortant de son hébétude, Jane reconnut Hudson Kramer, le coéquipier de Keir, lequel était souvent invité chez les Watson pour les repas de famille.

— Tu gardes un œil sur grand-père ? demanda Keir.

— Bien sûr. Il y a un problème ?

— *Ze vais te raconter*, dit Seamus.

Donnant un coup de coude à Keir, il ajouta :

— Va avec elle.

— Où est votre père ? bredouilla Jane, en luttant pour ne pas éclater en sanglots.

— Par ici.

Keir ouvrit une porte entre deux panneaux vitrés et la fit entrer dans une vaste salle de conférences. Elle observa des rangées de tables étroites qui occupaient presque toute la largeur de la salle, derrière lesquelles des dizaines de policiers prenaient des notes sur des tablettes numériques ou des blocs-notes, tout en écoutant l'homme qui désignait un tableau au bout de la pièce.

— Le voilà.

Même si Keir avait chuchoté, le lieutenant Watson, dont la voix de stentor portait jusqu'à eux sans avoir besoin d'être relayée par un micro, sembla remarquer l'intrusion.

Quand il se tourna et vit Jane, il s'interrompit.

Un par un, les participants tournèrent la tête pour la dévisager.

Embarrassée, Jane fit demi-tour vers la porte.

Avant qu'elle ait eu le temps de l'atteindre, Thomas lui barra le passage.

— Jane ?

Elle secoua la tête.

— Je suis désolée. Je n'aurais pas dû venir.

— Est-ce que papa va bien ? demanda Thomas.

Comme elle hochait la tête, il lui prit le coude et la guida vers le couloir.

— Venez avec moi.

Il poussa la porte d'un bureau, ferma la porte derrière eux et baissa les stores.

— Que s'est-il passé ?

Lorsqu'il se tourna pour lui faire face, Jane se jeta contre son torse, en glissant les bras sous sa veste, et en pressant son oreille contre le battement régulier et sécurisant de son cœur.

— Hé, vous tremblez.

Il enroula les bras autour de sa taille, et déposa un baiser au sommet de son crâne.

— Vous êtes gelée. Pourtant, il ne fait pas froid dehors. Vous êtes blessée ?

Jane entrelaça ses doigts dans le dos de Thomas et blottit sa tête sous son menton, se laissant envelopper par sa force et sa chaleur.

— Parlez-moi. Je veux tout savoir.

Jane chercha son souffle, puis les mots jaillirent de façon totalement décousue.

— Comment m'a-t-il retrouvée ? Il a tué un agent de la brigade routière motorisée. Une camionnette blanche nous suivait. Est-ce que c'est la même ? Ou seulement un cinglé qui s'amusait à nous faire peur ? Seamus l'a remarqué. Il était inquiet, ça se voyait. J'ai roulé vite. Il a heurté la voiture. Je n'arrivais plus à réfléchir. Il fallait que je vienne ici.

Thomas posa la main sur sa nuque et lui fit rejeter la tête en arrière. Puis ses larges mains vinrent encadrer son visage. Sa bouche ferme se referma sur la sienne, étouffant son babillage nerveux. Elle eut alors l'impression qu'une lampe s'allumait en elle, comme un phare scintillant dans la nuit.

Lorsqu'il releva la tête, Jane se hissa sur la pointe des pieds et renoua leur baiser, les doigts crispés autour des pans de sa veste. Pendant de longues secondes de douceur et de sensualité, elle resta accrochée à lui, tandis que leurs langues menaient un troublant ballet.

Puis il s'écarta avec un grommellement de frustration. Elle plongea les yeux dans ses prunelles d'un vert vibrant évoquant une prairie, et il sourit.

— Vous êtes arrivée à bon port.

Elle eut l'impression de toucher enfin terre, de recouvrer ses esprits et la notion du temps.

Passant à nouveau les bras autour de la taille de Thomas, elle se nicha dans sa chaleur, et dans cette odeur épicée qui n'appartenait qu'à lui.

Il l'avait réellement embrassée cette fois, et tout en elle s'était recentré. Et, dans le même temps, quelque chose avait irrémédiablement changé.

— Êtes-vous blessée ? insista-t-il.

— Non.

— Et papa ?

— Non plus.

Elle sourit contre le tweed rugueux.

— Il a été formidable.

Thomas fit un pas en arrière, mais lui prit la main et la fit s'asseoir sur le canapé de cuir fauve derrière lui. Leurs genoux se frôlèrent, et elle ne s'écarta pas.

— J'apprécie qu'on fasse des compliments sur mon père, mais j'aimerais en savoir plus.

— Désolée d'avoir paniqué.

Jane remarqua combien sa main semblait pâle et

petite dans la sienne. Elle inclina la tête, croisant un regard qui analysait chaque nuance de son expression.

— Ça ne m'était pas arrivé depuis des années. Je me demande si ce n'était pas un épisode de stress post-traumatique.

Au lieu de l'interroger sur l'événement traumatisant qu'elle avait vécu, il lui caressa le front, saisit entre ses doigts une mèche de cheveux qui s'était échappée de sa queue-de-cheval, et la glissa derrière son oreille.

— Ça ne me surprendrait pas. Vous voulez un verre d'eau ?

Jane secoua la tête.

Il lui pressa la main entre ses doigts, la posa sur sa cuisse, et la maintint là.

— Prenez une profonde inspiration et parlez-moi.

Elle hésita un moment, simplement parce qu'elle était entraînée à cacher son passé. Mais des choses terrifiantes se produisaient autour d'elle, et elle avait besoin de se livrer à quelqu'un de confiance.

— Nous rentrions à la maison après la séance de thérapie de Seamus… en fait, nous faisions des courses pour Millie… quand votre père a repéré une camionnette qui nous suivait. Comme celle au restaurant vendredi soir. J'ai essayé de la semer, mais elle me suivait de près, et elle a percuté mon pare-chocs. Plus d'une fois. Je sais que le conducteur essayait de…

Ses pensées dérivèrent, et elle sauta sur ses pieds.

— J'ai laissé mon sac et mon téléphone dans la voiture. Je ne l'ai même pas fermée. L'arrière est sûrement endommagé. Il faut que je prévienne Conor.

— Conor Wildman ? L'homme avec un pistolet fixé à la jambe ?

— Vous l'avez remarqué ?

Évidemment. Un inspecteur vétéran, avec l'expérience de Thomas, passait rarement à côté de quelque chose.

Elle se laissa retomber sur le canapé à côté de lui.

— Vous savez tout, n'est-ce pas ?

— Pas entièrement. J'ai besoin que vous combliez certains vides.

Il se leva, glissant les pouces dans la ceinture de son pantalon kaki, où étaient fixés son arme et son insigne.

— Vous allez m'en vouloir, mais j'ai jeté un œil à votre téléphone. Je voyais bien que quelque chose n'allait pas. Je pensais que Wildman vous harcelait.

Il appuya une hanche contre le coin du bureau et fixa Jane intensément.

— Duff travaille avec une équipe inter-agences gouvernementales. Je lui ai demandé de faire jouer ses relations pour obtenir des informations sur Wildman. C'est comme ça que j'ai appris qu'il faisait partie des US Marshals.

— Je savais que vous étiez un trop bon inspecteur pour ne pas finir par tout découvrir.

Touchée par son honnêteté et le réconfort qu'il lui apportait, Jane se leva et réduisit l'écart entre eux.

— Je suis témoin dans une enquête fédérale en cours. Mon mari a été assassiné. Mon vrai nom est Emily Ward Davis, mais vous devez oublier que vous l'avez entendu. Je resterai Jane Boyle jusqu'à la fin de ma vie. Freddie était un agent du FBI. Je peux identifier son meurtrier. Je suis la seule de ses victimes à avoir survécu.

Thomas effleura du bout des doigts les cicatrices sur son cou.

— C'est l'assassin de votre mari qui vous a fait ça ?

Elle hocha la tête, remontant son col pour cacher les marques laissées par Badge Man.

— Il m'a écrasé le larynx en m'étranglant. Les secouristes ont dû pratiquer une trachéotomie pour que je puisse respirer. Puis j'ai subi une chirurgie pour réparer les dommages. Je ne suis jamais retournée chez moi récupérer des affaires. Je n'ai même pas eu le droit d'assister aux funérailles de Freddie. Je n'ai pas de famille proche, mais j'aurais aimé pouvoir dire au revoir à mes beaux-parents. Ils ont toujours été tellement gentils avec moi. Quand je suis sortie de l'hôpital, le FBI m'a conduite dans une résidence sécurisée. Puis j'ai rencontré les marshals, et ils m'ont déplacée à Kansas City.

Tandis qu'elle s'expliquait, les mains de Thomas s'étaient posées de part et d'autre de sa taille, l'attirant dans le V de ses jambes.

— Et Wildman est votre référent WITSEC ?

— Je n'avais pas le droit d'en parler, et ça va sûrement me causer des problèmes. Le secret est la clé de la sécurité. Ce qui s'est passé ce matin n'a peut-être rien à voir avec ma propre histoire. C'est peut-être en rapport avec la menace qui pèse sur votre famille. Mais je suis désolée si j'ai fait courir un risque à Seamus.

— Ne vous excusez pas. Si on fait du mal à l'un de nous, on fait du mal à toute la famille.

Ils se tenaient si proches qu'elle pouvait sentir le spasme musculaire dans sa jambe meurtrie. Bien qu'il serrât la mâchoire contre la douleur, il ne se plaignait pas.

— Donc, vous avez peut-être été suivie par ce type qui a tué votre mari et, au lieu d'appeler Wildman, vous êtes venue chercher ma protection.

Soignante dans l'âme, Jane posa la main sur la cuisse de Thomas, et enfonça les doigts dans le nœud musculaire.

Il sursauta, en laissant échapper un grommellement, mais Jane refusa de s'arrêter alors que sa souffrance était tellement évidente. Graduellement, la respiration de Thomas ralentit, et les spasmes s'évanouirent tandis que ses muscles se détendaient.

C'était le genre de choses qu'une femme pouvait faire pour son homme, une aide personnelle, une connexion privée entre deux personnes qui se comprenaient et partageaient leurs secrets mutuels. Et elle comprit que c'était ce lien précis qu'elle entretenait avec Thomas.

— Je ne pouvais pas atteindre mon téléphone pour l'appeler. Je n'étais même pas capable de réfléchir. Juste de penser. J'avais besoin de me sentir en sécurité.

— Et vous avez cette impression avec moi ?

Il posa la main sur les siennes, interrompant le massage, attendant une réponse.

Elle se contenta de hocher la tête.

Les bras de Thomas se refermèrent autour de sa taille, et il la tint un moment serrée contre lui, avant de déclarer :

— Je vais aller avec vous rencontrer Wildman. Je lui dirai que je me charge de votre protection.

Elle le sentit effleurer son crâne avant d'y déposer un baiser.

— Personne ne touche à ma famille.

6

— Oui, je comprends.

Alors qu'il accompagnait Jane en voiture jusqu'à la maison qu'elle conservait comme lieu de rendez-vous avec son référent WITSEC, Thomas n'entendait qu'une partie de la conversation téléphonique et, apparemment, ça ne se passait pas très bien.

Même si elle avait le regard moins vitreux et le visage moins pâle que ce matin, sa voix paraissait fatiguée, presque résignée. Peut-être aurait-il dû insister pour qu'elle reste se reposer à la maison tandis qu'il irait seul discuter avec Wildman.

— Non, je ne veux pas arrêter.

Thomas se sentit déborder d'admiration pour Jane. Elle était incroyablement têtue. Et forte. Et déterminée à prendre une part active dans l'arrestation de Badge Man, quitte à se mettre en danger.

— Bien sûr que je me souviens de lui. Je n'avais pas réalisé qu'il travaillait sur l'enquête.

Deux pensées torturaient Thomas tandis qu'il surveillait sans relâche ses rétroviseurs et la route devant lui, guettant une camionnette blanche ou tout autre véhicule suspect.

Premièrement, il n'en revenait pas que Badge Man soit l'assassin du mari de Jane. Cela faisait maintenant huit ans que le psychopathe s'en prenait aux forces de l'ordre, et il était considéré comme le criminel en cavale le plus dangereux du pays.

Deuxièmement, il ne savait pas comment assimiler le fait que Jane se sentait en sécurité avec lui. Elle avait dit qu'elle n'avait pas de famille, et elle était probablement rassurée par une figure paternelle. Après tout, il avait presque vingt ans de plus qu'elle.

Seulement, ce n'étaient pas des sentiments paternels qu'il ressentait pour cette femme. Surtout quand elle posait les mains sur lui, et s'accrochait à lui, et l'embrassait comme ça. Et quand son corps s'échauffait chaque fois qu'il frôlait accidentellement ses courbes ou respirait son parfum.

Il savait que son côté expérimenté jouait pour lui, et il était en bonne forme pour un homme de son âge. Mais il avait aussi besoin de lunettes pour lire un rapport de police, et ne pouvait pas compter sur sa jambe, qui pouvait le lâcher à tout moment.

La testostérone et une bonne vieille fierté masculine l'avaient submergé quand il avait réalisé qu'elle s'était adressée à lui plutôt qu'à tout autre homme sur la planète. Elle avait besoin de lui. Et cela faisait bien longtemps qu'une femme n'avait pas eu besoin de lui pour autre chose que son insigne ou une escorte à un quelconque gala de charité.

Il avait envie de protéger Jane plus que tout. Il avait envie d'être l'homme dont elle avait besoin. Mais cette idée l'angoissait également.

Et si sa vue ou sa jambe lui faisaient défaut ? Et s'il était trop lent ? Et s'il découvrait qu'elle voulait simplement un ami, alors qu'il avait envie de l'appeler « ma chérie » ?

— Nous serons là dans cinq minutes, dit Jane,

avant de mettre fin à sa communication téléphonique avec Wildman.

Elle glissa son téléphone dans son sac et se cala contre le dossier en soupirant.

— Il n'y aura pas que le superviseur de Conor. Apparemment, le meurtre du motard de la police a galvanisé les enquêteurs du FBI. Un agent spécial a été envoyé de Washington pour m'interroger.

— Vous avez de nouvelles informations à lui apporter ?

— Non. Je n'ai pas pu voir le tireur vendredi, ni le conducteur ce matin. Tout ce que j'ai aperçu, c'est une arme, ou un index pointé sur moi. Il ne s'est pas approché suffisamment pour que je voie s'il avait des yeux de couleurs différentes ou un tatouage dans le cou.

— Le KCPD a lancé un avis de recherche pour la camionnette. Grâce à l'immatriculation partielle que papa nous a donnée vendredi, nous avons pu établir qu'elle appartenait à une entreprise de livraison qui a fait faillite l'année dernière. Le propriétaire prétend qu'il a été cambriolé avant de se déclarer en banqueroute.

— Ça ressemble à une arnaque à l'assurance.

— Ou bien son insouciance est à l'origine de sa faillite. Hud et Keir vont suivre ça de près.

Elle avait revêtu un jean et un pull à col roulé, et Thomas réalisa que c'était la première fois qu'ils passaient du temps ensemble, sans qu'elle porte une blouse médicale… ou un pyjama. Il aimait la façon dont ses vêtements épousaient ses courbes.

Ça lui plaisait peut-être même un peu trop.

— Il faut que je vous dise que je connais l'agent qui sera là. Freddie et lui travaillaient tous les deux à l'unité des crimes violents. Ils étaient amis.

— Il s'est peut-être porté volontaire pour venir à Kansas City afin de prendre de vos nouvelles. J'avais l'habitude de veiller sur les épouses de mon coéquipier, Al — une à la fois, je vous rassure —, et, de son côté, il veillait sur Mary.

Mary et lui avaient partagé beaucoup de bons moments et d'événements familiaux avec les deux premières femmes d'Al. Sa troisième épouse était arrivée après le décès de Mary, et le mariage n'avait duré qu'un an.

Ça lui faisait penser qu'il pourrait passer un coup de fil à Al — même si celui-ci était désormais plus homme d'affaires que flic — pour l'avertir de la situation de Jane et lui demander de l'aide.

— Quand on fait un métier dangereux, ça resserre les liens, reprit-il. Pas seulement avec votre coéquipier ou votre équipe, mais aussi avec leur famille. Mais vous le savez sans doute. Je suppose qu'il veut voir de ses propres yeux que vous allez bien.

— Probablement. Mais je pensais que Levi, enfin, je veux dire l'agent Hunt, et tous les anciens collègues de Freddie ignoraient où j'avais été relocalisée. Cela fait trois ans que je ne l'ai pas vu. J'ai été surprise d'avoir de ses nouvelles.

— Vous voulez toujours le faire ?

— Vous serez avec moi ?

Il lui prit la main.

— À chaque instant.

— Alors oui. Je veux tout faire pour aider à l'arrestation de ce type.

Quelques minutes plus tard, Thomas s'arrêtait derrière un grand SUV noir et un coupé Cadillac avec des plaques de location, dans l'allée d'une banale maison en brique.

Comme Jane tendait la main vers la poignée de sa portière, il lui prit le bras pour la retenir.

— Attendez une seconde.

Il sortit de la voiture et observa les maisons environnantes, s'assurant que personne ne détonnait dans ce paysage de banlieue, ou ne semblait exagérément curieux devant cette parade de véhicules dans leur quartier, au milieu de l'après-midi. Puis il vérifia la Cadillac, qui était vide et verrouillée, et présenta son insigne au chauffeur de la voiture du FBI, et lui demanda de s'identifier à son tour. Lorsqu'il fut certain qu'il n'y avait pas de danger, il escorta Jane dans la maison.

Conor Wildman les accueillit avec de chaleureuses poignées de main et des excuses à l'intention de Jane.

— Désolé pour le comité d'accueil, murmura-t-il, avant de verrouiller la porte derrière eux et de les guider vers le salon.

Un homme aux cheveux bruns, à peu près de la taille de Thomas, mais avec la musculature d'un catcheur sous son costume noir, se leva du canapé, où il était en train de discuter avec un autre homme, traversa la pièce en deux enjambées, et enveloppa Jane d'une accolade affectueuse.

— Hé, jolie dame ! Je suis tellement content de te revoir. Le bureau des marshals a fait des difficultés pour me révéler où tu te cachais, mais tu me connais, j'ai plus d'un tour dans mon sac.

Il la repoussa à bout de bras pour l'étudier sous toutes les coutures.

— Tu n'es plus blonde, et tu as perdu du poids, déclara-t-il. Mais tu as l'air en forme. Comment vas-tu ?

Thomas ne put maîtriser un petit élan de jalousie en voyant que l'homme maintenait ses mains sur les épaules de Jane.

— Le blond n'était pas naturel, et c'est beaucoup plus facile d'entretenir mes cheveux ainsi. Comment vas-tu, Levi ?

— Bien.

— Et Dorie ?

— À nouveau enceinte.

— C'est votre quatrième, non ?

— Cinquième. Nous en avons eu un autre depuis que tu es partie. Encore un garçon. Dorie veut absolument une fille.

— Dis-lui que je lui souhaite bonne chance.

L'autre homme se leva du canapé, en boutonnant son veston gris tandis qu'il les rejoignait.

— Il ne dira rien à personne. Emily Davis est morte, vous vous en souvenez ?

Il tendit la main à Jane.

— Oscar Broz, superviseur de zone, bureau des US Marshals.

La main de Thomas s'était posée dans le creux du dos de Jane à l'instant où Broz les avait brutalement interrompus.

— Vous vous rappelez l'accord WITSEC, n'est-ce pas ? demanda-t-il, après un échange de poignées de main poli mais froid. Je n'ai pas été ravi d'apprendre que vous aviez révélé à un civil votre statut de témoin protégé. Une petite fuite, et tout l'édifice peut s'effondrer.

Jane redressa le menton, et prit la défense de Thomas avant que celui-ci ait eu le temps de dire un mot.

— Le lieutenant Watson est loin d'être un civil. C'est un policier décoré et un vétéran de l'Air Force, qui a passé plus de temps à défendre les gens que vous. Je lui fais confiance.

Les narines de Broz enflèrent, tel un taureau furieux soufflant entre ses naseaux, et il se tourna pour appeler quelqu'un sur son portable, tout en bougonnant.

Thomas était sur le point de faire remarquer à Broz que, si son bureau avait mieux assuré la protection de Jane, celle-ci n'aurait pas été victime de deux tentatives d'agression supposées, mais Jane glissa son bras dans son dos et l'entraîna avec elle pour lui présenter Levi Hunt.

Les deux hommes échangèrent une poignée de main puis, après avoir vérifié que Broz était toujours occupé au téléphone, Levi se pencha et murmura :

— Franchement, je suis heureux de savoir qu'Emily bénéficie d'un soutien personnel.

— Vous voulez dire Jane, lui rappela Thomas.

— C'est exact. Si elle était à Washington, tous les anciens collègues de Freddie proposeraient leur aide. Le programme des marshals est solide, mais ce Badge Man est malin. Il ne laisse ni empreintes ni ADN. Il est capable de passer plusieurs mois au même endroit sans attirer l'attention. Et il connaît les procédures policières : identifier une cible, apprendre sa routine, savoir quand sa future victime sera vulnérable : seule, endormie…

— Freddie était seul à la maison et endormi cette nuit-là, rappela Jane. Je devais être au travail toute la nuit, mais je suis tombée malade.

— Il ne me paraît pas être le genre de type à percuter quelqu'un sur une route fréquentée, remarqua Thomas.

Levi enfouit les mains dans les poches de son pantalon et haussa les épaules.

— C'est vrai. Mais nous pensons qu'il est dans une forme d'escalade échappant à tout contrôle. Tuer ce motard de la police était déjà une variante de son mode opératoire.

Il se rembrunit tandis qu'il jetait un regard à Jane.

— Et s'il se dirige vers l'ouest pour retrouver la seule personne capable de l'identifier…

Jane hocha la tête, comprenant où il voulait en venir.

— Alors, il a déjà changé de schéma.

Thomas, qui avait lui aussi quelques notions de profilage, fit remarquer :

— Toutes ses victimes étaient des hommes appartenant aux forces de l'ordre. Le fait de s'en prendre à Jane est tout nouveau pour lui, sa méthodologie pourrait donc évoluer.

Levi approuva d'un signe de tête.

— C'est pourquoi le FBI veut agir. La probabilité qu'il fasse une erreur est beaucoup plus élevée quand il sort de sa zone de confort. Nos chances de le coincer maintenant sont plus fortes que jamais.

— Où en est votre enquête sur le meurtre de Freddie ? demanda Jane.

Levi grimaça.

— Disons que c'est au point mort. Mais nous espérons que ce dernier rebondissement dans l'Indiana nous apportera de nouveaux éléments.

— Et le FBI veut m'interroger pour comparer mon témoignage avec ce que vous pourriez découvrir là-bas ?

— Exactement. Ton aide nous serait utile. Si tu t'en sens capable.

Jane prit une profonde inspiration et hocha la tête.

— Je suis prête à tout pour aider à l'arrestation de ce monstre. Freddie voudrait que je le fasse.

Conor passa la tête par la porte de la cuisine.

— J'ai fait du café. Je me suis dit que ça risquait de durer un moment.

Après qu'ils se furent servis, l'agent Hunt emmena Jane dans une des chambres à l'arrière pour conduire l'entretien, tandis que Thomas restait dans le salon avec les marshals Broz et Wildman.

Bien que ces hommes soient des professionnels, habitués à surveiller ce qu'ils disaient et révélaient aux autres, Thomas avait mené suffisamment d'interrogatoires et observé son compte de suspects pour relever de subtils indices comportementaux.

Malgré son attitude amicale envers Jane, Levi Hunt cachait quelque chose. Peut-être était-il tout simplement mal à l'aise de ne pas avoir été capable de résoudre le meurtre de son ami.

Conor Wildman, quant à lui, semblait être un type plutôt insouciant à première vue. D'une certaine façon, même si leurs physiques différaient, il rappelait à Thomas son fils Keir. En apparence, il pouvait paraître charmeur et amical, mais il prenait en réalité son travail très à cœur. La seule raison pour laquelle il n'avait pas exprimé les objections qui le taraudaient visiblement, c'était pour ne pas défier l'autorité de son superviseur.

Pour ce qui était d'Oscar Broz, l'arrogance et la grossièreté de ce type donnaient envie à Thomas de lui mettre son poing dans la figure. Aussi, quand Broz souligna que son statut de flic faisait de lui une cible potentielle si Badge Man décidait de venir à Kansas City, ne put-il s'empêcher de le remettre à sa place.

— Je connais son profil. Et puisque tous les hommes ici portent un insigne, vous êtes tout autant une cible que moi, marshal. Ça ne signifie pas que nous allons nous arrêter de travailler.

Tandis que Wildman riait sous cape, Broz marmonna entre ses dents, et sortit à nouveau son téléphone portable de sa poche.

Lorsque son supérieur quitta la pièce, Conor posa sa tasse de café refroidi sur la table basse devant le canapé, et se pencha, les coudes en appui sur ses genoux.

— J'ai lu tout ce que j'ai pu trouver sur ce type, confia-t-il à Thomas, mais le FBI n'a pas grand-chose en dehors de son profil. Comment protéger Jane alors que nous ne savons pas de qui nous devons nous méfier ?

Le jeune homme lui faisait décidément penser à Keir. Conor avait envie d'apprendre, et il voulait bien faire.

Thomas prit place dans le fauteuil à la droite de Conor et adopta la même posture.

— Je pense que nous pouvons explorer certaines pistes.

Il y avait réfléchi depuis qu'il avait entendu le récit de Jane, et qu'il s'était renseigné sur le dossier.

— Selon moi, Badge Man a pu être victime de la police. C'est peut-être l'enfant d'un policier ou d'un agent qui l'a maltraité, ou un criminel malmené lors d'une arrestation. C'est peut-être aussi quelqu'un qui rêvait de devenir flic et qui a été renvoyé de l'académie, ou destitué de ses fonctions. Il veut nous montrer qu'il est meilleur que nous, puisque nous n'arrivons pas à le neutraliser.

— Je me disais qu'il pouvait avoir perdu quelqu'un qu'il aimait dans une fusillade, et que c'était sa vengeance, suggéra Conor.

— C'est une possibilité aussi. Mais, le fait est qu'il connaît beaucoup de choses sur les policiers et la façon dont ils se comportent. Il se peut qu'il porte lui-même l'uniforme.

Levi Hunt apparut dans le couloir, sa veste jetée en travers de son épaule et les manches de sa chemise roulées.

Croisant le regard interrogateur de Thomas, il parut gêné.

— Emily, enfin, *Jane* a besoin de quelques minutes pour se rafraîchir.

Thomas serra les poings. Quelque chose lui disait que cette réunion n'avait rien à voir avec des retrouvailles entre vieux amis.

— Vous avez l'intention de vous servir d'elle comme appât, c'est bien ça ? Vous voulez que Badge Man vienne à Kansas City.

Levi feignit l'innocence.

— Rien n'indique qu'il sait qu'elle est toujours en vie. La tombe d'Emily Davis se trouve juste à côté de celle de son mari.

Le sympathique personnage s'inquiétant pour la veuve de son ami avait totalement disparu, laissant place à un professionnel qui semblait prêt à tout.

— N'essayez pas de m'embobiner, dit Thomas, d'un air qui ne plaisantait pas. Je sais ce que vous avez en tête.

Levi soupira et finit par admettre les desseins du FBI.

— Nous sommes ici parce qu'il a refait surface. Ça a fait remonter notre enquête en haut de la liste. Et le fait qu'il se déplace vers l'ouest signifie sans doute qu'il cherche quelqu'un en particulier.

Il jeta un coup d'œil vers le couloir.

— Je ne vois pas de qui d'autre il pourrait s'agir.

La possibilité qu'il soit en train de la traquer est trop importante pour qu'on la néglige.

Le marshal Broz remit son téléphone dans sa poche et se joignit à la conversation.

— Pour autant, nous n'avons pas l'intention de la déplacer. Il suffit qu'une personne disparaisse pour que les gens commencent à poser des questions, et nous ne voulons surtout pas attirer l'attention sur elle.

— Et les agressions dont elle a été victime ? protesta Thomas.

Broz haussa les épaules.

— Nous sommes au courant de la fusillade au mariage de votre fille, lieutenant. Vous et votre père pouvez très bien être la cible, pas Mme Boyle. Contrairement à ce que vous sous-entendez, nous ne voulons pas braquer les projecteurs sur elle et faire venir ce type à Kansas City.

— Et s'il y était déjà ?

Conor intervint, prenant le parti de Thomas.

— Pour ce que ça vaut, j'ai recommandé son déplacement.

Il jeta un coup d'œil vaguement dégoûté aux deux autres.

— Mais j'étais en position d'infériorité.

Thomas sentit son cœur se serrer en songeant au sort qui attendait Jane. Avait-elle vraiment compris ce que le FBI avait en tête ?

— Vous êtes en train de l'orienter directement vers elle, dit-il d'un ton de reproche.

L'agent Hunt ne broncha pas.

— Si je veux le mettre hors d'état de nuire, il faut que je l'attrape. Je ne veux pas d'autre bain de sang.

Thomas ne manqua pas de réagir.

— Eh bien, en ce qui me concerne, je vais relever

son niveau de protection. Je ne sais pas comment vous fonctionnez au bureau des marshals, mais nous, au KCPD, nous faisons passer l'intérêt des victimes avant tout.

Levi Hunt enfila sa veste sans manifester la moindre émotion.

— Toute aide est la bienvenue, mais ne vous mettez pas en travers de mon enquête. Je vais activement poursuivre mes investigations dans l'Indiana, et si je découvre qu'il se dirige vers Kansas City…

— À supposer qu'il n'y soit pas déjà, l'interrompit Thomas.

— Je vous en avertirai immédiatement, conclut Hunt.

— Appelez-nous d'abord, intervint Broz, l'air vexé. Nous sommes mieux équipés pour déplacer Mme Boyle

Levi hocha la tête.

— C'est évident. D'autant que la sécurité de notre témoin vedette est notre priorité.

Jane entra dans le salon avant que Thomas ait pu émettre des doutes sur le plan de l'agent Hunt.

— Je serai très bien ici, sous la protection de Conor et de Thomas, déclara-t-elle.

— Vous êtes d'accord avec ça ? s'étonna Thomas.

Au lieu de lui répondre, elle s'adressa à Levi.

— Fais ton travail, Levi, et trouve-le avant qu'il frappe à nouveau.

— Ou qu'il ne te trouve toi, renchérit Conor.

Thomas saisit la main de Jane.

— Ça n'arrivera pas.

7

— Nous avons de la compagnie.

Le soleil se couchait lorsque Thomas dépassa la voiture avec des plaques de location garée à proximité de la maison, et s'engagea dans l'allée.

Il y avait beaucoup de maisons dans ce lotissement, mais il connaissait la plupart de ses voisins et les véhicules qu'ils conduisaient. C'est pourquoi la présence de voitures inconnues le mettait systématiquement mal à l'aise.

— Qui est-ce ? questionna Jane. Un autre de vos enfants qui vient proposer de s'occuper de ma sécurité ?

Thomas avait demandé à ses fils et à sa fille, ainsi qu'à son ancien coéquipier, Al, de veiller sur la maison en permanence.

— Je ne reconnais pas la voiture, avoua-t-il.

D'un signe de tête, il indiqua le pick-up noir garé devant la seconde porte de garage.

— C'est le véhicule de Duff. S'il pensait qu'il y avait du danger, il m'aurait appelé. Et cependant…

Thomas rentra sa voiture dans le garage et ferma la porte derrière eux.

— Je veux que vous restiez derrière moi pour entrer dans la maison.

Des rires et l'odeur de la sauce tomate à l'ail de

Millie les accueillirent quand Thomas poussa la porte de service. Mais la cuisine était vide.

Les griffes de Ruby cliquetèrent sur le plancher tandis que la chienne labrador se précipitait à leur rencontre.

— Hé, ma belle, dit Thomas, en lui grattant le museau et les oreilles. Content de voir qu'il reste au moins quelqu'un de fidèle au poste. Où sont les autres ?

Les rires cessèrent, et Duff entra dans la cuisine.

— Papa, je t'ai vu arriver. Je vais sortir Ruby et faire un tour de surveillance pendant que tu profites de tes vieux copains.

— Pardon ?

Tandis que la porte de service se refermait sur Duff et la chienne, Thomas entendit un vacarme de pas dans le couloir.

— Mais, qu'est-ce que…

Instinctivement, il se plaça entre Jane et les arrivants.

Des sifflements et des cris surexcités leur parvinrent, avant que deux hommes, un grand dont les cheveux blonds commençaient à grisonner aux tempes, et un plus petit dont les cheveux bruns étaient toujours coupés ras comme au temps de leur service militaire à la base de Whiteman Air Force, entrèrent en ouvrant largement les bras.

— Voilà l'homme que nous sommes venus voir, s'exclama le plus petit des deux, avant d'attirer Thomas dans une accolade virile.

Murray Larkin, dit « Mutt », s'écarta pour laisser la place à son camarade.

— Qu'est-ce que vous fichez là, vous deux ? demanda Thomas, en se libérant de l'accolade de Jeff Fraser.

Il fit signe à Jane de s'approcher.

— Jane, j'aimerais vous présenter des visages

du passé. Jeff Fraser et Mutt Larkin. Nous avons servi ensemble dans l'Air Force en Angleterre, il y a quelques années de ça.

— Ravi de vous rencontrer, dit Jane, en échangeant une poignée de main avec chacun d'eux.

— Vous êtes la petite amie de Thomas ? demanda Jeff.

Alors que l'intéressé avait envie de répondre par l'affirmative, Jane mit les choses au clair.

— Je travaille pour lui. Enfin, nous sommes amis, mais je m'occupe de Seamus.

L'ego de Thomas en prit un léger coup. Oui, ce devait bien être un sentiment paternel qui faisait qu'elle se sentait en sécurité avec lui. Il fallait vraiment qu'ils parlent de ce baiser échangé au commissariat, si l'intention de Jane était de garder avec lui une relation amicale. Quant à lui, il allait devoir mettre un frein à son désir et aux émotions trop personnelles qui l'avaient submergé dès qu'elle s'était réfugiée dans ses bras.

— Des amis ? répéta Jeff. Je me demande si tu seras un jour capable d'aimer une autre femme que Mary. Je me souviens encore du jour où je l'ai vue pour la première fois au bureau de Lakenheath.

S'adressant à Jane, il expliqua :

— C'est la base de la RAF où nous étions stationnés en Angleterre.

Thomas se rappelait lui aussi très bien le premier jour où il avait vu Mary Kilcannon. À l'époque, il ne croyait pas au coup de foudre. Et pourtant, c'était bien ce qui s'était produit entre Mary et lui, après qu'ils eurent échangé quelques mots. Il avait tout d'abord été séduit par son accent irlandais, puis il avait succombé à sa vivacité d'esprit et à sa gentillesse.

Jeff reprit :

— Lorsque j'ai vu ces cheveux roux et entendu cet accent, je suis tombé amoureux.

Il tapa sur l'épaule de Thomas.

— Il faut toujours se méfier de l'eau qui dort. Je n'avais pas réalisé à quel point tu étais rapide, Watson. Tu m'as volé Mary sous mon nez.

Mutt éclata de rire et donna un coup d'épaule à Jeff.

— Tu ne peux pas perdre ce que tu n'as jamais eu, mon ami. Toi et moi sommes arrivés un mois avant Mary. Nous étions tous amoureux d'elle. Elle t'a accordé un seul rendez-vous. À moi aussi, d'ailleurs. Tu as eu ta chance.

Jeff leva une main, concédant ce point.

— Je me souviens que le grand frère de Mary, Ian, n'était pas très heureux de voir sa sœur fréquenter des Américains.

Le fait que Thomas l'épouse au bout d'un mois et l'emmène aux États-Unis n'avait pas beaucoup plu aux Kilcannon, non plus. La dernière fois qu'il avait vu Ian remontait aux funérailles de Mary. Ses beaux-parents et son beau-frère envoyaient encore des cartes de Noël et d'anniversaire à Duff, Niall, Keir et Olivia. Mais Thomas savait qu'ils lui en voudraient toujours un peu d'avoir obligé Mary à se déraciner.

Se rappelant sa promesse à Jane, Thomas poussa ses amis vers l'îlot de la cuisine.

— Ce n'est pas le meilleur moment pour une visite-surprise, dit-il, sans prendre de gants. Je travaille sur une affaire.

— Je vois que tu n'as pas renoncé à aller sur le terrain, dit Jeff, en désignant d'un signe de menton le bandage autour de l'avant-bras de Thomas, révélé par sa manche de chemise roulée.

— Ça fait mal ?

L'estafilade cicatrisait, et c'était maintenant plus irritant que douloureux. Mais il n'avait pas envie de parler de sa blessure, ni de la façon dont c'était arrivé. Mutt, Jeff et lui avaient autrefois résolu quantité d'affaires à l'OSI. S'ils apprenaient qu'il travaillait sur un cas personnel, ils ne manqueraient pas de proposer leur aide, en souvenir du bon vieux temps. Or il y avait déjà beaucoup de monde sur les rangs pour lui donner un coup de main.

— Vous êtes arrivés en avance pour la réunion des anciens, remarqua-t-il.

— J'ai atterri aujourd'hui en provenance de Seattle, expliqua Mutt. Jeff est passé me chercher à l'aéroport. Je me disais que nous pourrions aller prendre un verre tous les trois, comme au bon vieux temps.

Millie et Seamus les avaient rejoints autour de l'îlot de la cuisine.

— Je leur ai proposé de rester dîner, annonça Millie. Maintenant que Jane et vous êtes rentrés, je vais pouvoir commencer à cuisiner.

Elle décrocha son tablier d'une patère et le noua autour de sa taille, tout en s'approchant de Thomas pour lui murmurer à l'oreille :

— Je me suis dit que ce serait moins dangereux pour vous deux que de sortir dans un endroit public.

Apparemment, tout le monde prenait à cœur la protection de Jane.

Thomas s'inclina et déposa un baiser sur la joue rebondie de la gouvernante.

— Merci, Millie.

*
* *

Après un délicieux repas, durant lequel Mutt, Jeff et Thomas parlèrent de leur jeunesse et rattrapèrent le temps perdu, Jane fut la première à prendre congé.

— Il est tard, la journée a été longue, et je vois là un patient qui m'a l'air épuisé.

Elle adressa un petit sourire à Seamus.

— Il est temps d'aller au lit.

— *Ze ne tuis pas un bébé,* protesta le vieil homme. *Ze ne vais au lit que ti une zolie dame m'accompagne.*

Mutt, Jeff et Duff éclatèrent de rire. Millie rougit et s'empressa d'aller chercher la cafetière pour les servir à nouveau.

Loin de s'en laisser conter, Jane planta les poings sur ses hanches.

— Je ne suis pas assez jolie pour vous ? Eh bien, c'est dommage pour vous, cher monsieur, parce que je vous emmène quand même vous coucher. En avant !

Sa repartie fut accueillie par des « oh » et des sifflets. Seamus sourit, ravi d'avoir la vedette.

— Voilà qui est intéressant !

— Vous avez besoin d'aide ? demanda Thomas, tandis que Jane présentait à Seamus son déambulateur, et plaçait une main sous son coude pour l'aider à se stabiliser.

Elle tourna la tête vers le bout de la table, où Thomas était assis.

— Je m'en sors.

Depuis le premier jour où elle s'était installée dans la maison et avait pris en charge la santé de Seamus, Jane avait clairement fait comprendre qu'elle entendait faire les choses à sa façon. Elle parut aussi surprise d'entendre les mots sortir de la bouche de Thomas que lui-même avait été de les dire.

Pourquoi avait-il fait cette offre ? Il se pencha

pour caresser la tête de Ruby, et y réfléchit. Peut-être parce qu'il préférait la compagnie de Jane à celle de ses vieux amis. D'une part, il avait hâte de mettre au point un plan de protection qui lui permettrait de vivre une vie aussi normale que possible, sans mettre en danger sa sécurité, ou celle de son entourage. Et d'autre part, il avait peut-être envie de passer du temps seul avec elle pour clarifier leur relation.

En ce qui le concernait, si c'était vraiment d'une figure paternelle qu'elle avait besoin, alors il tenterait de museler son désir de se perdre en elle. Mais s'il y avait une chance qu'elle puisse le voir comme un homme, un compagnon, un célibataire disponible qui commençait à tomber amoureux d'elle, alors il voulait donner une chance à cette relation.

Une fois que Badge Man serait derrière les verrous, et que Jane ne courrait plus aucun danger, cela allait sans dire.

Il était quelqu'un de patient, et il était prêt à être ce que Jane voulait qu'il soit.

— Bonne nuit, les garçons, ravi de vous avoir revus, ânonna Seamus. Jane a raison, comme d'habitude. Suis fatigué.

Le vieil homme s'appuya lourdement sur le bras de Jane, jusqu'à ce qu'il se sente à l'aise avec son déambulateur et puisse faire un pas tout seul. Quand Millie revint avec le café, Seamus redressa les épaules et repoussa la main de Jane qui le guidait.

— Bonne nuit, Millie.

— Bonne nuit, Seamus.

La gouvernante reposa la cafetière sans avoir servi personne.

— Des œufs brouillés, du jambon et du fromage,

ça vous va pour le petit déjeuner ? proposa-t-elle à Seamus.

— Me paraît bien.

Thomas ouvrit de grands yeux. Que signifiait cet échange ? On aurait dit que son père essayait de faire le beau devant Millie, dissimulant sa fatigue et sa douleur. Quant à la gouvernante, il aurait pu jurer qu'elle s'était remis du rouge à lèvres pendant qu'elle était dans la cuisine.

Thomas prit la cafetière pour se servir lui-même, en se disant qu'il ne contrôlait plus rien du tout dans sa maison.

Tandis que Duff aidait Millie à débarrasser la table, Thomas reconduisit Mutt et Jeff à la porte.

— Tu viens à la grande fête, ce week-end ? demanda Mutt.

— Je ferai de mon mieux pour y être.

— Viens avec ta petite amie. On va danser aussi, tu sais. Elle a l'air sympa. Quoique un peu autoritaire, si tu veux mon avis. Ton père accepte ça ?

— Il la respecte, répondit Thomas. Nous la respectons tous.

Jeff lui tapa sur l'épaule.

— Tu as beaucoup de chance d'avoir cette famille, Thomas. Prends-en bien soin.

— Je le sais. Bonne nuit.

Thomas attendit sur le seuil de la porte que les camarades de l'Air Force soient montés dans la voiture de Jeff.

Lorsqu'ils eurent démarré, il remarqua la jeep noire d'Al Junkert garée de l'autre côté de la rue. Illuminé par le halo du réverbère devant sa voiture, Al le salua. Contre vents et marées, cet homme avait toujours été là pour assurer ses arrières.

Retournant dans le hall, Thomas cria en direction de la cuisine :

— Hé, Millie ? Il reste du café ?

Quelques instants plus tard, Thomas apportait à Al une tasse de café et une tranche de gâteau enveloppée dans une serviette en papier.

— Hé, mon vieux Tommy.

Thomas observa la rue de part et d'autre, mais ne remarqua rien ni personne de suspect tandis qu'il traversait et présentait l'en-cas à son ami.

— Ce n'est pas un donut, mais j'ai pensé que tu apprécierais un peu de cuisine faite maison.

Al déposa le mug dans le porte-gobelet devant lui, et mordit à belles dents dans la part de gâteau.

— Miam… Je te jure que si cette femme avait vingt ans de moins, je l'épouserais. Rien que pour sa cuisine.

— Je pense que tu pourrais avoir un peu de concurrence, plaisanta Thomas, en se tournant pour s'appuyer contre le montant de la voiture.

— Comment cela ? Millie se serait-elle trouvé un galant après toutes ces années ?

— Je pense que mon père lui faisait des avances ce soir.

Al éclata de rire.

— Eh bien, cela fait pourtant un bout de temps qu'ils habitent sous le même toit. Quand je pense qu'ils vivent tous les deux dans l'extension du rez-de-chaussée, sans chaperon… Tu ne crois quand même pas qu'ils se faufilent dans le couloir pour se rendre visite la nuit ?

Non, ça, c'était lui qui le faisait avec Jane. Mais Thomas avait une réponse plus appropriée à fournir à son ami.

— Beurk ! C'est de mon père que tu parles.

Al laissa à nouveau échapper un rire tonitruant.

— On peut tomber amoureux à n'importe quel âge.

— Et tu as une certaine expérience dans ce domaine, n'est-ce pas ?

— J'ai aimé toutes mes épouses et, quelque part, si tu fais abstraction de la pension alimentaire, je les aime encore.

Al but une gorgée de café, avant de tapoter l'avant-bras de Thomas, posé sur le rebord de la vitre ouverte.

— Et toi ? Ça fait vingt ans que tu es seul. Tu n'as jamais songé à sauter le pas à nouveau ?

Thomas adressa un signe de tête à son voisin qui roulait sa poubelle vers le trottoir pour le ramassage du lendemain matin. Le lotissement plongeait peu à peu dans la torpeur, alors que le voisinage se préparait pour la nuit.

— Pourquoi pas… Jusqu'à présent, je n'étais pas vraiment prêt à laisser quelqu'un entre dans mon cœur, mais maintenant… Si la femme idéale se présente…

— Je t'ai vu avec Jane. Elle n'est pas la femme idéale ?

Thomas préféra éluder. Ses sentiments pour Jane étaient trop nouveaux, trop compliqués pour les partager, même avec son ancien coéquipier.

— Pour qu'il se passe quelque chose, il faut que ce soit mutuel, mon ami.

Thomas se redressa, posant la main sur l'épaule d'Al.

— À part ça, si Duff ne vient pas te relever à minuit, envoie-moi un texto et j'irai le réveiller.

— Mais tu te soucies d'elle, insista Al. C'est bien pour ça que tu nous as demandé de nous relayer pour lui fournir une surveillance vingt-quatre heures sur vingt-quatre.

8

La cuisse de Thomas protestait à chaque pas tandis qu'il montait l'escalier, après avoir fait sortir une dernière fois Ruby dans le jardin.

Alors qu'il ralentissait à l'approche du palier, songeant au soulagement que lui avait apporté le massage de Jane, la chienne gémit d'excitation et franchit les dernières marches d'un bond, avant de disparaître à l'angle du couloir.

Lorsqu'il atteignit à son tour le palier, il fut accueilli par une queue qui battait avec ardeur, lui frappant la jambe, et une exclamation enthousiaste.

— Mais oui, ma belle. Moi aussi, je t'adore.

Vêtue d'un pyjama rose, Jane s'était accroupie pour caresser la chienne, qui lui lécha vigoureusement le menton.

Les bras croisés sur son torse, Thomas prit appui contre le mur de la chambre que Niall et Keir avaient partagée quand ils étaient petits.

— Faites-la descendre. Vous n'êtes pas obligée de vous laisser débarbouiller le visage.

Jane repoussa gentiment Ruby et se redressa.

— C'est agréable d'avoir quelqu'un qui est toujours content de vous retrouver. Même si cela ne fait que deux heures qu'on ne s'est pas vues.

— Je suppose que ce ne serait pas facile pour

vous d'avoir un animal de compagnie, en étant dans le programme WITSEC.

— Il est vrai que le bureau des marshals ne s'inquiéterait pas de mes animaux. Or je ne peux pas imaginer de laisser un être que j'aime derrière moi si on m'impose une évacuation d'urgence.

Thomas n'était toujours pas convaincu que le marshal Wildman et son supérieur, Oscar Broz, étaient réellement concernés par la sécurité et le bien-être de Jane non plus.

— Vous avez réussi à dormir un peu ces deux dernières heures, ou vous étiez encore en train d'arpenter le couloir ? demanda-t-il.

Elle confirma ses soupçons en ne répondant pas.

— Vous n'êtes pas couché non plus. Tout est bien sécurisé ?

— Oui. La maison est fermée à double tour. Duff fait le guet devant. Keir le relèvera au matin. Je me suis arrangé pour qu'il y ait toujours quelqu'un dehors. Quant à moi, je serai à l'intérieur avec vous.

Il désigna le labrador qui se tortillait sur le dos, exposant son ventre.

— Sans compter le chien de garde ici présent.

Jane ne put résister à l'envie de se pencher pour gratouiller le ventre de la chienne.

— Vos amis Mutt et Jeff sont de sacrés numéros, comme s'ils étaient des petits garçons coincés dans des corps d'adultes. Je parie que vous étiez comme les trois mousquetaires quand vous étiez dans l'Air Force.

— Nous étions très proches, c'est vrai. Sérieux dans le travail, mais toujours prêts à nous amuser. Après notre entraînement à Whiteman et notre affectation à Lakenheath, notre unité était très unie.

— Jeff a dit que vous faisiez tous partie de l'OSI. De quoi s'agit-il ?

— Du Bureau des investigations spéciales. Notre travail consistait essentiellement à assurer la sécurité de nos hommes sur la base et en dehors.

— C'est ce qui vous a donné envie d'entrer dans les forces de l'ordre ?

— J'ai suivi une formation dans la police militaire à Whiteman. Je suppose que je ne sais pas faire autre chose. Après mon accident, j'ai cru que ma carrière était finie. Et puis j'ai trouvé une autre façon d'être flic, en conseillant de jeunes inspecteurs, en leur enseignant les techniques que j'ai apprises au fil des années.

— Vous excellez dans ce que vous faites. Je le vois à la façon dont tout le monde au commissariat vous respecte et vous écoute. Et aussi à la manière dont vos amis et votre famille répondent présents pour vous aider.

Soudain, un pli soucieux apparut entre les sourcils de Jane.

— Je ne sais pas ce qui m'est arrivé ce matin, une crise d'angoisse, je suppose. Levi avait l'air de penser que cette camionnette avait plus à voir avec Seamus et vous qu'avec moi et mon passé. Logiquement, je sais que les courses-poursuites ne font pas partie du mode opératoire de Badge Man. Et il n'avait pas d'arme le soir où il nous a attaqués Freddie et moi. Ça ne m'a pas empêché de paniquer.

Elle eut une petite moue contrite.

— D'habitude, je parviens à me contrôler. Je suis plus forte que ça.

— Je le sais bien.

Thomas s'approcha et sentit l'odeur citronnée du shampooing de Jane l'envelopper.

Il posa la main sur sa joue et, malgré sa légère crispation initiale, elle soupira et enfouit son visage dans la paume de sa main.

— Vous étiez effrayée, épuisée… N'en parlons plus.

— J'ai quand même dépassé les limites de notre relation professionnelle, non ?

— Je les ai moi aussi largement dépassées.

— Il ne faut pas que ça se reproduise.

Regrettait-elle ce baiser ?

Pas lui.

Éthiquement, il avait toutes les raisons de battre sa coulpe. Mais il ne pouvait se résoudre à regretter de s'être rapproché de cette belle et courageuse jeune femme.

— Si c'est le cas, nous gérerons la situation.

En quoi le fait de discuter à voix basse dans la pénombre d'une maison silencieuse inspirait-il une telle sensation d'intimité ?

On aurait dit qu'ils partageaient de sombres secrets, s'échangeaient des vœux solennels.

Mais Thomas devait être le seul à ressentir l'énergie qui frémissait entre eux, car Jane s'écarta pour se diriger vers la porte de sa chambre.

— Je sais que vous vous inquiétez de ma rencontre avec l'agent Hunt. Mais tout ce que Levi m'a demandé, c'est de ne pas m'installer dans une résidence sécurisée. De lui donner une chance de capturer Badge Man.

— Je pense que Hunt s'intéresse davantage à son affaire qu'à votre protection.

Thomas la suivit jusqu'à la porte.

— Vous avez dit que personne dans l'ancienne équipe de votre mari ne savait que vous aviez été relocalisée au Texas. Hunt vous a-t-il dit comment il vous avait retrouvée ?

— Il a un contact au bureau des US Marshals. Lorsque Badge Man s'est attaqué à ce motard de la police dans l'Indiana, on l'a immédiatement prévenu d'une menace potentielle sur l'un de leurs dossiers.

Jane fit rouler son cou, comme si ses muscles étaient noués.

— Normalement, ce genre d'informations ne s'échange pas, je me trompe ? demanda-t-elle.

— En principe non. À moins qu'il ne s'agisse d'une opération conjointe. Hunt vous a-t-il dit que c'était le cas ?

Jane secoua la tête.

— Et son contact ? Il vous a donné son nom ?

— Non. J'ai pensé qu'il s'agissait d'Oscar Broz. Il semblait avoir tout organisé pour que Levi m'interroge.

Il vit les bras de Jane se couvrir de chair de poule, et regretta de ne pas avoir sa veste pour la draper autour de ses épaules.

Ou plutôt non. Il se dit qu'il aurait aimé avoir le droit de la prendre dans ses bras pour la réconforter.

— Vous pensez que quelqu'un d'autre pourrait me trouver ? Par exemple en suivant Levi ou Broz. Je n'ai pas remarqué d'homme avec des yeux vairons. Donc Badge Man n'est pas dans les parages. À moins qu'il ne porte des lentilles de contact pour masquer ce signe particulier.

Elle était assez intelligente pour envisager cette possibilité. Mais cela voulait aussi dire qu'elle connaissait toutes les autres raisons d'avoir peur pour son avenir.

— Je ne le verrai jamais venir, n'est-ce pas ? poursuivit-elle. Il s'est peut-être déjà insinué dans ma vie, et je ne le sais pas. Il travaille peut-être à l'hôpital, ou dans l'un des commerces que je fréquente. Je devrais peut-être retourner à mon ancien domicile et demander à Conor de rester avec moi.

Thomas accueillit cette suggestion avec une grimace.

— Conor est seul. Moi, j'ai une petite armée en ordre de marche pour vous protéger ici.

— Mais il s'agit de votre famille, de vos amis, des gens que vous aimez… Je ne veux pas les mettre en danger. Pas plus que vous, d'ailleurs.

Il serra les poings le long de son corps pour éviter d'attirer Jane à lui.

— Dès que j'ai compris le genre de situation où vous vous débattiez, rien n'aurait pu m'empêcher de m'impliquer.

— Vous êtes un homme bon, Thomas, et un ami que je ne mérite pas. Vous avez vos propres problèmes à gérer sans vous encombrer des miens. Vous remercier ne paraît pas suffisant, mais… merci.

Serrant les bras autour de sa taille, elle ajouta :

— Bonne nuit, Thomas.

— Bonne nuit, Jane.

Ses yeux scintillèrent comme de l'or pâle tandis qu'elle soutenait son regard quelques instants. Puis elle cilla et ferma sa porte.

Le cœur serré, Thomas fixa la barricade de chêne derrière laquelle Jane s'était isolée. De toute sa vie, il n'avait jamais rencontré personne d'aussi solitaire que Jane Boyle.

Il se tourna vers sa propre chambre, en songeant qu'elle ne devrait pas être seule à faire face à tout cela. S'il admirait sa force de caractère, son courage stoïque, il avait aussi envie de lui offrir du réconfort, de la protection… Et pourquoi pas de l'amour.

Son cœur se serra un peu plus.

Il ne lui restait plus qu'une chose à faire.

D'un pas décidé, il entra dans sa chambre et y prit le panier et les jouets de Ruby.

— Viens, ma belle, dit-il à la chienne. J'ai besoin de ton aide.

Il frappa deux coups à la porte de Jane, et l'ouvrit.

— Qu'est-ce que…, protesta-t-elle.

Il déposa la corbeille du chien contre le mur à côté de la porte et indiqua à Ruby de s'y installer pour la nuit. Puis il ôta des mains de Jane le bloc-notes sur lequel elle était en train d'écrire quand il était entré.

Elle avait aligné des phrases, dont il comprit immédiatement la teneur.

Elle essayait de résoudre cette fichue enquête.

Toute seule.

Marron/bleu clair.

Lentilles de contact ? Lunettes sombres ?

Force supérieure à la moyenne. Corde. Taser. Couteau.

N'accepter aucun refus. Ne jamais se soumettre à l'échec.

Le repérer avant qu'il ne me repère.

Andromeda.

— Qui est Andromeda ?

Jane se hissa sur les genoux pour récupérer son carnet. Tandis qu'elle le refermait d'un geste sec, Thomas ôta ses chaussures.

— Pas qui, mais quoi, répondit-elle. C'est mon code WITSEC au cas où ma sécurité serait compromise, et que j'aie besoin que Conor me conduise dans une résidence sécurisée.

Elle le regarda sortir son Glock de son holster et le poser sur sa table de chevet.

— Qu'est-ce que vous faites ?

— Et « ne jamais se soumettre à l'échec » ? Une doctrine de vie ?

— Plutôt une doctrine de mort.

Il la fixa d'un regard perçant, exigeant une explication à ce brusque sarcasme.

Elle remonta la couverture et serra les bras autour de ses genoux.

— C'est ce qui est tatoué sur le cou de Badge Man. Je veux garder tous les détails en tête, afin d'avoir une chance de le repérer avant qu'il me tue… qu'il me trouve, se reprit-elle aussitôt.

Il prit le carnet qu'elle avait abandonné sur le lit, et le glissa dans le tiroir de la table de chevet.

— Ce n'est vraiment pas une bonne idée de lire ça avant de dormir.

— Qui a dit que j'allais dormir ?

— Poussez-vous.

— Thomas, vous ne devriez pas être là.

— Et vous ne devriez pas jouer les appâts pour un tueur en série.

S'installant sur le lit, il l'attira dans ses bras.

— Combien de temps va-t-il vous falloir pour vous endormir ce soir ?

Elle soupira.

— Je n'en sais rien.

— Avez-vous vraiment l'intention d'essayer de dormir ? Ou bien allez-vous encore arpenter les couloirs toute la nuit ?

Elle se tortilla pour tenter de lui échapper, poussant sur son torse.

— Je suis désolée si mes insomnies vous dérangent…

— Franchement, Ruby et moi ne pourrions pas

dormir en sachant que vous êtes seule face à vos cauchemars.

Cessant de lutter, elle esquissa un sourire.

— Ruby s'inquiète pour moi ?

D'un geste tendre, il repoussa une mèche de cheveux derrière l'oreille de Jane.

— Elle a beaucoup d'heures de sommeil en retard à cause de vous.

Jane se détendit dans ses bras tandis qu'il inclinait son visage vers le sien.

Elle posa la paume sur sa joue qu'une barbe naissante rendait rugueuse. Puis elle glissa le bras derrière son cou, insinuant les doigts dans ses cheveux.

La pointe de ses seins s'imprimait dans son torse, et il préféra se concentrer plutôt sur ses pommettes ciselées et sur le creux délicat qui les soulignait.

Déposant une série de baisers le long de sa mâchoire, il s'arrêta sur le petit creux de peau soyeuse et tiède derrière son oreille, avant d'enfouir le nez dans sa chevelure embaumant les agrumes.

Les mains de Jane vagabondaient à loisir dans ses cheveux, sur son visage, son cou, ses épaules… Quand elle en glissa une sous le coton de son T-shirt, se perdant bientôt en caresses sensuelles, il sentit aussitôt son corps réagir.

Le ventre de Jane frôla son érection, éveillant en lui un nouveau genre de besoin. Écartant la couverture pour supprimer tout obstacle, il lui saisit les fesses, et l'attira plus étroitement contre lui.

Prenant alors ses lèvres, il la fit rouler sur le dos, la couvrant de son corps.

Jane enfonça les doigts dans son dos, laissant échapper un gémissement modulé.

Troublé par ce ronronnement sexy, Thomas posa

les lèvres sur son menton et descendit jusqu'à la base de son cou.

Lorsqu'il toucha la petite boule de chair meurtrie, un signal d'alarme se déclencha dans sa tête. Quand il atteignit la seconde cicatrice, y déposant le plus doux des baisers, il comprit que le moment était mal choisi. Il devait sérieusement manquer de pratique pour penser que séduire Jane était la façon la plus intelligente de la protéger.

Laissant échapper un long soupir empli de frustration et de regrets, il se redressa et roula sur le côté.

— Thomas ?

Le regard que Jane leva sur lui était assombri de désir.

— Est-ce que mes cicatrices vous dérangent ?

— Non.

Ça l'irritait qu'elle puisse envisager qu'il ne la trouve pas belle.

— Et la mienne ? Est-ce qu'elle vous dérange ?

— Bien sûr que non, voyons.

Elle posa la main sur sa cuisse blessée comme pour prouver ses dires.

Se rappelant qu'il essayait de faire les choses comme il faut, il refoula la tentation toujours présente et leva les doigts de Jane à ses lèvres pour les embrasser un par un.

— J'adorerais terminer cela maintenant, mais vous avez besoin de sommeil.

Jane se hissa sur un coude, étudiant un moment le visage de Thomas avant de déclarer :

— Ça me fait peur… vous et moi.

— N'avez-vous pas déjà assez de raisons d'être effrayée ?

— Thomas, je n'avais jamais imaginé que je

pourrais avoir des sentiments pour un autre homme que Freddie.

Elle glissa une dernière fois les doigts dans les cheveux de Thomas, d'un geste tendre.

— Compte tenu de tout ce qui se passe, je ne pense pas être le meilleur choix pour vous... Pour n'importe quel homme. Pas avant que ce soit fini. Et ça pourrait ne jamais se terminer.

Il se pencha pour déposer un baisser sur son front, barré d'un pli soucieux.

— Arrêtez de penser et dormez.

Elle réduisit les quelques centimètres qui les séparaient et posa la joue sur son épaule.

— Merci de votre aide aujourd'hui. Voulez-vous rester avec moi ?

— Je croyais avoir été clair.

— Je parlais uniquement de dormir. Vous avez raison, j'aimerais voir où cette alchimie entre nous pourrait nous entraîner. Mais le moment est mal choisi. Nous avons tous les deux besoin de nous reposer, afin de pouvoir faire notre travail et de rester attentif à notre environnement. Mais j'ai froid, et j'aimerais me blottir contre quelque chose de chaud.

— Très bien. Je serai votre bouillotte.

Il passa un bras dans son dos et l'attira contre lui.

— Nous allons rester étendus là jusqu'à ce que vous vous réchauffiez, proposa-t-il.

Il ne broncha pas tandis qu'elle cherchait une position confortable, posant un bras en travers de son estomac et enfouissant le visage dans son cou.

— Ça vous a vexé que je dise à Mutt et Jeff que nous étions juste amis ?

— Ne vous inquiétez pas pour ça.

— Donc, c'est le cas. Je suis désolée. J'ai bien

vu qu'ils pensaient que nous étions un couple. Je ne voulais pas vous embarrasser.

— Pourquoi ça m'embarrasserait ? C'est moi qui ai vingt ans de plus que vous. Si c'était vrai, ils se diraient que j'ai sacrément de chance, et ils se demanderaient ce que vous pouvez bien me trouver.

— La différence d'âge entre nous n'est pas aussi grande que vous le dites. Et, de toute façon, ça ne me dérange absolument pas. Ce qui m'importe plus de savoir, c'est si vous avez toujours des sentiments pour votre défunte femme.

— Cela fait vingt ans que Mary nous a quittés.

— Il n'y a pas de durée pour un deuil. Je suis bien placée pour le savoir. La plupart du temps, je vais bien. Je me dis que j'ai refermé ce chapitre de ma vie et que j'ai avancé. Mais, parfois, les projets que nous faisions ensemble, Freddie et moi, me manquent, et le fait qu'ils ne verront jamais le jour m'attriste. De temps en temps, quelque chose de complètement inattendu réveille un souvenir de Freddie, et il me manque à nouveau comme au premier jour.

Elle garda le silence quelques instants, avant d'ajouter d'un ton posé :

— Il y a toujours des photos de Mary dans le salon. Et celle de votre mariage est posée sur le manteau de la cheminée dans votre chambre.

Elle se redressa et chercha son regard dans la lumière du réverbère qui filtrait à travers les persiennes.

— Je n'ai pas fouiné. Millie m'a demandé si je pouvais monter votre linge en même temps que le mien pour qu'elle n'ait pas à utiliser l'escalier, et je suis donc déjà entrée plusieurs fois dans votre chambre.

Thomas joua machinalement avec les mèches couleur de miel sombre qui lui caressaient le torse.

— Les photos sont pour mes enfants. Je veux qu'ils sachent combien Mary les aimait, et que son esprit sera toujours avec eux. En ce qui me concerne…

Que ressentait-il aujourd'hui pour Mary ? Il avait eu tellement de chance de partager sa vie, même pour une si courte période de temps.

— Il y a une part de moi qui l'aimera toujours. Je pense à elle quand je retrouve ses yeux bleus en Keir, son amour des livres en Olivia, son grand cœur en Duff… J'ai été terriblement choqué lorsque Mary est morte. J'avais du chagrin, j'étais en colère… J'avais peur d'élever seul mes enfants.

Il soupira.

— Mais, aujourd'hui, la page est tournée. Je ne suis pas englué dans le passé, si c'est ce que vous demandez. Je ne cherche pas à la remplacer. Mais, si l'amour se présente, je serai prêt.

Jane était la première femme à toucher son cœur depuis qu'il avait perdu Mary.

Et cela n'avait rien à voir avec l'attirance sexuelle qui bourdonnait dans son sang chaque fois qu'il la voyait. Ni avec le fait qu'il était flatté que Jane ait besoin de lui. Non, tout simplement, il se sentait plus en vie avec elle qu'il ne l'avait été depuis des années.

Avant de la rencontrer, il était comme mort à l'intérieur, incapable d'éprouver le moindre sentiment. Et puis, il y avait eu ce jour, à l'hôpital, quand Jane avait défié son autorité à propos de Seamus. Un peu comme dans un conte de fées, il avait alors eu l'impression qu'elle venait de le sortir d'un long sommeil, et que son cœur avait recommencé à battre.

— Y a-t-il un autre homme dans votre vie ? demanda-t-il.

Tout en posant cette question, il réalisa qu'il aurait dû s'en inquiéter plus tôt.

— Malgré les vêtements larges et les cols montants derrière lesquels vous vous cachez, poursuivit-il, vous êtes une belle femme, et je sais qu'on vous regarde.

— Vous m'avez déjà vue sortir avec quelqu'un ?

Il la sentit ricaner contre son torse.

— Les hommes ne sont pas très à l'aise avec moi. La plupart du temps, je sais ce qu'il y a à faire, et je prends les choses en main. Beaucoup de gens confondent cette personnalité responsable avec une autorité excessive.

— Jane…

— Vous croyez que je n'ai pas entendu vos fils m'appeler « l'adjudant Boyle »,

Avant qu'il ait eu le temps de protester, il sentit les lèvres de Jane s'adoucir en un sourire contre sa peau.

— Et ce n'est pas la peine de leur passer un savon. Dès que j'ai trouvé ma place comme membre de cette maisonnée, Duff, Niall et Keir m'ont traitée avec le plus grand respect.

Thomas ne pouvait que s'en réjouir. Cependant, il n'était pas très heureux d'entendre Jane se décrire comme une sorte de sorcière qui effrayait les hommes.

Malgré sa force apparente, il y avait aussi beaucoup de vulnérabilité en elle. Peut-être était-ce pour cela qu'elle défendait aussi farouchement son indépendance.

— Pour information, je ne suis pas intimidé par vous, déclara-t-il.

Elle serra le bras autour de lui en une tendre accolade.

— Je m'en doute. Sinon, vous ne seriez pas là. La plupart des hommes se détournent quand j'endosse mon armure d'indépendance. Mais pas Thomas Watson.

Il ne prend pas peur facilement. Ça fait partie des choses que je… que j'apprécie chez vous.

Elle se roula quasiment en boule contre lui, et soupira, comme si elle pensait s'être mal exprimée, ou en avoir trop dit.

— En fait, reprit-elle, sans qu'il y ait plus trace de taquinerie dans sa voix, le seul autre homme de ma vie, c'est votre père.

Bon, eh bien, il savait désormais à quoi s'en tenir. C'était juste de l'amitié exacerbée par la peur et la fatigue. Et il n'allait pas la forcer à transformer un peu de désir et de gratitude en autre chose.

— Désolé de vous décevoir, plaisanta-t-il, mais je crois que papa a un petit faible pour Millie.

— C'est vrai. Mais il pense ne pas être fait pour elle. Avec son handicap et son âge, il s'imagine que la relation ne pourrait pas marcher.

Il n'était pas le seul, songea Thomas, avant d'exprimer sa frustration par un soupir.

— Je doute de pouvoir beaucoup dormir ce soir, reprit Jane. Si vous voulez retourner dans votre chambre, je comprendrai…

— Je ne bouge pas d'ici.

— Je peux me débrouiller toute seule, vous savez. L'insomnie est un symptôme classique du stress post-traumatique. Quand les cauchemars arrivent, ou que j'entends quelque chose à l'extérieur et que je prends peur, ou encore quand mes pensées se mettent à défiler à toute allure, je suis obligée de me lever et de marcher.

— Allez-vous arrêter de parler et vous détendre ? Faites une faveur à un vieil homme et dormez. Je ne vous quitte pas. Vous avez besoin de moi. Je suis là. Vous êtes en sécurité.

Jane hocha la tête, semblant finalement le croire.

— Vous n'êtes pas un vieil homme, murmura-t-elle, en se blottissant plus étroitement contre lui. Trop sexy pour ça

Un bâillement avait déformé ses derniers mots, mais Thomas comprit quand même qu'elle venait de lui faire un très joli compliment.

Avec un sourire, il déposa un baiser dans sa chevelure parfumée au citron.

Elle s'endormit avant même qu'il ne tende le bras pour éteindre la lampe de chevet.

L'homme triste regarda la lumière s'éteindre dans la chambre du premier étage.

Même à cette distance, assis dans sa voiture garée dans la rue, il devinait sans peine la scène qui se jouait dans la maison de Thomas Watson. Il avait aperçu les ombres qui se déplaçaient dans le couloir, en haut de l'escalier : la haute silhouette de Thomas, et celle plus délicate de la femme.

Ils se tenaient beaucoup trop proches l'un de l'autre.

Étaient-ils allés au lit ensemble ?

Thomas bafouait-il la mémoire de sa femme avec cette fille insignifiante ?

Son sang bouillait dans ses veines. Ses jointures blanchirent autour du volant, et il eut l'impression qu'il pourrait le briser sous ses mains.

Mary Kilcannon aurait dû être sienne. Il l'aurait aimée comme Thomas n'avait jamais su le faire. Mary ne serait pas morte aussi stupidement si elle avait été avec lui.

Thomas devait payer pour lui avoir volé Mary.

C'est pour cela qu'il avait gâché le mariage de la fille de Thomas. Il avait envoyé son père à l'hôpital.

Il s'était assuré que Thomas, ses fils et sa fille ne soient plus jamais en paix parce qu'ils se demanderaient toujours d'où venait la menace et quand elle frapperait à nouveau.

Aujourd'hui, il voulait briser le cœur de Thomas comme celui-ci avait brisé le sien.

Il ne restait plus que quelques jours avant l'anniversaire de la mort de Mary. Ensuite, la punition de Thomas prendrait fin.

La vie de Thomas prendrait fin.

Avec celle de cette petite traînée dont il s'était entiché.

Il desserra ses mains sur le volant et plia les doigts à plusieurs reprises, en respirant profondément pour maîtriser son esprit de vengeance.

Lorsque les battements de son cœur eurent retrouvé leur rythme normal, il se remémora le plaisir qu'il avait eu la veille à se déguiser et à conduire comme s'il était au volant d'une voiture de course.

C'était bien mieux que d'engager quelqu'un pour faire le travail à sa place.

Au début, il avait eu peur que quelqu'un le reconnaisse et gâche son plaisir. Mais le jeu en valait la chandelle. Il s'était tellement réjoui d'observer à distance la vie de Watson imploser. Ce salaud savait à présent que sa famille pouvait être attaquée à tout moment, et que ceux à qui il tenait le plus pourraient lui être enlevés.

Parfait.

Plus Watson souffrait, plus lui-même jubilait. La mort de Mary serait bientôt vengée.

Une minute. Quelque chose était en train de se passer.

Une lumière venait de s'allumer brièvement tandis

qu'une portière de voiture s'ouvrait et se refermait dans l'allée des Watson. Duff, le fils aîné de Thomas, descendait de son pick-up. Pour un type aussi costaud, Duff se déplaçait avec une surprenante vivacité dans l'obscurité.

Les yeux rivés sur son rétroviseur latéral, l'homme triste regarda Duff traverser la rue en courant.

Qu'est-ce que qui avait bien pu attirer son attention ?

Il ajusta son rétroviseur pour mieux voir à travers le halo du réverbère situé entre sa position et celle de Duff.

À présent, l'inspecteur faisait le tour d'un petit pick-up boueux. Puis il sortit son téléphone portable et prit la plaque en photo, avant de composer un numéro.

Il appelait pour signaler un véhicule inhabituel et demander l'identification de son propriétaire.

L'homme triste se cala contre son dossier. Il n'en attendait pas moins d'une famille de flics.

Heureusement, sa voiture à lui n'attirerait pas l'attention. Il était bien trop malin.

Un mouvement sur sa droite lui fit tourner la tête.

Quelque chose avait secoué la haie de la maison qui faisait face à celle des Watson. Mais il n'y avait pas assez de vent pour agiter les feuilles qui commençaient à faner, encore moins un buisson entier.

Puis il vit la silhouette sombre se faufiler dans la direction opposée à celle de Duff.

Tiens donc. N'était-ce pas un développement intéressant ? Il n'était pas le seul à espionner la maison des Watson.

Une lampe à détecteur de mouvement s'alluma au-dessus du garage voisin, et le rôdeur se dissimula prestement derrière deux grandes poubelles.

L'homme triste eut le temps d'apercevoir le visage

du rôdeur et le reconnut aussitôt. Le type se trouvait au restaurant le soir de la fusillade de rue. Il portait des lunettes de soleil. Comme ce soir.

L'homme triste ricana. Rien de suspicieux là-dedans, n'est-ce pas ?

Remontant le col de sa veste en jean, le rôdeur fila jusqu'à l'intersection suivante, en regardant dans toutes les directions, sauf derrière lui.

Le pauvre bougre semblait perdu. À pied, il n'irait pas loin avant que la plaque du pick-up ne soit identifiée et que la police ne parte à sa recherche.

À moins que le véhicule ne soit volé. Auquel cas, Duff appellerait des renforts et une recherche à grande échelle à travers tout le quartier s'ensuivrait.

D'un geste décidé, l'homme triste tourna la clé de contact et quitta son emplacement, dépassant quelques maisons avant d'allumer ses phares.

Il tourna au carrefour et rattrapa l'homme aux lunettes de soleil.

Baissant la vitre du côté passager, il le héla :

— Hé, mon ami, je te dépose quelque part ?

Le type s'immobilisa.

— Vous êtes flic ?

— Pas du tout.

Il se pencha pour ouvrir la portière.

— Monte. Il faut qu'on parle.

9

Courir était supposé lui permettre d'évacuer son stress.

— Viens, ma belle.

Jane resserra les doigts autour de la laisse de Ruby, et invita le labrador à presser le pas à côté d'elle.

— Tu as du poids à perdre, et je ne veux pas passer trop de temps dehors.

Tandis que le chien trottinait à sa droite, Jane observa le chemin goudronné devant elle, notant sur sa droite la barrière blanche et la rue animée, et sur sa gauche la rivière bordée d'arbres dont le feuillage commençait à prendre des teintes rouges et dorées.

Bien que ses muscles apprécient l'effort, après plusieurs jours sans exercice, et que ses poumons goûtent le profond influx d'oxygène, la paix intérieure qu'elle atteignait normalement quand elle courait le matin ne se produisait pas.

La beauté de Dame Nature par ce frais et brumeux matin ne parvenait pas à changer l'humeur anxieuse de Jane.

— Ça discute ferme avec le chien, Boyle ? plaisanta Conor dans l'oreillette. Je t'ai dit que ça me ferait plaisir de courir avec toi, plutôt que de rester trente mètres en arrière. Je parie que ma conversation est plus intéressante.

— N'en sois pas aussi sûr.

Jane baissa le menton vers le micro caché à l'intérieur de sa veste.

— Et puis je suis plus rassurée de savoir que tu protèges mes arrières.

— Euh, tu sais que je peux à peine voir ton dos dans ce brouillard.

La voix profonde de Thomas prit le relais.

— Eh bien, rapprochez-vous afin de mieux y voir, Wildman.

— Oui, monsieur.

— Pas trop près, dit une troisième voix d'homme.

Levi Hunt et son coéquipier étaient garés quelque part dans les parages, suffisamment près pour surveiller leurs actions sans révéler leur présence.

— À quoi bon mettre en place une filature si on fait fuir la cible, se plaignit Levi.

La voix bougonne de Thomas répondit avant que Jane ait eu le temps de réagir.

— Ce ne serait pas mieux non plus s'il arrivait quelque chose à Jane et que vous perdiez votre seule chance d'attraper ce type.

La façon véhémente qu'avait Thomas de la défendre, rappelant à Levi qu'elle était un être humain, et pas seulement l'appât de cette opération, balaya le frisson que lui procurait ce brumeux matin d'automne.

Jane sourit, sachant qu'il l'attendait sur le parking, au bout du parcours sportif qui contournait les bois.

Elle savait que Thomas espérait quelque chose d'autre d'elle, et elle le voulait aussi.

Après tout, il était difficile de résister à un bel homme expérimenté, et sexy d'une façon que les jeunes hommes ayant quelque chose à prouver au monde ne pouvaient pas comprendre.

Un esprit vif, une personnalité compatissante, un large torse contre lequel il faisait bon se blottir, et cette manière de l'embrasser à lui couper le souffle... Tout cela ne faisait qu'ajouter à l'attirance qu'elle ressentait envers le flic vétéran qui était devenu davantage un ami qu'un employeur.

Depuis le décès de Freddie, elle n'avait jamais envisagé d'être avec un autre homme. Et voilà qu'elle pensait à Thomas presque à chaque instant, se demandant quel genre d'amant il pouvait être. Elle en rêvait même la nuit.

Elle serait fière de proclamer qu'il était son homme, et de prévenir toute autre personne intéressée que le lieutenant n'était plus libre.

Elle était prête à lui donner son cœur, et d'ailleurs elle savait de façon subconsciente que c'était déjà fait.

Mais l'extraordinaire impression de sécurité que Thomas lui procurait était ce dont elle avait le plus besoin aujourd'hui. Et même si elle avait conscience que Thomas méritait une compagne, pas un projet, et en ressentait de la culpabilité, elle lui était reconnaissante qu'il accepte de lui apporter cette sérénité dont elle avait tant besoin, sans la presser pour obtenir autre chose.

— Je vais bien, dit-elle. Ne vous inquiétez pas pour moi. Si ça se trouve, il n'est même pas à Kansas City.

— Il y est, affirma Levi. Allez, Watson, même vous devez en convenir. Le pick-up abandonné près de votre maison, dont votre fils a relevé la plaque, était volé. Nous avons des empreintes digitales sur le volant qui correspondent à celles trouvées dans l'Indiana. Il s'agit de Badge Man.

— À ce stade, rien ne vous permet de le certifier, protesta Thomas.

Levi s'enflamma.

— Ce n'est pas parce qu'il ne figure pas dans nos bases de données que nous ne pouvons pas en tirer des conclusions, et savoir qu'il est sur les traces d'Emily. Il est là, et j'ai l'intention de l'appréhender.

— Appelez-la par son nom actuel, ordonna Thomas d'un ton mécontent. Et maintenant, nous devrions établir le silence radio au cas où Jane aurait besoin d'assistance.

— D'accord, dit Wildman.

Levi fut plus lent à répondre.

— OK.

Jane tapota le flanc de Ruby pour encourager la chienne à avancer, vers le bout du chemin et vers Thomas.

Tous ces degrés de protection devraient normalement la rassurer.

Mais ce qui l'inquiétait le plus, c'était la menace qu'elle ne pouvait pas voir.

Vérifiant sa montre, elle constata que son pouls avait augmenté, bien qu'elle n'ait pas accéléré le rythme sur la seconde partie du parcours, comme elle en avait l'habitude.

Il s'agissait d'une réaction purement émotionnelle, parce qu'elle savait que le tueur pouvait l'observer en ce moment. Le pick-up repéré par Duff était la preuve que Badge Man l'avait déjà trouvée et qu'il attendait simplement le moment idéal pour frapper.

Thomas était persuadé que quelqu'un dans l'équipe d'Oscar Broz avait communiqué sa nouvelle identité au FBI. Dès lors, il était raisonnable de penser que le FBI, si ce n'était Levi lui-même, avait fait fuiter son nom pour attirer Badge Man dans leur piège.

Elle connaissait par cœur le profil du psychopathe,

l'habitude qu'il avait d'explorer une zone, et d'apprendre l'emploi du temps de sa cible. À présent, le plan était d'ignorer les tactiques de survie et de conserver son ancienne routine, afin de l'obliger à se manifester.

Le tueur en série ne pouvait pas ignorer qu'elle était entourée ce matin par un inspecteur de Kansas City, un marshal et un agent fédéral. Et, avec cette obsession qu'il avait de tuer des membres des forces de l'ordre, sans doute considérait-il toute cette protection comme une provocation.

Elle observa les arbres sur sa droite, qui lui apparaissaient dans le brouillard sous forme d'ombres distantes où un homme pourrait facilement se cacher.

Jouer les appâts pour Levi et le FBI était supposé mettre un terme à ses cauchemars, à sa propension à croire que chaque ombre était une menace, et que chaque visage appartenait à l'homme qui voulait sa mort.

Accepter le plan de Levi pour capturer le tueur de Freddie était sans doute la seule façon d'empêcher Badge Man de continuer à échapper au FBI et de faire d'autres victimes.

Par ailleurs, la pensée que les marshals la déplacent dans un endroit éloigné de Thomas, de Seamus, et de cette ville qu'elle appréciait beaucoup, lui serrait le cœur.

Ils avaient tout besoin qu'elle fasse cela. Elle-même en avait besoin.

Mettre Badge Man derrière les barreaux était la seule façon pour elle de rendre justice à son défunt mari et à aux sept autres victimes de ce monstre.

C'était la seule façon de retrouver sa vie.

La seule façon aussi pour elle d'entamer une relation avec un autre homme.

La seule façon qui lui permettrait de devenir la femme que Thomas méritait.

Refoulant les émotions que ces pensées faisaient naître, Jane inhala profondément l'air humide, et se dirigea vers la rivière.

Ruby se mit à aboyer et tira sur sa laisse, passant devant Jane pour accueillir deux cyclistes qui avaient jailli de la brume et pédalaient dans leur direction.

— Ruby !

Attirée en avant, Jane percuta la chienne et faillit tomber. Elle tira sur la laisse, entraînant Ruby avec elle dans l'herbe. Aussitôt, la chienne se dressa sur ses pattes arrière, et se mit à aboyer de façon amicale vers les deux hommes qui firent un signe de la main et les contournèrent.

— Désolée ! lança-t-elle.

Ruby faillit lui faire décoller les pieds du sol, tandis qu'elle s'élançait pour essayer de rattraper les deux vélos qui disparaissaient déjà dans la brume.

— Vilain chien ! ajouta Jane.

— Jane ? appela une voix d'homme.

Elle crut détecter le bruit d'une portière de voiture qui s'ouvrait, et en déduisit que Thomas descendait de son pick-up.

— Répondez-moi, dit-il.

— Je vais bien, lui assura-t-elle. Nous allons bien toutes les deux. Deux cyclistes nous ont fait peur. Je ne les ai pas reconnus, mais ils portaient des casques et des lunettes de soleil, ce qui fait que je n'ai pas pu voir grand-chose.

Elle entendit Thomas fermer la portière de son pick-up, et laissa échapper un profond soupir.

Il gardait l'œil sur elle presque vingt-quatre heures sur vingt-quatre depuis la nuit de la fusillade au restaurant. À présent, si elle en jugeait par son intonation, il semblait complètement dépité de l'avoir perdue de vue presque une demi-heure.

Elle soupçonnait qu'il était en route pour la retrouver au terminus du parcours sportif, et savait qu'il apprécierait un rapport sur ce qu'elle avait vu exactement.

— Est-ce que vous connaissez ces types ? questionna-t-elle.

— Ils ne sont pas des nôtres, répondit Conor.

Ils firent quelques pas en silence, avant que Thomas ne demande :

— Hunt ?

— Négatif, répondit Levi. Barlett et moi sommes les seuls à être venus de Washington. Je n'ai pas encore le feu vert pour une chasse à l'homme de grande ampleur.

— Les cyclistes sont OK, déclara Conor. Mais regarde derrière toi, Boyle. Un joggeur vient de me dépasser. Short noir, sweat-shirt gris. J'accélère pour le garder dans mon champ de vision.

— Je l'entends.

Les pas de Jane résonnèrent sourdement quand elle atteignit l'étroit pont de bois qui surplombait la rivière.

— Attention à vous, dit une voix amicale, accompagnant les bruits de pas derrière elle.

Poliment, elle se déplaça, aussi près que possible de la balustrade. Mais Ruby se mit à zigzaguer, et elle marcha accidentellement sur une des pattes de la chienne.

L'animal cria de douleur et fit un bond sur le côté. Jane essaya de s'agripper à la laisse, mais celle-ci fila entre ses doigts.

Au même moment, le joggeur la dépassa et lui heurta l'épaule. Jane trébucha et alla percuter la balustrade.

— Regardez où vous allez, protesta-t-elle.

— Désolé.

L'homme agita une main gantée, avant de disparaître dans le brouillard, aussitôt suivi par Ruby.

— Ruby ! cria Jane. C'est maintenant que tu te mets à courir, toi.

— Bon sang, Boyle, où files-tu comme ça ? geignit Conor dans son oreille.

À l'intention des autres, il ajouta :

— Je ne la vois plus.

— Au rapport, cria Thomas dans la radio. Que quelqu'un me dise ce qui se passe.

Jane accéléra aux abords de la dernière colline pour rattraper l'homme au short noir. Elle n'avait pas envie que Ruby le suive dans la rue.

— Hé, le héla-t-elle. Pouvez-vous attraper mon chien ?

Puis elle s'adressa à Thomas :

— Ruby est en train de suivre ce type. J'ai lâché sa laisse. Ils courent tout droit vers vous et la rue.

Eh bien, quel délassement !

Un mélange de colère et d'inquiétude lui donnait suffisamment d'énergie pour maintenir un rythme soutenu.

Que Levi aille au diable avec son plan pour capturer Badge Man !

Lorsqu'elle arriva au bout du chemin, Jane repéra une imposante silhouette qu'elle aurait reconnue entre mille.

— Thomas ! Attrapez-la !

Un sifflement perçant résonna dans son oreille, et elle sut qu'il appelait la chienne.

La silhouette familière de Thomas prit forme et couleurs tandis que Jane s'en approchait.

— Eh bien, quel chien de garde tu fais, dit-il d'un ton sévère, tout en enroulant fermement la laisse autour de son poignet.

Même après des années d'entraînement à la course, Jane avait les poumons en feu après un effort aussi soutenu.

— Vous l'avez vu ? demanda-t-elle en haletant.

Pliée en deux, les mains sur les genoux, elle essaya de reprendre son souffle.

— Est-ce qu'il venait du parking ?

Thomas secoua la tête.

— Je n'ai vu personne.

Conor les rejoignit.

— Ça va ? lança-t-il à Jane.

Elle lui répondit en levant les pouces, et il fila en direction des arbres, non sans avoir annoncé auparavant :

— Je vais voir si je peux le rattraper.

Utilisant son micro, Conor ajouta :

— Hé, Hunt ! Vous ne voulez pas enfiler des chaussures de sport et m'aider à retrouver ce type ?

— Pas question de révéler notre présence à Kansas City avant que nous ayons quelque chose de concret à suivre, répliqua Levi. Je ne veux pas que Badge Man sache à quel point nous sommes proches de le capturer.

— Oh ! donc maintenant vous ne voulez pas seulement que je vous aide. Vous voulez que je fasse votre travail à votre place.

— Ne dites pas n'importe quoi, Wildman.

Thomas tira sur le col de la veste de Jane et coupa la radio.

— J'ai vraiment l'impression de travailler avec une équipe de bleus, dit-il.

Le bavardage dans son oreille cessa et Jane leva le nez vers le ciel, inspirant profondément l'air frais, tandis que sa respiration commençait à se réguler.

— Ce type portait des oreillettes et devait écouter de la musique. Il ne m'a peut-être pas entendue l'appeler.

Le regard vert de Thomas s'étrécit quand il croisa celui de Jane.

— Quoi qu'il en soit, je n'aime pas l'idée qu'un inconnu vous accoste et vienne perturber notre opération. Le concept d'un guet-apens, c'est d'avoir le contrôle absolu de la situation.

Il se passa la main dans les cheveux, en étouffant un juron.

— J'ai l'impression que nous ne contrôlons rien du tout.

Il adoucit la frustration dans sa voix en redressant le col de la veste et en tenant les deux pans serrés autour du cou de Jane.

— Est-ce que vous allez bien ?

Jane enroula les doigts autour des poignets de Thomas, puisant de la force dans ce lien ténu avec lui.

— Oui. Je suis contente que Ruby n'ait pas suivi ce type sur la route. Les automobilistes auraient pu ne pas la voir avant qu'il ne soit trop tard.

Il hocha la tête et elle s'écarta, baissant les yeux vers la chienne, qui s'était couchée et mâchonnait quelque chose.

— Qu'est-ce qu'elle a dans la gueule ? demanda-t-elle.

Thomas s'agenouilla devant la chienne.

— Hé, ma belle. Qu'est-ce que tu as là, Ruby ?

Elle leva la tête, et l'objet dansa au coin de sa gueule.

Jane eut l'impression qu'elle cessait soudain de respirer.

Le trophée de Ruby était un bout de corde en nylon bleu.

Comme la corde nouée autour du cou de Freddie. Comme...

Jane porta les doigts à son cou tandis que son sang se glaçait.

— Enlevez-lui ça.

Jane eut vaguement conscience d'une portière de voiture qui claquait à distance, et du rugissement d'un puissant moteur. Mais son esprit s'emplissait de souvenirs atroces.

Ce type qui l'avait heurtée et ce bout de corde n'étaient pas des coïncidences.

Le joggeur au short noir voulait que Ruby lui échappe. Il voulait que la chienne rapporte ce sinistre rappel de la mort de son mari, de sa propre agression.

Il voulait qu'elle sache qu'il l'avait retrouvée et qu'il ne la lâcherait plus.

Elle lutta pour revenir dans le présent.

— N'y touchez pas ! s'exclama-t-elle, avant de corriger : Enfin, récupérez-la, mais... il s'agit d'une preuve.

Les muscles de Thomas se durcirent sous ses doigts. Il ne posa pas de questions, n'argumenta pas.

— Lâche ! ordonna-t-il à la chienne.

Ruby obéit et eut droit à une gratouille derrière les oreilles et à des félicitations de son maître. Puis Thomas sortit un bandana de la poche arrière de son jean, et y enveloppa le bout de corde, nouant les coins pour former un pochon improvisé.

Posant une main en coupe sur la joue de Jane, il remarqua :

— Je me sentirais mieux si votre visage reprenait un peu de couleurs.

Il brandit le pochon entre eux.

— Dites-moi ce que ça signifie.

La mort. Ça signifiait la mort.

Avant qu'elle ait eu le temps de prononcer ces mots, elle entendit la voix de Conor grésiller dans l'oreillette de Thomas.

— Hé, Boyle ! À quelle vitesse courait ce type ? Je ne le vois nulle part.

Elle n'eut pas le temps de répondre. Le vrombissement rageur d'un moteur se fit entendre. Tout à coup, la forme carrée d'une camionnette blanche désormais familière emplit sa vision, comme un mur se dressant soudain devant elle.

— Jane !

Les bras de Thomas se refermèrent autour d'elle, et elle se sentit soulevée de terre. Puis elle perçut une vague de chaleur et de vent tandis que le véhicule les longeait et franchissait le feu rouge.

Elle vit une main gantée de noir sortir par la vitre du conducteur, et entendit trois dénotations.

Thomas et elle heurtèrent violemment le sol, et ils commencèrent à rouler et à glisser vers la rivière.

Chaque impact résonnait sourdement à travers tout le corps de Jane, et elle se sentait désorientée et terrifiée.

Lorsqu'ils atterrirent dans l'eau glacée, elle retrouva soudain ses esprits.

Thomas se désengagea d'elle, sortit son arme et riposta. Pendant quelques secondes interminables, le monde de Jane se résuma aux coups de feu et à la fumée acide de la poudre à canon.

En haut de la pente, la silhouette de Conor lui apparut un bref instant, avant qu'il ne plonge au bout du parcours sportif et ne tire à son tour.

Soudain, les coups de feu cessèrent, et une pluie de gravier tomba du bas-côté de la route, alors que les pneus patinaient faute d'adhérence.

Thomas roula sur Jane, lui offrant une protection de son corps, le temps que la pluie caillouteuse cesse.

Les pneus s'ancrèrent finalement sur l'asphalte, et la camionnette bondit en avant, prenant de la vitesse.

Pendant un bref instant, un étrange silence régna. Un moment plus tard, Thomas exhala un grognement essoufflé, et Ruby se mit à gémir à côté d'eux.

Quelques mots fleuris rompirent le silence tandis que Conor se précipitait vers le bord de la route. Il avait son portable à l'oreille et donnait à son interlocuteur une brève description de la camionnette.

Thomas pesait toujours de tout son poids sur Jane, l'empêchant de respirer correctement.

— Thomas ? dit-elle, en cherchant ses yeux verts.

Trempée, éclaboussée de boue, Jane ignora ses frissons et la douleur dans ses articulations tuméfiées, et poussa sur les épaules de Thomas.

Pourquoi ne bougeait-il pas ?

Elle se tortilla pour libérer ses hanches coincées sous celles de Thomas, aiguillonnée par une peur semblable à celle qu'elle avait éprouvée en découvrant le cadavre mutilé de Freddie.

— Vous êtes blessé ?

Au lieu de répondre, il appuya ses avant-bras de chaque côté de son corps, et roula dans l'herbe mouillée en grommelant.

Son poing était toujours crispé autour de son arme, et son visage était livide.

— Tout va bien ? demanda-t-il.

Sa question concernait aussi Conor, qui dévalait la pente pour venir prendre de leurs nouvelles. Celui-ci leva les pouces dans leur direction, avant de continuer sa conversation téléphonique.

— Jane ? insista Thomas.

— Oui, ça va.

Mais lui avait un problème. Elle vérifia qu'il avait le regard clair et vif, et passa rapidement les mains sur sa tête, ses bras et son torse.

Dieu merci, il n'y avait pas de blessures par balle.

Mais quand elle palpa sa jambe et dénoua la laisse de la chienne qui s'était enroulée autour de sa cheville, il sursauta.

Conor mit fin à sa communication.

— J'ai trouvé des empreintes de pas menant à la route, en direction du nord. Je m'apprêtais à la suivre quand j'ai entendu les coups de feu. La camionnette attendait pour le récupérer, n'est-ce pas ?

Thomas hocha la tête.

— Non seulement ça, mais ils voulaient nous éliminer. Ou bien se contenter de nous faire peur encore une fois.

Conor réfléchit à cette information en même temps que lui.

— Ou alors, ils essayaient de gagner du temps pour qu'on ne les poursuive pas.

Jane tendit la laisse à Conor.

— Prends Ruby. Thomas est blessé.

— Mais non, tout va bien.

Thomas repoussa ses mains alors qu'elle examinait sa jambe.

— Ce joggeur n'était autre que Badge Man, dit-il, fournissant une explication qu'elle n'était pas prête à admettre.

Il se pencha pour récupérer le bandana qu'il avait laissé tomber dans leur chute et le lui agita sous le nez.

— C'était un message de sa part, n'est-ce pas ?

Jane hocha la tête, s'agaçant de ne pas parvenir à maîtriser le tremblement de ses mains.

— Il s'est servi d'une corde comme celle-ci pour tuer Freddie. Il l'a utilisée sur moi aussi. La couleur de la corde n'a pas été communiquée à la presse, donc…

Un SUV noir s'arrêta dans un crissement de pneus en surplomb de la rivière, et Levi Hunt en jaillit, visiblement très énervé.

— Que se passe-t-il ? Vous l'avez laissé filer ?

Thomas lui fit signe de poursuivre.

— Camionnette blanche. Direction sud. Je crois que j'ai touché le conducteur.

Levi remonta à bord et le SUV fit demi-tour, se lançant à la poursuite du fugitif.

Conor jura, incendiant l'agent du FBI qu'il jugeait totalement inutile.

— Je croyais qu'il devait se trouver ici pour vous servir de renfort. Vous croyez vraiment qu'il va rattraper le tireur ?

— Oubliez Hunt, ordonna Thomas, les dents serrées. Il ne retrouvera pas ce type, mais il ne veut pas qu'on l'aide car il veut s'attribuer tout le mérite de cette enquête.

Conor rengaina son arme.

— OK.

Thomas l'imita.

— Laissons Hunt jouer les héros s'il veut. La première des priorités est de mettre Jane à l'abri.

— Chez vous ? demanda Conor.

— Chez moi.

Conor hocha la tête.

— Donnez-moi vos clés. Je vais aller chercher la voiture pour que vous n'ayez pas trop de marche à faire.

— Je ne suis pas un invalide, protesta Thomas.

Mais il avait avant tout l'esprit pratique.

— Prenez le chien aussi, dit-il, en jetant ses clés à Conor.

Tandis que le jeune marshal s'en allait avec Ruby, Thomas prit la main de Jane.

— Vous tremblez.

— Je suis trempée jusqu'aux os.

Elle tourna sa main pour entrelacer ses doigts aux siens.

— Et j'ai failli vous faire tuer.

Il lui pressa la main et se releva, prenant appui sur sa bonne jambe.

— Je suis juste un peu courbaturé. J'ai connu pire que ça. Mais je veux bien un peu d'aide.

Aussitôt, Jane glissa un bras autour de sa taille et le soutint tandis qu'ils remontaient la colline.

Bien que Thomas avançât sans se plaindre, sa claudication était très prononcée et, quand Jane leva les yeux, elle vit un muscle jouer dans sa mâchoire crispée.

Bandant les muscles de ses jambes, elle supporta un peu plus du poids de Thomas jusqu'à ce qu'ils atteignent la surface plate du parcours sportif.

— Dites-moi ce que vous ressentez, demanda-t-elle.

La serrant contre lui, il déposa un baiser sur le sommet de sa tête.

— Je vais bien, vraiment. Mais vous étiez à découvert. Il aurait pu vous renverser, ou tirer sur…

Il s'interrompit pour lui prendre le bras et inspecta le sang qui coulait sous sa manche.

Ce n'était pas immédiatement visible à travers le nylon noir, mais rien n'échappait à Thomas Watson.

— Vous saignez.

— Mon écorchure au coude s'est rouverte quand je suis tombée. Mais ce n'est rien du tout. J'y survivrai.

— Moi aussi.

Il posa la main sur la crosse de son arme tandis qu'ils s'arrêtaient à côté du panneau de signalisation arraché, là où la camionnette avait dérapé.

Le flic en lui avait pris le dessus, et il étudiait à présent le sol, cherchant des traces de pneus, et comptant le nombre de douilles éparpillées sur les gravillons.

— Je ferais bien d'appeler une unité de la police scientifique.

Jane le regarda téléphoner au régulateur, et réclamer une patrouille en uniforme pour sécuriser les lieux. Puis il mit un genou à terre pour inspecter une série de points rouges sur l'asphalte.

Du sang.

Elle n'en avait que trop vu dans sa vie, et ne put réprimer un frisson en songeant qu'il aurait pu s'agir de celui de Thomas ou du sien, s'il n'avait pas réagi aussi vite.

Elle s'accroupit à côté de lui, attendant qu'il prenne quelques clichés avec son téléphone portable, avant de l'aider à se redresser. Elle entendit alors son gémissement de douleur et perçut ses efforts pour garder son équilibre.

Mais Jane aussi avait son métier à cœur, et elle voyait bien que quelque chose n'allait pas.

Tandis qu'une sirène de police résonnait au loin, elle chercha le regard de Thomas, exigeant son attention.

— Je veux une réponse franche. Quelle est la gravité de votre blessure ?

— Je suis tombé assez rudement sur ma mauvaise hanche. Je me suis également cogné le genou. Entre les deux, chaque terminaison nerveuse me fait souffrir le martyre.

La compassion, l'admiration, et d'autres sentiments plus profonds que cet homme éveillait en elle lui serrèrent le cœur.

Sans s'interroger sur son impulsion, ni prendre le temps de se demander si elle en avait le droit, Jane posa la main sur la mâchoire de Thomas, inclina son visage vers le sien, et se hissa sur la pointe des pieds pour l'embrasser.

Durant quelques secondes, elle eut l'impression d'avoir trouvé sa juste place.

Tout était enfin normal. Son cœur battait régulièrement. Son corps exultait de vie. Elle n'avait plus ni peur ni froid.

Se laissant retomber sur ses talons, elle mit fin à leur baiser. Mais l'intense chaleur du beau regard vert de Thomas rivé au sien demeura. Tout comme la force et le réconfort que cet homme merveilleux lui insufflait.

— J'en avais besoin, admit-elle, avant de s'écarter pour glisser à nouveau le bras derrière sa taille.

— Venez. Trouvons un endroit plus sûr, où je pourrais jeter un œil à cette jambe.

Avant qu'elle ait eu le temps de faire un pas, il lui saisit le menton entre le pouce et l'index, et pressa un dur et rapide baiser sur ses lèvres.

— Je ne veux pas vous perdre, murmura-t-il, d'un ton profondément guttural dont l'intensité l'effraya tout autant qu'elle l'emplit de joie. J'avais besoin que vous le sachiez.

Une myriade de réponses possibles dansa dans sa tête, mais elle n'avait pas le temps de choisir ce qu'elle voulait dire.

Aveuglée par le gyrophare de la voiture de patrouille qui venait de s'arrêter à proximité, elle tourna la tête.

Thomas mit un peu de distance entre eux, tout en gardant sa main dans la sienne, tandis qu'il donnait rapidement quelques instructions aux agents en uniforme.

Puis Conor arriva au volant du pick-up rouge de Thomas.

Ils contournèrent les gouttes de sang avant d'ouvrir la portière arrière de la cabine rallongée.

— Alors, vous pensez avoir touché le conducteur ? demanda Conor.

— Oui, mais le schéma du sang ne correspond pas à une fuite en voiture. Il s'agit d'autre chose.

Jane sentit un frisson courir le long de sa colonne vertébrale.

Quelqu'un d'autre aurait-il été blessé à cause d'elle ?

Au lieu de monter à l'arrière, Jane ouvrit la portière du passager à l'avant, afin de pouvoir aider Thomas à se hisser à bord.

Aussitôt, elle remarqua l'expression inquiète de Conor.

— Il va falloir faire un détour chez un vétérinaire.

— Ruby ?

Jane se précipita à l'arrière.

— Oh, non !

Elle fut surprise de sentir les mains de Thomas autour de sa taille, qui la soulevaient à moitié tandis qu'elle s'installait sur la banquette où était couchée Ruby.

La chienne s'était recroquevillée en cercle afin de pouvoir lécher sa patte arrière.

— Comment va-t-elle ? demanda Thomas d'une voix angoissée.

— Je ne suis pas vétérinaire, répondit Jane d'un ton contrit.

Écartant la tête de la chienne, elle palpa son postérieur droit.

La fourrure marron foncé et maculée de boue avait initialement masqué le sang, mais Jane n'eut pas de mal à découvrir une petite plaie ronde.

Son cœur se serra quand elle sentit une masse dure dans la chair de l'animal.

— Elle a reçu une balle.

Thomas referma la portière et se hissa sur le siège avant.

— En route ! ordonna-t-il.

Tout en attachant sa ceinture, il indiqua l'itinéraire pour la clinique vétérinaire.

Conor démarra tandis que Thomas jetait un coup d'œil vers la banquette arrière.

— C'est grave ?

— Donnez-moi la trousse de premiers secours. Je l'ai réapprovisionnée après l'incident au restaurant.

Aussitôt, Thomas sortit la trousse de la boîte à gants et la lui tendit.

— Alors ? insista-t-il, attendant un rapport circonstancié.

— La balle est toujours à l'intérieur, logée dans sa hanche. Je ne pense pas que l'os ait été touché, mais elle va avoir besoin d'une radio et d'un acte chirurgical.

Tel chien, tel maître, ils allaient tous les deux clopiner pendant un moment.

Jane ouvrit un sachet de gaze et épongea doucement le sang. Aussitôt, Ruby lui lécha les doigts, essayant d'atteindre à nouveau sa plaie.

— Voici une friandise pour la distraire, suggéra Thomas.

Jane refusa la nourriture et demanda plutôt un jouet.

— Il ne faut pas qu'elle mange pour l'anesthésie.

— Une balle de tennis ? suggéra Thomas.

Après la lui avoir tendue, il se rassit normalement sur son siège.

Ruby mâchonna avec plaisir la balle, mais il y eut quand même quelques gémissements tandis que Jane la soignait du mieux qu'elle le pouvait.

— Nous sommes à dix minutes du vétérinaire, annonça Thomas.

Jane se concentra sur sa tâche, afin de ne pas penser à cette nouvelle attaque. Mais il lui était impossible d'oublier complètement qu'elle aurait pu être blessée, et que d'autres auraient pu l'être à cause d'elle.

— Il n'y avait qu'une personne dans la camionnette quand Seamus et moi avons été pris en chasse sur l'autoroute, remarqua-t-elle.

Thomas hocha la tête.

— Une seule également au restaurant.

— Mais, cette fois, ils étaient deux, ajouta Conor.

Jane se souvint de l'image floue qu'elle avait perçue juste avant que Thomas ne la plaque au sol.

— Un conducteur et un passager.

— Et l'un des deux est blessé, dit Thomas.

Puis il sortit son téléphone portable de sa poche et appela Duff, afin de lui faire un compte rendu de l'incident, et de vérifier les cliniques et hôpitaux voisins, au cas où une personne blessée par balle se présenterait.

— Badge Man travaille seul, remarqua Jane, quand il eut raccroché.

— Plus maintenant, objecta Thomas.

Après avoir indiqué à Conor où il devait tourner, il reprit :

— S'il a maintenant un coéquipier, ça change complètement son profil. Ça le rend imprévisible.

Jane s'affaissa contre le dossier, gardant une main sur la chienne pour la rassurer.

Imprévisible signifiait dangereux.

La situation allait encore empirer.

Thomas rabattit le pare-soleil devant lui et, croisant son regard dans le miroir de courtoisie, déclara d'un ton morose :

— Le plan de Hunt pour l'arrêter ne fonctionnera pas.

10

— Nous allons faire ça selon les règles, conclut Thomas. Mes règles. Depuis des années, je forme des flics pour gérer ce genre de scénarios. Ça va marcher. Mais j'ai besoin de l'aide de tout le monde pour que tout se passe bien.

Le niveau sonore augmenta dans le salon quand Thomas se tut et que les conversations individuelles reprirent.

La maison des Watson était aussi pleine et animée qu'un jour de fête où famille et amis seraient réunis. Les quatre enfants de Thomas et leurs conjoints, le bébé qui deviendrait bientôt le fils adoptif de Niall, Millie, Seamus, Al, Conor Wildman et Oscar Broz, Levi Hunt et son coéquipier étaient là, ainsi que Hud Kramer, le coéquipier de Keir au KCPD, et celui d'Olivia, Jim Parker. Ils occupaient tout l'espace entre le salon, l'entrée, la salle à manger et la cuisine, prenant des notes, posant des questions, hochant la tête.

Millie jouait les cantinières, proposant une soupe au potiron et des sandwichs. Mutt et Jeff étaient arrivés avec des sodas et des bières. Et ce n'étaient pas son postérieur rasé et suturé ni le cône en plastique autour de son encolure qui empêchaient Ruby de réclamer aux invités des caresses et de petits bouts de viande.

Malheureusement, l'esprit n'était pas vraiment à la fête.

C'était une salle de commandement, et Thomas en était le général.

Il avait pris quelques ibuprofènes au lieu de son habituel relaxant musculaire, de façon à garder la tête claire pour organiser tout cela. Et il avait appelé à la rescousse tous ceux qui lui devaient une faveur, afin de l'aider à capturer Badge Man, à identifier son nouveau coéquipier, et à faire tout ce qui était nécessaire pour protéger Jane.

Tandis que la maison résonnait d'arguments et de suggestions, d'opinions et de rires, le regard de Thomas se posa sur la femme à la queue-de-cheval couleur miel qui paraissait beaucoup trop calme à son goût. À la seconde où il avait fini d'exposer son plan, elle s'était levée et, jouant les maîtresses de maison, elle avait commencé à servir à boire à tout le monde.

Elle avait verrouillé son armure émotionnelle, et il savait que la prochaine étape consisterait à l'éviter complètement.

Il ne le supporterait pas.

Il en avait assez d'être la victime d'une menace invisible qui visait aussi sa famille. Il en avait assez de voir les personnes auxquelles il tenait prises pour cible par un ennemi non identifié. Il n'avait pas envie de perdre une seconde fois la femme qu'il aimait, dans un acte de violence.

Se détournant de ses amis et de sa famille, il opta pour l'intimité relative du hall et, se passant la main sur sa mâchoire qu'ombrait un début de barbe, il réfléchit à l'aveu qu'il venait de se faire.

Reconnaître l'amour qu'il éprouvait pour Jane aurait dû l'inquiéter davantage. Tomber de nouveau amoureux après toutes ces années aurait dû le laisser sans voix, lui faire remettre en question le discernement de ses émotions… Mais la seule chose qu'il ressentait, c'était un sentiment de justesse, comme si tout ce qui manquait à sa vie se mettait finalement en place.

Bien sûr, le moment était particulièrement mal choisi. Mais les doutes qui le rongeaient à propos de la différence d'âge, du fait que Jane confondait peut-être la gratitude ou l'amitié avec quelque chose de plus profond, s'étaient évanouis.

Il aimait Jane Boyle. Elle était devenue un membre de sa famille bien avant de conquérir son cœur. Il avait la certitude qu'elle ressentait quelque chose pour lui, et il avait l'intention de rendre permanente sa présence dans sa vie.

Dès qu'elle serait prête à s'engager dans une nouvelle relation.

Et quand il aurait éradiqué la terreur qui régissait sa vie.

Mais aussi les menaces qui assombrissaient son propre monde.

Il n'était probablement pas juste, ni pour l'un ni pour l'autre, de s'engager dans une relation aussi compliquée.

Mais il était un homme patient.

Et il était sacrément doué dans son travail.

S'il pouvait éliminer les éternels conflits qui dictaient les choix de Jane, alors peut-être que ses blessures pourraient guérir et qu'elle lui accorderait une chance.

Avant qu'elle ne se cache trop profondément dans sa coquille, il voulait lui rappeler qu'elle n'était pas seule dans cette bataille, lui rappeler aussi que ce lien entre eux ne se résumait pas à ce qui s'était passé au milieu de la nuit, sur le palier de l'étage.

Thomas se tourna vers la cuisine pour rejoindre Jane, mais Levi Hunt l'intercepta.

— Agent Hunt, dit Thomas d'un ton aimable. Merci d'avoir écouté ma proposition.

Un peu de diplomatie entre fédéraux et agences locales ne pouvait pas faire de mal.

Les efforts de Levi pour être poli furent moins réussis.

— J'admets que nous avons échoué ce matin. Cette attaque était parfaitement planifiée. Badge Man ne fait jamais rien au hasard. Nous n'avons trouvé aucune trace de la camionnette, du chauffeur, ou de l'homme qui a laissé ce bout de corde à la femme de Freddie.

Pourquoi ne pouvait-il pas prononcer le nom de Jane ?

Thomas fulminait, mais il resta impassible. S'il pouvait dissimuler combien sa jambe lui faisait mal, il pouvait bien masquer son irritation contre ce bellâtre recherchant la gloire.

— Mais je ne vais pas pour autant quitter Kansas City, reprit Hunt. Je vais me mettre en retrait et vous laisser prendre la main. Pour le moment.

— Nous connaissons la ville mieux que vous. S'il est toujours là, et c'est ce que je crois, nous le trouverons. Tant que personne ne sortira du script, mon scénario fonctionnera. Et je serai plus que ravi de vous laisser procéder à l'arrestation et emmener Badge Man hors de ma ville.

— Tenez-moi au courant. Vous avez mon numéro.

Thomas fut ravi de tenir la porte à l'agent Hunt, tandis qu'il quittait la maison et rejoignait son coéquipier qui l'attendait dans le SUV noir du FBI.

Mais, lorsqu'il fit demi-tour, et tenta une deuxième fois de rejoindre Jane, il se trouva face ses quatre enfants.

Niall ajusta ses lunettes sur son nez, et parla le premier.

— Le labo a analysé la balle que le vétérinaire a extraite de la cuisse de Ruby. Elle provient d'un 45 mm et correspond à celle que j'ai récupérée dans l'aile de ton pick-up. Nous savons donc qu'il s'agit du même homme.

Keir hocha la tête.

— Si nous trouvons l'arme, nous avons notre tireur.

Olivia avait toujours été la voix de la raison pour ses trois frères aînés.

— Mais vous n'aurez pas Badge Man. Je pense que Jane a raison : il ne tire pas sur les gens. Il cherche le contact rapproché avec ses victimes. Elle m'a raconté qu'il lui avait dit, lorsqu'il était en train de l'étrangler, qu'il aimait voir la lumière s'éteindre dans les yeux de ses victimes.

Cette fois, Thomas ne parvint pas à masquer ce qu'il ressentait. Le fait de savoir que Jane avait subi une telle violence le révulsait.

Il n'y avait rien d'étonnant à ce qu'elle se sente obligée d'être aussi forte. Sans cela, elle serait incapable de composer avec ses souvenirs et avec la menace actuelle.

Olivia dut deviner son inquiétude, car elle glissa les bras autour de sa taille, et le serra contre elle.

— Je t'aime, papa. Nous sommes avec toi et Jane dans cette histoire.

Elle se hissa sur la pointe des pieds et déposa un baiser sur sa joue.

— Pareil, mais je ne t'embrasse pas.

Duff pressa l'épaule de son père, avant de s'écarter et de croiser les bras sur son large torse.

— J'ai appelé tous les hôpitaux et les cliniques des alentours. Aucun blessé par balle ne s'est présenté.

Thomas s'en doutait. Chacun des incidents avait été planifié dans les moindres détails, et leurs agresseurs avaient soit une formation médicale suffisante, soit la possibilité de se faire soigner sans que ce soit signalé aux autorités.

— Ma théorie semble impossible, dit-il, mais c'est le seul scénario qui fonctionne. L'homme qui est après nous s'est associé avec Badge Man. Il nous espionne probablement depuis le mariage d'Olivia, et c'est comme ça qu'il a repéré Badge Man en train de suivre Jane.

— Nous aurons ce type, papa.

Son plus jeune fils, Keir, n'avait soudain plus l'air si jeune que ça.

— Je sais que Jane représente beaucoup pour toi. Et pour grand-père aussi. En ce qui nous concerne, elle est déjà un membre de la famille.

Thomas avait bien besoin de cette dose de soutien familial.

— Donc, il n'est plus question de « l'adjudant Boyle » ?

— Non, m'sieur, répondirent-ils à l'unisson.

— Et si ça devenait sérieux avec elle, vous seriez d'accord ?

— Ce serait logique, vu que tu es amoureux d'elle.

Toutes les têtes se tournèrent après ce constat flegmatique de Niall.

— C'est comme ça que Lucy me l'a expliqué. Quand tu es prêt à faire tout et n'importe quoi pour une personne, quand tu souffres à l'idée de la perdre… C'est de l'amour.

Thomas n'en revint pas que ses sentiments soient à ce point évidents.

Duff donna une bourrade dans l'épaule de son frère.

— Mec, depuis quand es-tu devenu un expert dans ce genre de choses ? D'habitude, nous devons tout t'expliquer.

Niall leva un sourcil au-dessus de la monture de ses lunettes.

— Je ne suis pas bête. Je fais attention aux détails, et j'apprends.

Il frappa le torse de Duff du bout de l'index.

— Tu devrais essayer de temps en temps.

— Inutile de me donner des cours avec les femmes. Je ne pense pas que tu aies entendu Melanie se plaindre.

Olivia prit ses frères par le bras et leur fit faire demi-tour, tout en faisant signe à Keir de passer devant.

— Ne t'en fais pas, papa. Je m'occupe d'eux.

Le regard de Thomas se porta vers le portrait de famille sur la console de l'entrée, qui avait été pris quand ses enfants étaient petits, quand Mary était encore en vie. Il offrit à celle-ci une prière silencieuse, espérant qu'elle partageait la fierté et la joie qu'il ressentait en voyant Duff, Niall, Keir et Olivia heureusement unis à des conjoints bons et aimants, et devenus des adultes accomplis.

Il songea également qu'il devrait déplacer cette vieille photographie dans un endroit moins visible, pour que Jane ne se sente pas menacée par la vie qu'il avait autrefois menée avec sa femme.

Al Junkert plongea les mains dans les poches de sa veste tandis qu'il rejoignait Thomas dans le hall.

Le voyant qui fixait la photo de famille, il donna un coup d'épaule dans celle de son ami.

— Elle aurait adoré toute cette activité dans sa maison. Pas pour la raison qui nous a tous rassemblés ici, bien sûr, mais elle aurait été pleinement épanouie avec sa famille et ses amis.

Gardant les mains dans ses poches, il lui fit face.

— Tommy boy, je me fais trop vieux pour ce genre de choses. Aujourd'hui, c'est Millie qui est dans la cuisine, et tes enfants portent des armes et risquent leur vie.

— Ce ne sont plus des enfants, Al. Ils font leur travail. Et ils sont doués. Je suis très fier des adultes qu'ils sont devenus.

Al approuva d'un signe de tête.

— Mary serait fière d'eux aussi. Si ton plan fonctionne, je serai là avec les autres pour neutraliser ce type.

Il sortit une main de sa poche pour serrer la main de Thomas.

— Je ferais bien d'y aller. J'ai dû annuler un dîner avec Cheryl pour être ici, mais je lui ai promis un dernier verre.

— Cheryl ? Qu'est-il arrivé à Renée ?

— Qui ?

— La fille du restaurant. Celle que tu as rencontrée… Laisse tomber.

Thomas ouvrit la porte, et salua son vieil ami.

Lorsqu'il se retourna, il tomba nez à nez avec Jeff et Mutt, qui l'empêchèrent à leur tour de rejoindre la cuisine et Jane, et il s'obligea à nouveau à retenir un mouvement d'humeur.

Pour que son plan fonctionne, il fallait que tout le

monde tienne son rôle, et il n'était pas question qu'il envoie promener ses copains de l'Air Force.

— Merci de votre aide. Je sais que ce n'est pas ce que vous attendiez pour la réunion des anciens.

— C'est comme au bon vieux temps.

La voix de Mutt était rendue un peu pâteuse par l'alcool.

— Nous trois sauvant le monde. Toi au commandement, et nous qui suivons tes ordres.

Jeff eut un petit rire.

— Les cheveux sont un peu plus gris, ou il y en a un peu moins. Mais c'est chouette de vivre à nouveau un peu d'action.

Thomas haussa les épaules.

— J'espère qu'il ne faudra pas en arriver là. Mon but est de contrôler tout ce qui se passera samedi soir. Cela nous laisse suffisamment de temps pour organiser les choses avec le service de sécurité de l'hôtel et mettre notre piège en place.

— Ton fugitif sera la seule variable.

— J'espère.

— Dommage que nous ne portions plus nos insignes, dit Mutt.

— Je vous rappelle que vous agirez uniquement en renfort.

— C'est ça. Tu es le héros, et nous sommes les seconds couteaux. Comme au bon vieux temps.

Mutt but une gorgée de bière, avant de lever sa bouteille pour porter un toast.

— À Mary.

Thomas se rembrunit, se demandant combien de bières son ami avait bues.

— Tu veux dire, Jane.

Mutt le regarda sans comprendre, comme s'il avait oublié ce qu'il avait dit.

— Oui, bien sûr… Ma langue a dû fourcher.

— Donne-moi ça, avant de ne plus savoir du tout ce que tu dis.

Secouant la tête avec commisération, Jeff prit la bouteille des doigts de Mutt.

— On va te trouver du café noir.

Thomas articula des remerciements silencieux à l'intention de Jeff. Mais, avant qu'il ait eu le temps de rejoindre Jane, Oscar Broz l'appela depuis le salon. Le marshal semblait irrité par cette soirée, mais Thomas n'avait jamais vu l'homme arborer une autre expression depuis qu'il avait fait sa connaissance.

Broz écarta le téléphone de son oreille, et le serra contre le col de son veston froissé.

— J'ai étudié votre scénario avec mes collègues, et je dois vous dire que je ne peux plus me porter garant de la sécurité de Jane si personne ne suit les recommandations des marshals.

— Vous nous avez pourtant laissé une certaine liberté quand nous avons géré la situation à la façon de l'agent Hunt, offrant Jane en appât, objecta Thomas.

— Savez-vous combien ça coûte de relocaliser un témoin et d'assurer sa protection ?

— Voulez-vous m'expliquer comment Levi Hunt a su qu'Emily Davis était devenue Jane Boyle et s'était installée à Kansas City ? comment Badge Man l'a retrouvée ?

— S'il avait arrêté ce type, toute cette histoire serait terminée, et j'aurais épargné au service beaucoup d'argent.

Thomas eut le plus grand mal à maîtriser sa colère. Par sa confession involontaire, Broz venait de lui apprendre comment Hunt avait eu connaissance de l'endroit où se trouvait Jane. Et comme Badge Man surveillait sans doute depuis un moment Hunt et son unité, il lui avait suffi de le suivre jusqu'à Kansas City pour arriver jusqu'à Jane.

Il se pencha vers l'homme aux cheveux noirs, et lui saisit rudement le poignet pour l'empêcher de porter à son oreille son fichu téléphone.

— On ne peut pas jouer avec les gens comme s'ils étaient des pions, Broz. Quand tout sera terminé, je déposerai plainte auprès de votre supérieur. Je ne sais pas quel genre de bureaucrate vous êtes, mais on ne résout pas ses problèmes de budget en risquant la vie d'une femme.

Broz se dégagea avec brusquerie.

— Elle était volontaire pour prendre ce risque.

— Je vais vous dire comment vous pouvez économiser de l'argent, Oscar.

Conor venait de les interrompre d'une voix faussement détachée.

— Je songe à quitter le WITSEC et à faire de Kansas City mon lieu de résidence permanent. Vous pourriez ainsi déduire mon salaire. Oh ! et j'ai des tonnes de jours de congé en retard. Je pense que je vais déjà en prendre ce week-end et aller jouer les serveurs à une réunion des anciens de l'Air Force.

Le regard de Broz s'obscurcit dangereusement.

— Suivez-moi dehors, Wildman. Immédiatement ! Il faut que nous parlions.

Thomas dissimula un sourire. La calme ironie de Conor était exactement ce qu'il lui fallait pour apaiser sa colère.

Adressant un signe de tête reconnaissant au jeune

homme, tandis que ce dernier suivait son supérieur à l'extérieur, il put enfin se diriger vers la cuisine.

Mais la pièce était vide. Et, en dehors du léger parfum citronné qui flottait dans l'air, il n'y avait pas trace de Jane.

Il savait qu'elle ne serait pas inconsciente au point de sortir toute seule du périmètre de sécurité, et il ne s'inquiéta pas.

Cela ne signifiait pas pour autant qu'il n'était pas impatient de la voir. Il prit deux tasses dans un placard, y versa du café, ajoutant du lait écrémé pour Jane, ainsi qu'elle l'aimait. Elle s'était peut-être réfugiée dans sa chambre. À moins qu'elle n'ait insisté pour que Seamus fasse ses exercices, malgré le stress de la journée.

Il la trouva dans le couloir de derrière, près de la porte de la chambre de Seamus, en train de discuter avec Mutt et Jeff. Ou plutôt elle écoutait parler les deux hommes, les bras croisés sur la poitrine, et le visage fermé.

Passant au-dessus de l'épaule de Jeff, le regard de Jane croisa le sien tandis qu'il approchait. Ses lèvres pâles esquissèrent un sourire, puis elle se tourna vers ses interlocuteurs.

— Excusez-moi, mais il faut vraiment que je m'occupe de mon patient.

— Pensez à ce que je vous ai dit, lui rappela Jeff.

De quoi ces trois-là avaient-ils pu parler ?

La porte de Seamus s'ouvrit, et le vieil homme avança son déambulateur au milieu du couloir, forçant les deux hommes à reculer.

— Jane fait partie de cette famille, déclara-t-il. Les Watson protègent les leurs.

Jane lui pressa le bras.

— Vous êtes mon héros. Mais tout va bien. Je vais vous préparer votre bain.

Après qu'elle eut disparu dans la suite de Seamus, Matt réalisa que Thomas se tenait derrière lui et se tourna pour s'excuser.

— Je n'avais pas de mauvaises intentions. Si j'ai heurté ses sentiments, j'en suis désolé. Mais je m'inquiète pour toi, mon vieux. Nous ne sommes plus des perdreaux de l'année. Tu risques ta vie pour elle.

Plus curieux qu'irrité par ce que son vieux camarade avait pu dire à Jane, Thomas hocha la tête.

— Merci pour tout, les amis. Vous avez toujours été là pour moi. Quand nous servions sous les drapeaux ensemble. Quand j'ai perdu Mary. Maintenant.

Prenant Mutt par les épaules, Jeff le poussa dans le couloir.

— Allez viens, mon vieux. Je te raccompagne chez toi.

Lorsqu'ils furent partis, Thomas se tourna vers son père, et vit que celui-ci faisait grise mine.

— Qu'est-ce que c'est que cette histoire ? demanda Seamus. L'un de ces gars disait à Jane qu'il ne voulait pas que tu sois blessé à cause d'elle.

Seamus planta ses yeux bleu pâle dans le regard de Thomas, rappelant l'intransigeant sergent de police qu'il avait été.

— Je n'ai pas aimé le ton qu'il a employé.

À présent, Thomas était plus curieux de connaître les mots exacts, et pourquoi ses amis s'étaient sentis obligés de faire la leçon à Jane.

— Merci de l'avoir défendue. Mutt avait trop bu, mais ce n'est pas une excuse.

— Ils ont raison, fiston. Tu pourrais être blessé.

— Tout le monde, dans cette maison, court le

même risque, papa. Badge Man tue des flics. Nous sommes tous des cibles potentielles.

— À qui est cette maison ?

— À moi.

— À qui sont cette famille, ces amis ?

— Je vois où tu veux en venir, papa.

— C'est toi qui as le plus à perdre.

D'un geste du pouce par-dessus son épaule, Seamus indiqua sa suite, où on entendait couler de l'eau.

— À qui est cette femme ?

Jane n'était pas encore sienne. Et elle pourrait bien ne jamais l'être.

— Tu penses comme Mutt et Jeff que Jane est un danger pour moi ? Pour nous ?

— Non ! J'aime beaucoup Jane. Je veux qu'elle reste. À toi de faire ton travail et d'arrêter ce type.

Il tourna son déambulateur et se dirigea vers sa chambre.

— Et ensuite tu la demandes en mariage.

L'homme triste reprit son expression morose à la seconde où il sortit de la maison de Thomas Watson, laissant derrière lui les souvenirs heureux et les belles promesses.

Comment pouvaient-ils parler du mariage de Niall et de Lucy, du prochain anniversaire de Seamus, et être heureux quand tout dans cette image de béatitude familiale était faux ?

Thomas ne le savait pas encore, mais il préparait une mission suicide. Il avait fait mine d'écouter avec intérêt son ridicule scénario pour sauver cette petite traînée de Boyle, et s'était assuré d'en faire partie.

Le fait que Thomas ait été incapable de détacher

les yeux de Jane pendant qu'il exposait son plan l'avait révulsé.

Comment osait-il se comporter ainsi dans la maison de Mary ?

Ça ne faisait que renforcer son envie de faire payer à Thomas de lui avoir pris Mary et de l'avoir laissée mourir.

Pendant tous ces mois à œuvrer dans l'ombre, il était parvenu à ne pas attirer l'attention sur lui. Cependant, Thomas était certain qu'il avait maintenant affaire à deux criminels qui travaillaient en tandem.

Il ferait en sorte que Thomas connaisse la vérité, puis il le tuerait. Mais, avant cela, il l'obligerait à regarder mourir sa petite amie.

L'homme triste s'inséra dans la circulation, et fit rugir un peu trop fort son moteur tandis que cette pensée euphorique l'envahissait. Thomas saurait ce que ça fait d'avoir le cœur brisé, comme le sien l'avait été quand il avait perdu Mary.

Levant le pied, il se mêla aux voitures qui filaient vers l'autoroute.

La patience n'avait jamais été sa principale vertu, mais il n'avait pas l'intention de faire échouer un plan qu'il avait ressassé pendant vingt ans à cause d'une amende pour excès de vitesse.

Comme le disait si bien le proverbe, la vengeance était un plat qui se mangeait froid, et le moment était venu de faire rentrer les choses dans l'ordre.

Il avait chamboulé la vie de Thomas, fait de son père un invalide, menacé ses enfants. Il avait fait en sorte que les Watson aient peur de leur ombre. Et il avait transformé cette pimbêche de Jane Boyle en cible d'un tueur en série.

Samedi soir, leur vie serait détruite.

Il avait attendu vingt ans pour ça. Il pouvait bien patienter encore deux jours.

À la périphérie de la ville, il se gara sur le parking d'un motel banal. S'assurant qu'il n'avait pas été suivi, et que personne ne s'intéressait à son arrivée, il s'arrêta devant la chambre 17 et tapa trois coups à la porte.

— Ouais ?

— C'est moi.

La porte s'entrebâilla. L'occupant de la chambre l'identifia et referma la porte pour ôter la chaîne de sécurité avant de le laisser entrer.

Malgré la fraîcheur automnale, son nouvel ami ne portait qu'un jean. Il verrouilla à nouveau la porte derrière lui et se mit à faire les cent pas, en passant les doigts dans ses cheveux humides.

Le jeune homme dissimulait généralement le texte tatoué autour de son cou et l'insigne dessiné à l'encre sur son cœur. Il lui avait raconté sa triste histoire, et l'origine de son besoin de tuer. Son père était un flic aimé et respecté à l'extérieur. Mais, une fois à la maison, le héros lui faisait subir de telles violences morales et physiques qu'il l'avait rendu fou. Recalé de l'académie de police parce qu'il avait échoué à l'évaluation psychologique, il n'avait même pas pu garder un emploi d'agent de sécurité à cause de sa violence.

— Tu l'as vue ? demanda le tatoué.

— Oui.

Il arrêta enfin de faire les cent pas.

— Elle se souvient de moi ?

— Elle ne t'a pas reconnu. Elle n'a même pas pu donner une description précise à la police. Mais elle s'est souvenue de la corde. Elle sait maintenant que tu es après elle.

Le tatoué jura et se remit à arpenter la pièce comme un lion en cage.

— Je t'avais dit que c'était une mauvaise idée. C'est la seule de mes victimes qui soit toujours vivante, tu sais. J'aurais dû me débarrasser d'elle et tourner la page. Je n'aime pas jouer à ce genre de jeux.

— Elle a peur. Ça ne t'excite pas ? Tout le monde a peur de toi.

— Ça ne fait que les mettre un peu plus en garde contre moi.

Le tatoué finit par se saisir d'un pull noir à col roulé posé sur le lit et se couvrit.

— Je l'ai surveillée dans cette maison. Je l'ai suivie à l'hôpital. Elle y est deux fois par semaine avec le vieil homme. Je suis même passé à côté d'elle dans le couloir quand je m'étais déguisé en agent d'entretien. Ce serait tellement facile de l'enlever là.

Il s'agitait de plus en plus, se passant la main dans les cheveux, secouant la tête.

— Je n'aime pas prendre ce genre de risques. Je ferais mieux de m'en aller. Tu as dit qu'elle ne m'avait pas reconnu quand je l'ai bousculée sur le pont. Elle ne connaît pas mon visage. Il vaut mieux que je ne m'attarde pas dans le coin.

L'homme triste leva sa main valide, incitant son ami à se calmer. Il avait encore besoin de lui.

— Mais tu n'es pas seul cette fois. Je suis là. C'est plus facile avec un coéquipier, n'est-ce pas ? Tu n'es pas obligé de t'occuper de tous les détails toi-même.

— J'aime bien m'occuper des détails.

Et lui, il aimait être le maître du jeu. Ce crétin qu'il avait engagé pour perturber le mariage d'Olivia Watson avait fait n'importe quoi. Il avait laissé un faisceau d'indices qui avaient permis aux fils Watson de l'identifier comme étant Gin Ricky, un tueur à gages qui travaillait pour une organisation mafieuse. Depuis, Duff et sa petite amie avaient démantelé le réseau et ses dirigeants risquaient de dénoncer son implication en échange d'une sentence moins sévère.

Il prit les lunettes à effet miroir du tatoué sur la table de chevet et les chaussa sur son nez.

Quand le jeune homme commença à protester, l'homme triste sortit le pistolet dissimulé sous sa veste et le pointa sur lui.

La légère douleur que le geste provoqua dans son poignet bandé ne l'arrêta pas.

— Ce n'est pas toi qui décides. Laisse-moi t'expliquer comment ça va se passer.

11

Thomas dirigea la pomme de douche vers sa jambe douloureuse, et laissa l'eau chaude détendre ses muscles pendant quelques minutes.

Il devait être plus de minuit, mais il ne connaissait pas l'heure exacte. La maison était enfin silencieuse. Tout le monde était parti à l'exception de Keir, qui était garé devant la maison, et surveillait les extérieurs pour la nuit. À cause de sa blessure, Ruby ne pouvait pas emprunter l'escalier et dormait dans la chambre de Millie.

Il était seul à l'étage avec Jane.

Ou, plus exactement, il était tout simplement seul.

Jane s'était retirée dans sa chambre bien avant que le dernier des invités soit parti. Mais il avait vu de la lumière sous sa porte, et il savait qu'elle était toujours éveillée, probablement occupée à prendre des notes ou à griffonner des croquis rudimentaires de scènes de crime — réelles ou imaginaires.

Elle lui avait fait lire ce dont elle se souvenait de la nuit où son mari avait été assassiné, essayant de comprendre comment Badge Man était entré dans leur maison sans fracturer la porte, comment il l'avait suivie jusqu'au parcours sportif, et de quelle façon l'opération de samedi soir allait pouvoir se dérouler sans qu'il y ait d'autres morts.

Il n'était pas étonnant que Jane ne puisse pas dormir. Ses cauchemars n'avaient rien d'une illusion. Et elle ne pouvait pas les chasser uniquement en se réveillant.

Cependant, il aurait aimé qu'elle en parle avec lui. Après avoir aidé Seamus à se mettre au lit, elle l'avait remercié pour le café désormais froid qu'il lui avait apporté, avait déposé sa tasse sur l'îlot central de la cuisine sans la faire réchauffer et avait pris congé, arguant qu'elle était fatiguée.

Il savait qu'elle était épuisée et effrayée. Il savait qu'elle luttait au quotidien pour dompter les démons du stress post-traumatique.

Mais il savait aussi qu'elle était intelligente et forte, et également déterminée à faire ce qu'on lui demandait pour aider à la capture de deux criminels.

Si seulement elle acceptait de partager avec lui le fardeau qu'elle portait. C'était bien à ça que servaient les larges épaules, l'expérience et la capacité d'écoute, non ?

Il n'était pas qu'un flic coordonnant une opération conjointe, plus ou moins agencée de bric et de broc. Il était aussi un homme qui protégeait les siens.

Mais, sauf à surgir à nouveau dans la chambre de Jane, il y avait peu de chances qu'il puisse le lui expliquer.

Il ferma l'eau d'un geste irrité.

S'il lui disait ce qu'il ressentait, l'écouterait-elle ?

Accepterait-elle au moins qu'il la serre contre lui cette nuit, s'accordant à elle-même ces précieuses heures pendant lesquelles il lui serait possible de baisser sa garde et de se sentir en sécurité ?

Il nouait une serviette autour de ses hanches quand il entendit un coup léger frappé à sa porte. Il sentit alors s'envoler la tension qui lui comprimait le torse et sourit.

— Vous êtes décent ? demanda Jane.

— Non, mais vous pouvez venir quand même.

Il entendit un petit rire avant que la porte ne s'ouvre sur une silhouette toute de rose vêtue.

— C'est une vieille plaisanterie.

— Que voulez-vous, je suis un vieil homme.

La bouche grande ouverte, les yeux ébahis, Jane détailla ses épaules, son torse… puis son regard s'arrêta sur sa serviette, déclenchant immédiatement une réponse brûlante au creux de son ventre.

— Vous avez besoin de quelque chose ? demanda-t-il, conscient que sa voix avait pris une intonation plus rauque.

— Je… euh… suis venue vérifier votre jambe et votre bras avant que vous vous couchiez.

Thomas resta sagement immobile, crispant les doigts de pied dans le tapis de la salle de bains, tandis que Jane avançait dans la chambre.

Inévitablement, ses yeux se posèrent sur la bande de peau entre le haut du pyjama et la ceinture de pantalon.

Faisant un effort pour refouler son désir, il se tourna résolument vers le miroir au-dessus du lavabo et compta les poils gris qui parsemaient la toison noire bouclant sur son torse.

Pendant quelques secondes, Jane fut très professionnelle, lui prenant le bras pour inspecter la nouvelle peau qui commençait à se former sur la plaie.

— Ça cicatrise bien. Je pense qu'on va la laisser à l'air libre ce soir et attendre demain pour faire un nouveau bandage.

Bon sang, n'était-elle pas en train de jeter des coups

d'œil discrets à son torse ? Ses doigts ne s'étaient-ils pas attardés plus longtemps que nécessaire sur sa peau ? Et, dans le reflet du miroir, il avait l'impression que ses seins pointaient sous son T-shirt rose.

Quand elle s'agenouilla devant lui et posa les mains autour de sa cheville, il ne put retenir un grommellement.

— Ça vous fait toujours mal ?

Le fait qu'elle passe ses doigts sur ses muscles tendus et sur les reliefs plus rigides des greffes de peau éveillait un tout autre genre de douleur dans son corps.

— Sur une échelle de un à dix, à combien estimez-vous votre douleur ? demanda-t-elle.

— Jane…

Ses doigts s'approchaient dangereusement d'une partie de son corps qu'il avait le plus grand mal à contrôler.

— Les muscles de votre cuisse sont toujours terriblement noués.

Elle enfonça les jointures dans sa chair meurtrie, et il flancha.

— Si je pouvais détendre tout ça…

Ça suffisait comme ça. Il y avait des limites à sa patience.

Thomas la saisit par les épaules et la fit se relever.

— Je ne suis pas invalide.

— Je n'ai jamais dit que vous l'étiez.

— Je suis un homme.

Elle posa les mains sur son torse tandis qu'il la hissait vers lui.

— Je ne veux pas être votre employeur, une figure paternelle, votre meilleur copain… Je ne veux pas d'une infirmière. Et je ne veux pas que la sécurité soit la seule chose que je puisse vous offrir.

Il leva les mains vers le visage de Jane, glissa les doigts dans ses cheveux soyeux, inclinant vers lui ces magnifiques yeux vert doré et cette superbe bouche.

— Si je ne vous embrasse pas maintenant…

Ils restèrent un moment ainsi, chacun cherchant dans le regard de l'autre des réponses.

Puis Jane passa les bras autour de son cou et l'embrassa fiévreusement.

Il n'y avait plus de mots, rien à dire, seulement un désir longtemps refoulé qui remontait à la surface.

Thomas prit la direction des opérations, glissant sa langue dans la bouche de Jane, tandis que ses mains se faufilaient sous l'ourlet du T-shirt, éprouvant enfin le contact de sa peau.

Tandis qu'il la plaquait contre le lavabo, pressant ses cuisses contre les siennes, elle tira sur sa serviette.

Lui ôtant son T-shirt, il posa les mains sur ses seins, petits mais d'une rondeur exquise, tandis qu'elle parcourait son torse de baisers tout en lui caressant les fesses.

Partout où elle le touchait, un nouvel incendie s'allumait, embrasant son sang.

Il reprit sa bouche, lui disant avec la langue toutes les choses qu'il avait envie de faire à son corps. L'ardeur qu'elle mettait à lui répondre le faisait se sentir mâle, puissant, entier.

Il tira sur l'élastique de son pantalon, qui tomba autour de ses chevilles. Puis, glissant les mains sous ses fesses, il la hissa sur le rebord du plan de vasque.

Elle serra les genoux autour de ses hanches, tandis qu'il se positionnait entre ses jambes. C'était de cela qu'il avait besoin : peau contre peau, désir contre désir.

Il dessina un chemin de baisers le long de son cou, descendit vers la courbe d'un sein, jusqu'à ce qu'il prenne en bouche la pointe durcie semblable à une perle.

Jane sursauta, avant de glisser les doigts dans ses cheveux et de renverser le torse en arrière afin de mieux s'offrir à ses baisers.

Il sourit en entendant le halètement qui sortait de la gorge de Jane, et porta son attention sur l'autre sein, jusqu'à ce que le halètement se transforme en gémissement.

Il l'embrassa à nouveau, glissant un doigt au cœur de sa féminité, s'assurant qu'elle était prête pour lui. Elle s'arqua contre sa main, et il introduisit un second doigt, taquinant les délicates vibrations de sa réponse.

Elle enfonça les ongles dans ses épaules.

— Thomas… J'espère que tu le veux autant que moi.

— Oh ! oui.

S'accordant quelques secondes de raison, il ouvrit frénétiquement les tiroirs du meuble vasque, espérant que ses fils y auraient laissé une boîte de préservatifs. Ils rirent de concert quand il trouva finalement un unique étui dans le dernier tiroir.

Et puis, enfin, il fut en elle.

Marquant une pause pour reprendre son souffle et savourer le moment, il vit leur reflet dans le miroir et songea qu'il n'avait jamais rien vu d'aussi sexy de toute sa vie.

Le mot « amour » était sur le bout de ses lèvres. Mais Jane noua les jambes autour de ses hanches, et l'attira si profondément en elle qu'il eut l'impression de s'y perdre et en oublia tout.

*
* *

Plus tard, lorsque, repus de plaisir, ils se couchèrent, et que Jane fut endormie dans ses bras, lorsque les cicatrices, les années et les deuils eurent disparu dans le néant, Thomas pressa un baiser sur le dessus de son crâne, et murmura : Je t'aime.

Lorsque Jane se réveilla, il faisait noir. Elle était prisonnière. Ses jambes étaient attachées. Elle ne pouvait pas respirer.

— Non !

Elle s'assit brusquement, luttant pour se défaire de ses liens, jusqu'à ce qu'elle réalise que les draps étaient simplement entortillés autour de ses jambes.

Avait-elle vraiment crié ? Ou bien cette terreur faisait-elle partie de son cauchemar ?

Le jour pointait à peine, et elle avait du mal à distinguer les objets qui l'entouraient.

Un fin rai de lumière balaya son visage, l'aveuglant un instant. Lorsque sa vision s'éclaircit, une imposante silhouette la surplombait dans la pénombre, et elle se recroquevilla contre l'oreiller et la tête de lit.

— Jane ?

La silhouette se recula. La lumière caressa son ventre et elle réalisa qu'elle était complètement nue. Aussitôt, elle saisit le drap et le remonta sur sa poitrine.

— Tout va bien, chérie.

Elle connaissait cette voix.

— Tu n'as rien. C'était un mauvais rêve.

Ce n'était pas lui. Le monstre. Celui qui lui voulait du mal.

— Est-ce que je suis réveillée ?

Des frissons de panique couraient toujours à travers son corps, l'empêchant de se concentrer.

— Oui.

La silhouette portait un T-shirt délavé où on lisait USAF. United States Air Force.

— Thomas ?

— Tu es dans ma chambre, à Kansas City, dans le Missouri. Dis-moi que tu sais où tu es, et qui je suis.

Elle balaya une mèche de cheveux qui pendait devant ses yeux et la repoussa derrière son oreille.

— Je sais qui tu es, Thomas.

Elle soutint le regard vert qui attendait la confirmation qu'elle allait bien.

— J'ai dû faire un cauchemar. Je croyais…

— Je sais ce que tu croyais.

Elle tendit la main et lui caressa la joue.

— Désolée pour la crise de panique.

Il déposa un baiser dans sa paume, puis il guida sa main pour qu'elle la pose sur son cœur.

— Tu me fais peur quand je te perds comme ça.

— Je ne le fais pas exprès. Je suppose que c'est dû au stress. Je ne me souviens même plus des images. Simplement que j'ai eu peur. Mais tout va bien maintenant. C'est promis.

Machinalement, elle tourna la tête vers la commode, et aperçut la photo de Mary.

— Tu ne regrettes pas ce qui s'est passé entre nous ?

Elle n'était pas jalouse de Mary, mais elle ne voulait pas qu'il se sente coupable du changement de nature de leur relation.

Cela faisait des années qu'elle ne s'était pas sentie aussi aimée, aussi importante pour une autre personne.

— Pas du tout, répondit Thomas.

— Moi non plus.

Après quelques secondes de silence, Jane revint au sujet qui la taraudait sans relâche.

— Tu penses que ton plan va marcher ? Que Badge Man et son complice vont se montrer à la réunion ?

— Sauf à entrer dans cette maison, il n'a aucune possibilité de t'approcher. L'attente va le rendre nerveux, impatient d'agir. Et puisqu'il nous observe, il sait que nous y serons ensemble.

Elle faisait confiance à Thomas, mais son inquiétude ne fit qu'augmenter alors qu'il poursuivait :

— De plus, le type qui m'en veut aime les endroits peuplés. Ainsi, il a plus de chances d'occasionner des dommages collatéraux et de me faire culpabiliser. Ils seront là tous les deux.

À présent, Jane se sentait vraiment coupable. Comment admettre que cet homme merveilleux et les personnes qu'il aimait soient blessés ?

— Des dommages collatéraux ? Finalement, je devrais peut-être suivre le programme WITSEC et demander à Conor de me relocaliser. Je crois que je ne m'en remettrais pas si quelqu'un était blessé. Surtout toi, ou ta famille.

Lorsqu'elle essaya de s'écarter, il s'avança un peu plus, l'obligeant à s'agripper au drap qui couvrait ses seins, afin de conserver une sorte de barrière entre eux.

En dépit du peu de luminosité émanant de l'extérieur, elle voyait bien à quel point il était sérieux.

— Si tu déménages et endosses une nouvelle identité, je ne pourrai pas être avec toi à cause de papa et Millie, et de mes responsabilités professionnelles. Et puis, il y a aussi les enfants. Ils commencent une nouvelle vie de leur côté, et je veux en faire partie.

— C'est normal, Thomas. Je ne veux rien te prendre.

— Tu m'as déjà pris le plus important.

Il lui prit la main et la plaça sur son cœur.

Jane faillit pleurer en comprenant le message muet qu'il lui envoyait.

— Si tu t'en vas, je ne pourrai pas te retrouver, reprit-il. Il sera toujours après toi, et je ne serai pas là pour te protéger. Je ne veux pas te perdre. Pas maintenant, alors qu'il existe une chance pour que ça marche entre nous.

Elle tendit la main pour caresser le pli soucieux qui barrait son front.

— Moi aussi, je veux nous donner cette chance. Après Freddie, je n'aurais jamais pensé… Je me disais qu'il n'était pas prudent d'avoir encore des sentiments pour quelqu'un. Mais je ne peux pas m'en empêcher.

Elle cilla, et une larme coula sur sa joue, qu'elle chassa du bout des doigts.

Elle redoutait toujours que quelqu'un ne soit blessé, mais, cette fois, elle était décidée à se battre pour avoir la possibilité de mener une vie normale et de trouver à nouveau le véritable amour.

Il n'était plus question d'elle uniquement.

— Je ferai tout pour que ton projet de guet-apens soit un succès.

D'un ton décidé, elle ajouta :

— Retrouvons notre vie !

Thomas hocha la tête.

— Retrouvons notre vie !

Ce fut lui cette fois qui prit l'initiative de leur étreinte.

La peau de Jane se réchauffa instantanément sous la pression du torse de Thomas tandis qu'elle nouait les bras autour de son cou et l'embrassait.

Il la renversa sur le lit et s'étendit à côté d'elle.

Contrairement à la fièvre de la première fois, ce

moment était marqué par la lenteur et la conscience de ce qu'ils faisaient, comme s'il était important pour tous les deux de créer un souvenir durable, que ni le temps ni le danger n'effaceraient.

Délicieusement fatiguée, son corps vibrant encore du plaisir ressenti, Jane s'endormit dans les bras de Thomas.

Si elle avait su qu'il était le médicament pour faire taire ses cauchemars et retrouver le chemin d'une vie normale, elle se serait autorisée à l'aimer plus tôt.

Thomas avait appelé de tous ses vœux cette soirée de samedi, mais, à présent que le moment était arrivé, il regrettait de ne pas avoir une semaine de plus pour rassembler des informations et préparer son équipe.

Il aurait voulu avoir une vie entière à passer avec Jane dans sa maison, dans son lit, et dans sa famille.

Les deux jours qu'ils avaient réussi à s'accorder, loin du monde, avaient été idylliques. Ils avaient vécu comme un couple, se chamaillant un peu, se touchant beaucoup, riant énormément…

Ils avaient parlé de tout et de rien, sauf de ce fragile mot commençant par la lettre A, que ni l'un ni l'autre ne voulait prendre le risque de prononcer.

Thomas rajusta sa cravate et le col de sa veste devant le miroir du hall, avant de reprendre ses allées et venues au pied de l'escalier pendant que Jane terminait de se préparer.

— Tu vas faire un trou dans le tapis, protesta gentiment Seamus.

Son père se tenait sous l'arcade menant au salon,

appuyé sur la canne dont il se servait maintenant pour se déplacer dans la maison.

— Ça vaut toujours la peine d'attendre une femme, ajouta le vieil homme, avec l'assurance de celui qui parlait d'expérience.

Automatiquement, Thomas prit sa défense.

— Jane n'est pas en retard. J'ai simplement hâte que tout cela soit terminé.

Millie apparut au bout du couloir avec le gilet qu'elle était allée chercher pour Seamus, et l'aida à l'enfiler.

— Figurez-vous que votre père a ressorti son arme de service et l'a chargée, annonça-t-elle d'un ton réprobateur.

Thomas s'arrêta de déambuler et rejeta en arrière les pans de sa veste pour poser les mains sur ses hanches.

— Enfin, papa, tu sais bien que ta main n'est pas assez solide pour tenir une arme.

— Si quelqu'un menace ma famille, j'y arriverai.

Thomas se passa la main dans les cheveux et prit la direction de la cuisine.

— Je vais dire à Olivia de vider cette arme et de la ranger à sa place.

Il avait fait trois pas quand il entendit un cliquètement de talons dans l'escalier.

Il s'immobilisa en voyant Jane, oubliant presque de respirer.

Elle portait une robe rouge sans manches à col montant, qui s'arrêtait aux genoux. Et ces sandales ! Deux brides noires et un talon argenté, qui faisaient paraître ses jambes beaucoup plus longues que dans son souvenir, et irrésistiblement sexy. Et elle avait relevé ses cheveux en un élégant chignon souple qu'il avait terriblement envie de détacher.

Il sentit son sang s'accélérer dans ses veines tandis qu'elle descendait l'escalier vers lui.

— Est-ce que ma tenue est bien ? Ce n'est pas trop ? J'ai emprunté la robe et les chaussures à Kenna. Elle a pensé que ce serait adapté à un cocktail.

Elle était incroyable et, pendant quelques secondes, il ressentit un élan de fierté qui lui fit regretter que ce ne soit pas un vrai rendez-vous.

— J'ai choisi le rouge parce que je me suis dit que c'était patriotique. Nous célébrons l'Air Force, n'est-ce pas ?

Seamus, aussi charmé que Thomas, claudiqua jusqu'à elle.

— S'il ne le dit pas, je vais le faire. Vous êtes très en beauté.

— Merci.

Seamus se tourna et donna une tape sur le bras de Thomas.

— Ferme la bouche, fiston.

Thomas serra les lèvres, sentant l'embarras d'un désir adolescent lui empourprer les joues. Il était médusé par la façon dont cette femme le transformait en un homme de vingt ans de moins.

— C'est parfait, balbutia-t-il. Tu es parfaite.

Millie sortit son téléphone de sa poche et poussa Thomas vers Jane.

— Mettez-vous ensemble près de l'escalier. Je veux une photo.

Bien qu'il ait obtempéré, en glissant son bras autour de la taille de Jane, il se sentit obligé de rappeler à tout le monde, y compris lui-même, que cette soirée n'était pas un rendez-vous amoureux.

— Ce n'est pas le bal de la promotion, Millie.

La main de Jane se posa dans son dos, effleurant le

pistolet qu'il avait passé dans sa ceinture. Lorsqu'elle se crispa, il lui pinça gentiment la taille. Elle n'avait pas besoin de ce détail pour lui rappeler que la réunion de ce soir avait un but bien précis.

— Tout ira bien, ma chère, dit Millie, tandis qu'elle prenait quelques photos du couple, en dépit de l'expression morose de Jane. Ces monstres ne s'en tireront pas.

— As-tu ton traceur sur toi ? demanda Thomas. Au cas où nous serions séparés.

— Juste ici.

Jane tapota sa poitrine, à l'endroit où le minuscule matériel électronique était épinglé à son soutien-gorge.

— Et toi ?

Il toucha la poche de sa veste, indiquant qu'il était relié au poste de surveillance du KCPD, d'où leurs mouvements seraient contrôlés toute la nuit.

Vingt minutes plus tard, ils s'arrêtèrent devant le Muehlebach Hôtel, dans le centre-ville de Kansas City.

Quand ils descendirent de voiture, Thomas échangea un signe de tête avec Hud Kramer, qui avait pris la place d'un des voituriers.

Tandis que ce dernier allait garer le pick-up, Thomas escorta Jane à l'intérieur du prestigieux hôtel. Foulant le tapis du hall brillamment éclairé, ils passèrent devant Al Junkert, qui était installé dans le coin salon. Il les salua en levant discrètement son verre, avant de reprendre sa conversation avec la femme qui l'accompagnait.

Après qu'ils se furent identifiés à l'entrée de la salle de réception, où se tenait la réunion des anciens de l'Air Force, récupérant les badges avec leur nom, et saluant Mutt et Jeff, Thomas se rendit compte que la main de Jane tremblait sur son bras.

Il posa la paume sur ses doigts, apaisant les crispations nerveuses, et se pencha pour effleurer sa tempe d'un baiser.

— Souviens-toi que nous avons des yeux partout. Tout ce que tu as à faire, c'est de profiter de la soirée.

— Et essayer de repérer un type avec des yeux vairons et un tatouage dans le cou, ajouta-t-elle d'un ton morose.

Le début de la soirée se déroula sans incident. Mutt monta sur l'estrade, et surprit Jeff en lui souhaitant un joyeux anniversaire. Ils se mirent tous à chanter, puis le commandant de la base Whiteman Air Force fit un discours et les remercia pour leurs bons et loyaux services.

L'orchestre se mit ensuite à jouer, et les convives commencèrent à danser. Et, ainsi que Thomas le leur avait demandé, Mutt et Jeff tinrent compagnie à Jane quand il ne pouvait pas être à côté d'elle.

Thomas revenait à leur table avec deux verres d'eau fraîche et deux bières quand il repéra la haute silhouette et les cheveux blonds de Jeff, guidant Jane vers la piste de danse.

Il déposa une bière devant Mutt, et vida le reste du plateau, attendant que Jeff et Jane les rejoignent.

— C'est pour moi ? demanda Jane.

Il lui tendit l'un des verres d'eau et donna l'autre bière à Jeff, qui but une longue gorgée, avant de leur rappeler une promesse qu'ils s'étaient faite un peu plus tôt.

— N'oubliez pas que nous porterons un toast à Mary à la fin de la soirée.

Mutt hocha la tête.

— Et à tous nos amis et frères et sœurs d'armes disparus.

Il tendit la main à Jane.

— À mon tour ?

En voyant un pli soucieux apparaître sur le front de Jane, Thomas lui prit d'autorité la main.

— J'apprécie votre dévouement, les gars, mais j'aimerais bien danser avec ma cavalière.

Comme Mutt ricanait, il ajouta :

— Oui, mon vieux, je peux danser.

Jeff lui donna une tape sur l'épaule et les poussa tous les deux vers la piste de danse, alors qu'un slow commençait.

— Merci de m'avoir sauvée, dit Jane, tandis qu'ils se mouvaient au rythme lent et sensuel de la musique. Mutt n'a pas arrêté de me marcher sur les pieds.

Quittant son épaule, les doigts de Jane glissèrent à la base du cou de Thomas, taquinant le point sensible qui s'y trouvait, tandis qu'elle esquissait un sourire.

— Mais ils se sont montrés aussi attentifs que de bons chiens de garde.

— J'ai une entière confiance en ces deux zigotos. Au point que je pourrais leur confier ma vie. La tienne aussi.

Pendant quelques secondes, il profita du délicieux contact des hanches de Jane contre les siennes, mais elle rompit le charme en posant une question à laquelle il s'attendait.

— Tu as vu quelqu'un qui avait l'air suspect ?

Il venait juste de faire le point avec tous les agents de terrain infiltrés. Conor jouait les serveurs. Duff avait pris la place d'un agent de sécurité à l'entrée. Keir et Hud étaient dans la camionnette banalisée garée à proximité de l'entrée, et contrôlaient les abords de l'hôtel. Niall, installé dans le poste de sécurité de l'hôtel, surveillait les différents moniteurs relayant l'activité des caméras.

— Tu crois qu'il est là ? En train de me regarder ?

Il se pencha pour déposer un baiser sur son front, espérant ainsi détendre le pli soucieux qui le marquait.

— Tout le monde te regarde. Tu es la plus belle femme ici, et ils se demandent tous comment je fais pour avoir autant de chance.

L'espace d'un instant, un sourire adoucit les lèvres de Jane.

— Crois-moi, Thomas, c'est moi qui ai de la chance. Je suis désolée que tu ne puisses pas profiter de la réunion comme tu l'aurais dû.

— J'ai quand même eu le temps de discuter avec mes vieux copains.

Il l'attira plus étroitement contre lui, et observa par-dessus son épaule la pièce bondée, bourdonnant du bruit des rires, de la musique et des conversations.

— Ça m'a fait plaisir de revoir mon commandant de Lakenheath. J'ai dû mal à croire qu'il a quatre-vingt-dix ans, et qu'il rentre toujours dans son ancien uniforme. Je veux absolument vieillir comme ça.

Elle hocha la tête, mais il se rendit compte que ses pensées commençaient déjà à dériver.

— Tu es certain qu'il va venir ?

— Mon petit doigt et quelques connaissances en matière de profilage me disent que oui.

Il s'immobilisa et lui prit les épaules, massant gentiment le frisson qu'il sentait sur sa peau. Pas une fois elle ne s'était plainte, ou n'avait admis sa peur. Et ce courage face à un danger imminent devait la ronger.

— Tu as besoin de faire une pause à l'écart des feux de la rampe ?

— Je ferais bien un petit tour aux toilettes.

— Je t'accompagne.

Après un bref arrêt à leur table pour qu'elle puisse récupérer son sac, ils se dirigèrent vers les portes donnant sur le hall. Ils furent alors interceptés par un groupe d'anciens membres de la classe d'entraînement de Thomas, et ne purent échapper à une brève conversation.

Lorsqu'ils atteignirent enfin le couloir, l'orchestre faisait une pause, et le commandant était remonté sur l'estrade pour remettre des prix à quelques-uns des convives les plus estimés, et pour remercier les volontaires qui avaient aidé à organiser la réunion.

Une main au creux du dos de Jane, Thomas la fit se détourner de la file d'attente qui s'était formée devant la porte des toilettes les plus proches, et ils partirent à la recherche d'autres commodités. Mais là, ils tombèrent sur les invités d'un autre événement qui se déroulait dans une salle voisine.

Jane s'immobilisa en grommelant.

— Et moi qui voulais un peu de calme.

— Comment vont tes pieds ?

— Eh bien, je préférerais ne pas partir en randonnée tout de suite.

— Essayons de trouver un canapé quelque part, où tu puisses te reposer.

Mais il y avait un monde fou dans l'hôtel, et dénicher un endroit calme où deux personnes pouvaient s'asseoir côte à côte n'était pas chose aisée.

Ils continuèrent à marcher jusqu'au bout du couloir, et firent demi-tour pour revenir vers la rangée d'ascenseurs.

Un agent de sécurité posté là leur demanda s'ils étaient perdus.

— Nous cherchons un endroit calme pour nous asseoir et nous détendre quelques minutes, répondit Thomas.

Le jeune homme appuya sur l'un des boutons d'appel.

— Deux étages plus haut, il y a une passerelle qui permet de rejoindre l'annexe, de l'autre côté de la rue. Ce sera beaucoup moins encombré qu'ici.

— Merci.

Jane lui sourit et s'engagea dans la cabine dès que les portes s'ouvrirent.

Thomas monta juste derrière elle, et le garde lui emboîta le pas.

— Je viens avec vous.

Les portes se refermaient déjà quand le cerveau fatigué de Jane réalisa ce qu'elle venait de voir.

Un œil brun et un œil bleu.

— Vous ! s'exclama-t-elle.

Il déclencha contre Thomas le taser qu'il venait de sortir de sa poche, le frappant au torse avant qu'il ait eu le temps de dégainer son arme.

— Thomas !

Elle essaya de le soutenir et tomba sur le sol de la cabine avec lui, tandis que le garde glissait une carte magnétique dans le panneau de commande de l'ascenseur, et les emmenait vers le parking en sous-sol.

12

Thomas se réveilla avec un mal de tête infernal, et l'impression qu'un camion lui avait percuté le torse.

Quelle heure était-il ? Où se trouvait-il ?

Il essaya de s'asseoir pour mieux respirer et recouvrer ses esprits, mais ne réussit pas à prendre appui sur les mains.

— Thomas ?

Il entendit le murmure inquiet d'une voix de femme.

La voix de Jane.

— Oh ! Dieu merci, s'exclama-t-elle. Est-ce que tu vas bien ?

Soudain, il y eut dans son organisme un afflux suffisant d'adrénaline pour qu'il reprenne pleinement connaissance et que son environnement lui apparaisse nettement.

La première chose qu'il vit fut le visage de Jane. Sa belle et courageuse Jane, plus inquiète pour lui que pour elle-même. Son regard était sombre et impénétrable dans la carcasse métallique brinquebalante où ils se trouvaient.

Une camionnette. L'arrière d'une camionnette.

Et il ne pouvait pas s'asseoir parce que ses mains étaient liées entre elles, et attachées au-dessus de sa tête à la grille qui séparait la cabine de pilotage du compartiment de stockage.

Bien qu'il n'ait plus beaucoup de sensations dans les mains, il crispa les doigts autour de l'arceau et se redressa en une position assise un peu plus confortable.

Ses chevilles également étaient entravées, et sa jambe lui faisait terriblement mal.

Jane était ligotée de la même façon, suffisamment loin de lui de façon qu'ils ne puissent pas s'aider l'un l'autre à se détacher.

Il jeta un coup d'œil par la grille, et vit la silhouette du conducteur, dans un uniforme noir d'agent de sécurité, et les réverbères qui défilaient tandis qu'ils traversaient la ville.

Observant l'intérieur rouillé, il vit deux petits points de lumière filtrer par les portes arrière.

Ils avaient la taille d'impacts de balle.

— La camionnette blanche, lança-t-il, en parlant suffisamment bas pour que leur conversation ne soit pas entendue, nous sommes dedans.

Ils sursautèrent sur une bosse, qui tira sur les liens de leurs poignets, et Jane grimaça.

— Il m'a obligée à te ligoter.

— C'est toi qui m'as attaché ?

Le bref espoir qu'il existe un moyen d'échapper à cette situation se dissipa rapidement.

— Désolée. Il a vérifié mon travail, et a resserré les nœuds. Et il t'a décoché une nouvelle décharge de taser quand tu as commencé à reprendre connaissance.

Ça expliquait la douleur qu'il ressentait au torse.

— Tu as une idée de l'endroit où nous nous trouvons ?

— Je n'en suis pas certaine, mais j'ai l'impression qu'il n'a pas cessé de tourner à gauche, comme s'il faisait des cercles. Je ne sais pas s'il est perdu, ou s'il essaie de nous désorienter…

— Ou alors, il tue le temps en attendant son complice.

Thomas désigna d'un signe de tête l'avant de la camionnette.

— Est-ce que c'est… ?

Elle hocha la tête.

— J'ai vu ses yeux dans l'ascenseur, avant qu'il ne te neutralise. Et je me suis débattue quand il m'a ligotée. J'ai tiré sur son col, et j'ai vu les phrases tatouées. Il n'y a pas de doute. C'est bien lui.

Lorsqu'elle tourna la tête pour tenter de maîtriser ses émotions, il vit que le devant de sa robe avait été déchiré au niveau d'une emmanchure.

La rage qui prit naissance dans son ventre faillit l'aveugler.

— Que t'a-t-il fait ?

Jane tourna la tête vers la cabine, alors qu'il avait élevé la voix au-dessus du murmure. Mais le bruit de la circulation devait être assez fort pour masquer sa voix, car le conducteur ne réagit pas.

— Il ne m'a pas fait de mal. Il a dit qu'il était trop tôt pour ça.

Qu'est-ce que cela pouvait bien signifier ?

Elle était le témoin dont il voulait la mort depuis des années. Le fait qu'il la garde en vie confirmait à Thomas que Badge Man travaillait maintenant avec un complice, et que celui-ci avait un lien très personnel avec Thomas.

— Il était au courant pour nos traceurs. Il les a pris.

Jane cala son dos contre la grille en soupirant.

— Personne ne saura où nous sommes. Qu'allons-nous faire ?

Il étira les jambes pour toucher son pied nu du bout

de sa chaussure, parce que c'était le seul réconfort qu'il pouvait lui apporter.

Il aurait aimé pouvoir se réjouir d'avoir eu raison. Son expérience lui avait dit précisément où cette soirée les mènerait. Mais le fait de voir Jane ligotée comme un agneau sacrificiel l'empêchait de raisonner rationnellement.

« Sois un flic », s'encouragea-t-il.

« Évalue la situation. Tire profit des faits. »

« Interprète qui est ton adversaire avant d'agir. »

— Combien de temps je suis resté évanoui ?

— Entre dix et quinze minutes.

— Sais-tu combien de fois nous avons tourné en rond ?

Elle haussa les épaules et réfléchit.

— Peut-être six fois. Et ça ne roulait pas très vite, donc je suis à peu près sûre que nous sommes toujours dans le même quartier.

Cela signifiait que l'aide n'était pas trop loin. Encore fallait-il pouvoir entrer en contact avec ses renforts.

— La première chose à faire, c'est de trouver un moyen de nous libérer.

— Son couteau et son taser sont sur la banquette avant avec lui.

— Alors, nous devons faire en sorte qu'il vienne avec jusqu'ici.

Elle écarquilla les yeux.

— Quoi ?

Il agrippa la grille et la secoua. Il manquait deux vis dans la partie fixée au plafond. Il n'était pas un superhéros, mais il savait comment se faire entendre.

Il lança un regard à Jane et lui dit à voix basse :

— Fais du bruit.

Ils secouèrent la grille et appelèrent le chauffeur, l'agaçant suffisamment pour qu'il leur crie d'arrêter.

Loin de se laisser impressionner, ils secouèrent à nouveau la grille. Thomas le prévint qu'il était policier et que ses agissements étaient surveillés. Jane, quant à elle, menaça Badge Man d'un ton qui rendit Thomas fier, et un peu inquiet aussi à l'idée de ce qui pourrait lui arriver si elle le contrariait.

— Fermez-la ! cria le chauffeur, en changeant brusquement de voie de circulation.

Ils crièrent encore plus fort, jusqu'à ce que leur ravisseur bifurque sur la gauche et stoppe brutalement.

Ils s'étaient arrêtés dans un entrepôt ou un garage.

Thomas entendit le claquement d'une large porte qui se refermait, et des bruits de pas précipités, puis l'arrière de la camionnette qui s'ouvrait.

Il sentit des relents de gazole et d'huile, et aperçut un pan de brique rouge et une rangée de pneus, avant que l'homme ne monte et ne ferme derrière lui la porte arrière de la camionnette.

Thomas connaissait les manifestations de la folie. Il avait étudié suffisamment de criminels pour la reconnaître. Raisonner avec lui ne fonctionnerait pas.

— Je t'ai dit de te taire, dit Badge Man, en s'approchant de Jane. Plus un mot, ou je te tue et je te marque au couteau. Elle a raté le spectacle la dernière fois, mais cette fois je vais m'assurer qu'elle n'en perde pas une miette, papa.

— Je ne suis pas votre père. Je ne vous ferai pas de mal.

— J'ai dit de la fermer, officier ! C'est moi qui commande ici.

Jane tremblait quand l'homme empocha son taser

et sortit son couteau pour couper les liens qui la retenaient à la grille.

Était-ce de la peur ? de la colère ? La première pouvait la paralyser, tandis que la seconde pouvait au contraire la galvaniser.

Il croisa les doigts pour qu'il s'agisse de la seconde, et que Jane soit déjà, tout comme lui, en train de réfléchir à l'étape suivante.

— Mes pieds aussi, ordonna-t-elle. Sauf si vous voulez me traîner partout.

Avec un grommellement agacé, il trancha les nœuds à ses chevilles, puis la releva. Jane tangua contre lui, l'envoyant heurter la paroi de la camionnette.

— Hé !

Il lui lança une épithète haineuse, et tira sur ses poignets attachés, la soulevant contre lui, tout en brandissant son couteau.

Mais Jane lui fit un croche-pied et ils tombèrent ensemble.

Ils atterrirent sur les jambes de Thomas, lui occasionnant une vive douleur. Mais cette douleur signifiait qu'il était vivant, et qu'il pouvait faire quelque chose.

Quand la main de l'agresseur heurta le sol, celui-ci perdit sa prise sur le couteau. Il roula alors sur lui-même, entraînant Jane avec lui.

Lorsqu'il se releva, plaçant les mains de chaque côté de la gorge de Jane pour l'étrangler, Thomas lui frappa le côté du visage à l'aide de ses pieds, faisant jaillit un filet de sang de sa pommette.

Sonné, l'homme retomba à côté de Jane. S'emparant du taser, elle déclencha le choc électrique pour neutraliser son agresseur, et s'empressa de s'emparer du couteau. Puis elle libéra Thomas.

— Il faut récupérer nos téléphones. Et mon arme.

Jane jeta un coup d'œil à l'homme toujours inconscient à côté d'eux.

— Il faut passer devant pour ça.

Ignorant le tiraillement dans sa jambe, Thomas se releva.

— Allons-y.

Jane hocha la tête et se précipita vers la porte arrière. Mais celle-ci s'ouvrit une seconde fois, et elle eut un mouvement de recul.

Le teint trop bronzé et le crâne dégarni leur apparurent comme un signe providentiel.

— Al ! Oh ! quelle chance ! Tu as dû nous suivre. Je voudrais que tu appelles…

Le sang de Thomas se glaça quand Al saisit le poignet de Jane et la tira brusquement vers lui, avant de passer un bras autour de son cou et de pointer une arme sur sa tempe.

La première réaction de Thomas fut de se dire que ce comportement n'avait aucun sens.

Et puis les pièces du puzzle se mirent en place dans son esprit.

— Espèce de salaud !

— Il faut toujours que tout se passe à ta manière, n'est-ce pas, Tommy boy ?

Lorsque Thomas enjamba le corps inerte de Badge Man, Al enfonça son arme suffisamment fort sur la tempe de Jane pour laisser une marque sur sa peau.

— Ne t'approche pas plus. Et laisse tomber ce couteau.

Thomas obéit et leva les mains.

— Pourquoi ? demanda-t-il.

— Parce que tu m'as fait du mal.

— Mary ?

Al hocha la tête.

— Mary.

À la différence de Badge Man, Al était quelqu'un avec qui Thomas pouvait discuter.

— Laisse-moi deviner. Tu t'es imaginé que tu étais amoureux de ma femme.

— Je n'ai rien imaginé du tout. Je l'aimais, et elle m'aimait. Elle m'a soutenu quand mon premier mariage a échoué. Elle m'a écouté et m'a remonté le moral. Elle a toujours été là pour moi.

Le corps de Thomas se crispa tout entier sous l'effet d'une colère dont il n'était pas coutumier. Il parvint cependant à conserver un ton posé.

— Tu faisais partie de la famille, Al. Elle t'aimait comme un frère. Moi aussi.

— Tu te trompes. La seule raison pour laquelle Mary ne t'a pas quitté, c'est à cause des enfants. Je l'ai admirée pour ça.

Ses lèvres se mirent à trembler comme s'il luttait contre les larmes.

— Et puis, tu l'as laissée mourir.

Thomas ferma un instant les yeux, accusant le coup.

— J'aimais ma femme. Tu ne penses pas que sa mort m'a détruit ? Tu ne penses pas que j'aurais préféré prendre les balles à sa place ? Sais-tu combien de nuits, combien d'années j'ai regretté de ne pas m'être trouvé à sa place dans cette supérette ?

— Thomas…

La voix de Jane vibrait d'inquiétude pour lui.

Pour lui.

Comment un homme pouvait-il avoir la chance de connaître ce genre d'amour deux fois dans sa vie ?

Comment pouvait-il être maudit au point qu'on le lui reprenne deux fois ?

— Ça va aller, mon cœur, promit-il. Tout va s'arranger.

— Oh non !

Al tourna avec rudesse le visage de Jane vers Thomas.

— Regarde-la bien, Tommy boy. Souviens-toi de son visage au moment de mourir.

Jane n'avait rien perdu de sa combativité.

— Vous avez déjà essayé de me tuer avant, sans jamais y arriver. Vous m'avez percutée sur l'autoroute, vous m'avez tiré dessus… Vous êtes incapable de faire le travail.

— Vous mourrez quand le moment sera venu. Avant, je veux qu'il comprenne.

— Que je comprenne quoi ? demanda Thomas.

Il fallait absolument faire parler Al pour le détourner de l'envie de tuer Jane, et gagner du temps en attendant l'arrivée des secours.

— Le genre de douleur que j'ai connue, à te regarder vivre, être heureux, tomber amoureux, et oublier Mary.

Son regard bleu injecté de sang se fixa sur la jambe blessée de Thomas.

— En fait, j'ai déjà essayé de te tuer une fois auparavant.

Thomas comprit immédiatement.

— Tu as délibérément perdu le contrôle de notre voiture de patrouille pendant cette course-poursuite.

Al hocha la tête.

— Mais alors, je me suis rendu compte que te tuer ne suffisait pas. J'ai pris plaisir à te voir souffrir. Il fallait que tu souffres. Que tu ressentes tous les tourments par lesquels j'étais passé pendant des années.

— Et donc, tu as engagé un tueur à gages pour persécuter ma famille ?

— Tu as vécu l'enfer pendant sept mois, n'est-ce pas ?

Al éclata d'un rire de fou.

— Tu ne savais pas qui était ton ennemi. Tu ne savais pas à qui tu pouvais faire confiance. J'ai mis ta vie sens dessus dessous.

— Au contraire, tes attaques ont renforcé ma famille. Nous sommes plus liés que nous ne l'avons jamais été.

— Menteur ! Je vais tuer la femme que tu aimes devant toi, de la même façon que tu as tué la mienne.

Thomas continua à parler. Il avait repéré le taser sur le sol, et savait que le couteau était toujours à sa portée si Al tentait quoi que ce soit.

— Nous allons célébrer le mariage de Niall ce mois-ci. Ainsi que l'anniversaire de Seamus. Et, grâce à Jane, papa aura quasiment retrouvé toute son autonomie.

Al secoua la tête, entraînant Jane avec lui tandis qu'il se déplaçait vers le corps inanimé de Badge Man.

— N'essaie pas de me faire croire que tu es heureux. Je te connais mieux que ça.

— Tu ne me connais pas du tout.

— Donne un coup de pied dans ce couteau pour l'envoyer vers moi. Je sais à quoi tu penses.

Thomas fit glisser le couteau sur le sol, et le regarda s'arrêter près du pied de Jane.

— Bien, fit Al. Maintenant, je t'explique ce qui va se passer, dit-il. Badge Man vous tue tous les deux. J'arrive et je le descends, mais il est trop tard pour sauver mon meilleur ami et sa petite chérie. Je serai un héros, et ma Mary sera vengée.

— C'est ça, ton plan ? dit Thomas d'un air peu convaincu.

— Il est toujours meilleur que le tien.

Al tourna son arme vers Thomas.

Jane mordit alors le bras serré autour de son cou.

Thomas chargea.

La balle qui le frappa à l'épaule n'arrêta pas sa course.

Il les heurta tous les deux et les envoya contre la paroi.

La camionnette tangua. Jane se libéra et s'éloigna, alors que les deux hommes se battaient. Tandis qu'ils roulaient à terre, Thomas parvint à se saisir du couteau, et le planta profondément dans le cœur de celui qui avait été son coéquipier.

Sonné par la douleur qui irradiait dans son épaule, il crut entendre au loin des sirènes. Puis il ferma les yeux.

— Tu es avec moi, Thomas ?

Sans perdre un instant, Jane lui ôta sa veste et sa cravate, l'étendit sur le plancher de la camionnette, et lui posa un garrot au bras gauche.

— Thomas Watson. Tu n'as pas intérêt à me quitter.

Il ouvrit les yeux et sourit. Puis il leva une main pour caresser son visage tuméfié.

Ils avaient triste allure, mais ils étaient en vie.

Ils étaient sains et saufs.

— Je t'aime.

Voilà. C'était dit.

Les beaux yeux de Jane s'emplirent de larmes.

— Je t'aime aussi.

Les portes de la camionnette s'ouvrirent à la volée, et trois hommes braquèrent leur arme sur eux.

Instinctivement, Thomas essaya de faire passer Jane derrière lui, mais elle rit.

— Les enfants ? s'exclama Thomas.

Duff, Niall et Keir rengainèrent aussitôt leur arme.

— Comment nous avez-vous retrouvés ?

Jeff Fraser apparut dans le paysage.

— Tu ne t'es pas montré à 23 heures pour porter le toast à Mary.

Mutt, toujours présent dès qu'il y avait de l'action, était là aussi.

— Nous avons compris qu'il y avait un problème, et nous avons alerté Duff.

Son fils aîné monta dans la camionnette pour les aider à se lever.

— Quand vos traceurs ont cessé d'émettre, nous avons immédiatement lancé une recherche.

Keir prit Jane par la taille pour l'aider à prendre pied sur le sol en ciment du garage.

— Hud a trouvé les traceurs dans le parking de l'hôtel. Nous savions donc qu'il fallait chercher un véhicule. Et, vu que la camionnette blanche était le commun dénominateur des précédentes recherches, il a suffi de lancer un avis de recherche, et de repérer le signal de vos téléphones portables.

Niall s'approcha pour vérifier la blessure de Thomas, puis il le fit asseoir sur une caisse et jeta une couverture de survie sur ses épaules.

— Alors, c'était Al, déclara Duff, en s'agenouillant à côté du cadavre de l'ancien ami de la famille. Il va falloir que tu nous expliques, papa.

Thomas hocha la tête.

— Plus tard.

Duff aida Badge Man, qui reprenait doucement connaissance, à se mettre sur pied, et le remit à Conor.

— J'ai déjà prévenu l'agent Hunt, dit Conor. Il est en route pour récupérer son trophée.

Il adressa un clin d'œil à Jane.

— Je suppose que nous n'aurons plus beaucoup l'occasion de nous revoir. Surtout quand le procès de ce type sera terminé.

Elle serra la main de Conor.

— Tu as été mon premier ami ici, à Kansas City. J'aimerais que nous restions en contact.

— Moi aussi.

Dès qu'il eut emmené Badge Man, Duff sauta de la camionnette, et lut le nom figurant sur le permis de conduire qu'il avait pris à leur prisonnier.

— Il s'appelle Emerson Grady Shrout. Avec un nom pareil, il ne faut pas s'étonner que ce type soit un psychopathe.

Se dirigeant vers Mutt et Jeff, il ajouta :

— Vous voulez que je vous reconduise à l'hôtel ?

Keir écarta son portable de son oreille.

— Une ambulance est en route. J'appelle grand-père et Olivia pour leur dire que tout va bien.

Pendant quelques secondes, l'animation retomba et Thomas et Jane se retrouvèrent seuls.

— C'est fini, mon cœur, dit Thomas. C'est enfin fini.

Secouant la tête, Jane glissa son bras sous le bras valide de Thomas, et se blottit contre lui.

— Non. Ça commence. Ma vie commence enfin.

Épilogue

— Je suis heureuse, Thomas.

Elle lui accorda un dernier baiser avant d'ajuster la boutonnière qu'elle venait de fixer au revers de son smoking.

C'était un bel après-midi de septembre ensoleillé, sept mois après la fusillade qui avait éclaté durant le mariage d'Olivia dans cette même église.

Posant la main sur le cœur de Thomas, Jane ajouta :

— Je ne pensais pas pouvoir être à nouveau aussi heureuse, ou me sentir aussi normale.

— Normale ? Tu crois que tout ce qui a un rapport avec ma famille est normal ?

Il interrompit son rire par un baiser qui ne manqua pas d'éveiller son désir.

Mais il avait quelque chose de sérieux à dire. Leurs blessures étaient en train de cicatriser. Emerson Shrout attendait son procès dans une prison de Washington. Et il savait de nouveau à qui il pouvait faire confiance. Le moment était donc parfaitement choisi.

— Qu'y a-t-il ? demanda Jane, en percevant son changement d'humeur.

— Je ne voudrais pas voler la vedette à mes fils et à leur fiancée. Et c'est la deuxième fois pour toi comme pour moi. Que dirais-tu d'un voyage à Las Vegas ?

Jane plissa le front.

— Ou alors, un juge de paix ici, à Kansas City.

Le pli soucieux disparut.

— J'aime cette idée. Faisons les choses simplement. Uniquement avec ta famille.

— Notre famille, corrigea-t-il.

Elle sourit, tandis que ses yeux s'emplissaient de larmes.

— Cela fait longtemps que je n'ai pas fait partie d'une famille. Tu penses qu'ils m'accepteront ?

Du bout des doigts, Thomas essuya les larmes qui roulaient à présent sur ses joues.

— Ils t'aiment. Tu fais déjà partie de leur vie.

Elle noua les bras autour de son cou, et se hissa sur la pointe des pieds pour l'embrasser.

— J'aime tes projets.

Le baiser commençait à devenir intéressant, quand ils furent interrompus par un toussotement.

— Qu'est-ce que vous faites ? demanda Duff. On vous attend.

Quelques minutes plus tard, Thomas se tenait au fond de l'église, donnant le bras à Lucy.

La lumière entrait à flots par les vitraux, et l'orgue jouait une marche nuptiale à la fois solennelle et heureuse. Cet endroit qui avait été une scène de destruction et de peur était aujourd'hui à nouveau un lieu de paix, de foi et de célébration.

Il leva les yeux vers la voûte et sourit.

« Nous allons tous bien, chérie, dit-il en une déclaration muette à Mary. Cette famille est différente sans toi. Mais nous savons comment aimer grâce à toi. Et de cela, je te serai toujours reconnaissant. »

Escortant Lucy jusqu'à l'autel, il adressa des regards chaleureux et des sourires à l'assistance.

Sa famille ne courait plus aucun danger. Son père

était en bonne voie de guérison. Quant à lui, il pouvait être fier d'avoir élevé trois hommes d'honneur et une merveilleuse jeune femme.

Déposant un baiser sur la joue de sa nouvelle belle-fille, il remit la main de Lucy dans celle de Niall. Puis il alla s'asseoir à côté de Jane.

Entrelaçant ses doigts aux siens, Jane prit appui contre son épaule.

— Je t'ai vu à l'arrière de l'église. Je sais à qui tu pensais, et je suis sûre que Mary veille sur vous tous.

Thomas porta la main de Jane à ses lèvres et y déposa un tendre baiser.

— Et moi, je suis sûr qu'elle est heureuse pour nous.

Le vide qu'il avait ressenti au fond de son cœur pendant tant d'années n'existait plus. Jane l'avait comblé d'un amour véritable.

La menace cachée, d'Elizabeth Heiter - N°486

SÉRIE LES HOMMES DE LOI - TOME 1/3

Abasourdi, Andre Diaz fixe le canon du revolver que Juliette Lawson est en train de braquer sur lui. Ainsi, son intuition ne l'a pas trompé : la prise d'otage dont la jolie graphiste vient d'être victime sur son lieu de travail n'était pas le fruit du hasard. Et le truand qu'il a neutralisé pour la libérer avait bien été payé pour la kidnapper... Mais qui est-elle en réalité, cette fragile jeune femme qui dirige sur lui son arme d'une main tremblante ? Quel terrible secret la pousse ainsi à menacer un agent du FBI ? Et qu'a-t-elle à cacher pour exiger de lui qu'il la conduise loin du commissariat où elle s'apprêtait à faire sa déposition ?

Un locataire si troublant, de Julie Miller

Immobile devant sa porte, l'homme la domine de sa haute taille. « Je suis le major Harry Lockhart », dit-il en posant sur elle son regard gris, attentif et sérieux. Désemparée, Daisy fixe en silence ce soldat du bout du monde avec lequel elle a échangé une correspondance amicale pendant des mois. Jamais elle n'aurait imaginé qu'il soit aussi séduisant... Mais à son trouble se mêle bientôt un espoir fou : peut-être Harry acceptera-t-il de devenir son nouveau locataire dans cette grande maison où elle vit seule. Et, si c'est le cas, peut-être osera-t-elle lui parler du mystérieux individu qui depuis quelque temps la harcèle et lui envoie des lettres de menace ?

Pour protéger Chloe, de Janie Crouch - N°487

Comment lui, le tireur d'élite, l'agent très spécial chargé des missions les plus délicates, s'est-il retrouvé à jouer les plombiers chez la femme la plus craquante du monde ? C'est la question que se pose Ashton Fitzgerald, tout en réparant la fuite d'eau de Summer Worrall. Mais s'il est prêt à tout pour rendre service à la veuve d'un de ses anciens collègues et les protéger, elle et Chloe, sa petite fille âgée de dix-huit mois, à aucun prix il ne lui révélera qui il est réellement. Car cet aveu en entraînerait inévitablement un autre : il était présent le jour où le mari de Summer est mort et, s'il avait tiré plus vite, il aurait pu abattre le tueur...

Cohabitation forcée, de Carla Cassidy

Ne me laisse pas seule cette nuit, Brody, je t'en supplie... Troublé, Brody croise le regard noyé de larmes de Mandy et sent sa détermination faiblir. Au diable les mauvaises langues qui prétendent qu'il est le seul parmi tous les hommes à marier de la ville à ne pas être encore sorti avec Mandy. Il va s'installer dans sa maison, en tout bien tout honneur, et la protéger du tueur qui, pour d'obscures raisons, vient de tuer son père et a tenté par deux fois déjà de la supprimer, elle aussi...

Retrouvez en juillet 2018,
dans votre collection

BLACK ROSE

Retour à Pine Lake, d'Amanda Stevens - N°488

En apprenant qu'un de ses anciens camarades a des révélations à lui faire concernant le meurtre de sa fiancée, assassinée quinze ans plus tôt, Jack se rend sans attendre à Pine Lake. Dès son arrivée, il comprend qu'il est tombé dans un piège. Car un nouveau crime vient d'être commis, semblable à celui dont on l'a accusé à tort autrefois. Révolté, Jack décide cette fois de rester pour confondre ceux qui tentent à nouveau de détruire sa vie. Mais, dans la ville de son enfance où tous se détournent à son approche, il n'a qu'une seule alliée : Olivia, la cousine d'un de ses amis, qu'il a retrouvée dès son arrivée à Pine Lake. Olivia, la petite fille d'autrefois devenue femme et que ses errances de somnambule ont conduite par deux fois sur les lieux des crimes…

La morsure du souvenir, de Delores Fossen

Tu n'aurais pas dû revenir, Jodi… En reconnaissant la voix de Gabriel, son ex-petit ami, Jodi tressaille tandis que des images violentes l'assaillent : les parents de Gabriel assassinés dix ans plus tôt dans leur maison. Son propre père arrêté injustement et jeté en prison. Elle-même blessée et laissée pour morte… Choquée par le ton accusateur de celui qu'elle n'a pas cessé d'aimer et qui est devenu shérif de la ville, elle se retourne et l'affronte : jamais elle ne serait revenue sur les lieux du drame si elle n'avait pas reçu récemment des menaces de mort, preuve évidente de l'innocence de son père…

Prisonnière d'un mensonge, d'Elle James - N°489

Tu te feras passer pour ma fiancée... Ces mots cruels, c'est Devin Kendall, son patron, qui les a prononcés. Devin, qui ignore que Jodie est amoureuse de lui depuis six ans et qu'elle rêve d'être vraiment sa future épouse. Dans ces conditions, difficile de se résoudre à accepter un simple rôle... Mais la situation ne lui laisse guère le choix : un fou menace Devin et toute sa famille. En faisant croire qu'il prépare ses noces, Devin, millionnaire poursuivi sans relâche par les paparazzis, veut faire passer un message : il n'a pas peur. Pour Jodie, cependant, les enjeux sont différents. En se livrant à ce simulacre de fiançailles, ne risque-t-elle pas d'y laisser son cœur ?

Ce secret si bien gardé, de Virna DePaul

Vite. Mathilda doit trouver une solution pour éviter Dominic Jeffries, qui vient d'entrer dans le tribunal où elle travaille. D'ailleurs, elle ne comprend même pas ce qu'il fait ici, en simple uniforme de policier, alors qu'il est missionné à la répression du banditisme. Peu importe. L'essentiel est qu'il ne l'approche pas. Qu'il ignore à jamais le secret qu'elle lui a toujours tu. Car, depuis les deux mois de passion torride qu'ils ont vécus dix ans plus tôt, tout a changé. Tout... mais pas Dominic, hélas ; il est resté l'homme irrésistible que Mathilda a aimé...

HARLEQUIN

BLACK ROSE

Retrouvez en juillet 2018,
dans votre collection

BLACK ROSE

Le silence de Tommy, de Linda O. Johnston - N°490

Holly donnerait tout pour que Tommy, son petit garçon de quatre ans, retrouve sa joie de vivre et sorte du mutisme dans lequel il s'est réfugié après la mort de son père. Tout. Mais elle ne veut pas de la protection ni même de la présence de Gabe McLaren auprès d'elle, et encore moins auprès de son fils. Comment accepterait-elle que l'enfant s'attache de nouveau à un homme qui, comme son père, exerce un métier dangereux, et peut être tué à tout moment ? Cependant, alors qu'elle bataille contre Gabe et lui reproche de prendre trop à cœur sa mission, elle voit son petit Tommy, lui, se rapprocher tendrement de Gabe. Un rapprochement qui l'oblige à laisser entrer dans leur vie un homme bien trop désirable et séduisant…

Un mystérieux héritage, de Joanna Wayne

Un manoir, niché au cœur de La Nouvelle-Orléans… En découvrant le somptueux héritage que lui a légué sa grand-mère, Jacinthe est folle de joie : ici, elle va enfin pouvoir s'installer durablement et commencer une nouvelle vie. Pourtant, très vite, elle déchante. Les craquements sinistres des parquets anciens et les pièces secrètes de l'imposante demeure la plongent dans un étrange malaise. Sans la présence rassurante de Nick Bruno, son séduisant voisin, elle serait peut-être même déjà repartie… Aussi, le jour où elle tombe par hasard sur un cadavre dissimulé dans un des murs, trouve-t-elle tout naturellement refuge chez lui. Sans se douter que Nick est en réalité détective privé et enquête depuis des mois sur les secrets que recèle le manoir…

Composé et édité par HarperCollins France.

Achevé d'imprimer en mai 2018.

CPI
BLACK PRINT

Barcelone

Dépôt légal : juin 2018.

Pour limiter l'empreinte environnementale de ses livres, HarperCollins France s'engage à n'utiliser que du papier fabriqué à partir de bois provenant de forêts gérées durablement et de manière responsable.

Imprimé en Espagne.